SARAH ADAMS

WHEN IN ROME

Roman

Aus dem amerikanischen Englisch
von Nicole Hölsken

FISCHER Taschenbuch

MIX
Papier | Fördert gute Waldnutzung
FSC® C083411

3. Auflage September 2024
Deutsche Erstausgabe
Erschienen bei FISCHER Taschenbuch
Frankfurt am Main, April 2024

Die Originalausgabe erschien 2022 unter dem Titel
»When in Rome« bei Dell, New York

Published by arrangement with Dell, an imprint of Random House,
a division of Penguin Random House LLC.

Redaktion: Christiane Branscheid
Icon Abschnittstrenner: Freepik.com

Satz: Dörlemann Satz, Lemförde
Druck und Bindung: CPI Books GmbH, Leck
ISBN 978-3-596-70955-7

Noah ist nicht davon angetan, dass eine Fremde mit ihrem Auto nachts in seinem Vorgarten landet. Widerwillig lässt er Amelia in seinem Gästezimmer übernachten. Aber weil die Reparatur des Wagens dauert und seltsamerweise das einzige Bed & Breakfast im Ort ausgebucht ist, muss Amelia auf unbestimmte Zeit bei ihm wohnen. Obwohl Noah sich zu Amelia hingezogen fühlt, ist er entschlossen, sich nicht zu verlieben. Zu tief sitzt der Schmerz der Vergangenheit. Außerdem hätte eine Beziehung zwischen einem Kleinstadtbäcker und einem Popstar nie eine Chance, da ist sich Noah sicher. Allerdings sind seine Familie und die Bewohner von Rome da ganz anderer Meinung.

Schon als Kind träumte Sarah Adams davon, Schriftstellerin zu werden. Sie hat zwei Töchter, ist mit ihrem besten Freund verheiratet, hat ein Faible für Geschichte und ist süchtig nach Kaffee. Ihren ersten Roman schrieb sie, als ihre Kinder schliefen und sie keine Ausrede mehr hatte, es länger aufzuschieben. Mit ihren Geschichten möchte sie die Leserinnen und Leser zum Lachen, vielleicht sogar zum Weinen bringen – ihnen aber immer glückliche Lesestunden schenken.

Nicole Hölsken arbeitet seit mehr als zwei Jahrzehnten als Übersetzerin aus dem Englischen und ist für zahlreiche Verlage tätig. Neben der Arbeit an Texten interessiert sie sich fürs Fotografieren, Laufen, Tanzen, Windsurfen, vegane Ernährung und Meditation.

Weitere Informationen finden Sie auf www.fischerverlage.de

Für meine Grandma Betty.
Ich wünschte, du hättest das hier lesen können,
denn Mabel hätte dir gefallen.
Ich vermisse dich, dein Lächeln und deinen Santa-Claus-Pulli.

Seit meiner Geburt sehne ich mich nicht nur von ganzem Herzen nach Zuneigung, sondern verspüre auch das innige Bedürfnis, sie anderen zu schenken.

Audrey Hepburn

1

Amelia

Das hier ist okay, oder? Es geht mir gut?

Ich hole tief Luft und umklammere das Lenkrad etwas fester.

»Ja, Amelia, dir geht es gut. Sogar phantastisch. Du bist genau wie Audrey Hepburn, nimmst dein Leben in die Hand, uuuund … du führst Selbstgespräche … so ganz in Ordnung bist du also doch nicht, aber in Anbetracht der Umstände semiokay«, sage ich und spähe mit zusammengekniffenen Augen auf die dunkle Straße vor meiner Windschutzscheibe. »Ja. Semiokay passt.«

Nur dass es draußen stockdunkel ist und mein Auto klingt wie ein Wäschetrockner, in dem jemand ein paar Münzen vergessen hat. Obwohl ich nicht viel von Autos verstehe, weiß ich, dass diese Geräusche nichts Gutes verheißen. Mein kleiner Toyota Corolla, der mich seit der Highschool begleitet, in dem ich saß, als ich mit achtzehn Jahren zum ersten Mal meinen eigenen Song im Radio hörte, in dem ich vor zehn Jahren zu Phantom Records fuhr, um meinen Plattenvertrag zu unterschreiben, jenes Auto, das mir seither so sehr ans Herz gewachsen ist, gibt wahrscheinlich bald den Geist auf. Das macht mich umso trauriger, da die Sitzpolster immer noch nach meinen alten Volleyball-Knieschonern riechen.

Nicht heute, Satan.

Wie wild streichele ich das Armaturenbrett, als hoffte ich, damit den dort verborgenen Dschinn herbeirufen zu können, der mir drei Wünsche gewährt. Statt der Wünsche erreicht mich jedoch nur ein Funkloch. Die Musik, die ich gerade streame, bricht ab, und der Google-Maps-Pfeil verschwindet. Dabei kann nur er mich aus diesem dunklen Wald mitten im Nirgendwo herausführen, um potenziellen, dort lauernden Serienkillern zu entgehen.

Auweia, das ist ja wie im Horrorfilm! Und ich bin wie die Frau, der die Leute im Kino ein »Du naive Kuh!« entgegenschleudern, während sie sich Popcorn in ihre gierig grinsenden Mündern stopfen. War diese ganze Aktion etwa ein Fehler? Womöglich habe ich meinen Verstand zu Hause in Nashville gelassen, genau wie mein schmiedeeisernes Tor und mein Security-System, das Fort Knox alle Ehre machen würde. Und Will, meinen phantastischen Sicherheitsmann, der getreulich vor meinem Haus Stellung bezogen hat und Fremde daran hindert, sich auf mein Grundstück zu schleichen.

Vorhin sind meine Managerin Susan und ihre Assistentin Claire meinen knallvollen Terminkalender für die nächsten drei Wochen mit mir durchgegangen. Danach steht eine neunmonatige Tournee an. Das Problem ist nur, dass ich gerade den letzten Tag der mörderischen, dreimonatigen Proben für diese Tournee hinter mir habe. Beinahe jeder einzelne Tag ist für das Erlernen der Choreographie, das Stage Blocking, das Festlegen der Setlist, ein rigoroses Trainingsprogramm und das Proben der Songs draufgegangen. Und die ganze Zeit über musste ich lächeln und so tun, als fühlte ich mich innerlich nicht wie ein verfaulender Komposthaufen.

Schweigend habe ich dagesessen, während Susan unaufhörlich geredet hat und den langen, schlanken, perfekt manikürten Finger immer wieder über den Bildschirm ihres Tablets hat gleiten lassen, um mir die Termine vorzulesen. Termine, über die ich mich eigentlich hätte freuen sollen. Derentwegen ich mich sogar geehrt fühlen sollte! Aber irgendwann mittendrin … habe ich abgeschaltet. Ihre Stimme ist zu einem Charlie-Brown-ähnlichen *wah-wah-wah* verblasst, bis ich nur noch das Pochen meines Herzens gehört habe. Laut und schmerzhaft. Mein ganzer Körper war taub. Am meisten hat mich jedoch schockiert, dass Susan es nicht mal zu bemerken schien.

Vielleicht bin ich auch einfach nur allzu gut darin, meine Gefühle zu verbergen. Meine Tage laufen folgendermaßen ab: Ich lächele irgendwem zu meiner Linken zu und nicke. *Ja, danke.* Dann lächele ich jemandem zu meiner Rechten zu und nicke wieder. *Ja, natürlich kann ich das machen.* Susan reicht mir ein perfekt von meinem PR-Team zusammengestelltes Script, und ich lerne es auswendig. *Meine Lieblingsfarbe ist Blau, etwa jene Farbe, die mein Givenchy-Kleid haben wird, das ich bei der Verleihung der Grammys tragen werde. Aber ja, den Großteil meines Erfolgs verdanke ich meiner liebe- und hingebungsvollen Mom. Es vergeht kein Tag, an dem ich nicht voller Dankbarkeit für meine Karriere und meine großartigen Fans bin.*

Höflich, höflich, höflich.

Erst als heiße Tränen auf meinem Oberschenkel landen, wird mir klar, dass ich weine. Eigentlich sollte ich beim Gedanken an all das nicht weinen. Ich bin eine zweifache Grammy-Gewinnerin und habe einen Neunzig-Millionen-Dollar-Vertrag mit dem Top-Musiklabel in dieser Branche in der Tasche, also sollte ich ganz gewiss nicht in Tränen ausbrechen. Es steht mir nicht zu, zu weinen. Und definitiv sollte ich nicht mitten in der Nacht in meinem alten Auto sitzen und überstürzt die Flucht ergreifen.

Vor meinem geistigen Auge sehe ich die Menschen, die ich im Stich lasse, und das schlechte Gewissen ist kaum zu ertragen.

Nie zuvor bin ich zu einem Interview *nicht* erschienen. Menschen zu enttäuschen oder mich zu verhalten, als sei meine Zeit wertvoller als die ihre, ist mir ein Gräuel. Zu Beginn meiner Karriere hatte ich mir geschworen, mir niemals etwas auf meinen Erfolg einzubilden. Es ist mir wichtig, so entgegenkommend wie möglich zu sein – auch wenn es weh tut.

Aber irgendetwas an den Worten, mit denen Susan sich heute Abend von mir verabschiedet hat, hat mich fertiggemacht. »Rae« – sie spricht mich lieber mit meinem Künstlernamen an statt mit meinem richtigen, der Amelia lautet – »Du siehst total erschöpft aus. Schau, dass du heute genug Schlaf kriegst. Bei dem morgigen *Vogue*-Interview werden Fotos hinter den Kulissen gemacht. Wäre doch eine Schande, wenn du dann Augenringe hättest. Obwohl ... andererseits liegt der Erschöpft-Look voll im Trend ... « Nachdenklich hat sie zur Decke empor geschaut, und beinahe habe ich erwartet, dass Gott selbst ihr eine Antwort auf die Frage geben würde, ob ich mit geschwollenen Augen nun akzeptabel war oder nicht. »Ach, vergiss, was ich gesagt habe! Das weckt Mitgefühl bei deinen Fans und verleiht dem Ganzen mehr Pepp.«

Dann hat sie sich abgewandt und den Raum verlassen. Ihre Assistentin Claire hat noch einen Moment gezögert, mir einen widerstrebenden Blick zugeworfen und dann den Mund geöffnet, als wollte sie etwas sagen. Ich habe mich dabei ertappt, mir genau das sogar inständig zu wünschen. *Sieh doch, was mit mir los ist.*

»Gute Nacht«, war alles, was sie schließlich gesagt hat, dann ist sie ebenfalls gegangen.

Viel zu lange habe ich in der dröhnenden Stille gesessen und mich gefragt, wie es so weit hatte kommen können. Und wie ich aus diesem Käfig wieder ausbrechen sollte, den ich mir versehentlich selbst geschaffen hatte?

Dieses Gefühl innerer Leere hatte mich zum ersten Mal vor ein paar Jahren heimgesucht. Ich hatte damals gehofft, dass es nur daran lag, dass ich den L.A.-Lifestyle satthatte und eine Veränderung brauchte. Also hatte ich meine Siebensachen zusammengepackt und war nach Nashville, Tennessee, gezogen, wo ich der Musikszene immer noch nah bin, aber nicht mehr ganz so im Fokus der Öffentlichkeit stehe. Doch ohne Erfolg. Die Leere ist mir gefolgt.

Die meisten Menschen wenden sich bei derlei Problemen an ihre Familie, manche an Freunde und manche an die orakelhaften Magic-8-Balls. Ich hingegen wende mich an den einen Menschen, der mich niemals im Stich lässt: Audrey Hepburn.

Heute Abend habe ich mit geschlossenen Augen den Finger über meine DVD-Sammlung von Audrey Hepburn – ja, ich besitze immer noch einen DVD-Player – wandern lassen und mit Hilfe von ene, mene muh *Ein Herz und eine Krone* ausgewählt. Eine katastrophale Entscheidung. Audrey schlüpft darin in die Rolle von Prinzessin Ann, die sich wie ich fühlt, nämlich einsam und überfordert, weshalb sie nachts aus dem Palast flieht, um Rom zu erkunden. Oder vielmehr torkelt sie in die Nacht hinaus, weil sie ein Beruhigungsmittel intus hat, aber das spielt keine Rolle.

Und plötzlich habe ich es vor mir gesehen. Das war die Antwort, die ich gesucht hatte. Ich musste fort aus diesem Haus, von Susan, von meinen Pflichten, einfach von allem und nach Rom flüchten.

Allerdings würde ich in drei Wochen auf Tournee gehen, weshalb Italien viel zu weit weg war. Also habe ich mich mit dem nächstgelegenen Rom begnügt, das Google Maps mir vorgeschlagen hat. Rome in Kentucky. Eine zweistündige Autofahrt von meinem Haus entfernt und Google zufolge ausgestattet mit einem hübschen, kleinen Bed and Breakfast mitten in der Stadt. Der perfekte Ort, um mich zu sammeln und meine Nerven zu beruhigen.

Also bin ich in die Garage mit den drei Autos gegangen, habe die beiden teuren Fahrzeuge aus meinem Fuhrpark ignoriert und die Abdeckplane von dem liebgewonnenen alten Gefährt gezogen, das ich während der letzten zehn Jahre hier versteckt hatte. Ich habe den Motor angelassen und bin davongefahren, um mich auf die Suche nach Rome zu machen.

Und jetzt stehe ich auf dieser unheimlichen Nebenstraße und glaube, dass meine emotionale Taubheit ein wenig nachlässt, denn ich erkenne so langsam, wie lächerlich mein Verhalten ist. Irgendwo im Himmel sieht Audrey auf mich herab und schüttelt den Kopf mitsamt Heiligenschein.

Ich werfe einen Blick auf mein Handy. Wo sonst die Signalbalken sind, prangen nun die Worte *Kein Netz*. Ich könnte schwören, dass sie mir zuzwinkern. Mich verhöhnen. *Das war ja wohl eine Schnapsidee. Jetzt bist du ein gefundenes Fressen fürs nächste True-Crime-Format.*

Kein Problem. Alles ist in Ordnung. »Hör auf zu heulen und gib dieser düsteren Stimmung einen Tritt in den Hintern, Amelia!«, sage ich laut zu mir selbst, denn mit wem soll man sonst reden, wenn man während eines Nervenzusammenbruchs allein im Auto sitzt.

Mein Auto muss nur noch zehn Minuten durchhalten, dann bin ich von dieser supergruseligen Straße runter und im Bed and Breakfast der kleinen Stadt angelangt. Danach kann ich meinem Wagen den würdigen Tod gönnen, den er verdient hat – denn dort gibt es Straßenlaternen und hoffentlich keinen mordlüsternen Landei-Joe, der nur darauf wartet, meinen Leichnam in irgendeinen Graben zu werfen.

Aber, o je, was ist das? Mein Auto fängt an zu stottern und hüpft – und zwar *buchstäblich*, als befände ich mich Anfang der 2000er und hätte ein Hydraulikfahrwerk nachrüsten lassen. Fehlt nur noch die lilafarbene Unterbodenbeleuchtung, und fertig ist die Zeitreise!

»Nein, nein, nein«, flehe ich meinen Wagen an. »Tu mir das jetzt nicht an!«

Aber er tut es doch.

Stotternd und alles andere als würdevoll kommt er am Rand der stockdunklen Straße zum Stehen. Verzweifelt versuche ich, den Motor wieder zum Laufen zu kriegen, doch davon will er nichts wissen. Mehr als ein leises Klicken kann ich ihm nicht mehr entlocken. Immer noch umklammern meine Hände das Lenkrad, während ich in die reglose Nacht hinausschaue und mir eine Erkenntnis kommt. Ich habe versucht, mich ohne Susans Hilfe auf ein Abenteuer einzulassen, und bin schon am ersten Abend nach zwei Stunden gescheitert. Wenn das nicht das Erbärmlichste ist, das man je gehört hat, dann weiß ich auch nicht. Ich kann zwar vor Tausenden von Leuten auf der Bühne stehen und singen, bin aber nicht in der Lage, von einem Bundesstaat in den nächsten zu fahren.

Mir bleibt nichts anderes übrig, als in meinem Auto sitzen zu bleiben und bis zum Morgen zu warten, damit ich im Sonnenlicht erkennen kann, ob mir jemand eine blutige Kettensäge entgegenstreckt oder nicht. Also gebe ich mich geschlagen, lehne den Kopf zurück und schließe die Augen. Morgen früh werde ich eine Möglichkeit finden, Susan anzurufen. Ich werde sie bitten, mir einen Wagen zu schicken, und dann werde ich mich, wenn nötig mit Gewalt, an den eigenen Haaren aus dieser melancholischen Stimmung ziehen.

Tock, tock, tock.

Mit einem Aufschrei fahre ich so heftig auf meinem Sitz in die Höhe, dass ich mir den Kopf am Autodach stoße. Ich blicke aus dem Fenster, und – so ein Mist – da steht doch tatsächlich jemand vor meinem Auto! Das war's. Gleich werde ich ermordet, und sobald *E Hollywood News* die wahre Geschichte meines Ablebens ausgestrahlt hat, bleibt nichts von mir übrig als die Erinnerung an mein grausiges Ende auf einem Acker.

»Alles in Ordnung? Brauchen Sie Hilfe?«, dringt die gedämpfte Stimme eines Mannes zu mir herein. Er leuchtet mit einer Taschenlampe ins Auto, wodurch ich kurz geblendet bin.

Ich halte die Hände hoch, nicht nur um meine Augen vor der Helligkeit zu schützen, sondern auch damit er mich nicht erkennt. »Nein, danke!«, schreie ich durch das geschlossene Fenster, während mir das Herz heftig gegen die Rippen pocht. »Alles bestens! Ich … Ich brauche keine Hilfe!« Schon gar nicht mitten in der Nacht von einem fremden Mann.

»Sind Sie sicher?«, fragt er, und endlich geht ihm auf, dass er mir mit seiner Taschenlampe genau in die Augen leuchtet, weshalb er sie von meinem Gesicht abwendet. Zugegeben, er hat eine angenehme Stimme. Ein wenig rau und gleichzeitig weich.

»Ich bin sicher!«, antworte ich in heiterem Ton, denn Frohsinn zu verbreiten ist meine Spezialität, auch wenn die Welt um mich in Scherben zerbricht. »Alles unter Kontrolle!« Ich gebe ihm das Okay-Zeichen, um meine Antwort zu unterstreichen.

»Sieht aus, als hätte Ihr Auto den Geist aufgegeben.«

Das darf ich keinesfalls zugeben. Damit würde ich ihm im Grunde gleich zu verstehen geben, dass ich leichte Beute bin. *Außerdem hat mein Handy keinen Empfang. Soll ich lieber gleich aussteigen, damit Sie mich verschleppen können, oder würde es Ihnen mehr Spaß machen, selbst die Fensterscheibe einzuschlagen? Sie haben die Wahl!*

»Nope. Ich … mache nur eine kleine Pause.« Ich lächle angespannt, wende aber den Großteil meines Gesichts ab in der Hoffnung, dass er die millionenschwere Künstlerin in diesem zerbeulten Corolla nicht erkennt.

»Ihr Motor qualmt.« Er richtet die Taschenlampe auf die dichte Rauchwolke, die unter der Motorhaube hervorquillt. Kein gutes Zeichen.

»Ach … das«, antworte ich so lässig wie möglich. »Das kommt schon mal vor.«

»Ihr Motor qualmt häufiger?«

»Mmh-hmm.«

»Ich kann Sie nicht verstehen.«

»Mmh-hmm«, wiederhole ich lauter und selbstbewusster als vorher.

»Na gut.« Offensichtlich kauft er mir das nicht ab. »Also meiner Meinung nach sollten Sie aussteigen. Es ist nicht sicher, in einem qualmenden Fahrzeug sitzen zu bleiben.«

Ha! Das würde ihm so passen, was? Um keinen Preis der Welt werde ich dieses Auto verlassen. Da kann seine Stimme noch so nett klingen.

»Nein, danke.«

»Ich werde Sie schon nicht ermorden, falls Sie das denken.«

Ich schnappe nach Luft und blicke zu der Silhouette des Mannes auf. »Warum sagen Sie so was? Jetzt denke ich tatsächlich, dass Sie mich umbringen werden.«

»Dachte ich mir«, erwidert er genervt. »Wie kann ich Ihnen beweisen, dass ich kein Mörder bin?«

Nachdenklich runzele ich die Stirn. »Gar nicht. So was kann man nicht beweisen.«

Er seufzt leise, begibt sich zur Vorderseite meines Wagens und bleibt im Licht der Scheinwerfer stehen. Jetzt kann ich ihn deutlich sehen, und wow. Der Typ ist eher ein Naturburschen-Ken als ein Landei-Joe. Er trägt Jeans und ein schlichtes, weißes T-Shirt. Sein sandblondes Haar ist an den Seiten kurz geschnitten, am Oberkopf jedoch wuschelig. Ein verstrubbelter, kurzer Bart ziert sein markantes Kinn, das wirklich super zu den breiten Schultern, dem schlanken Körper und dem Bizeps passt, der verführerisch zuckt, als er auf meine Motorhaube klopft. Der Gesamteindruck ist so … heiß, so dass ich mir plötzlich wünsche, meine Klimaanlage würde funktionieren.

»Könnten Sie die Motorhaube öffnen, damit ich mich überzeugen kann, dass dadrin nichts brennt?«

Oh-oh. Sorry, aber nein. Sexy oder nicht, keinesfalls werde ich diese Motorhaube öffnen. Was wenn er … na ja, ehrlich gesagt verstehe ich nichts von Autos und habe keine Ahnung, was er tun könnte, um meine Situation noch zu verschlimmern, doch sicher wird ihm irgendwas einfallen.

»Danke, aber ich brauche Ihre Hilfe nicht! Ich warte bis zum Morgen, und dann rufe ich einen Abschleppwagen«, schreie ich laut genug, dass er mich hört.

Er verschränkt die Arme vor der Brust. »Und wie wollen Sie einen Abschleppwagen rufen? Hier draußen gibt es kein Netz.«

Erwischt! So ein Mist!

»Machen Sie sich darüber keine Gedanken. Mir fällt schon was ein. Sie können jetzt dorthin zurückkehren, wo auch immer sie herkommen.« Wahrscheinlich aus einem Busch am Straßenrand, hinter dem er nur darauf warten wird, dass ich mein sicheres Fahrzeug verlasse, damit er sich auf mich stürzen kann. Und ja, mir ist klar, dass ich es mit meiner Paranoia ein wenig übertreibe, aber wenn man daran gewöhnt ist, dass Stalker versuchen, über den Zaun des eigenen Grundstücks zu klettern oder sich als Klempner ausgeben, um an den Sicherheitsleuten vorbeizukommen und / oder einem Haarlocken schicken, die man sich nachts unters Kopfkissen legen soll, neigt man nun mal zu einem gewissen Verfolgungswahn gegenüber Fremden. Was der Grund dafür ist, warum ich das Haus *niemals* allein hätte verlassen dürfen. Ich muss einfach akzeptieren, dass ich nicht mehr *ich selbst* bin und es auch nie wieder sein werde.

Naturburschen-Ken denkt gar nicht daran, sich zu verziehen. Er kehrt zu meinem Fenster zurück, beugt sich wieder vor und legt dabei eine Hand fest auf die Oberseite meiner Tür, was mir einen hervorragenden Blick auf seine langen, muskulösen Arme gewährt.

»Ein qualmender Motor ist kein gutes Zeichen. Sie müssen aussteigen. Ich selbst werde Ihnen nichts tun, versprochen. Aber wenn dieses Auto in Flammen aufgeht, wird Ihnen durchaus etwas zustoßen. Ich versichere Ihnen, dass ich durch und durch ein vertrauenswürdiger Mensch bin.«

»Das sagen alle Mörder …, bevor sie jemanden ermorden.«

»Haben Sie schon viele Mörder kennengelernt?«

Ein Punkt für Naturburschen-Ken.

Ich lächle und versuche, möglichst freundlich zu antworten. »Sorry, aber … könnten Sie bitte gehen? Ich will wirklich nicht unhöflich sein, aber … Sie machen mich irgendwie nervös.«

»Steigen Sie aus, wenn ich mich verziehe?«

Ich stoße ein ersticktes Lachen aus. »Ganz sicher nicht! Wo kommen Sie überhaupt her?«

Mit einem Kopfnicken deutet der Mann auf die andere Seite meines Wagens und klingt alles andere als begeistert, als er erklärt: »Sie befinden sich in meinem Vorgarten.«

Oh.

Ich wende den Kopf, und tatsächlich: Ich stehe in einem Vorgarten. *Seinem* Vorgarten, wie es scheint. Beim Anblick des hübschen Hauses muss ich unwillkürlich lächeln. Klein. Weiß. Schwarze Fensterläden. Zwei Lampen neben der Eingangstür und eine Hollywoodschaukel auf der Veranda. Drum herum jede Menge Land. Es wirkt heimelig.

»Ich glaube, ich weiß bereits, was Sie auf die nächste Frage antworten werden«, sagt er. »Aber ich stelle Sie trotzdem: Wollen Sie reinkommen und jemanden anrufen? Ich habe einen Festnetzanschluss.«

Ich lache so laut über seinen Vorschlag, dass er zusammenzuckt. Herrje, das war nun wirklich unhöflich. Ich räuspere mich. »Sorry. Nein. Danke … Aber nein«, erkläre ich feierlich.

»Na gut. Wie Sie meinen. Wenn Sie irgendetwas brauchen oder zu dem Schluss kommen, dass ich kein Killer bin, finden Sie mich dadrinnen.« Er deutet auf das Haus und richtet sich wieder zu voller Größe auf. Ich schaue ihm hinterher, wie er seinen Vorgarten durchquert und sein Schatten im Haus verschwindet.

Nachdem er die Tür hinter sich geschlossen hat, stoße ich einen erleichterten Seufzer aus und lasse mich in meinen Sitz sinken. Ich versuche, mir keine Sorgen über den Rauch zu machen, der immer noch aus der Motorhaube hervorquillt, und nicht darüber nachzudenken, wie verdammt heiß es hier drin ist, dass ich Hunger habe und dringend auf die Toilette müsste, oder darüber, wie enttäuscht Susan von mir sein wird, wenn ihr klarwird, dass ich am Morgen nicht zu dem Interview auftauchen werde.

Nein, es geht mir nicht gut. Meine Lage ist definitiv *alles andere* als okay.

2

Noah

Sie sitzt immer noch da draußen. Jetzt schon zwanzig Minuten, ohne die Tür auch nur einen Spaltbreit geöffnet zu haben. Und ja, ich beobachte sie von meinem Fenster aus und verhalte mich genau wie der gruselige Psychopath, für den sie mich hält. Nur fürs Protokoll: Ich bin natürlich keiner, obwohl meine Meinung momentan wohl kaum zählt. Jedenfalls mache ich mir Sorgen. Draußen sind es sechsundzwanzig Grad, und sie hat keinerlei Luftzirkulation in ihrem Wagen. Wenn sie so weitermacht, wird sie dadrin ersticken.

Egal, ist nicht mein Problem.

Ich lasse die Jalousien zuschnappen und entferne mich vom Fenster. Nur um gleich darauf wieder zurückzukehren und erneut nach draußen zu schauen.

Verdammt, steig aus dem Auto aus.

Ich schaue auf die Uhr. 23:30 Uhr. Ich schicke ein Stoßgebet zu wem auch immer da oben hinauf, dass Mabel nicht zu sauer sein wird, wenn ich sie durch einen Anruf aufwecke. Nachdem ich ihre Nummer gewählt habe, muss ich sechs Klingeltöne abwarten, bis ich ihre heisere Stimme höre. Sie hat das Rauchen zwar kürzlich aufgegeben, aber nach vierzig Jahren Tabaksucht klingt sie nun mal nach wie vor kratzig. »Wer ist da?«

»Mabel, ich bin's, Noah.«

Sie räuspert sich leise. »Was willst du, mein Sohn? Ich sitze schon dösend in meinem Sessel und wollte gleich ins Bett. Du weißt, wie schlecht ich schlafe. Du hast also hoffentlich einen guten Grund, mich aufzuscheuchen.«

Ich lächele. »Glaub mir, Mabel, um keinen Preis würde ich deinen Schönheitsschlaf stören, wenn es sich nicht um einen Notfall handeln würde.«

Sie tut immer so tough, aber eigentlich hat sie in Bezug auf mich ein butterweiches Herz. Mabel und meine Grandma waren beste Freundinnen – eigentlich sogar eher so was wie Schwestern. Mabel hat auch uns Kinder immer als Familie betrachtet, und wir sind uns vom Charakter sehr ähnlich. Mabel ist schwarz, ich bin weiß – wir haben beide nichts für Leute übrig, die ihre Nasen in unsere Angelegenheiten stecken. Sie selbst mischt sich allerdings leidenschaftlich gern in mein Leben ein.

»Ein Notfall? Nun spann mich nicht auf die Folter. Steht dein Haus in Flammen, Sohn?« Sie hat mich schon »Sohn« genannt, seit ich in den Windeln lag, und will sich das auch nach zweiunddreißig Jahren nicht abgewöhnen. Mir ist es egal. Im Gegenteil: Es ist sogar tröstlich.

»Nein, Ma'am. Du musst für mich mit einer Frau sprechen.«

Ungläubig hüstelt sie. »Mit einer Frau? Ich freue mich natürlich, dass du wieder nach einer Ausschau hältst, Schatz, aber nur weil du dich mitten in der Nacht einsam fühlst, habe ich noch lange keine Liste von abrufbereiten Ladys da, die …«

»Nein«, unterbreche ich sie energisch, bevor sich ihr ungebetener Wortschwall über mich ergießen kann. »Die Frau ist in meinem Vorgarten.«

Ich höre ein vertrautes Quietschen und stelle mir vor, wie Mabel in ihrem großen Fernsehsessel hochfährt. »Sei ehrlich, Noah, bist du betrunken? Das wäre durchaus in Ordnung, und ich würde dich nie verurteilen, das weißt du. Viele meiner besten Gebete zum Herrgott habe ich nach einer Nacht mit Jack

Daniel's gesprochen, aber ich möchte, dass du James oder eine deiner Schwestern anrufst, wenn du getrunken hast, nicht ... «

Wenn ich sie jetzt nicht unterbreche, wird sie endlos weiterschwadronieren. »Mabel, der Wagen einer Frau hat in meinem Vorgarten den Geist aufgegeben. Der Motor qualmt, aber sie hat Angst, aus dem Auto auszusteigen, weil sie befürchtet, dass ich ihr etwas antun könnte. Du musst ihr versichern, dass ich harmlos bin, damit sie ihren Hintern aus der Karre schwingt.« Ich könnte natürlich auch meine Schwestern anrufen, doch die würden definitiv sofort irgendeine anzügliche Bemerkung darüber fallenlassen, wie lang es her ist, dass ich das letzte Mal Sex hatte, und die Frau anschließend fragen, ob sie in einer festen Beziehung ist. Deshalb sind meine Schwestern definitiv keine Option. Und genauso definitiv ist mir der Beziehungsstatus dieser Frau egal.

»Oh, warum hast du das nicht gleich gesagt, Baby! Geh nach draußen und lass mich mit dem armen Mädchen reden!« Ich höre einen Funken Aufregung in Mabels Stimme, der mir gar nicht passt und den ich nicht ermutigen will. Die ganze Stadt liegt mir in letzter Zeit damit in den Ohren, dass ich wieder eine Frau brauche, aber ich habe kein Interesse. Ich wünschte, man würde mich in Ruhe und einfach mein Leben leben lassen, doch so sind die Leute hier nicht. Wenn ich es recht bedenke, bin ich mir gar nicht so sicher, dass Mabel nicht etwas Ähnliches sagen wird wie meine Schwestern.

Wieder spähe ich durch die Jalousien und sehe, wie die Frau sich hektisch mit der Hand Luft zufächelt. Sicher muss ich gleich den Notarzt rufen und dann eine schlaflose Nacht im Krankenhaus mit ihr verbringen, weil sie sich da draußen einen Hitzschlag eingehandelt hat. Falls es so weit kommt, werde ich nie wieder meine Haustür öffnen. Wenn mir noch mal eine Frau das Leben versaut, nagle ich meine Fenster mit Brettern zu und verwandle mich in einen Einsiedler, der Sternsinger beschimpft.

»Komm nicht auf falsche Gedanken, Mabel. Hier geht es nicht um Romantik. Ich will nur verhindern, dass sie in dieser Hitze da draußen den Löffel abgibt.«

»Mmh-hmm. Ist sie hübsch?«

Ich massiere mir die Nasenwurzel und schließe die Augen, um die Verärgerung zu vertreiben, die mir die Wirbelsäule hinaufkriecht. »Da draußen ist es stockdunkel. Woher soll ich das wissen?«

»Oh, bitte. Ich habe dir eine Frage gestellt. Ich erwarte eine Antwort.«

Ich stöhne. »Ja.« Und zwar verdammt hübsch. Mit der Taschenlampe konnte ich nur einen kurzen Blick auf sie erhaschen, aber dann musste ich gleich zweimal hinsehen. Das dunkle Haar hatte sie am Hinterkopf zu einem Knoten zusammengefasst. Dazu ein hübsches Lächeln, dichte Wimpern und kluge, blaue Augen. Seltsamerweise habe ich das Gefühl, ihr schon einmal begegnet zu sein, obwohl ich ihr Auto hier in der Stadt noch nie gesehen habe. Wahrscheinlich eine Art Déjà-vu.

»Na dann«, sagt sie, wobei sie erfreut klingt. »Bring mich mal zu deiner holden Schönheit.«

»Mabel …«, erwidere ich warnend, während ich die Haustür öffne und nach draußen gehe. Die Sommerhitze droht mich sofort zu ersticken, und ich frage mich, wie die Frau so lange in ihrem Auto hat überleben können. Immerhin hat sie die Fenster geschlossen und keine Klimaanlage.

»Ach, sei still! Kommt schließlich nicht jeden Tag vor, dass dir eine Frau einfach so in den Schoß fällt. Also halt den Mund und gib ihr das Telefon.« Das ist der Preis dafür, dass ich den Großteil meines Lebens in Rome, Kentucky, verbracht habe.

Meine Nachbarn behandeln mich immer noch wie den Jungen, der in seiner Superman-Unterhose durch die Stadt gerannt ist.

Ich lasse die Tür einen Spalt offen, um das Telefonkabel nicht einzuklemmen, und durchquere den Garten, um zu dem weißen Kleinwagen zu gelangen. Es ist zu dunkel, um ohne Taschenlampe ihren Gesichtsausdruck zu erkennen, aber an ihrer Silhouette kann ich sehen, dass sie mir den Kopf zuwendet. Sofort klappt sie ihren Sitz nach hinten. Sie versucht, mir weiszumachen, dass sie nicht mehr drinsitzt. Ich verkneife mir über diese lächerliche Aktion ein Grinsen.

Als ich ans Fenster klopfe, stößt sie einen Schrei aus. *Mann, ist die schreckhaft.*

»Hey ...« *Hallo? Miss? Lady, die gerade das Gras in meinem Vorgarten zerstört?* »Äh ... Hier. Ich habe eine Freundin von mir am Telefon. Sie wird sich für meinen Charakter verbürgen, damit Sie keine Angst mehr haben müssen, aus dem Auto zu steigen.«

Die Lady zieht am Hebel ihres Sitzes, so dass die Rückenlehne wieder nach oben schnellt. Sie schreit erneut auf, und ich muss mir auf die Innenseite meiner Wangen beißen. Aus großen Augen sieht sie durch das Fenster zu mir hoch, aber leider ist das Licht zu spärlich, um sie genau mustern zu können. Trotzdem bin ich jetzt überzeugt, dass ich sie kenne.

Sie runzelt die Stirn. »Haben Sie jetzt doch Netzempfang?«

»Nein.« Ich halte das Festnetztelefon hoch, damit sie es sehen kann.

Sie senkt den Blick darauf hinab und lacht. »Was ist denn das?!«

So wie sie das Ding anstarrt und darüber lacht, könnte man meinen, ich hielte eine seltene Tierart in der Hand. »Das bezeichnet man gemeinhin als Telefon.«

»Schon, aber ...« Sie verstummt und lacht noch einmal

amüsiert auf, ein Laut, der mich umweht wie eine kühle Brise. »Haben Sie das im Museum der fünfziger Jahre gestohlen? Jetzt kann das Mannequin mit dem blau karierten Kleid und dem passenden Haarband ja gar nicht mehr den Anruf ihres Ehemannes entgegennehmen, in dem er ihr mitteilt, dass er zu spät zum Abendessen kommt! Ach du meine Güte, dieses Kabel ist ja mindestens fünfzehn Meter lang!«

Ich kneife die Augen zusammen. »Werden Sie jetzt Ihr Fenster herunterkurbeln oder nicht, Sie Klugscheißerin?«

Sie zieht die Augenbrauen hoch. »Haben Sie mich gerade ... *Klugscheißerin* genannt?«

»Ja.« Und ich werde mich nicht dafür entschuldigen. Schließlich habe ich nicht vor, mich mit ihr anzufreunden oder es ihr besonders schön zu machen – außerdem hat sie mein Telefon beleidigt. Ich liebe mein Telefon. Es ist ein gutes Gerät.

Seltsamerweise breitet sich ein strahlendes, atemberaubendes Lächeln auf ihrem Gesicht aus. Dann lacht sie. Mein Magen zieht sich zusammen, mein Herz pocht wie wild. Ich befehle beiden, den Mund zu halten und sich zu benehmen. Ganz sicher werde ich mich kein zweites Mal von einer Frau einwickeln lassen, die in unserer Stadt strandet. Ich werde ihr heute Abend helfen, weil es erstens das Richtige ist, sie zweitens nicht in meinem Vorgarten sterben soll, damit ich sie drittens so schnell wie möglich wieder loswerde.

»Na gut.« Sie kurbelt das Fenster nur etwa fünf Zentimeter herunter, so dass ich das Telefon hineinschieben kann. Unsere Finger berühren sich, und mein gesamter Körper reagiert darauf, denn anscheinend habe ich meiner Standpauke von eben nicht zugehört. Hektisch zieht die Frau das Telefon ins Auto und lässt das Fenster wieder hoch, bevor ich eine Mistgabel hineinstoßen und sie aufspießen kann.

Misstrauisch beäugt sie das Gerät, dann hält sie es sich ans Ohr. »Hallo?«

Mir ist klar, dass Mabel sofort das Kommando übernimmt, denn die Augen der Frau sind schon bald doppelt so groß wie zuvor, und sie lauscht hingerissen und aufmerksam. Fünf Minuten später rinnen mir Schweißperlen den Nacken hinab, während ich mit verschränkten Armen an ihrer Motorhaube lehne und darauf warte, dass diese Klugscheißerin aufhört, sich mit Mabel halb totzulachen.

»Hat er nicht!«, ruft sie beinahe johlend. Höchste Zeit, dieses Gespräch zu unterbrechen. Ich gehe also wieder zu ihrer Tür und klopfe ans Fenster. »Die Zeit ist um. Steigen Sie jetzt aus oder nicht?«

Sie hält einen Finger in die Höhe und beendet das Gespräch mit Mabel. »Aha … aha … ja. Okay, ich fand es auch schön, mit Ihnen zu reden!«

Ich muss einen Schritt zurücktreten, als – Überraschung, Überraschung – die Frau die Autotür öffnet und aussteigt, um mir mein Telefon zurückzugeben. Sie reicht mir nur bis zum Kinn, aber ihr unordentlicher, brünetter Dutt ragt mir bis zum Scheitel. Ich will es mir nicht eingestehen, doch sie ist süß – und sie hat Stil. Sie trägt ein blau-weiß gestreiftes T-Shirt, das sie in eine weiße Retro-Shorts gesteckt hat. Diese reicht bis zu ihrer winzigen Taille, umschmiegt die Kurven ihrer Hüften und endet ziemlich weit oben an ihrem Oberschenkel. In diesem Aufzug gehört sie samt Segelboot auf ein Schwarz-Weiß-Foto, aber ganz sicher nicht hierher. Innerhalb eines Wimperschlags wird sie wieder verschwunden sein, weshalb es keinen Zweck hat, ihr Aussehen zu bewundern.

Sie sieht zu mir auf, lässt dann jedoch den Blick nervös zwischen mir und meinem Haus hin und her wandern.

»Ihre Freundin, Mrs. Mabel, hat Ihnen ein hervorragendes Leumundszeugnis ausgestellt, *Noah Walker.*« Meinen Namen spricht sie mit besonderer Betonung aus, triumphierend, weil sie meinen Namen kennt, ich den ihren jedoch nicht.

»Super. Da bin ich aber erleichtert.« Mein Ton ist trocken wie die Sahara. Ich verschränke die Arme vor der Brust. »Und Sie sind?«

Sofort ist es mit ihrer Ungezwungenheit vorbei, und sie weicht einen großen Schritt vor mir zurück, als wolle sie geradewegs wieder in ihre Todesfalle steigen. »Was interessiert Sie mein Name?«

»Ich will doch wissen, wem ich die Rechnung für den Rasensamen schicken soll.« Eigentlich sollte das weder freundlich noch scherzhaft klingen, aber sie scheint es trotzdem so zu verstehen.

Also lächelt sie und entspannt sich wieder. So ganz recht ist mir Letzteres nicht. Tatsächlich habe ich große Lust, ihr zu sagen, dass sie gar nicht erst anfangen soll, sich zu entspannen.

»Ich sag Ihnen was«, verkündet sie mit einem strahlenden Lächeln, das ich nicht erwidere. »Ich lasse morgen früh ein wenig Geld für Sie auf dem Küchentisch liegen.« In dem tiefen Schweigen, das dieser Äußerung folgt, hebe ich eine Augenbraue, bis ihr aufgeht, was sie da gerade gesagt hat. »Oh! *Nein.* Ich meinte damit nicht … ich halte Sie nicht für einen … Callboy.« Sie zuckt zusammen. »Schließlich können Sie gar kein Callboy sein, wenn Sie … «

Ich halte die Hand hoch. »Nicht weiterreden.«

»Gott sei Dank«, flüstert sie, lässt den Blick sinken und massiert sich die Schläfen.

Wer zum Teufel ist diese Frau? Warum fährt sie mitten in der

Nacht durch mein Provinzkaff? Sie ist schreckhaft. Sie plappert nervös vor sich hin und scheint auf der Flucht zu sein.

»Wenn Sie wollen, können Sie heute Nacht in meinem Gästezimmer verbringen. Die Tür ist abschließbar, weshalb Sie sich im Schlaf sicher fühlen können … Es sei denn, Sie möchten irgendwen anrufen, der Sie noch abholen könnte?«

»Nein«, antwortet sie hastig. Ich kann ihre Miene nicht deuten. Wachsam und gleichzeitig trotzig, und verdammt, ich wünschte, es gäbe mehr Licht hier draußen. Ich zermartere mir das Hirn, woher ich sie kenne, komme aber immer noch nicht darauf.

»Ich … « Sie zögert, als suche sie nach den richtigen Worten. »Ich wollte eigentlich einige Zeit Urlaub in einem Bed and Breakfast hier in der Nähe machen. So seltsam es also sein mag, ich werde Ihr Angebot annehmen und heute Nacht in Ihrem Gästezimmer schlafen. Morgen kann ich dann den Abschleppdienst anrufen und den Wagen in die Werkstatt bringen lassen?« Warum klingt das wie eine Frage? Als warte sie darauf, dass ich dieses Vorgehen billige.

»Klar«, sage ich achselzuckend und lasse keinen Zweifel darüber, wie egal mir ihre Pläne sind, solange sie mich in Ruhe lässt.

Kurz nickt sie. »Okay, also. Ja … dann … zeigen Sie mir mal Ihr Haus, Noah Walker.«

Ein paar Minuten später habe ich ihr geholfen, die Reisetasche aus dem Kofferraum zu hieven und zur Haustür zu tragen. Ich betrete mein Haus und halte ihr die Tür auf. Als sie an mir vorübergeht, steigt mir ihr sanfter, süßer Duft in die Nase. Er unterscheidet sich deutlich vom Geruch meines nur nach *mir* riechenden Zuhauses, was mich für eine Sekunde ganz aus dem Konzept bringt. Ihr Duft ist wie ein Riesenradiergummi, der meine normalen *Ich-bin-glücklich-allein*-Gedanken auslöscht und widerwärtige kleine Herzchen darüberkritzelt.

Mit dem Rücken zu mir bleibt sie stehen und betrachtet mein Wohnzimmer. Es ist zwar schlicht, aber keineswegs eine Junggesellenbude. Meine Schwestern haben mir nach der Renovierung beim Einrichten geholfen. Sie haben mir einen traditionellen Landhausstil empfohlen, was immer das verdammt nochmal heißt. Ich weiß nur, dass ich jetzt ein paar Bauernmöbel aus Holz besitze, die mich viel Geld gekostet haben, sowie eine riesige, weiße, gemütliche Couch, die ich selten nutze, weil ich den Ledersessel in meinem Zimmer vorziehe. Doch es sieht wohnlich aus. Ich bin froh, dass sie mich dazu überredet und nicht zugelassen haben, dass ich weiter wie ein unglücklicher Single lebe, als ich wieder hergezogen bin.

Mein Blick wandert von dem Sofa zu den kleinen, dunklen Haarsträhnen, die schweißnass in ihrem Nacken kleben. Und als ob sie es gespürt hätte, wirbelt sie zu mir herum. Unsere Blicke treffen sich, und mein Magen zieht sich zusammen. Jetzt verstehe ich, warum sie mir ihren Namen nicht verraten wollte. Warum sie nicht aus ihrem Auto aussteigen wollte. Warum sie die ganze Zeit wie auf heißen Kohlen zu sitzen scheint. Ich weiß genau, wer diese Klugscheißerin ist, und jegliche Gebete, die Mabel momentan zum Himmel schickt, sind umsonst, denn mit dieser Frau werde ich mich auf gar keinen Fall in irgendeiner Form einlassen.

»Sie sind Rae Rose.«

3

Amelia

»Nein, bin ich nicht!«, widerspreche ich hastig – geradezu panisch – und blicke mich hektisch um, so dass ich vermutlich aussehe wie ein Eichhörnchen, das versucht, seine kostbaren, heimlich zusammengeklaubten Nüsse zu beschützen. Am liebsten würde ich mein Geheimnis in die Backen stopfen und damit die Flucht ergreifen.

Er zeigt keine Regung. »Doch, sind Sie wohl.«

»Nope.« Energisch schüttle ich den Kopf. »Ich weiß nicht mal – ich kenne diese Sängerin nicht mal.« Bei diesen Worten kann ich ihm nicht in die Augen sehen. Ich bin zwar kein Feigling, aber sonderlich mutig bin ich auch nicht gerade.

»Hab nie gesagt, dass es eine Sängerin ist.«

Ich ziehe die Nase kraus. Naturburschen-Ken hat mich in die Ecke getrieben.

»Okay. Sie haben recht. Ich bin es«, bekenne ich, hebe die Hände und lasse sie wieder sinken. Ich verkneife mir ein entmutigtes und ängstliches *Ja und? Was wollen Sie jetzt von mir?* So darf ich keinesfalls reagieren, denn Rae Rose ist niemals unhöflich zu ihren Fans.

Eben noch war ich froh, weil er nicht zu wissen schien, wer ich bin. Ich hatte an eine Glückssträhne geglaubt und das Gefühl gehabt, dass dieses Abenteuer vielleicht doch keine totale Schnapsidee war. Doch nun bin ich wieder zurück in meiner üblichen Höllengrube aus Trübsinn, Düsternis und Schrecken.

Nicht falsch verstehen, ich liebe Fans, und ich liebe es auch, sie kennenzulernen. Ich ziehe es nur vor, dabei mein Security-Team um mich zu haben. Allein und mitten in der Nacht diesem deutlich über eins achtzig großen Kerl gegenüberzustehen, entspricht so gar nicht meinen Vorstellungen.

Wir sind jetzt an einem Punkt angelangt, an dem es normalerweise zwei Möglichkeiten gibt. Entweder tun meine Fans so, als würden sie mich gar nicht kennen, obwohl ich sie dauernd dabei ertappe, wie sie mich anstarren, oder sie flippen aus, brechen vor Begeisterung in Tränen aus und wollen unbedingt – auf welchem Untergrund auch immer – ein Autogramm von mir. Manch einer bittet mich sogar, seine Mom oder Freundin anzurufen. Oder man will ein Selfie mit mir machen. Hauptsache, man kann den Freunden beweisen, dass man mich tatsächlich getroffen hat. Vielleicht sollte ich einfach die Initiative ergreifen und ihm vorsorglich einen Handel vorschlagen: ein VIP-Ticket dafür, dass er mich heute Nacht nicht umbringt? Scheint doch ein guter Deal zu sein.

Ich schlüpfe also wieder in meine Rae-Rose-Haut. Sie ist weicher, sanfter – königlicher als meine eigene. Rae Rose ist jedermanns beste Freundin. Sie ist nachgiebig und liebenswert. »Nun ja, da die Katze jetzt aus dem Sack ist, würde ich Ihnen dafür, dass Sie mich hier übernachten lassen, gern ein VIP-Backstage-Ticket für eines meiner bevorstehenden Konzerte anbieten. Außerdem werde ich Ihnen den Aufenthalt natürlich vergüten.«

Ich blicke Noah in die Augen. Sie sind leuchtend grün. Verblüffend scharfsinnig und beinahe schon unnatürlich intensiv. Sie haben fast die gleiche Farbe wie die Streifen dieser Wintergreen-Peppermint-Bonbons. Dazu noch dieses markante, bärtige Kinn und die strengen, zusammengezogenen Augenbrauen – die Wirkung ist … intensiv. Aber seltsamerweise nicht furchteinflößend.

Mit immer noch vor der Brust verschränkten Armen zuckt er mit einer Schulter. »Warum sollte ich ein VIP-Ticket wollen?«

Diese Frage habe ich nicht erwartet. Ich verhaspele mich und kann nur noch herumstottern. »Ähm … weil Sie … ein Fan sind?«

»Ich hab nie gesagt, dass ich ein Fan bin.«

Stimmt. *Wow*. Okay.

Die Stille schlägt ein wie ein Donnerhall. Er scheint sich nicht bemüßigt zu fühlen, sonst noch etwas zu sagen, und mir fehlen sowieso die Worte, weshalb wir uns nur anstarren. Eigentlich sollte ich jetzt verstimmt sein. Vielleicht sogar beleidigt. Seltsamerweise bin ich das überhaupt nicht. Tatsächlich spüre ich ein leichtes Flattern im Bauch. Am liebsten würde ich loslachen.

Lange schauen wir einander an, wobei unsere Brustkörbe sich in perfekt abgestimmtem Rhythmus heben und senken. Warum ich so misstrauisch bin, weiß ich durchaus, kann mir aber nicht denken, warum auch *er* besorgt aussieht. Als ob ich mir jeden Moment seine Sofakissen und Lampen schnappen und mit ihnen in die Nacht entkommen wollte. Der Kissen-Räuber auf der Flucht.

Okay, er will also nicht zu meinem Konzert kommen, aber ihm ist doch sicher klar, dass ich mir eigene Sofakissen leisten kann, oder?

Je länger ich dastehe und beobachte, wie die Muskeln in seinem Kiefer arbeiten, umso deutlicher beschleicht mich das Gefühl, dass er nicht nur kein Fan, sondern vielmehr sogar das Gegenteil ist. Statt der gewöhnlichen glühenden Verehrung, die sonst in den Augen meines Gegenübers steht, lese ich in seinen nur Ärger. Man betrachte nur diese tiefe Falte zwischen seinen Augenbrauen. Mürrisch. Verdrießlich. Wütend.

Ich nehme zwar nicht an, dass er mir etwas tun wird, trotzdem scheint er keine besonders hohe Meinung von mir zu haben. Vielleicht, weil ich auf seinem Rasen geparkt habe. Aber womöglich auch aus einem anderen Grund. Jedenfalls ist dieses Gefühl absolut und auf wunderbare Weise neu für mich, und weil es schon spät ist und ich ein wenig hysterisch bin, beschließe ich, ihn aus der Reserve zu locken.

Ich stelle mich also genauso hin wie er. »Verstehe. Ein Ticket ist also nicht gut genug für Sie?« Dann lächele ich, als sei das unser beider Geheimnis. »Sie wollen auch ein signiertes Poster dabei herausschlagen, was?« Ich wackele mit den Augenbrauen. Natürlich habe ich nicht den geringsten Zweifel daran, dass er ganz sicher kein Poster will.

Er blinzelt.

»*Zwei* VIP-Tickets *und* ein signiertes Poster? Wow. Sie verhandeln aber ganz schön hart. Aber für meinen größten Fan gebe ich gern nach.«

Seine Miene bleibt vollkommen unbewegt, aber in seinen grimmigen Augen blitzt ein Funke auf. Er scheint sich ein Grinsen verkneifen zu müssen. Manchmal beschließen Menschen aus den willkürlichsten Gründen, mich nicht zu mögen. Zuweilen einfach, weil ich berühmt bin und sie sich unwohl in der Gesellschaft erfolgreicher Menschen fühlen. Oft aber auch, weil ich anders gewählt habe als sie. Und der ein oder andere sogar, weil ich vor seinem Lieblings-Joghurt-Shop die Stirn gerunzelt habe. Sie verbannen mich aus ihrem Leben, weil sie glauben, dass ich etwas gegen Joghurt habe. Unwillkürlich frage ich mich, ob dieses Exemplar hier zu letzterer Kategorie gehört. Normalerweise ist mein gut organisiertes Team aus Sicherheitsleuten immer um mich herum, um mich zu schützen, aber zwischen Noah und mir steht momentan niemand. Wobei ich keineswegs sagen kann, dass diese Situation mir unangenehm ist. Im Gegenteil: Ich finde sie aufregend.

Noah schüttelt sacht den Kopf und blickt hinab, um erneut nach meiner Reisetasche zu greifen. Für ihn ist diese Unterhaltung beendet.

»Folgen Sie mir«, sagt er.

Drei Worte. Ein Befehl. Heutzutage erteilt mir niemand mehr Befehle – oh, natürlich sagt man mir immer noch, was ich zu tun habe, aber mein Umfeld formuliert es so, dass es klingt, als sei es meine eigene Idee. *Rae, du musst doch total erschöpft sein. Das Gästezimmer ist hier am Ende des Flurs. Vielleicht würde es dir guttun, jetzt ins Bett zu gehen und dich ein wenig auszuruhen?*

Noah Walker ist zu selbstbewusst, um andere zu manipulieren. *Folgen Sie mir.*

Mit meiner Reisetasche in der Hand geht er einen Flur entlang, der vom Eingangsbereich fortführt, und verschwindet in einem Schlafzimmer. Ich hätte mich gern noch ein wenig umgesehen, aber ein Großteil des Hauses liegt im Dunkeln. Wahrscheinlich sähe es ziemlich merkwürdig aus, wenn ich sämtliche Zimmer inspizieren, die Lichter einschalten und womöglich sogar noch ein paar Schränke öffnen und herumschnüffeln würde. Also gebe ich mich damit zufrieden, Noah wie befohlen zu folgen: *Folgen Sie mir.*

Vor zwei Zimmertüren, die an dem Flur genau gegenüber liegen, bleibe ich stehen. Eine Tür ist verschlossen, die andere nicht. In dem offenen Raum entdecke ich meine Reisetasche auf dem Boden. Noah ist bereits dabei, ein frisches, weißes Betttuch auf einem Queensize-Bett auszubreiten.

Eine Minute lang bleibe ich im Türrahmen stehen und beobachte ihn. Alles kommt mir vor wie ein Traum. Heute bin ich vor meinem Leben in Ruhm und Glamour geflüchtet. Und jetzt stehe ich im Haus dieses merkwürdigen Mannes und sehe zu, wie er das Bett für mich überzieht, obwohl er mich nicht mag. Sein Verhalten ist ebenso widersprüchlich wie die weiche Bettwäsche es zu seinem rauen Kinn ist. Susan würde mir jetzt zweifellos raten, dieses Haus schleunigst zu verlassen und mir einen sichereren Unterschlupf zu suchen.

»Noah«, sage ich und lehne mich mit der Schulter an den Türrahmen. »Was halten Sie von Joghurt?«

Er hält inne und sieht sich nach mir um. »Joghurt?«

»Mmm-hmm. Essen Sie ihn gern?«

Wieder wendet er sich dem Bett zu. »Warum? Wollen Sie mir zusätzlich zu Tickets, Poster und Geld auch noch einen Eimer Joghurt spendieren, wenn ich ja sage?«

Aha! Unter all dem Ärger lauert ein Fünkchen Humor. Dachte ich's mir doch.

»Vielleicht.« Ich lächele, auch wenn er mich gar nicht ansieht.

»Na, lassen Sie das lieber. Ich will weder Joghurt noch das ganze andere Zeug.«

Im Geiste nehme ich einen dicken, fetten Edding zur Hand und streiche die Option *Wütend wegen des Fotos vor dem Joghurt-Shop* durch.

Noah breitet einen verwaschenen Patchwork-Quilt auf dem Bett aus. Er sieht aus, als habe er schon mehrere Generationen liebender Familienmitglieder erlebt. Mein Herz wehrt sich gegen die Gefühle, die bei diesem Anblick in mir aufsteigen. Ich frage mich, ob meine Mom meine Textnachricht von vorhin überhaupt gelesen hat.

»Kann ich Ihnen helfen?«, frage ich und mache einen wagemutigen Schritt in die Höhle des Löwen.

Wieder sieht er sich nach mir um, und seine Miene wird sogar noch grimmiger. Wortlos wendet er sich abermals dem Bett zu und fängt an, die obere Decke unter die Matratze zu stopfen. Ich verschweige ihm, dass ich sie sofort wieder rauszupfen werde, bevor ich ins Bett steige. »Nope.«

Gerade will ich nach einer Ecke des Quilts greifen, aber als er mir seine einsilbige Antwort entgegenblafft, hebe ich beschwichtigend die Hände in die Höhe und trete einen Schritt zurück. »Okay.«

Noahs Augen huschen zu meinen Händen empor, und für den Bruchteil einer Sekunde wird sein Ausdruck weicher. »Danke, aber nein.« Dann verfallen wir wieder in Schweigen.

In den letzten zehn Jahren habe ich Hunderte von Pressekonferenzen hinter mich gebracht, habe während der Meet and Greets mit Tausenden und Abertausenden von Fans zu tun gehabt. War erst letzten Monat live bei Jimmy Fallon, wo ich vor dem Studiopublikum einen improvisierten Song zum Besten gegeben habe, ohne auch nur einen Augenblick zu zögern. Aber jetzt – bei Noah Walker – weiß ich nicht, was ich sagen soll. Doch ich habe keine Lust, höflich zu sein. Oder freundlich. Es hat mich gepackt. Ach, ist das aufregend.

Zögernd bleibe ich irgendwo zwischen Tür und Bett stehen, um ihm nicht im Weg zu sein, und sehe zu, wie er schweigend ein Kissen herausholt und es mit einem Kissenbezug versieht. Das alles ist so normal, so häuslich, und es fühlt sich völlig unangebracht an, diese Erfahrung mit einem Fremden zu teilen, der mich nicht mal mag.

Ich sehe mich im Zimmer um, dann schaue ich über die Schulter und bemerke die geschlossene Tür auf der gegenüberliegenden Seite des Flurs. Plötzlich kommt mir ein Gedanke. Ist Noah verheiratet? Vielleicht ist er deshalb so kratzbürstig und abweisend? Er will nicht, dass ich auf irgendwelche seltsamen Ideen komme. Aus Filmen oder den Geschichten in Illustrierten schließt er, dass Prominente allesamt liebestolle Ehezerstörer sind.

Ich räuspere mich in dem Versuch und überlege, wie ich ihm am besten vermitteln kann, dass ich ihn heute Abend nicht bespringen werde. »Also, äh – Noah. Haben Sie eine ... bessere Hälfte?«

Wieder huscht sein Blick zu mir hinüber, und jetzt sieht er wirklich *stinksauer* aus. »Ist das Ihre Art, mich um ein Date zu bitten?«

Ich tue so, als ob ich mich verschlucke. »Was? Nein! Ich habe nur ... « Mittlerweile bin ich total von der Rolle! Eigentlich wollte ich ihn beruhigen, mache aber alles nur noch schlimmer. Und habe offensichtlich keine Ahnung, was ich mit meinen Händen anstellen soll. Ich fuchtele wild in der Gegend herum wie ein desorientierter T. Rex bei dem Versucht, ein Flugzeug zu fangen. »*Nein.* Bevor ich die Nacht hier verbringe, wollte ich nur sichergehen, dass ich niemandem auf die Füße trete.« Ich ziehe eine Grimasse. Das wird ja immer schlimmer. »Oh jeee! Ich meinte damit nicht, dass ich jemandem auf die Füße trete, indem ich die Nacht mit *Ihnen* verbringe. Ich weiß, dass ich hier drin allein schlafen werde. Ich stehe sowieso nicht auf One-Night-Stands, denn hinterher ist es immer so peinlich ... «

Oh nein. Ich rede zu viel. Jetzt habe ich offiziell schon zum zweiten Mal Sex zur Sprache gebracht, und zwar in einer Unterhaltung mit einem Fremden, der mich nicht leiden kann. Ich hab's absolut vermasselt, dabei vermassele ich es sonst *nie.*

Noah legt das frisch überzogene Kissen aufs Bett und wendet

sich mir endlich zu. Wortlos kommt er näher. Ich muss das Kinn immer weiter nach oben, oben, oben recken, um ihn anzusehen. Er lächelt nicht, runzelt aber auch nicht die Stirn. Seine Miene ist unergründlich. »Ich bin Single, aber dennoch nicht auf dem Markt.«

Er bleibt vor mir stehen, während mein Gesicht so heiß wie Lava wird und mir geradewegs von den Wangenknochen herunterzuschmelzen droht. Das war die sanfteste, höflichste Abfuhr meines gesamten Lebens, dabei habe ich ihn noch nicht mal um ein Date gebeten.

Wie gut, dass das alles eigentlich keine Rolle spielt. Morgen früh reise ich wieder ab, suche mir das Bed and Breakfast, und Naturburschen-Ken wird nie wieder sauer auf mich sein müssen.

Aber warum bleibt er weiter reglos vor mir stehen? Warum fühle ich mich ihm dermaßen verbunden? Irgendetwas in meinem Innern zwingt mich näher, beschwört mich, eine Hand auf seine Brust zu legen und sie über sein weiches Baumwoll-T-Shirt gleiten zu lassen. Er bewegt sich nicht, ich mich ebenso wenig.

Dann macht er plötzlich ein verlegenes Gesicht und deutet auf die Tür, an die ich mich mittlerweile – ohne es bemerkt zu haben – lehne. »Ich kann nicht durch, solange Sie dort stehen.«

Oh.

OH!

Höflich, höflich, höflich. »Ja! Tut mir ja so leid! Ich mache Ihnen einfach … Platz.« Er verzieht keine Miene, als ich beiseitetrete und mit dramatischer Geste auf den Ausgang deute.

»Falls Sie Wasser brauchen, finden Sie Trinkgläser im Schrank neben dem Spülbecken in der Küche. Das Bad ist am Ende des Flurs. Ich gehe jetzt ins Bett. Schließen Sie ruhig die Tür ab. Ich jedenfalls tue das bestimmt.«

»Klug von Ihnen. Wir wollen doch nicht, dass der Kissen-Räuber zuschlägt«, sage ich und spüre, wie die Aufregung erneut in mir emporbrandet, nachdem ich genau das gesagt habe, was ich will – ungezügelt und ohne Filter.

Vielleicht … nur vielleicht war dieses Abenteuer ja doch kein Fehler.

4

Noah

Wütend setze ich Sonnenbrille und Baseballcap auf und halte den Kaffee wie einen Schild vor mich. Für den Weg vom öffentlichen Parkplatz bis zum Geschäft brauche ich offenbar zusätzlichen Schutz. Es ist nur ein fünfminütiger Spaziergang die Main Street entlang, aber das ist mehr als genug Zeit, um jeden einzelnen Bewohner dieser verdammten Stadt zu treffen. Dabei spielt es keine Rolle, dass Rae Rose nur neun Stunden lang in meinem Haus war. Denn es sind ziemlich genau acht Stunden mehr, als Mabel benötigt, um jeden anzurufen, den sie kennt, und damit die unglaublichste Telefonkette der Welt in Gang zu setzen. Zumindest wird es das Geschäft ankurbeln. Jeder wird einen Kuchen mit einem saftigen Stück Klatsch abhaben wollen.

Das ist das Problem, wenn man seit seiner Kindheit in der gleichen Stadt lebt. Alle erinnern sich noch daran, wie man im Alter von sieben Jahren in einem potthässlichen Pullunder im Kirchenchor Weihnachtslieder gesungen hat. Oder daran, wie der Sheriff gerufen wurde, weil man mit der damaligen Highschool-Freundin am See so lange im Pick-up herumgemacht hat, bis die Fenster beschlagen waren. Das Gerücht, dass eine – obendrein hübsche – Frau in meinem Haus geschlafen hat, wird also erst recht für Aufruhr sorgen. Hier gerät nun mal nichts in Vergessenheit, und die Leute interessieren sich noch mehr für mein Liebesleben als für eine romantische Nachmittagsserie im Fernsehen.

Vielleicht sollte ich meinen Laden heute besser schließen und angeln gehen, statt mich geradewegs in die Höhle der Löwen – mit anderen Worten auf den Marktplatz – zu begeben. Aber ausgerechnet heute Morgen ist nun mal Liefertag. James, ein Freund, dem ein Bauernhof in der Nähe gehört und der alle meine frischen Zutaten liefert, wird mehrere Kisten mit Gemüse, Eiern und Milch bei mir absetzen, und ich muss vor Ort sein, um alles in Empfang zu nehmen.

Wenn mir jemand früher gesagt hätte, dass ich mit zweiunddreißig einmal in dieser Stadt leben und den Pie Shop führen würde, der kreativerweise den Namen *The Pie Shop* trägt und den meine Großmutter mir hinterlassen hat, hätte ich dem Betreffenden einen Vogel gezeigt. Insbesondere nachdem ich mit Sack und Pack zu Merritt nach New York gezogen war. Dort hatten wir uns ein gemeinsames Leben aufbauen wollen. Also hatte ich versucht, in dieser Großstadt Fuß zu fassen, und mich doch ein ganzes Jahr lang wie ein Stück Treibholz im Meer gefühlt. Aber jetzt bin ich wieder hier – zu Hause – und führe ein Leben, das ich nie habe kommen sehen, das ich aber heiß und innig liebe.

Na ja, meistens jedenfalls. Auf die neugierigen Nachbarn, die ihre Nase in meine Angelegenheiten stecken, könnte ich nun wirklich verzichten.

Und los geht's. Schon nähert sich Hindernis Nummer eins: *Phil's Hardware*, der ansässige Baumarkt. Im Näherkommen kann ich erkennen, dass Phil und sein Geschäftspartner Todd draußen so tun, als würden sie den Gehsteig fegen und die Schaufensterscheibe putzen, obwohl Phils Enkel nach der Schule regelmäßig vorbeikommt, um beides zu erledigen.

Als ich beinahe bei ihnen bin, halten sie inne, murmeln erst unverständliches Zeug vor sich hin und heucheln dann bei meinem Anblick Überraschung, obwohl ich genau zu dieser Tageszeit jeden Tag hier vorbeikomme.

»Wow! Ganz schön heiß heute, was, Noah?«

»Genauso heiß wie gestern, Phil«, antworte ich und nippe an meinem Kaffee, ohne stehen zu bleiben.

Phil blinzelt hektisch, offensichtlich auf der Suche nach einem Geistesblitz, mit dem er mich ins Gespräch ziehen könnte. Doch ihm fällt nichts ein, weshalb Todd einspringt. »Vielleicht bringt dir die Hitze ja sogar ein paar neue Kunden ein? Einige Ausflügler, die nicht aus der Gegend sind, vielleicht?«

»Bei Hitze bekommst du ausgerechnet Heißhunger auf Pie, Todd? Vielleicht solltest du deshalb mal zum Arzt gehen. Merkwürdig.« Unbeirrt setze ich meinen Weg fort, hebe statt eines Abschiedsgrußes die Hand und winke ihnen über die Schulter zu. Die beiden können von Glück sagen, dass ich ihnen nicht den Mittelfinger zeige.

Schon nähere ich mich Hindernis Nummer zwei: *Harriets Market*, dem kleinen Supermarkt. Ich ziehe meine Baseballcap ein wenig tiefer in die Augen, denn wenn es einen Menschen gibt, den ich heute nun wirklich nicht sehen will, dann ist es Harriet. Diese Frau kennt kein Erbarmen. Ich gehe unter ihrer blau-weiß gestreiften Markise hindurch und glaube schon, dass die Luft rein ist. Doch dann höre ich die Klingel über der Tür zu ihrem Laden. Ich zucke zusammen und erwäge, einen Zahn zuzulegen, aber es ist zu spät. Ich sitze in der Falle.

Sie redet nicht lange um den heißen Brei. »Noah Walker, glaub nicht, dass ich nicht von der Frau gehört habe, die letzte Nacht bei dir verbracht hat.« Mir bleibt keine Wahl. Also hole ich tief Luft, wappne mich und wende mich zu Harriet um. Sie hat die Hände in die schlanken Hüften gestemmt und ein strenges Funkeln in den Augen. Ein Stirnrunzeln steigert die ohnehin beträchtliche Faltenanzahl in ihrem Gesicht. Das fröhliche gelbe Sommerkleid passt so gar nicht zu ihrer Persönlichkeit. Das von weißen Strähnen durchzogene Haar hat sie zu einem festen Knoten zusammengefasst. Harriet ist nicht deshalb so grantig, weil sie andere nicht mag, sondern weil sie sich beinahe hundertprozentig sicher ist, dass sie besser ist als die meisten ihrer Mitmenschen. Und wer weiß, vielleicht ist sie das ja sogar.

»Zu meiner Zeit gingen Männer und Frauen vor der Ehe nicht dermaßen intim miteinander um. Da blieb noch ein wenig mehr für die Phantasie übrig. Für Wünsche und Träume.« Sie neigt ein wenig den Kopf, so dass sie gleichzeitig die Lippen schürzen und die Augenbrauen hochziehen kann. »Nun, wer ist diese Frau, mit der du die Nacht verbracht hast, und hast du vor, sie zu heiraten?«

Na, das ging ja schnell.

»Äh – nein, Ma'am. Und ich habe die Nacht nicht *mit* ihr verbracht. Ihr Wagen hat in meinem Garten den Geist aufgegeben, weshalb ich ihr mein Gästezimmer angeboten habe.« *Nicht dass es dich etwas anginge,* möchte ich am liebsten hinzufügen, aber ich bin nun mal ein Feigling und habe eine Heidenangst vor dieser Frau. Mit Mabel zanke ich mich gern, aber bei Harriet ziehe ich immer den Schwanz ein.

Sie droht mir mit dem Finger. »Dann rühr sie bloß nicht an. Wenn du sie nicht zum Altar führen willst, dann halt dich zurück und tauch deine Zehen nicht in ihren Teich.«

Ich ziehe eine Grimasse. Keine Ahnung, ob sie das als sexuelle Anspielung verstanden wissen will oder nicht, aber widerlich finde ich es in jedem Fall.

»Keine Sorge. Ich habe kein Interesse an ihrem … Teich.«

Ja. Es auszusprechen, fühlt sich genauso abscheulich an wie

erwartet. Na toll. Jetzt habe ich meine liebe Not, das Bild wieder aus dem Kopf zu kriegen. Wieder ein Grund, warum ich mich, wenn überhaupt, höchstens außerhalb dieser Stadt mit einer Frau einlassen könnte. Was ich allerdings ehrlich gesagt schon lange nicht mehr getan habe. Ich habe nichts übrig für One-Night-Stands, denn in diesem Punkt hatte Rae Rose gestern Abend recht: Hinterher ist es immer peinlich. Und auch währenddessen finde ich keinen Gefallen daran. Wenn ich mit einer Frau schlafe, habe ich lieber eine emotionale Verbindung zu ihr.

Mit anderen Worten: Ich bringe sowieso keine Frauen mit nach Hause, denn in dieser Stadt liegt immer irgendjemand mit dem Fernglas auf der Lauer und geiert nach Klatschgeschichten. Und sobald es Harriet zu Ohren käme, würde sie mir den freikirchlichen Prediger aus der Kirche des Nazareners auf den Hals hetzen, damit der mir ins Gedächtnis ruft, dass Lust eine der sieben Todsünden ist. Zu allem Überfluss liebt Pastor Barton meine Pies. Während seiner Predigt würde er also bestimmt drei Stücke verputzen, so dass der ganze Nachmittag dabei draufginge.

Harriet nickt, wobei immer noch eine steile Falte zwischen ihren Brauen aufragt. »Nun ja, gut. Dann sorg dafür, dass es so bleibt.«

Super, das habe ich also schon mal hinter mir.

»Kurz vor Feierabend wartet deine Pfirsichpie auf dich.« Es ist Mittwoch, weshalb sie sie wie immer auf dem Weg zu ihrem Strickkreis abholen wird. Stumm proste ich ihr mit meinem Kaffee zu und gehe weiter.

Ich erhöhe das Tempo und treffe wundersamerweise auf niemanden mehr, weder am Diner noch am Blumenladen. Letzterer gehört meiner jüngsten Schwester, die mit Sicherheit sofort herausplatzen und mich mit Fragen bestürmen würde. Glücklicherweise ist sie aber gerade mit meinen beiden anderen Schwestern außerhalb der Stadt unterwegs.

Endlich bin ich am Eingang zu *The Pie Shop* angelangt. Ich stecke den Schlüssel ins Schloss, obwohl ich den Laden sogar nachts vermutlich weit offen stehen lassen könnte, ohne dass jemand auch nur in Betracht ziehen würde, ihn zu verwüsten oder irgendetwas zu stehlen. Tatsächlich würde vermutlich sogar Phil vorbeikommen, den wackligen Barhocker reparieren und anschließend gewissenhaft für mich abschließen.

In den Laden zu kommen, fühlt sich an wie eine Umarmung. Jeder andere fände wohl nichts Besonderes daran, aber für mich ist er mein Zuhause. Dieser Kuchenladen ist schon seit Jahrzehnten im Besitz unserer Familie. Im Laufe der Jahre hat sich nur wenig geändert, wofür ich dankbar bin. Vor den doppelflügeligen Fenstern hängen noch immer die gleichen blau-weiß karierten Vorhänge. Und neben der Vitrine für die Pies befindet sich die gleiche, zerkratzte Holztheke. Den hohen Tisch vor der großen Fensterfront musste ich ersetzen. Er war einfach zu mitgenommen, aber immerhin habe ich einen gefunden, der beinahe genauso aussieht wie der alte.

Ich mache zehn Schritte in den Laden hinein, hebe die hochklappbare Theke an, trete hindurch und verriegele sie wieder hinter mir. Zusammen mit der kuppelförmigen Kuchenvitrine trennt sie die vordere Hälfte des Ladens von der hinteren. Im hinteren Bereich befindet sich eine winzige Küche, in der meine Mom, meine Grandma und vor ihr deren Mom und wiederum deren Mom die Walker-Pies und -Kuchen nach geheimen Familienrezepten gebacken haben. Aber das war es auch schon. Der Laden ist klein oder überschaubar oder wie auch immer man es nennen möchte, aber er ist alles, was ich brauche.

Die nächsten Minuten verbringe ich damit, alles für die Öffnung vorzubereiten – ich schalte den riesigen Ofen an, koche frischen Kaffee für die Kunden, wische die Flächen blank. Gerade stecke ich ein Tablett mit Pies aus dem Tiefkühlschrank in den Ofen, als die Hintertür sich öffnet und James mit einer Kiste voller Äpfel eintritt.

Auch er ist in dieser Stadt aufgewachsen und hat die Farm seiner Familie übernommen. Wir sind zusammen zur Schule gegangen, von der Grundschule bis zum Community College, an dem wir beide im Hauptfach Betriebswirtschaft studiert haben.

»Wie läuft's, Noah?«

»Gut. Und wie geht's ... «

»Also, wer ist diese Frau?«, unterbricht er mich, stellt die Kiste ab und verschränkt die Arme vor der Brust.

Ich gieße mir frischen Kaffee in eine Tasse. So langsam beschleicht mich das Gefühl, dass ich heute noch erheblich mehr davon brauchen werde. »Verdammt. Woher weißt denn sogar *du* schon von ihr? Wir haben gerade mal acht Uhr morgens.«

Er zuckt mit einer Schulter. »Mabel hat angerufen und gefragt, ob ich von meiner Veranda aus irgendwen sehen kann.«

Genau genommen ist James mein Nachbar. Allerdings liegen ein paar Morgen Land zwischen unseren Häusern.

Ich hebe den Kaffee an die Lippen und trinke einen Schluck. »Und konntest du?«

»Nee – war zu weit weg.«

»Konntest du dein Fernglas gerade nicht finden?«

»Das hab ich verliehen.« James nimmt sich einen Wegwerfbecher aus Styropor und bedient sich am Kaffee, bevor er sich wieder an die Theke lehnt und lässig die Beine überkreuzt, als hätte er den ganzen verdammten Tag nichts mehr zu tun.

»Alles gut?«, frage ich verärgert. »Kann ich dir sonst noch was bringen? Eine Illustrierte? Eine Decke? Einen Stuhl?«

»Alles bestens, danke.« Er lächelt nachsichtig. Frauen bezeichnen James häufig als charmant. Ich empfinde ihn eher als Nervensäge. »Also … wie heißt sie?«

Keine Ahnung, wie man sich unter solchen Umständen verhält. Darf man anderen Leuten verraten, dass man eine Prominente im Haus hat?

»Rae«, sage ich mit diskretem Räuspern.

»Nachname?« Ohne mich aus den Augen zu lassen, pustet er in seinen Kaffee.

Ich blicke zur Decke, als zermartere ich mir das Hirn, wie der Nachname lautet. Als schwirre er mir nicht schon den ganzen Morgen durch den Kopf. Als hätte ich ihn nicht auf der Zunge. Als habe er mich vergangene Nacht nicht ständig in meinen Träumen heimgesucht. »Ähm … ich glaube, er lautet Kümmer-dich-um-deinen-eigenen-verdammten-Kram. Musst du nicht noch mehr Kisten ausladen? Ich bin mir ziemlich sicher, dass ich noch mehr bestellt habe als nur diese eine.«

Ich hebe die Apfelkiste hoch und trage sie in meine begehbare Speisekammer, wo ich die Früchte in Behälter umschichte. Mein nerviger Schatten folgt mir. »Warum machst du ein solches Geheimnis draus?«

»Mach ich gar nicht. Ich hab nur keine Lust, mit dir darüber zu reden.«

»Hmm, heute also besonders miesepetrig. Diese Frau scheint dir unter die Haut gegangen zu sein. Wie lange bleibt sie bei dir?«

Ich drehe mich um und remple beim Verlassen meiner Vorratskammer seine Schulter an. »Der Einzige, der mir unter die Haut geht, bist du.«

Wenn er jetzt nicht die übrigen Kisten holt, mache ich es selbst. Diese Stadt macht aus jeder Mücke einen Elefanten. Da ist also eine Frau in meinem Haus? Riesensache. Sie bleibt nicht. Tatsächlich hoffe ich, dass sie verschwunden ist, wenn ich nach Hause komme. Das Letzte, was ich brauchen kann, ist irgendein verwöhnter Popstar, der meine Stromrechnung strapaziert.

Ich trete in die Gasse hinter meinem Lokal hinaus und zerre eine große Kiste mit Eiern von der Ladefläche von James' Pick-up. Kurz denke ich darüber nach, ein oder zwei davon zu nehmen und sie gegen seine Windschutzscheibe zu schleudern. Als ich mich wieder zu meinem Laden umdrehe, blockiert mir James den Zugang. Er sieht genauso spitzbübisch aus wie damals, als wir Kinder waren und er mich überredet hat, mich nachts rauszuschleichen, um mit den Fremont-Girls schwimmen zu gehen. Ich muss zugeben, dass das eine richtig schöne Nacht war.

»Erzähl mir einfach nur die Einzelheiten, dann lass ich dich in Ruhe.«

Ich atme tief aus, was sich beinahe wie ein Knurren anhört. »Na gut. Sie heißt Rae Rose, und ihr Wagen hat in meinem Vorgarten den Geist aufgegeben. Ich habe sie in meinem Gästezimmer übernachten lassen, und das war's. Ende der Geschichte.«

Er zieht die Augenbrauen zusammen, und ich erkenne, dass er ihren Namen einzuordnen versucht. Es ist nur eine Frage der Zeit, bis ihm ein Licht aufgeht. Ta-daa, schon ist es so weit. Er reißt die Augen auf, und ihm bleibt der Mund offen stehen. »Du willst mir jetzt nicht erzählen, dass … «

Ich nicke und beende an seiner Stelle den Satz. »Die Prinzessin seelenvoller Popmusik residiert momentan in meinem Haus und atmet meine teuer erkaufte Luft.«

»Sag bloß!« Ich kann förmlich sehen, wie die Rädchen in seinem Hirn sich drehen, ein Anblick, der mir gar nicht gefällt.

Als stelle er sich ihr Gesicht vor. Als hätte er ganz neue Perspektiven vor Augen. Und dann sieht er mich an, und sein Blick ändert sich. »Oooh, jetzt wird mir klar, was hinter deinem mürrischen Verhalten steckt.«

»Ich bin immer mürrisch.«

Er grinst, als sei ich ein offenes Buch für ihn. Wahrscheinlich bin ich das sogar. Was ich ätzend finde. »Sie ist atemberaubend und talentiert, und sie gefällt dir. Aber sie kommt nicht aus dieser Stadt, und nach dem, was du durchgemacht hast, gestattest du dir nicht mal, mit ihr zu reden.«

»Ich habe sehr wohl vernünftig mit ihr geredet. Und jetzt beweg deinen Hintern«, sage ich, schiebe mich an ihm vorbei und stelle die Eier ab. Ich hantiere mit ein paar Töpfen und Pfannen herum, einfach nur um jede Menge Krach zu machen. Wie ätzend, dass er mich so leicht durchschaut!

Unglücklicherweise schreckt James noch weniger vor meiner schlechten Laune zurück als die restliche Stadt. »Mann, was bist du doch für ein Holzkopf. Rae Rose ist ... « Er verstummt, und angesichts seiner schwärmerischen Miene würde ich ihm am liebsten den Hals umdrehen. »Jedenfalls stehen die Chancen eins zu einer Million, dass ihr Auto in deinem Vorgarten schlappmacht. Wo ist sie denn jetzt hin?«

Ich wünschte, sie wäre in *seinem* Vorgarten gelandet statt in meinem. Offensichtlich hat er für diese Situation deutlich mehr übrig als ich. »Warum sollte mich das kümmern?«

»Weil ... keine Ahnung. Vielleicht hättest du ja eine Chance bei ihr.«

»Ich will keine Chance bei ihr haben.«

Er schnaubt und verdreht die Augen. »Komm schon, Mann.

Willst du nie wieder was mit Frauen zu tun haben? Hat Merritt dir wirklich so übel mitgespielt?«

Ich beiße die Zähne zusammen. »Lass Merritt aus dem Spiel.«

Er ignoriert meine Drohung. »Irgendwann musst du es einfach noch mal versuchen. Warum nicht aufs Ganze gehen und dich mit einer phantastischen Berühmtheit einlassen?«

Wieso glaubt er, dass ich bei einer Frau wie ihr überhaupt eine Chance hätte? Diese Stadt ist total plemplem. Rae Rose spielt in einer so vollkommen anderen Liga, dass sie keinen zweiten Gedanken an mich verschwenden würde.

Doch wenn ich ihm nicht gebe, was er will, gibt James keine Ruhe, das ist mir klar. Nachdem ich also meine Lungen mit so viel Luft wie möglich gefüllt habe, dränge ich das unbehagliche Gefühl beiseite, das emotionale Beichten in mir hervorrufen, und sehe ihm geradewegs in die Augen.

»Ich werde mich wieder mit Frauen verabreden, wenn es mir gut geht und ich dazu bereit bin. Aber ganz sicher fange ich nie wieder was mit einer Frau an, deren Leben sich außerhalb der Grenzen dieser Stadt abspielt, denn du weißt, dass ich sie nicht begleiten kann. Und nehmen wir mal an, die Welt stünde plötzlich Kopf und sie hätte tatsächlich Interesse am Besitzer eines Pie Shops aus Kentucky: ich habe kein Interesse daran, mich mit einer Prominenten einzulassen und dann durch die Klatschpresse herauszufinden, dass sie mich betrügt.«

James wirft mir einen mitleidigen Blick zu. »Nur weil … «

»Damit ist das Gespräch beendet.« Ich öffne die Hintertür zur Küche, um James auf wenig subtile Weise zu signalisieren, dass er verschwinden soll. Aber er rührt sich nicht vom Fleck. Ich werde einen Gabelstapler mieten müssen, um ihn hier rauszuschaffen. »Hörst du wohl auf, daraus etwas zu machen, was es nicht ist? Sie wird verschwinden, sobald Tommy ihren Wagen abgeschleppt und ein bisschen Öl nachgegossen hat.« Wenn ich Glück habe, muss ich sie nie wiedersehen. Genau das hätte ich auch damals machen sollen, als Merritt vor all den Jahren durch diese Stadt kam – ich hätte sie ignorieren sollen. Ich habe Rae heute Morgen einen Zettel mit der Telefonnummer von Tommys Werkstatt auf der Küchenablage hinterlassen in der Hoffnung, dass alles erledigt ist, bevor ich nach Hause komme.

»Was macht sie denn jetzt gerade?«, fragt er. Seufzend knalle ich die Tür wieder zu, begebe mich zum Kühlschrank und räume die Eier ein.

»Keine Ahnung, James. Vielleicht klickt sie sich durch die hiesigen Kabelkanäle? Wie gesagt, es ist mir egal.«

Er tritt neben mich, so dass er mein Profil betrachten kann. »Du bist ein Arschloch, das weißt du hoffentlich, oder?«

»Ich hatte so eine Ahnung.«

Er schüttelt den Kopf und reibt sich den Nacken. »Deine Grandma würde sich deiner Manieren schämen.«

Okay, na gut, das ist ein Schlag unter die Gürtellinie, und das weiß er. Meine Grandma ist immer noch meine absolute Lieblingsperson auf der Welt. Schon allein bei der Vorstellung, dass sie sich aufregen könnte, fahre ich beinahe aus der Haut.

Mit verengten Augen sehe ich ihn an. »Woher willst du das wissen? Ich habe der Frau ein sicheres Dach über dem Kopf für die Nacht verschafft und ihr die Telefonnummer der hiesigen Autowerkstatt hinterlassen. Inwiefern lässt das auf schlechte Manieren schließen?«

»Du hast sie in einer Stadt mitten im Nirgendwo allein gelassen, wo sie sich inmitten von Fremden durchschlagen muss.«

Ich drehe mich ruckartig zu ihm um. »Ich bin auch ein Fremder!«

Er winkt ab, als spiele das keine Rolle. »Du weißt, dass du dich anders hättest verhalten sollen. Stell dir doch nur vor, wie sie sich gerade fühlt? Diese Frau ist berühmt. Ich wette, es macht ihr eine Heidenangst, ohne Bodyguard irgendwo allein hinzugehen.«

Darüber hätte sie vielleicht nachdenken sollen, bevor sie ohne Sicherheitsteam das Haus verlassen hat. Sie ist nicht mein Problem. Nein, wirklich nicht. Absolut rein gar nicht.

James' Gesicht nimmt einen ungeheuer selbstgefälligen Ausdruck an. Mir ist klar, dass nun der finale, entscheidende Schlag zu erwarten ist. »Wie hätte deine Grandma sie behandelt, wenn sie da wäre?«

Was für ein kleiner Mistkerl. Natürlich würde meine Grandma sagen, dass ich alles in meiner Macht Stehende tun sollte, um Rae zu helfen. Wahrscheinlich hätte sie mir sogar einen Schlag auf den Hinterkopf gegeben, weil ich heute Morgen kein Frühstück gemacht und sie zur Werkstatt gefahren habe, damit sie nicht in Tommys ekligem Abschleppwagen mit der hässlichen Beule in der Mittelkonsole mitfahren und oh Mann … sich seine Kriegsgeschichten anhören muss. Ganz sicher wird er ihr jedes blutrünstige Detail erzählen.

Stöhnend schnappe ich mir die Schlüssel von der Theke. »Nimm die Pies raus, wenn der Timer klingelt, und schalt dann den Ofen ab. Und schließ ab, wenn du rausgehst.«

»Äh … ich habe noch einen Job, weißt du?«, ruft er meinem Rücken hinterher.

»Seltsam. Kam mir vor fünf Minuten gar nicht so vor, als du dich an meinem Kaffee bedient und mir einen Schwatz aufgedrängt hast.«

Ich höre sein leises Lachen. »Na gut. Aber wenn ich gehe, nehme ich mir eine Pie mit.«

5

Amelia

Impulsive Entscheidungen sehen bei Tag betrachtet offensichtlich anders aus. Korrektur: nicht anders – sondern schlecht. *Sehr, sehr* schlecht.

Ich bin in einem fremden Haus mitten im Nirgendwo. Mein Auto ist kaputt, ich habe keinen Handyempfang, und mein einziger einigermaßen freundlich gesonnener Kontakt hat mir eine Notiz mit der Nummer einer Werkstatt hinterlassen, in der ich mein Auto reparieren lassen kann. Keine weiteren Hinweise. Wahrscheinlich immer noch besser als nichts. Das alles ist eine vollkommen neue Erfahrung für mich. Normalerweise klettern fremde Männer eher über mein Tor, um zu mir ins Haus zu gelangen, statt die Flucht zu ergreifen, bevor ich überhaupt wach bin, um mir bloß nicht begegnen zu müssen.

»Okay, Amelia, du schaffst das schon«, sage ich laut, denn anscheinend sind Selbstgespräche meine neueste Angewohnheit. Es ist total lächerlich, dass mich der bevorstehende Anruf bei einer Autowerkstatt nervös macht, aber es ist schon eine ganze Weile her, seit ich das letzte Mal … nun ja, irgendetwas ganz allein tun musste. Die Terminplanung überlasse ich normalerweise Susan oder Claire. Ich habe seit zehn Jahren keine Verabredung mehr selbst getroffen, und als sei das nicht schlimm genug, selbst hingefahren bin ich schon gar nicht.

Der Ruhm hat mich förmlich überrollt. An einem Tag war ich noch normal – eine Highschool-Schülerin, die auf einem

YouTube-Video ihren ersten Song sang und am Klavier begleitete. Und im nächsten Moment war ich eine Internetsensation. Täglich postete ich Videos meiner eigenen Songs, ebenso wie beliebte Coverversionen anderer Lieder, über die die Leute vollkommen ausflippten. Damals, als der Begriff »viral gehen« noch ganz neu war, kam ich mir total unnormal vor. Noch bevor ich professionell ein Album aufnahm, hatte mir mein YouTube-Kanal einen gewissen Bekanntheitsgrad eingebracht. Ich wurde wegen meines reifen Sounds in den Himmel gelobt – jener Soulstimme, die eher zu einer Dreißigjährigen passte, obwohl ich erst sechzehn war.

Ich erinnere mich, dass ich für Hochzeiten und besondere Anlässe für zweihundert Dollar den Abend gebucht wurde und mich damals schon für stinkreich hielt. Aber das Geld war mir eigentlich egal. Vor allem freute ich mich darüber, meine Musik endlich vor anderen spielen zu dürfen. Als ich siebzehn war, meldete sich eine Agentin bei mir – Susan. Sie verkündete, dass ich etwas Besonderes sei und sie mir helfen wolle, meine Karriere zu forcieren. Mit ihrer Einschätzung hatte sie recht, denn danach ging alles ziemlich schnell. Susan vermittelte einen Vertrag mit einer Plattenfirma. Das Album verhalf mir zum internationalen Durchbruch, und nichts hätte mich je darauf vorbereiten können, wie grundlegend sich mein Leben dadurch verändern würde. Dass der Ruhm meine Beziehung zu meiner Mom zerstören würde.

Die ersten paar Jahre waren ziemlich aufregend, und meine Mom und ich standen uns nach wie vor nahe. Ich genoss den Erfolg und fand ihn äußerst befriedigend … bis das Gefühl irgendwann verebbte. Ich schloss die typischen Promifreundschaften. Doch schnell wurde mir klar, dass derlei Beziehungen immer nur oberflächlich bleiben. Man kennt solche Freunde ja.

Sie fragen dich *Wie geht es dir?* Und du antwortest *Großartig!*, obwohl dein Leben gerade in Scherben liegt. Definitiv nicht die Art von Freunden, die man vom Badezimmer eines fremden Hauses aus anrufen kann, weil man versehentlich die Toilette verstopft hat und nun dringend ein Fluchtauto braucht.

Von außen betrachtet glaubt sicher jeder, dass ich alles habe. Rae Rose ist stark, talentiert, selbstsicher und ach so erfolgreich. Sie ist der Mittelpunkt einer jeden Party, und angesichts ihres Selbstvertrauens hinter dem Mikro bekommt man weiche Knie.

Das Problem ist nur, dass ich gar nicht Rae Rose bin. Ich pflege noch nicht mal meine eigenen Social-Media-Accounts. Und für die Auswahl meiner Outfits bei Events oder Interviews bin ich erst recht nicht zuständig. Ich wünsche mir nichts sehnlicher als meine Mom anzurufen, aber unsere Beziehung ist im Eimer, also lass ich es bleiben. Und die meisten Geschichten, die ich bei Talkshows zum Besten gebe, wurden vorher sorgfältig von meinem PR-Team abgestimmt und auf Schwachstellen hin abgeklopft. Rae ist nichts weiter als eine Kunstfigur, hinter der ich mich verstecke, denn ich habe schon in jungen Jahren gelernt, dass die einzige Möglichkeit, um in dieser Branche zu überleben, darin besteht, Selbstbewusstsein vorzutäuschen.

Aber je häufiger ich tagtäglich diese Maske aufsetzen muss, umso mehr entgleite ich mir selbst. Ich vermisse Amelia. Ich vermisse die Tage, in denen es nur darum ging, Musik zu machen und zu singen. Heute bin ich nichts weiter als eine leere Kreditkarte, die immer noch jeder zückt.

Besonders in diesem Moment würde ich mein Promiselbstvertrauen sofort gegen ein paar grundsätzliche soziale Fähigkeiten eintauschen. Denn nur weil ich einen einfachen Anruf tätigen muss, zittern meine Hände. Was soll ich überhaupt sagen? Ich nehme den alten Dinosaurier-Hörer von der Gabel, der so schwer ist, dass ich entscheide, mein Oberkörper-Workout für heute damit abhaken zu können. Mit der anderen Hand umklammere ich Noahs Zettel wie einen Rettungsanker. Er hat eine wunderschöne Handschrift. Mit dem Daumen fahre ich über die schwungvollen Schlaufen und Linien eines jeden Buchstabens, und mir geht auf, wie selten es heutzutage vorkommt, dass jemand noch handschriftliche Notizen macht. Irgendwie passen diese Buchstaben perfekt zu dem Mann. Faszinierend. Befehlend. Präzise. Und doch … weich.

Nachdem ich mich endlich gezwungen habe, Noahs Notiz nicht länger zu liebkosen, wappne ich mich und gebe die Telefonnummer ein. Und wow, das ist so ziemlich das Befriedigendste, was ich je getan habe. Ob den Leuten bewusst ist, dass diese alten Telefone im Grunde ein Äquivalent zu Antistress-Bällen sind? Nach dem Umgang mit dem vorsintflutlichen Gerät wird mein Smartphone ein ganz schöner Rückschritt sein. Für einen Augenblick beruhigen mich diese befriedigenden Knöpfe, aber als das Freizeichen ertönt, wird mir sofort wieder angst und bange zumute.

Ob es Noah wohl umgebracht hätte, mir ein paar Tipps mehr zu geben? Diese Notiz – wie schön und dekorativ sie auch sein mag – ist doch allzu kryptisch. *Fragen Sie nach Tommy. Er wird Ihr Auto abschleppen und zu einem fairen Preis reparieren.* Nun ja, ich klinge nicht gern wie ein Snob, aber der Preis macht mir eigentlich die geringsten Sorgen. Tatsächlich würde ich diesem Tommy mit Freuden eine Million Dollar zahlen, solange er mir versichert, dass weder er noch sonst jemand in seiner Werkstatt mich zu verschleppen gedenkt.

Das Telefon klingelt ein weiteres Mal, bevor ein Mann sich meldet. »Allo? Automuphinandsons.«

Hä? Was hat dieser Mann gesagt? Ich habe kein Wort verstanden. War das überhaupt Englisch? Ehrlich gesagt klang es wie ein Haufen ineinander verschachtelter Worte, die gerade im Müllschlucker landen. Und genau das ist ein exzellentes Beispiel dafür, warum ich nicht telefoniere. Man weiß nie, wer am anderen Ende der Leitung abnimmt, und es ist beinahe nie angenehm.

»Äh … hi … ist … Tommy da?«, frage ich und blicke noch einmal auf das Papier hinab, um mich zu vergewissern, dass ich den richtigen Namen im Kopf habe, obwohl ich den Zettel bestimmt schon zwanzig Mal gelesen habe und vom vielen Liebkosen vielleicht schon schwanger bin und Babys von ihm bekomme.

Ich zucke zusammen, als plötzlich ein lautes Hämmern am anderen Ende der Leitung zu hören ist, wodurch es sogar noch schwerer wird, die genuschelte Antwort des Mannes zu verstehen, die offen gesagt klingt wie: »Aha, Sie sind 'ne tolle Hupe.«

Das kann er nicht gemeint haben.

Mir bricht der kalte Schweiß aus, und ich bin kurz davor, die Nerven zu verlieren und hemmungslos in Tränen auszubrechen. Ich komme mir vor wie ein Kleinkind, das in einem Freizeitpark verlorengegangen ist. Ich habe mich völlig verirrt, und nichts kommt mir auch nur annähernd bekannt vor. Ich finde es *ätzend*, dass ich es bedaure, Nashville verlassen zu haben. Ich finde es *ätzend*, dass ich nicht in der Lage bin, mich allein durchzuschlagen. Und *absolut ätzend*, dass ich nirgends mehr hingehöre.

Ich fange an zu zittern. Vielleicht bin ich für so etwas einfach nicht geschaffen. Vielleicht sollte ich auflegen und stattdessen Susan anrufen. Ich werde sie bitten, mir einen Wagen oder ein Privatflugzeug zu schicken. Von mir aus sogar ein verdammtes Einrad. Dann wäre ich gegen Mittag wieder zu Hause, als ob gar nichts passiert wäre. Aber als ich mir mein dortiges Leben vorstelle, legt sich ein Schraubstock um meine Brust und drückt zu. Ich *kann* noch nicht zurückkehren. Ich kann noch nicht aufgeben, wonach auch immer ich in dieser Stadt suche.

»Allo?«, wiederholt der Mann jetzt ungeduldiger als zuvor.

»Ja, ich bin noch dran. Ähm ... ich habe Sie nicht ganz verstanden, aber ... «

Ich schnappe erschrocken nach Luft, als eine männliche Hand an mir vorbei greift und mir das Telefon abnimmt. Ich wirble herum und starre geradewegs auf Noahs breite Brust. Ich habe ihn nicht hereinkommen hören, und jetzt rast mein Herz nicht nur, es trommelt entrüstet gegen meine Rippen, damit ich seine Signale auch nur ja nicht überhöre. Vielleicht versucht es auch, aus meinem Körper zu entkommen und in sicherere Gefilde zu gelangen.

Vorsichtig wandert mein Blick an seinem Hals hinauf, über sein Kinn, bleibt kurz an seinem mürrisch verzogenen Mund hängen, bis er in seinen grünen Augen Halt findet. Er hält meinen Blick fest, während er den Hörer ans Ohr presst. »Tommy? Ja, ich bin's, Noah. Ich habe hier eine Frau, deren Auto von hier aus in deine Werkstatt abgeschleppt werden müsste.« Er verstummt und hört zu, wobei er mir weiterhin unverwandt in die Augen sieht. Unter diesem intensiven, unerschütterlichen Blick winde ich mich beinahe. Er würde einem Wachmann vor dem Buckingham Palace alle Ehre machen.

Noah nickt. »Mm-hmm. Das geht. Danke, Tommy.«

Er beugt sich vor, wobei seine Brust meine Schulter streift und dort ein zartes Feuer entfacht. Das Klicken des Hörers auf dem Telefon ist in der Totenstille dermaßen laut, dass ich ein wenig zusammenfahre. So wie auf Noah habe ich noch nie auf einen Mann reagiert.

»Danke«, stoße ich mühsam aus der dicken Wolke plötzlicher Anziehung hervor. »Kaum zu glauben, dass Sie ihn verstanden haben.«

Seine Mundwinkel zucken, als wolle er lächeln. Aber er tut es nicht. »Tommy spricht Dialekt. Dadurch und durch seinen starken Akzent ist er kaum zu verstehen.«

»Aber Sie hatten keine Mühe dabei.«

»Weil ich hier aufgewachsen bin. Ich beherrsche den Dialekt auch. Ist eine ganz eigene Sprache.«

»Bilingual«, bemerke ich leise lachend und lasse den Blick über den gleichen Pfad wieder herabwandern, den ich Augenblicke vorher hinauf genommen habe. Nase, Mund, Kinn mit Bartschatten, Hals. Als sein Adamsapfel hüpft, wird mir klar, dass ich ihn anstarre. Sabbernd. Ich will das eigentlich gar nicht, aber irgendetwas hat er nun mal an sich, das ihn von anderen Männern unterscheidet und mich magnetisch anzieht. Es ist keineswegs allein die Tatsache, dass er lächerlich gut aussieht, denn hallo, das tut er definitiv, sondern vor allem diese sanfte Härte, dieses köstliche Paradoxon zwischen wilder Männlichkeit und gemütlicher Normalität, die den Wunsch in mir weckt, mich in sein graues Baumwoll-T-Shirt zu kuscheln und für immer darin zu leben. Ich kenne ihn nicht mal und fühle mich trotzdem sicher. Noah ist wie eine Deckenburg, die man als Kind baut, um sich darin zu verstecken. Warm und beruhigend.

Wahrscheinlich ist das so, weil er sich so sehr von den Männern in meinem Alltagsleben unterscheidet. Die Künstlertypen, die sich ständig Gedanken darüber machen, ob ihre Frisur sitzt – oder die einem nur dann Aufmerksamkeit schenken, wenn man zusammen in der Öffentlichkeit ist, wo alle es mitkriegen. So war es jedenfalls mit meinem letzten Freund.

Die Beziehung war keine Fake-Beziehung im klassischen

Sinne, wurde uns aber von unseren jeweiligen Managern als etwas, das »uns beiden gut stehen würde«, nahegelegt. Ich hatte gehofft, dass sie sich irgendwann zu etwas richtig Schönen entwickeln würde, aber genau wie die übrige Handvoll anderer nicht ernsthafter Beziehungen in meiner Vergangenheit war sie letztendlich schal. Eine Zweiliterflasche Limo, die eine Woche lang ohne Deckel herumgestanden hatte.

Offiziell wollte er Rae Rose daten, ständig auf Partys unterwegs sein, in teuren Restaurants Unmengen an Geld ausgeben und unseren Promistatus bis zum letzten Tropfen auskosten. Und natürlich hat er stets dafür gesorgt, dass die Presse anwesend war, um unsere »absolut aufrichtigen Augenblicke der Zuneigung« festzuhalten, so dass wir so häufig wie möglich auf den Titelseiten der Illustrierten landeten. Von all dem abgesehen küsste er übrigens miserabel. Höchstens zwei von zehn Punkten – ich kann ihn nicht empfehlen.

Auf diese Art von Lifestyle stand ich vielleicht mit einundzwanzig, als das Rampenlicht mich noch nicht ausgebrannt hatte, aber heute will ich einfach nur jemanden haben, der Scrabble mit mir spielt und neben dem ich mich unter eine Decke kuscheln kann. Das konnte ich bei ihm nie, weshalb ich die Sache ziemlich schnell beendet habe, genau wie all die anderen Beziehungen, die sogar noch weniger bemerkenswert gewesen waren, auch wenn diese Männer besser küssen konnten.

Keiner dieser Typen war authentisch. Im Gegensatz zu dem Mann, der gerade vor mir steht.

Noah räuspert sich und tritt einen Schritt zurück. »Tommy wird um neun Uhr hier sein, um Ihr Auto abzuholen. Er wird es mit in seine Werkstatt nehmen und überprüfen, was ihm fehlt.«

Ich schlucke und nicke, heiße die kühle Luft willkommen, die Noahs Körperhitze vertreibt. Doch dann besinne ich mich darauf, was sich gehört. »Toll. Und nochmals danke. Tut mir so leid, dass ich Ihnen solche Umstände mache. Ich würde das gern wiedergutmachen.« *Höflich, höflich, höflich.* Unter allen Umständen, und ich bin stets gewissenhaft höflich.

»Machen Sie sich darum keine Gedanken«, sagt er nur, bevor sich wieder Stille über den Raum senkt. Ich bin eifersüchtig auf seine Fähigkeit, nur das auszusprechen, was er aussprechen will. Kein Wort mehr.

Es ist so still, dass ich meinen eigenen Atem hören kann. Meine Gedanken prallen gegen meine Schädeldecke wie eine Fliege gegen das Fensterglas. Unwillkürlich frage ich mich, wo er heute Morgen war und warum er zurückgekommen ist. Sein Zettel kam mir eher wie ein Signal vor, dass er heute nicht mehr vorbeischauen würde. Aber hier steht er nun.

So diskret wie möglich taxiere ich ihn und überlege, was für eine Art von Job ein Mann wie er wohl haben mag. Er trägt eine Baseballcap und ein T-Shirt, das seinen Oberkörper einigermaßen locker verhüllt, an den Schultern und über der Brust aber immer noch straff genug sitzt, um weder nachlässig noch schlabberig zu wirken. Seine Jeans ist schlicht und trotzdem stylish. Abgetragen und an Stellen ausgewaschen, die mich vermuten lassen, dass es sich um seine Lieblingshose handelt. An den Füßen trägt er braune Arbeitsstiefel. Aber da ist der Haken: Es sind keine *richtigen* Arbeitsstiefel. Eher die Art von Boots, die Schicki-Micki-Typen in den Coffeeshops der Stadt tragen. *Interessant.*

»Sie mustern mich«, bemerkt er, so dass ich blinzelnd aus meinem Sherlock-Holmes-Modus erwache.

Mich beschleicht ein Anflug seltener Aufrichtigkeit. »Ich überlege gerade, was ein Mann wie Sie beruflich macht.«

Er hebt eine Augenbraue und verschränkt die Arme vor der Brust. Typische Grummel-Pose. »Ein Mann wie ich?«

»Ja, Sie wissen schon …«, sage ich und wage es, ihm ein spöttisches Lächeln zuzuwerfen. »All diese Muskeln, der Bartschatten und diese gebieterische Haltung.«

»Und?«, fragt er kurz angebunden. Er findet mich überhaupt nicht charmant. In seinen Augen bin ich die uncharmanteste Person überhaupt, und ich glaube, das gefällt mir.

»Und was?«

Er lässt die Arme sinken, löst sich damit aus der Grummel-Pose und wendet sich ab, um zu einem Schrank hinüberzugehen und eine Rührschüssel herauszuholen. Ich selbst bleibe unschlüssig am Telefon stehen, weil ich keine Ahnung habe, wo ich mich in seinem Haus überhaupt hinstellen soll.

»Was vermuten Sie denn?«, erkundigt er sich sanft.

Eine Sekunde lang bin ich verblüfft, denn ich hätte nicht gedacht, dass er mitspielen würde. Er scheint nicht der Typ zum Mitspielen zu sein. Na gut. Dann mal los.

»Hmm.« Noch einmal mustere ich ihn gründlich und offen. Verdammt. Dieser Körper ist eine Augenweide. Wirklich attraktiv. Er ist irgendetwas zwischen eins zweiundachtzig und vielleicht eins neunzig groß. Auf seinen unterhalb der kurzen Ärmel nackten, langen, schlanken Bizepsen und den kräftigen Unterarmen tritt deutlich das Geflecht seiner Venen hervor. Seinem muskulösen Oberkörper nach zu urteilen, würde ich sagen, dass er irgendwas mit den Händen macht. Und da er eine Mütze trägt, arbeitet er vielleicht viel in der Sonne? Das goldene Haar, das unter seiner Kappe hervorlugt, scheint meine Vermutung zu untermauern.

»Haben Sie eine Ranch?«, frage ich und verlasse meinen Freund, das Telefon, um mich auf einen der Hocker jenseits der Kücheninsel zu setzen, wo Noah angefangen hat, Zutaten für irgendetwas zusammenzustellen.

»Nope.« Er holt eine Packung Buttermilch und ein paar Eier aus dem Kühlschrank.

»Sind Sie Farmer?«

Als Nächstes kommt die Butter. »Falsch.«

»Okaaaay. Dann besitzen Sie einen Gartenbaubetrieb?«

Behälter mit Mehl, Zucker, Backpulver und Backsoda finden nun ebenfalls ihren Weg auf die Theke. Noah wirft mir einen kurzen Blick zu und sieht dann wieder weg. »Sollte ich beleidigt sein, weil Sie bislang weder auf Anwalt noch auf Arzt getippt haben?«, fragt er trocken.

Der Hauch von Spott in seiner Stimme ist genug Anreiz für mich, ihn weiter für mich gewinnen zu wollen. Er ist ein wenig brummig, und irgendetwas an ihm scheint *Vorsicht, ich bin bissig!* zu rufen, aber seine Augen fügen ein geflüstertes *Aber nur ein bisschen* hinzu. Ein geheimnisvoller Mann. Allerdings ist in letzter Zeit alles ein Geheimnis für mich. Ich habe das Gefühl, aus einem Kälteschlaf erwacht zu sein und diese fremde, veränderte Welt um mich herum ganz neu kennenlernen zu müssen.

»Keine Ahnung, wie viele Anwälte in Jeans zur Arbeit gehen würden.« Ich stütze den Ellbogen auf die Theke und das Kinn in die Hand.

»Sie haben Larry noch nicht kennengelernt.«

Noch nicht. Warum macht mein Magen bei dieser Formulierung einen kleinen Satz?

»Kommen Sie schon, verraten Sie's mir. Mir fällt nichts mehr ein.«

Er zuckt mit den Schultern, und nachdem er die Zutaten in eine Schüssel gegeben hat, ohne sie abzuwiegen oder abzumessen, fängt er an, sie miteinander zu vermischen. Sein Unterarm arbeitet, und mein Blick wird magisch von den weichen, blonden Härchen auf seiner Haut angezogen. »Das erraten Sie nie.«

Noah dreht sich um, schaltet den Gasherd an und lässt Butter in einer Pfanne schmelzen. Ohne in Klischees denken zu wollen, aber er bewegt sich deutlich souveräner in der Küche, als ich es von einem Mann erwartet hätte, der so … nun ja … maskulin aussieht wie er. Ich halte den Mund, genieße dieses Rätsel von einem Mann mehr als ich sollte. Er schöpft einen Klacks Teig aus der Schüssel und gibt ihn in die Pfanne, und nun wird mir klar, dass er Pancakes macht. Selbst gemachte Pancakes ohne Rezept.

In diesem Moment geht mir ein Licht auf.

Ich schnappe nach Luft und deute auf ihn. »Bäcker! Sie sind Bäcker, oder?« Diese attraktiven Unterarme hat er vom Teigkneten.

Ich kann nur einen kleinen Streifen von Noahs Gesicht sehen, als er den Kopf neigt, aber die Andeutung eines Grinsens entgeht mir trotzdem nicht. Dieses Grinsen spüre ich bis in meine Ohrenläppchen. In den Zehenspitzen. Ganz tief im Bauch. »Erraten, Nancy Drew. Mir gehört ein Pie Shop.«

Mir bleibt der Mund offen stehen. »Ist nicht wahr.«

»Doch. Irgendwas daran auszusetzen?«

Ständig auf Krawall gebürstet, der Mann.

Kopfschüttelnd lasse ich mich von dem Hocker hinabgleiten, um mich dann rücklings an die Arbeitsplatte neben dem Herd zu lehnen. Noah sieht mich nicht an, doch sein Blick huscht kurz zu meiner Hand, die neben mir auf der Oberfläche ruht. Ich überlege, ob sie ihm vielleicht im Weg ist, und kreuze die Arme vor der Brust.

»Ich finde es super. Hab's nur nicht erwartet. Nicht angesichts Ihrer … na ja … Sie wissen schon.« Wieder deute ich auf seinen männlichen Körper. In Sachen Peinlichkeit habe ich ohnehin schon alles übertroffen, da komm ich nicht mehr raus. »Und was ist Ihre Lieblingspie?«

»Ich mag Pies nicht einmal.« Das klingt so endgültig.

Ich blinzele. »Aber Ihnen gehört eine Konditorei.«

»Wahrscheinlich hab ich deshalb nichts für Süßkram übrig.«

Verblüfft schüttle ich den Kopf. Noch mehr Paradoxien. Wie würde er es wohl aufnehmen, wenn ich ihm mitteilen würde, dass ich nicht gern singe? Doch das stimmt nicht. Ich singe liebend gern, weshalb dieser Gedanke zu nichts führt. Zumindest habe ich *früher* liebend gern gesungen und werde es hoffentlich irgendwann wieder tun.

»Wenn Sie es nicht probieren, woher wissen Sie dann, ob Ihr Gebäck gut ist oder nicht?«

»Ich habe den Kuchenladen von meiner Grandma geerbt. Er ist schon seit Generationen im Besitz der Familie. Ich benutze dieselben hundertfach erprobten Rezepte wie meine Vorfahren.« Er sieht auf mich herab und betrachtet mein neugieriges Stirnrunzeln. »Haben Sie nie etwas einfach nur um seiner Bedeutung willen geliebt?«

Erstens: Ich bin sprachlos, denn Noah kommt mir nicht wie der sentimentale Typ vor. Aber er führt die Konditorei seiner Großmutter weiter, also habe ich mich in meiner Einschätzung offensichtlich geirrt. Zweitens: Die Antwort auf seine Frage lautet doch. Und ihr Name ist Audrey Hepburn. Sofort habe ich wieder jene Nacht vor Augen, als ich dreizehn war und nicht wieder einschlafen konnte.

Ich habe einen Albtraum gehabt und bin in kalten Schweiß gebadet aufgewacht. Also bin ich ins Wohnzimmer getappt, um nach meiner Mom zu suchen. Sie war eine Nachteule, wahrscheinlich weil die wenigen Stunden, nachdem ich zu Bett gegangen war, die einzigen waren, die sie als alleinerziehende Mutter für sich hatte. Sie hat zusammengerollt auf der Couch gelegen und einen Film geschaut.

»Hallo, Schätzchen, kannst du nicht schlafen?«, hat sie gefragt und die Decke angehoben, so dass ich darunter kriechen und mich an sie kuscheln konnte.

»Ich habe schlecht geträumt«, habe ich geantwortet.

Sie hat mich einfach näher an sich gezogen, und wir beide haben unsere Aufmerksamkeit dem Schwarz-Weiß-Film im Fernsehen zugewandt. »Nun, ich habe die perfekte Medizin gegen Albträume. *Frühstück bei Tiffany*. Wenn ich mir einen Film mit Audrey Hepburn anschaue, geht es mir meist gleich besser.«

Gemeinsam sind wir lange wach geblieben, um uns diesen Klassiker anzusehen. Meine Mom hatte recht. Während dieser paar Stunden hatte ich weder Angst, noch war ich traurig. Also haben wir es uns zur Gewohnheit gemacht, gemeinsam einen Audrey-Hepburn-Film zu schauen, wenn eine von uns einen schlechten Tag gehabt hatte.

Inzwischen jedoch schaue ich mir die alten Filme allein an, denn unsere Beziehung ist schon vor geraumer Zeit in die Brüche gegangen. Ich kann mir nicht vorstellen, dass wir diesen Bruch je werden kitten können.

Aber das kann ich Noah jetzt natürlich nicht erzählen, denn es ist viel zu persönlich. Deshalb schneide ich mir eine Scheibe von ihm ab und sage einfach nur: »Doch, das habe ich durchaus.«

Er akzeptiert meine Antwort, wie sie ist, und dreht einen Pancake um. Mir liegen tausend Fragen auf der Zunge – aber es geht mir genau wie gestern Abend: Seine Nähe verschlägt mir die Sprache. Gerade duftet er nach frischer Wäsche, maskulinem Duschbad und süßen, buttrigen Pancakes. Die perfekte Mischung.

Die Stille dehnt sich aus, und ich verspüre nicht den Drang, sie zu unterbrechen. Stattdessen beobachte ich, wie der Teig in der Pfanne brutzelt und Blasen wirft, und frage mich, wann sich das letzte Mal jemand in meiner Gesellschaft wohl genug gefühlt hat, um einfach zu schweigen. Es ist Jahre her.

»Mögen Sie keine Pancakes?«, reißt Noah mich aus meinen Gedanken. Als ich ihm einen irritierten Blick zuwerfe, erklärt er: »Sie haben die Pfanne mit einem Stirnrunzeln gemustert.«

Ich habe absolut keine Lust, ihm zu verraten, dass der Gedanke an meine Mom verantwortlich für mein Stirnrunzeln ist, also weiche ich aus. »Äh … doch. Es ist nur so, dass ich sie nicht essen darf.«

»Gluten?«

»Kohlehydrate. Ich muss mich an eine sehr strenge Diät halten. Besonders vor meiner Tournee, die in ein paar Wochen beginnt. Meine Managerin bringt mich um, wenn ich mit zwei Zentimetern mehr an der Taille nach Hause komme. Ich habe mehrere Kostüme, in die ich unbedingt hineinpassen muss –, und glauben Sie mir eins: Susan nimmt sicher kein Blatt vor den Mund, wenn sie der Meinung ist, dass ich in einem von ihnen zu pummelig aussehe. Oder sie redet mit dem Koch, der unter der Woche meine Mahlzeiten zubereitet, und passt auf wenig subtile Weise die Speisekarte an: kleinere Portionen und nichts, was schmeckt.

»Okay«, sagt er, hebt den fluffigsten, goldbraunsten Pancake, den ich je gesehen habe, aus der Pfanne und legt ihn auf einen Teller. Dann gibt er einen weiteren Klacks in die Pfanne, so dass es zischt. »Also Eier?«

Ich betrachte ihn aus verengten Augen. »Sie werden nicht versuchen, mich zu überreden, die Pancakes zu essen?«

Er wirft mir einen ebenso verwirrten wie faszinierten Blick zu. »Nein. Sollte ich denn?«

»Ich hatte es so sehr gehofft. Denn dann könnte ich meiner

Managerin erzählen, dass Sie mich für unhöflich gehalten hätten, weil ich Ihr gastfreundliches Angebot ausgeschlagen habe. In diesem Fall wüsste sie, dass ich keine andere Wahl hatte, als die Pancakes zu essen, damit Sie mich nicht an die Presse verraten.«

Er zieht eine Augenbraue hoch und dreht den Pancake um. »Sie brauchen zum Essen die Erlaubnis Ihrer Managerin?«, fragt er herausfordernd.

Und plötzlich wird mir klar, wie einfach diese Frage klingt und wie leicht es sein sollte mit *Nein, haha, natürlich nicht. Das wäre ja lächerlich!* zu antworten. Aber verdammt und zugenäht, genauso ist es. Ich denke daran, wie oft mir Susans Name seit meinem gestrigen Aufbruch nun schon durch den Kopf geschossen ist. So langsam frage ich mich, ob sie Teil meines wie auch immer gearteten Problems ist. Überlasse ich ihr tatsächlich sämtliche Entscheidungen über mein Leben?

Mein Blick folgt dem Pfannenwender, mit dem Noah einen goldenen Pfannkuchen auf den bereits fertiggestellten Stapel legt. Es sieht aus wie ein perfektes Kunstwerk. Diese Pancakes sollten einen eigenen Social-Media-Account haben, damit man sie aus sämtlichen Blickwinkeln bewundern kann. »Also …«, sagt Noah. »Soll ich Ihnen Rühreier machen?«

Als ich nicht sofort antworte, sieht Noah mir endlich in die Augen. Unsere Blicke treffen sich, und plötzlich durchzuckt mich die gleiche Erregung wie gestern Nacht. Eine Mischung aus Entsetzen und Freude. Hoffnung und Furcht. Ich weiß nur das eine: Sein Blick gibt mir den Schwung, den ich brauche, um auf mich selbst zu vertrauen.

»Nein, heute esse ich Pancakes.«

6

Noah

»Wie bitte?«, frage ich Tommy am Telefon in der Hoffnung, ihn beim ersten Mal nicht richtig verstanden zu haben.

»Schaff ich in den nächsten beiden Wochen nicht«, wiederholt er, und obwohl er nuschelt wie eh und je, beschleicht mich das unangenehme Gefühl, dass das hier kein Missverständnis ist. Er hat den Wagen gerade erst abgeholt und versaut mir jetzt schon den Tag?

Ich blicke zu Rae hinüber, die sich gerade über ihren zweiten Stapel Pancakes hermacht, als hätte sie seit Tagen nichts mehr gegessen. Heute trägt sie ein hellgraues Top, das sie ordentlich in ein elegantes Paar dunkelblaue Skinny Jeans gesteckt hat. Letztere enden ein ganzes Stück über ihrem nackten Knöchel. Es sitzt eng, dieses Shirt, besteht aus weichem, nachgiebigem Material, das unter ihrem Schlüsselbein ansetzt, ihre Haut umschmiegt, daran förmlich zu lecken scheint und sich dann über ihre Brust und den Oberkörper spannt, so dass es ihre schlanke, atemberaubend *weibliche* Figur zur Geltung bringt. Die Ärmel sitzen stramm an ihren langen Armen und hören kurz hinter der Ellbogenbeuge auf. Das einzig Moderne an ihrem Erscheinungsbild ist ihr braunes Haar. Es wäre sogar beinahe schwarz, wenn es nicht hie und da ein paar hellere Strähnen gäbe, die schimmern, wenn die Sonne sich darin verfängt. Immer noch ist es zu einem unordentlichen Knäuel an ihrem Kopf zusammengefasst. Einen Fuß mit roten Zehennägeln stützt sie auf ihren Hocker.

Während sie sich über die Pancakes beugt und sich Bissen um Bissen in den Mund schiebt, ruhen die dichten Wimpern wie ein Fächer auf ihren Wangenknochen. Eine präzise, schwarze Linie – Eye-Liner, wie ich von meinen Schwestern gelernt habe – verläuft unter diesen hübschen Wimpern bis weit nach außen, so dass sie aussieht, als sei sie geradewegs einem Schwarz-Weiß-Film entsprungen. Sie sieht ... wunderschön aus.

Ich ziehe eine Grimasse.

»Das reicht nicht, Tommy. Wir brauchen den Wagen früher. Meine Freundin muss dringend wieder in ihren Alltag zurückkehren.«

Bei den Worten *meine Freundin* wirft mir Rae aus ihren großen, blauen Augen einen so dankbaren Blick zu, dass ich wegsehen muss. Ich hätte es anders formulieren sollen. Schließlich meine ich es nicht ernst. Ich wollte nur einfach ihren Namen nicht aussprechen und damit die ganze Stadt alarmieren, dass ein Popstar in meinem Haus wohnt. Denn ohne Frage: Ich will mit Rae weder befreundet noch sonst irgendetwas sein. Ich will lediglich dafür sorgen, dass diese Frau so bald wie möglich wieder fahren kann und aus meinem Leben verschwindet, damit es wieder in normalen Bahnen verläuft.

»Liegt nicht an dir, Noah. Hab gerade zu wenige Kühlerschläuche da, und die kommen frühestens in zwei Wochen wieder rein. Ich sag Bescheid, wenn ich eine Lieferung kriege.« Und dann legt er auf, und meine Hoffnung fällt zu einem erbärmlichen Häuflein auf dem Boden zusammen.

Zwei Wochen. Sie hat doch sicher nicht vor, ganze zwei Wochen in dieser Stadt zu bleiben? Natürlich nicht. Wem will ich hier was vormachen? *Mit einer Frau wie ihr hattest du doch schon mal zu tun, nicht wahr, Noah?* Merritt war ebenfalls ein Stadtmensch und konnte es gar nicht abwarten, wieder abzureisen, nachdem ihre Angelegenheiten hier geregelt waren. Sicher wartet auch Rae Rose ganz ungeduldig darauf, wieder in ihr schickes Leben zurückkehren zu können. Also kein Grund zur Sorge.

»Alles okay?«, fragt sie, und ich höre das Klirren ihrer Gabel, die sie vorsichtig auf dem Teller ablegt.

»Äh … ja.« Ich sehe sie an und reibe mir den Nacken. »Na ja, eigentlich doch nicht. Hängt davon ab, wie Sie es sehen wollen, schätze ich. Anscheinend kann Ihr Wagen erst in zwei Wochen repariert werden, wenn die Werkstatt das entsprechende Ersatzteil geliefert bekommt. Aber die gute Nachricht ist, dass Sie einfach anrufen können, wen immer Sie sonst bitten, Sie herumzufahren, damit er Sie dorthin bringt … wo auch immer Sie jetzt hinwollen. An den Strand vielleicht?«

»Was? Nein«, sagt sie beinahe geistesabwesend.

»Dann in die Berge?«, frage ich und setze mich ihr gegenüber in meine kleine Frühstücksnische. Es gefällt mir gar nicht, wie das Licht ihre Schultern umfließt, so dass sie förmlich zu glühen scheint. Ich sollte die Jalousien herunterlassen.

Sie schüttelt den Kopf, sichtlich beunruhigt. »Nein, ich meine, ich kann niemanden anrufen, um mich abzuholen.« Okay, jetzt gehen die roten Warnlichter an. Ist sie in Schwierigkeiten? Habe ich einem Popstar-Flüchtling bei mir Unterschlupf gewährt? »So dramatisch sollte es eigentlich gar nicht klingen. Ich wollte mich gewissermaßen nur … eine Weile verstecken.«

»Verstecken?«, wiederhole ich leise schnaubend.

»Ja.« Sie kratzt sich am Hals und blickt auf ihren leeren Teller hinab. »Aber nicht vor dem Gesetz oder einem verrückten Ex-Freund oder so was, falls Sie das denken.«

»Das habe ich tatsächlich gedacht. Beides.«

Sie schenkt mir ein äußerst trauriges Lächeln und hält den

Blick weiterhin auf ihren Teller gesenkt. »Mein Leben wurde mir sehr schnell zu viel. Ich brauchte eine Pause von … «

Plötzlich springe ich so heftig auf, dass die Stuhlbeine über den Boden kratzen. Kommt mir eine Spur zu dramatisch vor, diese Geste, aber ich habe einfach keine Zeit, um hier herumzusitzen und mir anzuhören, wie hart das Leben eines Popstars ist. Sie darf keine Kohlehydrate essen? Ist ja furchtbar! Sie hat sich dieses Leben ausgesucht, und diese Mitleidstour zieht sowieso nicht mehr bei mir. Beinahe hätte sie mich weichgeklopft. Eine Sekunde lang habe mich gefragt, warum ihre Taubenaugen so voller Schmerz und Trauer sind. Aber darauf darf ich mich bei Rae Rose nicht einlassen. Soll sie sich doch bei ihrem Gefolge darüber ausheulen – ich muss mich auch so schon um genug Leute kümmern.

»Ich muss jetzt zur Arbeit. Ich war ohnehin schon zu lange fort. Aber ich nehme Sie mit in die Stadt, damit Sie sich ein Zimmer in Mabels Bed and Breakfast mieten können, denn hier können Sie nicht bleiben.« Selbst für meine Verhältnisse klang das äußerst unfreundlich. Aber ich kann nicht anders. Es ist, als würde sie eine offene Wunde berühren. Ich muss sie mir vom Leib halten.

»Oh.« Sie blinzelt ein paarmal, dann erhebt sie sich. Ihre Bewegungen sind zu gemessen, um jemals einen Stuhl zum Quietschen zu bringen. »Natürlich. Ja. Tut mir leid, ich wollte damit nicht andeuten, dass ich hierbleiben will. Das hatte ich nie vor.« Sie nimmt ihren Teller und eilt damit zum Spülbecken. Ihre Wangen sind knallrot. »Ich stelle das hier eben noch in die Spülmaschine, dann hole ich meine Sachen.«

Sie schiebt ihre Ärmel hoch und schrubbt wie wild an dem Sirup auf ihrem Teller herum, und plötzlich komme ich mir wie das Arschloch vor, als das James mich vorhin beschimpft hat.

Na super! Jetzt habe ich ein schlechtes Gewissen, obwohl doch eigentlich sie diejenige ist, die einfach so in mein Leben geplatzt ist. Das soll erst mal einer verstehen!

Ich beobachtete, wie ihre Hüften wippen, weil sie beim Entfernen des angetrockneten Sirups mit der Hand und einem Tropfen Spülmittel so viel Kraft aufwendet. Die Schultern hat sie bis zu den Ohren hinaufgezogen, und auch ohne es sehen zu können, bin ich ziemlich sicher, dass ihre Augen voller Tränen sind. Habe ich schon erwähnt, dass ich drei Schwestern habe? Ja, dieses wilde Schrubben ist eine Übersprunghandlung, die ich nur zur Genüge kenne.

Nur dass Rae offensichtlich über nicht allzu viel Erfahrung im Spülen verfügt.

Ich verkneife mir ein Knurren, bin mit zwei Schritten bei ihr, nehme ihr den Teller aus den Händen und wische ihn mit dem grünen Borstenschwamm, den ich unter der Spüle verwahre, ruckzuck sauber. Ich spüre, wie sie mich beobachtet, weigere mich aber, ihren Blick zu erwidern. Nicht weil ich mir selbst nicht traue, wenn ich ihr wieder dermaßen tief in die Augen sehe, meine Lektion mit dem Telefon heute Morgen habe ich durchaus gelernt, sondern weil ich nicht will, dass sie sich hier plötzlich allzu wohl fühlt und uns beide tatsächlich für Freunde hält. So etwas nenne ich eine klare Grenze ziehen.

»Danke«, sagt sie leise. »Und … übrigens … ich heiße … « Eine kleine Pause. »Amelia. Amelia Rose.« Sie tritt ein paar Schritte zurück. »Rae ist nur ein Künstlername.«

Nachdem sie die Küche verlassen hat, stehe ich stocksteif da, während ihr Name in meinem Hirn widerhallt. *Amelia.* Verdammt, ich wünschte, das hätte sie mir nicht verraten.

Je eher ich Amelia Rose aus meinem Haus schaffe, umso besser.

7

Amelia

Wir sind belegt.«

Bestürzt sehe ich, wie Noah die Zähne aufeinanderbeißt. Er beugt die breiten Schultern ein wenig über den Empfangstresen der Pension dieser netten, kleinen älteren Dame entgegen, die gerade all seine Träume zu Staub zertreten hat. Sofort tut Mabel mir leid, die Noahs Blick jedoch entschlossen standhält, obwohl sie das Kinn heben muss, um zu ihm aufzusehen. Die schwarze Frau ist etwa um die Siebzig, hat silbernes, besonders lockiges, kurzgeschnittenes Haar, trägt einen dunkelmalvenfarbenen Lippenstift und besitzt genau jene weiche, großmütterliche Gestalt, von der man sich gern in den Arm nehmen lässt. Das Blickduell zwischen beiden fühlt sich an wie eine Live-Action-Szene zwischen dem großen bösen Wolf und Rotkäppchens Großmutter.

»Unmöglich, Mabel. Es kommt doch sonst kaum einer in diese Stadt.«

Ihre klugen Augen huschen kurz zu mir herüber, dann sieht sie Noah wieder an. Der plötzlich auflodernde mutwillige Funken darin sagt mir, dass ich die Situation falsch eingeschätzt habe. *Sie* ist diejenige, die hier das Sagen hat – nicht Noah. »Nun ja, so ganz stimmt das nun auch nicht, oder? Denn wenn es stimmen würde, wäre ich pleite. Aber ich habe jede Menge Geld.«

Noah atmet so tief ein, dass seine Nasenflügel beben. Dieser

Mann wünscht sich nichts sehnlicher, als mich los zu sein. Ich kann förmlich sehen, wie ihm Rauchwölkchen aus Nase und Ohren aufsteigen. »Darf ich den Terminplaner mal sehen?«

Abrupt schließt Mabel das Buch, das vor ihr liegt, und mustert Noah mit beängstigend funkelnden Augen. »Nein, darfst du nicht. Und wage es nicht, mich noch einmal so unter Druck setzen zu wollen. Vergiss nicht, dass ich schon deine Windeln gewechselt habe.« Sie wedelt mit dem Finger vor seinem Gesicht herum. Er wirkt nicht im mindesten zerknirscht, sondern eigentlich nur *erschöpft*.

»Mrs. Mabel«, sagt Noah, diesmal in bedächtigem, sanftem Ton. Seine Stimme trieft jetzt wie zähflüssiger, dekadenter Honig. »Sie hat kein Dach über dem Kopf. Du hast in deiner wunderbaren Herberge doch sicher noch ein Zimmer für sie.«

Mabel verengt die Augen. »Klingt, als würdest du versuchen, aus der Bibel zu zitieren.« Dann grinst sie. »Außerdem habe ich den Eindruck, dass sie schon ein Dach über dem Kopf *hat*, Noah. Dein Gästezimmer steht immer noch leer, wenn ich mich recht entsinne.«

Bei dem Blick, den Noah Mabel zuwirft, wäre ich am liebsten geschrumpft und in der Erde versunken. Was diese Frau wohl denkt? Offensichtlich will sie mit ihren Schwindeleien ein paar Strippen ziehen, damit ich in Noahs Haus wohnen bleibe. Aber genauso offensichtlich will Noah mich nicht in der Nähe haben. Ich bin mir nicht sicher, ob das nur daran liegt, dass er seine Privatsphäre liebt oder dass er mich nicht mag. Wahrscheinlich eine äußerst wirksame Kombination aus beidem.

Ich könnte dieses Dilemma sofort lösen, indem ich Susan anrufe und sie bitte, mir einen Wagen zu schicken. Zweieinhalb Stunden später säße ich angeschnallt in einem gepanzerten SUV mit getönten Scheiben, und in null Komma nichts wäre diese Stadt nicht mehr als ein Punkt im Rückspiegel. Aber das will ich nicht. Je länger ich hier bin, desto mehr spüre ich, wie meine Glieder kribbelnd wieder zum Leben erwachen. Zu bleiben kommt mir wichtig vor, egal wie peinlich es sich vielleicht anfühlt.

Ich trete an die Rezeption. Vielleicht hilft es ja, wenn ich selbst das Wort an sie richte. »Hi, Mrs. Mabel, ich bin …«

»Rae Rose, ja, Kleines, ich weiß. Ich besitze einen Fernseher und ein Radio. Ihre Performance in *Good Morning America* vorigen Monat hat mich tief beeindruckt.«

»Oh.« Ich lache leise. Eine solche Antwort habe ich nicht erwartet, denn bis vorhin hat sie mich kaum eines Blickes gewürdigt. »Ähm, danke.« *Höflich, höflich, höflich.* »Ich wäre Ihnen unendlich dankbar, wenn Sie mich in irgendeinem Raum hier unterbringen könnten. Ich würde Ihnen auch das Dreifache des normalen Preises zahlen.«

Sie lächelt liebenswürdig und streckt die verwitterte Hand über die Theke aus, um meine zu tätscheln. Ein wenig schockiert blicke ich darauf hinab. Normalerweise wagt es niemand, mich zu berühren. Na ja, so ganz stimmt das nicht. Wenn ich mich inmitten eines Fan-Pulks befinde, zerren, schnappen und grapschen alle möglichen Leute an mir herum, aber nie berühren Fremde meine Hand so liebevoll, wie eine Großmutter es täte. Die Geste ist so freundlich und zärtlich, dass sie sich wie Luftpolsterfolie um mein Herz legt. Wieder vermisse ich meine Mom.

»Ich brauche Ihr Geld nicht. Ich bin stinkreich. Mein lieber Mann – möge er in Frieden ruhen – hatte eine *phantastische* Lebensversicherung. Sie werden bei Noah wohnen, und jetzt will ich kein weiteres Wort mehr darüber hören.« Sie richtet die scharfen, braunen Augen auf Noah und zieht die Augenbrauen hoch, als verbitte sie sich jegliche Widerworte.

Dieser große Mann stößt so etwas wie ein Knurren aus und verdreht die Augen, bevor er zur Tür hinausstürmt. *Na dann.* Ich schaue Mabel an und lächle verlegen. Sie zwinkert mir zu und flüstert: »Zeigen Sie's ihm, Darlin'.« Dann tätschelt sie nochmals liebevoll und ermutigend meine Hand, lässt sie los und scheucht mich hinaus.

Draußen stürmt Noah mit der wütenden und missmutigen Miene eines Bullen auf seinen rostbraunen Pick-up zu. Eigentlich sollte ich Angst vor ihm haben, aber mittlerweile vermute ich, dass er zu den Hunden gehört, die bellen, aber nicht beißen. *Zeigen Sie's ihm, Darlin'.* Ehrlich gesagt fühle ich mich in seiner Nähe seltsam sicher. Zumindest sicherer, als allein hier umherzuirren.

Er steigt in seinen klassischen Chevy Truck und knallt die Tür hinter sich zu. Behutsam nähere ich mich der Beifahrerseite und spähe durchs Fenster. Noah umklammert das Lenkrad und blickt starr geradeaus. Er weigert sich, mich anzusehen. Aber trotz seines feindseligen Äußeren entriegelt er kurz darauf die Tür, so dass ich neben ihm ins Auto schlüpfen kann. Abgesehen von dem süßen Pancake-Geruch duftet der Pick-up überwältigend stark nach ihm. Sanft lasse ich die Finger über den weichen Ledersitz gleiten, während ich meinen ganzen Mut zusammennehme, um das Eis zu brechen.

»Hi«, wage ich es schließlich in entschuldigendem Ton. »Wie läuft Ihr Tag denn so?«

Seine Lippen zucken, und er richtet seinen Waldblick auf mich. »Mir ist vollkommen klar, dass ich ein Arschloch bin.«

»Okay, nun, man sagt, es zuzugeben sei der erste Schritt zur Besserung.« Seine vollen Lippen verziehen sich zu einem aufrichtigen Grinsen, bei dem sich ein kleiner Fältchenkranz um seine Augen bildet. Oh, wie gut ihm das steht. Und mir wird klar, warum er nicht allzu häufig lächelt – der Anblick bringt einen völlig aus dem Konzept. Am liebsten würde ich ihn in sein Grübchen pieksen, kann es mir aber gerade noch verkneifen. So entspannt habe ich mich schon lange nicht mehr gefühlt. Da ihm schwärmerische Augenaufschläge fremd sind, komme ich mir in seiner Gegenwart endlich mal vor wie ein normaler Mensch. Nach diesem Gefühl könnte ich glatt süchtig werden.

»Warum mögen Sie mich nicht?«, frage ich, nicht weil ich verletzt bin, sondern aus echter Neugier.

Sein Blick kehrt zum Lenkrad zurück. Zuerst glaube ich, dass er mir keine Antwort geben wird. Das Schweigen zieht sich hin, bis er endlich etwas sagt. »Es liegt nicht an Ihnen.« Wieder sieht er mir in die Augen, so dass ich glaube, in einen dichten grünen Wald abzutauchen.

Ich warte darauf, dass er das näher erläutert, muss aber einsehen, dass Erklärungen nicht gerade Noahs Kernkompetenz sind. Also versuche ich ihn aus der Reserve zu locken. »Schauen Sie, ich weiß, dass Sie keine Lust zu alldem haben. Sie haben definitiv nicht darum gebeten, dass ein verwöhnter Popstar in ihr Leben platzt und in ihrem Gästezimmer übernachtet. Also … « Ich will es eigentlich nicht aussprechen, fühle mich aber dazu verpflichtet. »Sie müssen es nur sagen, und schon rufe ich meine Managerin an und bitte sie, mir jemanden zu schicken. Dann wären Sie mich heute Nachmittag schon los«, sage ich und versuche, nicht zu enttäuscht zu klingen, denn das ist schließlich die Option, die ich am allerwenigsten nutzen will.

»Aber das wollen Sie nicht?«

Ich überlege mir genau, was ich sage. »Ich … hatte einfach auf eine kleine Atempause von meinem Alltag gehofft«, antworte ich kurz angebunden, denn ich habe nicht vergessen, wie er heute Morgen reagiert hat, als ich angefangen habe, ihm von meinem Leben zu erzählen.

Er sieht mich unverwandt an, als versuche er, mich zu durchschauen, als suche er nach einer Antwort. Dann atmet er tief ein und starrt durch die Windschutzscheibe hinaus. Drei Herzschläge später stößt er die Luft in einem heftigen Schwall wieder aus. »Na gut. Ich sag Ihnen was: Sie können übers Wochenende bei mir wohnen. Aber am Montag müssen Sie sich eine andere Bleibe suchen.«

»Echt?« Meine Stimme klingt wie die einer Dreijährigen, der man vor dem Schlafengehen noch einen Brownie angeboten hat. Nie im Leben habe ich mir etwas so sehnlich gewünscht. Endlich eine Perspektive. Ich räuspere mich. »Ich meine … sind Sie sicher?«

Mühsam unterdrückt er ein Grinsen. »Ja. Nur … kann ich während Ihres Aufenthalts nicht Ihr Fremdenführer sein. Ich arbeite den ganzen Tag, Sie müssen also allein klarkommen. Kapiert?«

»Kapiert«, sage ich energisch nickend. »Ich mache mich rar. Ernsthaft, ich werde leise wie eine Maus sein. Sie werden meine Anwesenheit kaum bemerken.«

Er startet den Motor und legt den Rückwärtsgang ein. »Das bezweifle ich sehr«, murmelt er über seine Schulter hinweg, während er den Pick-up rücklings aus der Parklücke setzt.

8

Amelia

Ich würde mir vermutlich lieber sämtliche Haare ausreißen, als zu tun, was ich gleich tun muss. Ich blicke auf mein Handy hinab und rufe Susans Kontaktdaten auf. Weil ich immer noch keinen Empfang habe – die kleinen Freuden des Lebens –, sind auch noch keine verpassten Nachrichten von ihr eingegangen. Obwohl ich mir nichts sehnlicher wünsche, als vollkommen von der Bildfläche zu verschwinden, weiß ich, dass ich so verantwortungslos auch wieder nicht sein darf. In diesem Augenblick bin ich offiziell zehn Minuten zu spät für mein *Vogue*-Interview, und ich bin mir sicher, dass sie, wo immer sie ist, ruhelos auf und ab tigert und kurz davor ist, das Sondereinsatzkommando auf den Plan zu rufen.

Eigentlich hatte ich gar nicht vor, so lange fort zu sein, ohne mich bei ihr zu melden, aber dann kamen die Pancakes und die Fahrt in die Stadt dazwischen, und ausnahmsweise habe ich Susan vergessen, genau wie meine Verpflichtungen. Aber jetzt haben sie mich wieder eingeholt, und prompt fängt meine Hand an zu zittern.

Ich verlasse das Schlafzimmer, in dem Noah mich während der nächsten paar Tage wohnen lässt, und betrete zunächst das Wohnzimmer. Obwohl Noah erklärt hat, er müsse arbeiten, hat er das Haus nach unserer Rückkehr nicht verlassen. Stattdessen hat er nur seufzend auf die Uhr gesehen, als habe er irgendeine Entscheidung getroffen, und sich ein paar kleineren Arbeiten im Haus gewidmet. Er hat eine Ladung Wäsche in die Waschmaschine geschoben und die Spülmaschine eingeschaltet. Mehrfach ist er in sein Zimmer geschlüpft und wieder herausgekommen, wobei er die Tür immer nur einen winzigen Spalt weit offen gelassen hat. Meine Neugier hat mittlerweile epische Ausmaße angenommen. Was zum Teufel ist dadrin, und warum will er nicht, dass ich es sehe?

Meine Phantasie geht mit mir durch. Vielleicht verbirgt sich da drin ein Sex-Dungeon. Oder er ist ein Trekkie, und der Raum ist voller Star-Trek-Fanartikel. Oh nein, vielleicht sammelt er ja auch Beanie Babys. Es gibt endlos viele grauenhafte Möglichkeiten, und ich werde nie wissen, was sich jenseits dieser Tür befindet, was womöglich gut so ist, denn am Montag muss ich mir einen anderen Platz zum Schlafen suchen. Vielleicht wird Mabel bis dahin ihre Meinung ändern und Erbarmen mit mir haben.

Noah verspannt sich beinahe unmerklich, als er meine Schritte hört, aber er dreht sich nicht sofort zu mir um. Er zögert einen Augenblick und wischt erst die Küchenarbeitsplatte ab, bevor er und seine breiten Schultern sich mir zu wenden.

»Hallooooo«, sage ich mit strahlendem Lächeln.

»Hi«, antwortet er skeptisch. Sein Blick ist besorgt, als erwarte er jeden Moment eine Katastrophe.

»Also wirklich! Ich werde ganz bestimmt nicht Ihre Kissen stehlen, okay?«

Er runzelt die Stirn und schüttelt den Kopf. »Habe ich auch nicht vermutet.«

Leise schnaubend verdrehe ich die Augen. »Sie machen aber den Eindruck, denn Sie stolzieren hier herum wie ein Höhlenmensch, der all seine kostbaren Steine bewacht.« Ich stapfe durchs Zimmer und gebe ihm eine pantomimische Kostprobe meiner Vorstellung eines prähistorischen Mannes, der sauer und besitzergreifend dreinblickt. Sieht sicher nicht besonders hübsch aus.

Noah zieht die Augenbrauen hoch. Überkreuzt die Arme. Grummel-Pose. »Soll *ich* das sein?«

»Offensichtlich.«

»Hmm.« Eine Pause. »Ich sollte auf meine Körperhaltung achten.«

Ich spüre, wie meine Lippen sich zu einem Grinsen verziehen. »Ist das etwa … ein Scherz, Noah Walker?«

»Nein.« Er sagt zwar nein, aber das Wort weht wie ein *Ja* über meine Haut. Was für ein verwirrender, verwirrender Mann. Ebenso verwirrend ist meine momentane Körpertemperatur, als er und ich einander so unverwandt in die Augen starren. Ich habe das Gefühl, meine Kleidung könnte jeden Moment in Flammen aufgehen. Lächerlich, dass mir ausgerechnet jetzt in den Sinn kommt, was ich im Kindergarten über das Verhalten bei Feuer gelernt habe, aber bislang noch nie zum Einsatz bringen musste: *Stopp, runter und rollen.*

»Brauchen Sie irgendetwas?«, fragt Noah nun wieder mit ausdruckslosem Blick. Jeglicher Hinweis darauf, dass er mich vor wenigen Sekunden noch begehrenswert fand, ist verschwunden, weshalb ich mich frage, ob ich es mir eingebildet habe.

»Äh … ja. Haben Sie WLAN?« Ich halte mein Handy hoch.

»Nope.« Mit vor der Brust verschränkten Armen lehnt er sich an die Theke und überkreuzt die Beine an den Knöcheln. Eine neue Variante seiner von den Kritikern gefeierten Grummel-Pose – er sollte sie sich patentieren lassen –, und sie ist so unglaublich maskulin, dass die Härchen auf meinen Armen in Habachtstellung gehen. *Stopp, runter und rollen.*

»Sie haben … Sie haben kein Internet?« Sicher hat er meine Frage missverstanden.

Heftig schüttelt er den sandblonden Kopf. »Kein Internet.«

Noah ist wie ein Sparschwein voller Geld. Seine Worte sind die Münzen, und ich habe ihn auf den Kopf gedreht und schüttele ihn jetzt mühsam, damit wenigstens ein paar spärliche Cents herausfallen. Beinahe frage ich mich, ob er ganz bewusst so sparsam mit Worten umgeht, nur um mich zu ärgern. Um mir unter die Haut zu gehen. Und warum gefällt mir das so sehr?

Zwei Reaktionen kämpfen in mir um die Vorherrschaft. Die erste ist mein übliches, fein abgestimmtes, niemals versagendes *höflich, höflich, höflich*. Die zweite, die ich im Übrigen zu verfolgen gedenke, ist ein ganz neuer Instinkt voller selbstsüchtiger, primitiver Gelüste. *Spielen, spielen, spielen.*

»Kein Wunder, dass ich Sie mit einem Höhlenmenschen verglichen habe.« Nur dass er kein Höhlenmensch ist, vielmehr ist er … klassisch. Wie sein Pick-up. Wie sein Telefon. Wie seine Handschrift. Wie das karierte Hemd, das er hochgekrempelt hat, so dass man die muskulösen Unterarme sieht.

»Ist das Ihre Version von mucksmäuschenstill?« Er behält die grimmige Miene problemlos bei, obwohl ich die Heiterkeit spüre, die zwischen uns vibriert.

»Das dürfte der längste Satz sein, den Sie je zusammengebastelt haben, oder?«

Wieder hebt er eine Augenbraue. Treffer. »Sie belegt mein Gästezimmer mit Beschlag. Vertilgt meine Vorräte. Bezeichnet mich als Höhlenmensch. Und beleidigt meine Intelligenz«, sagt er, während er in gespieltem Tadel den Kopf schüttelt.

»Und als Nächstes frage ich, ob ich mir einen PJ leihen kann.« Ich wünschte, ich könnte mein Gesicht dazu bringen, genauso grimmig und stoisch dreinzublicken wie er – meine

Witze so trocken rüberzubringen, dass ein einziges Streichholz alles in Flammen aufgehen lassen könnte. Aber das schaffe ich nicht, sondern muss die ganze Zeit grinsen.

»Warum brauchen Sie meinen Pyjama?« Ah – er mag es also eher förmlich, spricht lieber von Pyjama, als die niedliche Abkürzung PJ zu benutzen, die ich bevorzuge. Dieses winzige Detail sagt so viel über unsere Unterschiede aus.

Ich lächele schwach. »Weil ich davon ausgehe, dass Sie mich hier nicht nackt herumlaufen sehen wollen?« *Spielen, spielen, spielen.* Ich registriere, dass seine Ohren rot werden, weshalb ich Erbarmen mit ihm zeige. »Ich habe vergessen, mir etwas Bequemes einzupacken.«

Er schluckt, lässt den Blick einmal kurz über meinen Körper wandern – sehr kurz –, dann nickt er. »Bin gleich wieder da.«

Noah flieht in sein Zimmer, als sei ihm der Kissen-Räuber dicht auf den Fersen, und ich nutze diesen Moment des Alleinseins, um Susan anzurufen. Nachdem ich ihre Nummer von ihren Kontaktdaten abgelesen habe, gebe ich die Ziffern in das kathartische Dinosaurier-Telefon ein. Es klingelt.

»Susan Malley«, meldet sie sich in sachlichem Ton.

»Susan! Hey, hier ist …«

»Rae! Oh *Gott* sei Dank!« Ich muss das Telefon ein wenig vom Ohr weghalten, um mir keinen dauerhaften Hörschaden zuzuziehen. Einen Augenblick lang erfüllt mich ihre offensichtliche Erleichterung mit einer Explosion aus warmem, flaumigem Licht. Sie hat bemerkt, dass ich fort war, und sich Sorgen um mich gemacht! Einen kurzen Moment lang fühlt es sich an, als spräche ich mit der Susan von früher, die den Kontakt zu mir gesucht hat und die sich in den ersten frühen Jahren meiner Karriere so sehr um mich gekümmert hat. Aber dann spricht sie weiter, und das Licht verblasst. »Wo bist du? Wirklich echt mies von dir, zu spät zu kommen. Und wo war dein Handy? Ich habe dich den ganzen Morgen über immer wieder angerufen! Ich hoffe nur, dass es eine ordentliche Magen-Darm-Grippe war, die dich am Telefonieren gehindert hat.«

Sie hat sich keine Sorgen um mich gemacht. Ihre Sorge gilt der Tatsache, dass Rae Rose ein Interview verpasst.

»Ich bin nicht krank. Ich … ich hab hier nur keinen Empfang.«

Susan lacht, obwohl sie an dieser Situation offensichtlich gar nichts lustig findet.

»Wovon redest du da? Du hast hervorragenden Empfang in deinem Haus. Soll ich dir ein neues Handy bestellen? Ich werde heute Morgen gleich eins holen, denn so etwas wie heute darf nicht passieren, wenn … «

»Susan«, unterbreche ich sie. »Ich bin nicht zu Hause.«

Eine Pause. »Okaaay«, sagt sie langsam, und endlich kriegt sie auch meine veränderte Stimmlage mit. »Wo bist du?«

»Ich bin … « Ich presse die Lippen aufeinander und blicke mich nach dem Flur um, der zu Noahs Zimmer und dem meinen führt. Will ich Susan verraten, wo ich bin? Vertraue ich darauf, dass sie nicht sofort die Tür eintreten oder mir gleich eine ganze Horde von Security-Leuten auf den Hals hetzen wird? Ausnahmsweise spüre ich so etwas wie Freiheit und habe eine Heidenangst davor, dieses Gefühl wieder zu verlieren. »Ich nehme mir vor der Tournee eine Auszeit.«

»Du … nimmst dir … eine … *Auszeit*«, wiederholt sie quälend langsam wie eine Mutter, die ihrem Kind Gelegenheit geben will, seine Worte zu korrigieren.

Ich schließe die Augen und wappne mich. »Ja.«

Diesmal stößt sie ein geradezu beängstigendes Lachen aus. »Willst du mich veräppeln?«

»Nein. Ich nehme mir ein wenig Zeit für mich selbst, weil ich … « Noahs Frage von heute Morgen kommt mir in den Sinn. *Sie brauchen zum Essen die Erlaubnis Ihrer Managerin?* Plötzlich habe ich keine Lust mehr, irgendetwas zu erklären. Vielmehr will ich Sparschwein spielen. »Weil ich es brauche.«

Susan ist nicht glücklich darüber. Ihr Schweigen ist so angespannt, dass ich ins Schwanken gerate. Wenn sie mich jetzt unter Druck setzt, weiß ich nicht, ob ich ihr werde standhalten können. »Du hast Verpflichtungen. Jede Menge Verpflichtungen, Rae. Was soll ich also tun? Alle abtelefonieren und sämtliche Termine absagen? Das ist deine Tour-Promotion! Das alles soll dir helfen, deine Träume zu verwirklichen, und viele Leute haben ihre kostbare Zeit reserviert, um dich zu empfangen.«

Igitt, wenn sie es so formuliert, klingt mein Verhalten ganz schön mies. Plötzlich komme ich mir wie ein verwöhntes Balg vor, dem mal dringend jemand beibringen müsste, wie der Hase läuft. Als täte ich den lieben, langen Tag nichts anderes, als über mich selbst nachzudenken. Doch wenn ich tatsächlich so egozentrisch wäre, würde ich mich jetzt wohl kaum wie ein toter Haufen Müll fühlen. Die Sache ist die: Ich habe noch nie einen Streit angefangen. Noch nie habe ich ein Interview sausen lassen, und ich versuche stets, respektvoll mit der Zeit der anderen umzugehen. Zum ersten Mal in meinem Leben springe ich irgendwo ab. Das hat doch auch was zu bedeuten, oder?

Noah kommt um die Ecke. Als er sieht, dass ich telefoniere, macht er eine halbe Drehung und biegt ins Wohnzimmer ab, wo er sich auf überraschend jungenhafte Weise auf die Couch plumpsen lässt. Es geht mir auf die Nerven, dass er dort sitzt und zuhört, auch wenn er so tut, als ob er nichts mitbekäme.

Ich wende Noah den Rücken zu und zwirbele mir das elastische Telefonkabel um den Finger. »Tut mir wirklich leid, Susan. Aber ich bin völlig kaputt und brauche ein wenig Freiraum, um Atem zu schöpfen und wieder zu mir selbst zu finden.«

Früher haben Susan und ich uns einmal sehr nahegestanden und über alles miteinander reden können. Ich weiß noch, wie sie, nicht lange nachdem meine Karriere Fahrt aufgenommen hatte, meine Mom und mich zu einer Radio-Tour mitgenommen hat. Susan hat uns die hübschesten Hotels gebucht, und nach jedem Interview haben wir die besten Touristenattraktionen besucht und in den schönsten Restaurants zu Abend gegessen. Oder wir haben einfach den Zimmerservice kommen lassen und uns – gehüllt in unsere flauschigen Hotelbademäntel – irgendwelche Filme angeschaut. Wir haben wie Freundinnen miteinander gelacht. Das war die beste Zeit. Ich hatte meine Mom bei mir und in meiner Managerin eine Freundin. Das Leben war noch aufregend und neu, und der Ruhm hatte mich noch nicht verbrannt.

Während dieser Tage und Nächte haben wir ausführlich über meine Träume gesprochen und darüber, was ich mir für eine Karriere wünsche. Susan war so engagiert und liebevoll. Geduldig und verständnisvoll. Ich weiß nicht genau, wann sie aufgehört hat, all das zu sein, aber eines steht fest: Die Susan von damals gibt es schon lange nicht mehr.

Ich vermisse sie genauso sehr wie das Mädchen mit den leuchtenden Augen, das Musik gemacht und gesungen hat, weil die Welt sich falsch angefühlt hätte, wenn sie es nicht getan hätte. Die früh am Morgen aufgewacht ist, weil ein Songtext in ihrem Kopf herumgeschwirrt ist, den sie unbedingt aufschreiben musste. Das Mädchen, deren Finger und Rücken abends auf wunderbare Weise weh taten, weil sie zu lang am Klavier gesessen hatte.

Aber ein Teil von mir fragt sich, ob Susan überhaupt bemerkt hat, dass auch dieses Mädchen nicht mehr da ist.

»Wir sind alle müde, Rae, aber wir schmeißen trotzdem nicht alles hin und bereiten anderen Leuten Schwierigkeiten, wie du es heute Morgen getan hast. Und jetzt hör zu. Das nächste Wochenende gestehe ich dir zu, aber dann musst du zurückkommen. Und ich muss wissen, wo du dich aufhältst, damit ich Will zu dir schicken kann.« Will – meinen Bodyguard. Er wird mir überallhin folgen. Und während ich es normalerweise durchaus zu schätzen weiß, ihn bei mir zu haben, muss ich jetzt an Mabel und das sanfte Tätscheln ihrer Hand heute Morgen denken. Ich habe nicht das Gefühl, dass Wills Anwesenheit nötig sein wird.

Plötzlich bemerke ich, dass ich mich wieder Noah zugewandt habe, denn er sieht sich nach mir um, und unsere Blicke treffen sich. »Ich brauche Will nicht. Ich bin hier sicher und bleibe unter dem Radar.«

»Nein. Das ist inakzeptabel. Du teilst mir jetzt sofort deine Adresse mit, damit ich sie mir notieren kann. Außerdem musst du während deines Aufenthaltes dort zumindest telefonisch ein paar Interviews geben. Es ist wichtig, dass wir vor der Tournee die Werbetrommel rühren. Zum Ausruhen bleibt dir zwischen den Veranstaltungen im Tourbus noch genug Zeit.« Du meine Güte, war Susan immer schon solch eine Dampfwalze? Ich fühle mich regelrecht überfahren.

Noah steht auf und kommt zu mir herüber. Statt das Gleiche zu tun wie heute Morgen, bleibt er einen Meter vor mir stehen. Schmetterlinge stieben in meinem Bauch empor. Wenn er das wüsste, würde er mich sicher zwingen, irgendeine scharfe Sauce zu trinken oder etwas ähnlich Brutales, um sie alle abzutöten. Trotzdem ruft mir sein Blick ins Gedächtnis, dass ich hierbleiben muss – dass dieses sanfte Kribbeln und Wieder-zum-Leben-Erwachen wichtig ist und dass Audrey Hepburn sich niemals irrt. Ich muss mich dem Zauber dieses Ortes hingeben, wie immer er wirkt, und Susan wird zurechtkommen müssen, auch ohne dass ich rund um die Uhr verfügbar bin.

»Genau genommen, Susan, werde ich dich Sonntagabend anrufen und dir mitteilen, wo mich ein Wagen am Montagmorgen abholen kann. Bis dahin bin ich nicht zu erreichen.«

»Nein, Rae, wa ... «

Ich lege auf.

Und dann starre ich den Hörer mit großen Augen an. Habe ich das wirklich gerade getan? Ich fühle mich frei und mächtig und *unglaublich* ... bis das Telefon wieder klingelt. Bei dem Laut zucke ich zusammen und schaue mich hektisch nach Noah um. Keine Ahnung, warum ich ihn ansehe. Schließlich kann er doch gar nichts ...

Doch genau wie heute Morgen ist er sofort wieder hinter mir. Er greift um mich herum und zieht den Festnetzstecker. Danach lässt er das kleine Spiralkabel zu Boden fallen. Das Klingeln verstummt, und ich sehe hilflos zu ihm auf.

Er lächelt zwar nicht, runzelt aber auch nicht die Stirn, als er sagt: »Höhlenmenschen brauchen sowieso kein Telefon.« Dann legt er mir einen Schlafanzug in die Hände.

Ich falte ihn auseinander. Und bin absolut nicht überrascht, dass es sich um ein zusammenpassendes, zuknöpfbares Set aus Oberteil und Hose handelt. Flanell – schieferblau mit weißen, vertikalen Nadelstreifen. Diesen Schlafanzug hätte auch Gregory Peck in *Ein Herz und eine Krone* tragen können. Ein kultivierter, vernünftiger, *klassischer* Pyjama. Das passt zu Noah.

Er sieht, wie ich darauf hinablächle, und weiß sofort, wieso. »Ich habe Schwestern«, bekennt er, und ich freue mich über seine Verlegenheit. »Sie haben mir den zu Weihnachten als Scherzgeschenk gekauft, weil ich angeblich wie ein alter Mann bin.«

»Vorsicht. Das waren ziemlich viele Worte. Wenn Sie so weitermachen, bilde ich mir hinterher noch ein, dass Sie tatsächlich mit mir reden wollen.« Ich lächle schwach und halte mir den Stoff ans Gesicht, lasse ihn sacht über meine Wange gleiten und genieße die weiche Struktur. Eine seltsame Geste – schon merkwürdig, dass ich mich wohl genug fühle, um sie sogar vor seinen Augen auszuführen.

Er mustert mich einen Moment lang eindringlich, dann wendet er den Kopf ab, um sein Lächeln vor mir zu verbergen. Aber ich sehe es trotzdem. »Ich habe noch eine Verabredung zum Mittagessen, bevor ich wieder in die Konditorei zurückkehre.« Oh. Ist er deshalb hiergeblieben, statt heute Morgen wieder zur Arbeit zu gehen? Er ist zum Lunch mit jemandem verabredet? Er hat zwar gesagt, er sei Single, aber das schließt gelegentliche Dates sicher nicht aus. Und *warum* beiße ich bei diesem Gedanken die Zähne zusammen?

Er schnappt sich die Schlüssel von der Theke. »Also, hmm … wenn Sie Hunger haben, finden Sie etwas im Kühlschrank, und Sie wissen ja jetzt, wie Sie in die Stadt kommen. Hinter dem Haus steht ein Fahrrad, falls Sie irgendetwas besorgen wollen. Und falls es brennt, rufen Sie die 911.«

»Stopp, runter und rollen«, sage ich grinsend.

Er nickt ein paarmal. »Genau. Na ja. Vermutlich bis später.«

»Ja, vermutlich.«

9

Noah

Knopfaugen folgen mir auf Schritt und Tritt wie lästige kleine Gremlins.

Amelia wohnt jetzt beinahe drei volle Tage bei mir, aber außer Mabel hat bislang niemand sich mit eigenen Augen von ihrer Existenz überzeugen können, weil sie sich nicht aus dem Haus getraut hat und ich mich konsequent jedes Kommentars enthalten habe. Keine Ahnung, was zum Teufel sie in den letzten beiden Tagen überhaupt getrieben hat, denn ich habe sie genauso konsequent gemieden, wie ich sonst Harriet meide. Trotzdem hat sich das Gerücht von Amelia – oder Rae, wie die Öffentlichkeit sie nennt – wie ein Lauffeuer in der Stadt verbreitet, denn in den letzten beiden Tagen hatte meine Konditorei mehr Laufkundschaft als sonst im ganzen Monat.

Keiner hier hört sonderlich gern Mainstream-Musik. Die Leute bevorzugen Countrysongs, in denen jemand zur Gitarre darüber singt, wie ein Mann mit seinem geliebten Hund über staubige Straßen fährt. Deshalb gibt es keine Fans, die sie unbedingt zu Gesicht bekommen wollen. Nein, eigentlich interessieren sie sich nur für sie, weil sie eine saftige Klatschgeschichte wittern. Sie hoffen auf ein bisschen Abwechslung nach dem Sonntagsgottesdienst, wo sie beim anschließenden Gemeindetreff die Gelegenheit nutzen, um nicht nur großzügige Spenden für die Bedürftigen zu sammeln, sondern auch ein paar pikante Details über den berühmten Star auszutauschen.

Außerdem erinnern sie sich daran, wie die Geschichte mit Merritt zu Ende gegangen ist. Jetzt wollen sie aus der ersten Reihe dabei zusehen, wie mein katastrophales Liebesleben möglicherweise eine Fortsetzung erfährt. Ich habe allerdings Neuigkeiten für sie: Sie werden bitter enttäuscht sein, denn ich meide Amelia nach wie vor wie die Pest.

Dennoch ist sie der einzige Grund, warum dauernd jemand in meinem Laden vorbeischaut. Meine Kuchen sind schließlich hinlänglich bekannt. Jeder Bewohner der Stadt hat seine spezielle Lieblingssorte, die ich selbst in betrunkenem Zustand mühelos herunterbeten könnte. Trotzdem lungern sie ständig hier herum und starren die Kuchenvitrine an, als seien diese kleinen, runden Gebäckstücke eine ganz neue Erfindung.

»Und diese Brombeerpie ist gefüllt mit ... ?«

»Brombeeren«, antworte ich und verschränke die Arme vor der Brust.

»Nun, das weiß ich. Aber sonst sind keine anderen Beeren darin?«, erkundigt sich Gemma, der das Stoffgeschäft gegenüber gehört.

»Nope. Die gleichen Zutaten wie während der letzten fünfzig Jahre.«

Gemma ist selbst etwa fünfzig Jahre alt und in dieser Stadt aufgewachsen. Sie müsste es also wissen.

Sie zieht die Nase kraus und muss zugeben, dass ihr kein Vorwand mehr einfällt, um sich noch länger hier aufzuhalten. Ohne zu lächeln, sehe ich sie an, versuche sie kraft meines Willens dazu zu bewegen, sich endlich einen verdammten Kuchen auszusuchen und zu verschwinden.

Phil und Todd sitzen an der Theke, vor sich die Kaffeetassen, die sie vor einer Stunde bestellt haben, und ihre Pies, von denen sie höchstens krümelgroße Bissen zu sich nehmen. Ich habe schon Mäuse erlebt, die den Mund voller genommen haben. Gott sei Dank kann ich in einer halben Stunde schließen, und … Moment mal, nein, ich kann ja gar nicht nach Hause. Denn dort ist *sie*. Was soll ich ihr überhaupt sagen? Wie soll ich sie meiden, wo noch so viele Stunden übrig sind, bis ich ins Bett gehen kann, ohne dass es merkwürdig wirkt?

Bislang bin jeden Abend nach der Arbeit zu James gegangen, bis Zeit zum Schlafengehen war, damit ich keine Zeit mit Amelia verbringen musste. Aber er hat mir ziemlich unverblümt geraten, mich nicht länger wie ein Feigling zu benehmen, und verkündet, dass ich heute Abend in seinem Haus nicht willkommen bin.

Ich könnte mich in den Hintern treten, weil ich mich einverstanden erklärt habe, sie übers Wochenende bei mir wohnen zu lassen. Hätte sie sofort abwimmeln sollen. Schließlich ist sie weder heimat- noch mittellos. Im Grunde schrecke ich vor der Antwort zurück, warum ich sie *tatsächlich* bei mir wohnen lasse. Denn ich bin mir einigermaßen sicher, dass es etwas damit zu tun hat, wie ich wie ein Freak an ihrer Bodylotion im Bad geschnuppert habe. Ich habe mir befohlen, sie nicht anzurühren. *Lass die Finger davon.* Aber da stand sie neben ihrer Haarbürste und dem Schminktäschchen und war einfach zu verführerisch, um nicht den Deckel hochzuklappen und daran zu schnuppern. Was bin ich doch für ein erbärmliches kleines Stück Mist. Und das Schlimmste ist, daran zu riechen war eine Enttäuschung. Viel zu häufig bin ich ihr viel zu nahe gekommen und weiß, dass dieser Duft falsch ist. Auf ihrer Haut verändert er sich. Wird tiefer, weicher, wärmer.

Ich bin sauer.

Ich bin wütend.

Ich bin frustriert.

Und ich stütze mich auf diese Gefühle wie auf einen alten Freund, denn sie sind es, die mich davor bewahren, allzu unbekümmert zu sein und einen Fehler zu begehen – wie zum Beispiel allzu viel für eine wunderschöne, talentierte Frau mit einer tollen Persönlichkeit und einem Leben weit, *weit* entfernt von Rome in Kentucky zu empfinden.

Endlich verlässt Gemma die Konditorei mit ihrer Apfel-Bourbonvanille-Pie, die gleiche, die sie immer kauft, und auch die meisten anderen machen sich davon – nur Phil und Todd nicht. Ich wische die Theke ab, als ich eine Frau entdecke, die auf einem Fahrrad vorfährt ...

Nein. Was tut sie denn hier? Und warum trägt sie meine Kappe?

Diese kleine Diebin.

Die Glocke über der Tür läutet, als Amelia eintritt. Das Sonnenlicht umschmeichelt ihre Gestalt wie die eines verdammten Engels, der nur auf die Erde geschickt wurde, um zu beweisen, dass es den Himmel tatsächlich gibt. Ich wünschte, ich könnte behaupten, dass meine Augen nicht an ihren gebräunten, muskulösen Beinen in den weißen Shorts hinabwandern – es sind die gleichen, die sie in der Nacht getragen hat, als ich sie zum ersten Mal begegnet bin –, aber das wäre gelogen. Das lange, dunkle Haar hat sie in einem geflochtenen Zopf über die Schulter gelegt, so dass es bis zur Mitte ihres Bauches hinabfällt. Am Ende wird es von einem blauen Seidenband zusammengehalten, das genau zu dem Blau in ihrem gestreiften Tanktop passt. An den Füßen entdecke ich weiße Baumwollsneakers, weiß aber, dass sich darunter rot lackierte Zehennägel verbergen. Natürlich steht dieser klassisch-elegante Kleidungsstil in krassem Kontrast zu meiner alten, verblichenen Atlanta-Braves-Baseballcap. Ob sie hofft, durch sie nicht erkannt zu werden? Keine

Chance! Sie sticht überall heraus: wunderschön, strahlend, atemberaubend.

Sie senkt ein wenig den Kopf und nähert sich widerstrebend der Theke. »Ich weiß, dass ich versprochen habe, Sie nicht zu belästigen, aber Ihr Kühlschrank war beinahe leer, also dachte ich, ich fahre in die Stadt und kaufe ein bisschen ein, um heute das Abendessen zu kochen. Um sozusagen meinen Lebensunterhalt zu verdienen und so. Aber als ich den Namen dieser Konditorei entdeckt habe, fiel mir wieder ein, dass Sie einen Pie Shop besitzen, und *ohmistsiesindsauer.*« Sie mustert mein grimmiges Gesicht und weicht ein paar Schritte zurück. »Ich gehe lieber wieder. Sorry. Das war eine Schnapsidee und …« Sie spricht nicht weiter, sondern dreht sich um und läuft zur Tür, wobei ihr Zopf über ihren Rücken peitscht, als wolle er sie antreiben.

Phil und Todd stecken die Köpfe zusammen, flüstern miteinander und werfen mir enttäuschte Blicke zu. Genau wie James sind sie der Ansicht, dass ich Amelia nicht gut genug behandle. Diese Stadt ist verdammt nochmal einfach zu höflich, als gut für sie wäre, und ich wünschte, ich wäre nicht genauso erzogen worden. Ich wünschte, ich könnte sie ein für alle Mal abschrecken, wie ich es versucht habe, statt sie auf der Stelle zurückzurufen.

»Amel-Rae.« Sie zieht die Schultern hoch, als ich ihren Namen rufe. Dann erstarrt sie und dreht sich behände auf den Fußballen herum, um mich wieder anzusehen. Ich deute mit dem Kopf auf die Kuchenvitrine. »Schauen Sie sich ruhig um.«

Wenn ich ihr jetzt alles zeige, hat sie vielleicht früher genug vom »normalen Leben« und verschwindet schneller wieder. Denn ich bin sicher, dass es nur darum für sie geht. Der reiche und berühmte Star kommt von ihrer Bühne herunter, um unser malerisches, kleines Leben zu bestaunen. Und nach vielen

Ohs und *Ahs* wird sie einige Geschichten aus unserer Kleinstadtidylle mitnehmen, um sie ihren Freunden zu erzählen. Für Frauen wie sie ist diese Stadt ohne Frage nicht mehr als ein Zwischenstopp.

Keine Ahnung, ob Amelia lächelt oder die Stirn runzelt, während sie jeden Winkel meiner Konditorei unter die Lupe nimmt, denn ich kehre in die Küche zurück und mache sauber. Als ich die Eingangstür erneut klingeln höre, stoße ich einen hörbaren Seufzer der Erleichterung aus, denn die Glocke sagt mir, dass sie wieder fort ist.

»Hätte sie nicht hier wohnen lassen sollen«, grummele ich vor mich hin, während ich im Spülbecken eine Rührschüssel schrubbe. »Das ist es nicht wert.« Schrubb, schrubb, schrubb. »Was bin ich doch für ein Holzkopf.«

»Sie reden mit Schüsseln mehr als mit Menschen.«

Beim Klang von Amelias Stimme hinter mir fahre ich so heftig zusammen, dass ich versehentlich einen dicken Klacks Seifenschaum direkt ins Auge bekomme. »Shit. Verdammt!« Meine Augen brennen, als hätte jemand Pfefferspray hineingesprüht. Mit dem Ärmel versuche ich, die Seife zu entfernen, aber ohne jeden Erfolg. Und meine Hände sind immer noch voller Schaum, weshalb ich damit auch nichts ausrichten kann.

»Tut mir so leid! Kommen Sie, ich helfe Ihnen.« Amelia packt meine Schulter und dreht mich zu sich um. Durch meine brennenden, zusammengekniffenen Augen sehe ich, dass sie ein nasses Küchenhandtuch in der Hand hält. Wenn sie glaubt, dass ich mich jetzt von ihr verarzten lasse, hat sie sich geschnitten. Ich will sie nicht in meiner Nähe haben.

»Mir geht's gut.« Erneut wische ich mir mit dem Unterarm über die Augen, aber es wird nur noch schlimmer. Jetzt fangen sie auch noch an zu tränen. Ich weine nicht! Nur fürs Protokoll: Das machen meine Augen ganz von allein!

Ich halte meine seifigen Hände unter den Wasserstrahl und versuche sie hektisch abzuwaschen, damit ich mir das, was ich mittlerweile für Batteriesäure halte, aus den Augen wischen kann. Amelia zerrt wieder an meiner Schulter, aber ich rühre mich keinen Zentimeter.

»Oh, um Himmels willen«, ruft sie aus, als hätte sie schon viel länger als zwei Tage in dieser Stadt gelebt. Dann schlüpft sie unter meinem Arm hindurch und genau zwischen mich und das Spülbecken. Meine Arme liegen nun um ihren Körper, und unsere Oberkörper berühren sich. Heiße Stromstöße zucken durch meine Adern, und wie betäubt stehe ich da. Es ist schon viel zu lange her, seit ich das letzte Mal eine Frau in den Armen gehalten habe. Ganz sicher ist das der einzige Grund, warum mein Körper gerade dermaßen heftig reagiert.

»Lassen Sie mich jetzt einfach nur die Seife auswaschen. Danach können Sie mich wieder ignorieren«, sagt sie und reckt sich auf die Zehenspitzen, um mir mit dem Geschirrtuch über die Augen zu wischen. Es hilft. Oder vielleicht spüre ich den Schmerz auch deshalb nicht mehr, weil mein Hirn sich nur noch mit all den Stellen befasst, an denen wir einander berühren.

Ich brauche volle zwei Sekunden, um zu bemerken, dass ihre Augen grün gesprenkelt sind. Dass die Vanillelotion auf ihrer Haut wie brauner Zucker duftet. Auf der Nase hat sie ein paar zarte Sommersprossen. Abgesehen von der subtilen, schwarzen Linie über dem Augenlid, die neben ihren dichten Wimpern weiter nach außen verläuft, trägt sie offenbar kaum Make-up. Wenn ich wetten müsste, würde ich sagen, dass sie von Natur aus himbeerrote Lippen hat.

Ich schlucke, als sie die Hand senkt und meine Augen nicht

mehr brennen. Reglos steht sie da. Ich ebenso. Nur widerwillig registriere ich diese magnetische Anziehungskraft zwischen uns. Viel lieber würde ich sie abstoßend finden, aber weit gefehlt. Und diese vollen Lippen zu betrachten und mich zu fragen, ob sie auch genauso süß schmecken, wie sie aussehen, ist ebenfalls alles andere als unangenehm.

Ich sollte einen Schritt zurückweichen. Meine Arme sinken lassen. Tief Luft holen und wieder einen kühlen Kopf bekommen. Aber ich kann nicht meine Füße wollen sich einfach nicht bewegen, und meine Augen wollen sich nicht von ihrem Mund lösen.

Und dann – keine Ahnung, wer den ersten Schritt macht – prallen unsere Lippen aufeinander. Meine Hand schießt hervor und umfängt ihren Nacken, und sie schlingt die Arme um meine Taille und zieht meinen Körper ganz dicht an sich. *Zarte Kurven. Warmer Duft. Gierige Hände.* Ihr köstlicher Mund verjagt jeglichen logischen Gedanken aus meinem Hirn, bis nichts als Verlangen übrig bleibt. Ich mache noch einen Schritt nach vorn, presse sie rücklings ans Spülbecken. Wir sollten aufhören. Das hier widerspricht allem, was ich bislang zu ihr gesagt habe, aber sie gibt einen leisen, ermutigenden Laut von sich, der eine noch stärkere, beinahe unerträgliche Begierde in mir entfacht.

Normalerweise küsse ich, als hätte ich den ganzen Tag Zeit. Ein sanftes Entfesseln der Sinnlichkeit, das man genießen kann. Aber Amelia entzündet etwas anderes in mir. *Ungeduld. Heißes Verlangen.* Ihre Zunge gleitet über die meine, und sie ist so verdammt süß, dass ich das Gefühl habe, bei lebendigem Leib zu verbrennen.

Ich lasse die Hände an ihre Taille wandern und umfange ihre Hüften. Bin kurz davor, sie auf die Küchenablage zu heben, als die Türglocke mich unterbricht. Das Geräusch holt uns schlagartig in die Gegenwart zurück, und meine Vernunft schaltet sich wieder ein.

Ich lasse die Hände sinken und trete sehr weit zurück, wobei ich das untrügliche Gefühl habe, dass dies – was immer es war – ein Fehler war. Amelia zieht sich ebenfalls bis zur am weitesten entfernten Ecke der Ablagefläche zurück. Vor lauter Verlegenheit können wir einander nicht in die Augen schauen.

»Tut mir leid, Amelia. Das hätte …«

»Nicht passieren dürfen«, beendet sie meinen Satz eilig. »Ich weiß. Und mir tut es auch leid. Lassen wir es einfach hinter uns und einigen uns darauf, dass es nie wieder dazu kommt.«

Doch jedes weitere Gespräch ist unmöglich – was wahrscheinlich auch das Beste ist –, als eine vertraute Stimme aus dem vorderen Teil Konditorei erklingt.

»Noah?«

Oh nein. Nicht jetzt. Noch nicht. Ich dachte, sie kämen erst morgen wieder!

»Wahrscheinlich ist er hinten.«

»Vermutlich versteckt er sich vor uns.«

Ich schaue Amelia an und ziehe eine Grimasse. »Ich entschuldige mich schon im Voraus.«

Amelia bleibt nur eine Sekunde, um verwirrt dreinzublicken, denn schon platzen nach und nach meine drei jüngeren Schwestern herein und schauen sich hektisch um.

»Da bist du ja!«, ruft Emily, die älteste, der man am ehesten gerecht wird, wenn man sie mit einer Flasche scharfer Sauce vergleicht. »Du hast uns einiges zu erklären!« Sie ist letztes Jahr neunundzwanzig geworden und hat die grünen Augen meiner Mom geerbt. Ebenso wie ich.

Als Nächstes kommt Madison, die mittlere der Schwestern.

Sie stürmt durch die Schwingtür und späht über Emilys Schulter. »Wir sind gerade wieder zurück und mussten von Harriet erfahren, dass letzte Nacht eine fremde Frau bei dir übernachtet hat!« Madison gleicht meinem Dad am meisten. Sie hat dunkles Haar und dunkle Augen. Sie gibt vor, genauso durchsetzungsstark und unerschütterlich wie Emily zu sein, aber mir kann sie nichts vormachen. Sie ist erheblich zarter besaitet und empfindsamer.

Ihr folgt Annabell, genannt Annie, die mit ihren sechsundzwanzig Jahren unser Küken ist. Sie ist sanft, ruhig, vernünftig und auch die einzige von uns mit natürlich hellem, beinahe weißblondem Haar. Früher haben wir sie oft damit aufgezogen, dass sie es wohl vom Postboten geerbt haben muss, denn weder meine Mom noch mein Dad waren blond. Selbst Emily und ich haben eher goldenes, sandfarbenes Haar, kein wirklich blondes. »Aber dann haben wir von Phil gehört, der es von Gemma erfahren hat, die es wiederum von Mabel weiß, dass es sich nicht um *irgendeine* Frau handelt, sondern um Rae Rose! Also um *die* Rae Rose!«

Madison tritt zu mir und versetzt mir einen Stoß gegen die Brust. »Wie konntest du uns so etwas verheimlichen? Liebst du uns denn nicht?«

Ich grinse leicht. »Wie war die Blumenausstellung?«

»Lenk jetzt bloß nicht vom Thema ab! Los, Noah, gib zu, dass du uns hasst!«, fordert Emily.

Annie stemmt die Hände in die Hüften. »Ganz genau! Sonst hättest du uns nämlich sofort angerufen und Bescheid gegeben, dass eine Pop-Ikone bei dir übernachtet.« Sie hält kurz inne, und ihre Miene wirkt einen Moment lang betreten. »Und die Blumenausstellung war schön. Danke, dass du fragst.«

Wie gesagt, sie hat die Energie der Sonne. Diese Frauen reden in einem Tempo, mit dem nur die routiniertesten Zuhörer mithalten können. Zufällig bin ich einer von ihnen.

Ich räuspere mich und blicke dann über ihre Köpfe hinweg zu der armen Frau mit den weit aufgerissenen Augen, die in der hintersten Ecke des Zimmers steht und aussieht wie ein Häschen in der Falle. Aber das ist doch gut! Vielleicht vergrault sie das ja und sorgt dafür, dass sie die Stadt verlässt. Ich hätte meine Schwestern viel früher auf sie hetzen sollen.

Besagte Schwestern folgen meinem Blick, bis sie Amelia entdeckt haben.

»Ladys, das ist Rae Rose.« *Amelia* korrigiere ich mich im Geiste. »Vor ein paar Tagen hat ihr Wagen leider in meinem Vorgarten den Geist aufgegeben, weshalb sie in unserer Stadt gestrandet ist, bis Tommy ihn reparieren kann … oder … « Ich lasse das *oder* in der Luft hängen. *Bis sie die Nase voll von uns hat und einen Fahrer herbeordert. Oder bis meine wütende Art sie vertreibt. Oder bis ich aus diesem Traum / Albtraum erwache.*

Mit offenem Mund stehen meine Schwestern da und sind – wahrscheinlich zum ersten Mal in ihrem Leben – sprachlos. Amelia lächelt, und unwillkürlich registriere ich, dass es so vollkommen anders ist als das Lächeln, was sie mir immer schenkt. Mit unbestreitbarer Grazie hebt Amelia die Hand und winkt ihnen freundlich zu. »Hi. Wie nett, euch alle kennenzulernen.«

Zwei Sekunden lang herrscht Totenstille. Doch dann verebbt der Schock meiner Schwestern, und sie stürzen sich auf sie. In ihrem übermütigen Südstaatendialekt bombardieren sie Amelia mit einem Schwall von Fragen. Zu Amelias Glück gibt es in dieser Stadt nur drei Menschen, die wirklich Fans von ihr sind. Zu ihrem Pech befinden sie sich momentan allesamt mit ihr in dieser Küche.

Die Unterhaltung läuft wie folgt, wobei allerdings alle gleichzeitig sprechen:

Emily: Du sitzt in Noahs Haus fest? Er hat nicht mal WLAN, weißt du?
Madison: Noah ist langweilig. Geh mit uns heute Abend aus!
Annie: Wir wollen ins *Hank's,* wenn du Lust hast?
Emily: Das *Hank's* ist eine Bar hier vor Ort. Da hängen wir freitagsabends alle ab.
Madison: Wir könnten dich abholen!
Annie: Wir sorgen auch dafür, dass dich dort niemand belästigt.
Emily: Es wird dir ganz bestimmt gefallen, versprochen.

Ich rechne jeden Moment damit, dass Amelia sich an ihnen vorbeidrängt und die Flucht ergreift. Keinesfalls kann sie all die Worte verstanden haben, die gleichzeitig auf sie eingeprasselt sind. Aber natürlich irre ich mich schon wieder, denn Amelia scheint die einzige Frau auf der ganzen Welt zu sein, die jene Sprache namens »Wuschige-Walker-Women« beherrscht.

Sie verzieht den Mund zu einem strahlenden Lächeln und wirkt überglücklich. Und *wahnsinnig hübsch,* fügt mein Hirn, dieses kleine Mistvieh, hinzu. »Äähm – *Hank's* heißt der Laden? Ich würde liebend gern mitkommen. Das heißt, wenn …« Ihr Blick huscht zu mir hinüber, und ihr Lächeln verblasst ein wenig. »Wenn Noah nichts dagegen hat.«

Ich habe gar nicht die Chance zu antworten, denn schon tritt Emily zwischen uns und ruft: »Warum zum Teufel solltest du seine Erlaubnis brauchen? Nach meinem letzten Stand gehört ihm das Lokal schließlich nicht. Na ja, *dieses* Lokal hier gehört ihm schon, aber eben nicht das *Hank's*. Also, kommst du mit?«

Wie hat diese Frau es fertiggebracht, mein Leben so schnell

auf den Kopf zu stellen? Ich habe schon Tornados erlebt, die langsamer durch diese Stadt gefegt sind. Und wahrscheinlich auch weniger Schaden angerichtet haben, als sie es vermutlich tun wird.

10

Amelia

Eigentlich sollte es mir merkwürdig vorkommen, in Noahs Haus zu wohnen. Warum empfinde ich es beinahe als selbstverständlich? Selbst in den luxuriösesten Hotelzimmern inklusive einer randvoll mit meinen Lieblingssnacks gefüllten Minibar und einem Sicherheitsposten vor der Tür habe ich mich nicht dermaßen wohl gefühlt. Irgendetwas an Noahs Haus ist wie warmer Honig. Ich schaue mich in meinem Zimmer um, und sofort wird mir der Grund dafür klar: Alles hier scheint einen bestimmten Zweck zu haben – eine Geschichte – oder ist mit irgendeiner Empfindung verknüpft. Während er eine Patchworkdecke besitzt, die wahrscheinlich eine Großmutter oder Tante selbst gemacht hat, besitze ich eine teure, von meinem Innenarchitekten ausgewählte Überdecke. Genau *das* fehlt in meinem Haus in Nashville. Es ist voller Krimskrams, aber nicht voller Erinnerungen.

Wie konnte es nur so weit kommen? Manchmal habe ich das Gefühl, dass an dem Tag, an dem ich meinen Künstlernamen Rae Rose angenommen habe, ein Riesenradiergummi hinter mir seine Arbeit begonnen und mein ganzes vorheriges Leben ausgelöscht hat. Bei dem Gedanken an jene ruhigen Abende mit meiner Mom, an denen wir am Küchentisch gesessen, uns die Nägel lackiert und dabei Popcorn gegessen haben, tut mir das Herz weh. Meinen Dad habe ich nie kennengelernt, denn als meine Eltern im letzten Collegejahr von der Schwangerschaft meiner Mom erfahren haben, wollte er nichts mit einer Familie zu schaffen haben. Er hat keinen Zweifel daran gelassen, dass sie auf sich gestellt sein würde, wenn sie mich behalten wollte. Meiner Mom hat der Gedanke, schon in jungen Jahren Mutter zu werden und eine Familie zu gründen, immer gefallen. Sie hat damals nicht eingesehen, warum wir keine Familie sein sollten, nur weil kein Dad dabei sein würde – die Entscheidung war ihr also leichtgefallen.

Und sie hat recht gehabt. Nie hatte ich das Gefühl, dass uns etwas fehlt. Ich meine, wir waren knapp bei Kasse, und als alleinerziehende Mutter musste sie hart arbeiten, aber wir waren glücklich. Und unsere legendären Roadtrips an den Strand, die wir einmal im Jahr unternommen und für die wir uns ein muffig riechendes Hotelzimmer mit Sand im Teppich gemietet haben, weil wir uns nichts Besseres leisten konnten, gehören auch heute noch zu meinen schönsten Erinnerungen. Meine Mom ist die einzige Familie gewesen, die ich gebraucht habe. Meine *beste Freundin.* Und dann ist meine erste Single in den Charts auf Nummer eins gesprungen. Damit hat sich alles verändert.

Seit es mit meiner Karriere bergauf gegangen ist und ich jede Menge Geld habe, haben wir uns mehr und mehr voneinander entfernt. Bei der erstbesten Gelegenheit sind wir in einen Umzugswagen gesprungen und von Arizona in ein großes Haus in L.A. gezogen. Zuerst ist es mir riesig vorgekommen. Die neuen Stühle hatten keine Delle, in die mein Hintern passte, weil ich schon so oft darauf gesessen hatte, und ich konnte es mir nirgends gemütlich machen. Meine Mom jedoch hat das Haus geliebt, und sie glücklich zu sehen, hat auch mich glücklich gemacht. Sie ist schon immer das Herz jeder Party gewesen, weshalb es ihr leichtgefallen ist, neue Freundschaften in den Promikreisen zu schließen, zu denen ich nun Zugang bekam. Zuerst waren wir einander immer noch nahe – aber nach den ersten paar Jahren war sie nicht mehr so häufig bei mir. Sie hat mich versetzt, wenn wir zum Dinner verabredet waren, und dann jedes Mal behauptet, dass ihr unser Termin völlig entfallen sei. Meist habe ich sie angerufen, wenn ich eine Stunde lang einsam an unserem Tisch verbracht hatte. Nie konnte sie sich daran erinnern, irgendetwas mit mir vereinbart zu haben. Ich aber war mir jedes Mal sicher, dass ich mich nicht irrte, denn meine Termine regelt Susan für mich – und Susan ist der gewissenhafteste Mensch, den ich kenne.

Die Vorfälle dieser Art sind immer mehr geworden, ganz zu schweigen davon, dass sie Susan ständig gebeten hat, mehr Geld auf ihr Konto zu überweisen. Immer hat sie versucht, hinter meinem Rücken das zu bekommen, was sie wollte, aber Susan hat mich stets eingeweiht. Letztlich habe ich grundsätzlich mein Okay zu jeglichen Forderungen gegeben. Ist das verständlich? Ich würde meiner Mom liebend gern alles geben, was sie will – aber ich wünsche mir so sehr, dass sie mich um meiner selbst willen und nicht nur wegen meines Geldes liebt.

Meinen letzten Versuch habe ich an ihrem fünfundvierzigsten Geburtstag gestartet. Ich habe eine Überraschungsreise nur für uns beide geplant. Wochenlang im Voraus. Susan hat mir dabei geholfen, den Flug und eine Villa für fünf Tage in Cabo zu mieten. Susan hat ihr einen Wagen geschickt, der sie abholen und zu mir an den Flughafen bringen sollte, damit wir den Trip gemeinsam beginnen konnten. Aber meine Mom hat mir ausrichten lassen, dass sie nicht mitkommen würde. Sie hatte sich bereits mit Freunden verabredet, denen sie nicht absagen wollte.

Von diesem Tag an habe ich nicht mehr versucht, unsere Beziehung zu retten.

Obwohl ich mich ausgenutzt fühle, unterstütze ich sie weiterhin finanziell, denn das ist die einzige Verbindung, die wir noch haben. Außerdem habe ich die Erfahrung gemacht, dass es gar nicht so einfach ist, nein zu einem Elternteil zu sagen, der ständig um mehr bittet. Vielleicht bin ich auch nur süchtig nach dem kleinen Booster für mein Selbstwertgefühl, wenn sie mich zumindest auf dieser Ebene braucht. Mittlerweile kommunizieren wir vornehmlich über Susan, was mir ein wenig Freiraum vor den Forderungen meiner Mom verschafft. Aber hin und wieder schreibt sie eine Textnachricht an mich persönlich, in der sie mich direkt um irgendetwas bittet. Das schmerzt, und in der Regel versuche ich, meine Antworten kurz zu halten.

Jedenfalls gefällt es mir, dass Noahs Haus so klein ist. Die Ausstattung ist minimalistisch, trotzdem wirkt es bewohnt, und ein Ordnungsfreak ist er auch nicht gerade. Außer meinem Ausflug zum Kuchenladen habe ich dieses Haus in den letzten paar Tagen nicht verlassen, weshalb es mir mittlerweile äußerst vertraut ist. Allein über die zweckmäßige Einrichtung habe ich das Gefühl, Noah ein wenig besser kennengelernt zu haben. Ein schlichter, aber farbenfroher Blumenstrauß steht in einer Milchglasvase auf dem Frühstückstisch. Ich kenne sonst keine Männer, die etwas für Blumen übrighaben, weshalb ich diese Beobachtung für wichtig halte. Seine grüne Mundspülung hat die gleiche Farbe wie seine Augen. Sie steht auf der Badezimmerablage neben seiner nicht elektrischen Zahnbürste und der Crest-original-Zahnpasta. In sein Schlafzimmer konnte ich immer noch keinen Blick werfen, denn diese Tür hält er verschlossen, als fürchte er, ich würde wie ein nicht stubenreiner Welpe hineinstürmen und auf sein Bett pinkeln.

Ich liebe es.

Ich liebe es, dass er mir keinen roten Teppich ausrollt. Kein einziges Mal hat er bislang versucht, mich zu unterhalten –, tatsächlich hat er sich meistens sogar von mir ferngehalten. Heute wahrscheinlich wegen dieses versehentlichen Kusses, der einfach unglaublich war. Aber das ist mir egal, weil er mich einfach wie einen ganz normalen Menschen vor mich hinleben lässt.

Ich kann gar nicht sagen, wie wunderbar sich das anfühlt. Sogar seine Schwestern haben mich anders behandelt als die meisten Menschen. Ja, sie haben mich ziemlich überrollt, aber auf eine gute Art. Es mag unglaublich klingen, aber ich habe sofort gewusst, dass ich den dreien vertrauen kann. Anstatt mir Löcher in den Bauch zu fragen, haben sie mich eingeladen, heute Abend mit ihnen auszugehen. Keine Selfies. Keine Autogramme. Sie wollen nur, dass ich heute den Abend mit ihnen verbringe, weil sie denken, es könnte lustig werden. Und nach dem dreitägigen Winterschlaf in diesem Haus, in denen ich mir das Hirn zermartert habe, was ich mit meinem Leben anfangen soll, kann ich ein wenig Abwechslung wirklich brauchen.

Apropos unglaublich. Noahs Kuss poppt wieder in meinem Bewusstsein auf, so wie er es während der letzten paar Stunden etwa alle zwanzig Sekunden getan hat. Wie kann ein einziger Kuss mit einem buchstäblichen Fremden mir dermaßen zusetzen? Aber ich muss ihn aus meinem Gedächtnis verbannen, denn das darf keinesfalls noch einmal passieren.

Aber nun stellt sich die Frage: Was zieht man in einer Bar wie dem *Hank's* an? Oder hieß sie Honk? Tonk's? Ich glaube doch eher *Hank's*.

»Noah«, rufe ich laut durch meine Schlafzimmertür. »Was zieht man im Honk's am besten an?« Ich benutze den falschen Namen absichtlich, denn mittlerweile macht es mir einen Riesenspaß, Noah auf die Palme zu bringen. Ich mache ein Spiel daraus. Wie lange dauert es, bis der missmutige Pie-Shop-Besitzer in die Luft geht? Ich sollte es mir im Handy notieren. Eine raffinierte App herunterladen, um die Unterschiede in seinem Gesichtsausdruck festzuhalten.

Ich weiß, dass er da draußen ist, denn ich habe gehört, wie er ins Bad gegangen ist und die Dusche eingeschaltet hat, nachdem er von der Arbeit nach Hause gekommen ist. Zwanzig Minuten lang war er drin. Zwanzig quälende Minuten, in denen ich wie ein eingepferchter Tiger in meinem Zimmer auf und ab gegangen bin und versucht habe, mir nicht vorzustellen, wie dieser Mann wohl nackt aussieht. Oh Mann. Er wäre eine Augenweide, das *weiß* ich einfach. Ein Anblick, an dem *meine* Augen sich jedoch niemals weiden werden, denn darum geht es für mich bei dieser Reise nicht. Dass ich es mir überhaupt vorstelle, ist schon schlimm genug. *Ich schäme mich für dich, innere Sexgöttin. Halt deine Phantasie im Zaum.*

Irgendwo vor meiner Tür höre ich ein Grunzen. »*Hank's*. Es nennt sich *Hank's*. Wenn du schon hingehst, dann merk dir wenigstens den Namen.«

»Okay, na gut, was ziehe ich im Hank's also am besten an?«

»Was du verdammt nochmal willst.«

Wenn überhaupt möglich klingt Noah sogar noch miesepetriger als heute Vormittag, was womöglich mit dem Vorfall zu tun hat, den wir jetzt nicht erwähnen. Jedes Mal, wenn er mich seit dem Seifenschaum-Fiasko ansieht, entdecke ich eine steile Falte zwischen seinen Augenbrauen. Schon klar, er ist wütend, weil wir keinen Abstand gewahrt haben. Es wird nicht wieder vorkommen.

Trotzdem möchte ich festhalten: Seit ich erwachsen bin, habe ich drei Typen gedatet. Einen Schauspieler, ein Model und meinen letzten Freund – einen Sänger. Sie alle haben so gut ausgesehen, dass Illustrierte und Regenbogenpresse ins Schwärmen geraten sind und sie zu den heißesten und erfolgreichsten Männern auf der Bildfläche gekürt haben. Trotzdem hat keiner von ihnen eine dermaßen starke Anziehungskraft auf mich ausgeübt wie Noah Walker.

Aber das darf ich nicht zulassen. Am Montag reise ich wieder ab, und immer wenn ich es früher in Betracht zog, mich mit einem normalen Typen einzulassen, hat Susan es mir verboten. Sie sagt, dass unsere Welten zu weit voneinander entfernt sind. Unglücklicherweise sind mir auch Cupcakes versagt, ebenso wie jegliche Form von Frohsinn. Im Grunde darf ich ohne Susans Erlaubnis nicht mal blinzeln.

Igitt. Jegliche Gedanken an ein normales Leben versetzen mir einen Dämpfer. Höchste Zeit, zum Scherz mal wieder Noah zu ärgern.

»Dann also ein Cocktailkleid! Ich habe ein mit Pailletten besetztes, dessen Schlitz beinahe den ganzen Oberschenkel frei lässt ... ich meine, das hatte ich zwar schon mal auf Harry Styles' Geburtstagsparty an, aber ich bin davon überzeugt, dass hier keiner Einwände dagegen hat, es ein zweites Mal zu sehen. Außerdem hat es Harry damals gefallen, also ... «

Ich beiße mir auf die Unterlippe und warte.

Und tatsächlich höre ich Noahs schwere Schritte, als er sich meiner Tür nähert. »Bloß nicht! In so einem eleganten Fummel machst du dich in dem Schuppen nur lächerlich.« Mangelnde Ehrlichkeit kann man ihm wohl kaum vorwerfen. Er ist vollkommen schonungslos ohne Schnörkel oder Zuckerguss. *Er ist phantastisch.*

PS: Ich hab nicht mal ein Cocktailkleid eingepackt, denn ich bin schließlich nicht komplett weltfremd, auch wenn er mich dafür hält.

»Zieh ... zieh einfach Jeans und T-Shirt an«, rät Noah, dessen Stimme klingt, als wäre die Rolle des Modeberaters reine Folter für ihn. Oder liegt es daran, dass er überhaupt mit mir sprechen muss? Ich weiß es nicht. Unglaublich, ich liebe es, einmal nicht das professionelle Sonnenscheinchen spielen zu müssen. Er glaubt, seine kurz angebundene Art könnte mich abschrecken. Er hat ja keine Ahnung, wie sehr ich es genieße, dass er so mürrisch ist.

Ich öffne die Tür und zeige ihm das Outfit, das ich bereits trage: Jeans, ein T-Shirt und ein Leck-mich-am-Arsch-Grinsen. »So vielleicht?«

Er mustert mich von Kopf bis Fuß, runzelt heftig die Stirn und dreht sich zu seiner Schlafzimmertür um. Dann öffnet er sie einen Spalt und schlängelt sich förmlich hinein, bevor er sie hastig wieder hinter sich schließt.

»Vorsicht!«, rufe ich der geschlossenen Tür hinterher. »Diesmal hätte ich mich fast zwischen deinen Füßen hindurchgewunden!«

Er knurrt, und ich muss lächeln. Zwei Punkte für Amelia. Null für den missmutigen Kuchenladenbesitzer.

11

Amelia

Noahs Schwestern sind anders als alle anderen Menschen, die ich je getroffen habe. Sie fahren vor seinem Haus vor und hupen so lange, bis ich rauskomme. Buchstäblich. Sie hupen. Und kaum bin ich draußen, fangen sie an zu pfeifen und brechen in Jubelrufe aus. »Juu-huu! Die Prinzessin des Pop kommt mit ins *Hank's*! Los, steig hinten ein und setz dich neben Annie!«

Mit hinten meinen sie die Ladefläche ihres Pick-ups. Wenn Susan mich jetzt sehen könnte, wie ich auf dieser kohlrabenschwarzen Straße ohne Gurt auf der Ladefläche eines Pick-ups auf und ab hüpfe wie Popcornmais in der Pfanne, würde sie tausend Tode sterben. Sie würde auf der Stelle zusammenbrechen. Jede Wette, das wird eine rauschende Nacht. Das spüre ich bis in meine Knochen. Meine völlig durchgeschüttelten Knochen.

Leider löst die holprige Fahrt Kopfschmerzen bei mir aus. Vielleicht bleibt es harmlos, aber vielleicht sind es auch die Vorboten einer heftigen Migräneattacke, wie ich sie in letzter Zeit immer häufiger kriege. Laut Arzt kommen sie vom Stress, weshalb er mir zu mehr Pausen geraten hat. Aber ich habe einfach keine Zeit für Pausen. Stattdessen habe ich verschreibungspflichtige Ibus in der Handtasche, die ich jetzt herauszuangeln versuche.

Nachdem ich die kleine, orangefarbene Dose gefunden habe, schraube ich diskret den Deckel ab und nehme eine Pille heraus.

Ich schlucke sie mit Hilfe meiner Spucke, damit Annie nichts mitkriegt. Keine Ahnung, warum es mir peinlich ist. Es sind nur Ibuprofen, nichts weiter, aber die Leute kommen gleich auf komische Ideen, wenn sie sehen, dass ein Promi sich irgendwelche Pillen einschmeißt, und ich habe keine Lust, meine ganze medizinische Geschichte vor den Ladys auszubreiten. Gerade als wir vor der Bar vorfahren, werfe ich die Pillendose wieder in meine Tasche, und Madison steckt den Kopf zum Beifahrerfenster heraus und schreit. »Aufgepasst, Leute! Lehrerinnen außer Rand und Band!«

»Ihr seid Lehrerinnen?«, frage ich Annie und halte mich am Rand des Wagens fest, als Emily scharf auf den kiesbedeckten Parkplatz einbiegt.

Annie lächelt. »Nur die beiden. Im Moment haben sie Sommerferien. Aber mir gehört das Blumengeschäft neben Noahs Konditorei.«

Das *Blumengeschäft*. Plötzlich kapiere ich, warum er einen Blumenstrauß auf dem Tisch stehen hat. »Dann bist du wohl diejenige, die Noah mit frischen Blumen versorgt?«

Lachend schüttelt Annie den Kopf. »So ähnlich. Noah kommt fast täglich zu mir in den Laden und kauft mir einen Strauß ab, den er mit nach Hause nimmt. Ich vermute, er macht sich insgeheim Sorgen, dass ich pleitegehe, wenn er das nicht macht.«

Oh-oh. Nicht doch, Herz. Ich spüre, dass du versuchst, dich zusammenzuziehen, aber das lasse ich nicht zu. Ja und? Er ist also ein guter Bruder.

Verdammt. Große. Sache.

Emily und Madison steigen aus dem Wagen und umrunden ihn, um die Klappe herunterzulassen, so dass Annie und ich hinunterhüpfen können. Beim Anblick des *Hank's* habe ich plötzlich einen Kloß im Hals: Es ist ein kleines Lokal mitten im Nirgendwo, umgeben von einem Kiesparkplatz und rappelvoll. Ein Neonschild flackert über dem Eingang und bestätigt, dass es sich tatsächlich um *Hank's Bar* handelt. Die Pick-ups auf dem Parkplatz scheinen hier Tetris gespielt zu haben. Diejenigen, die zuerst hier waren, kommen so schnell wohl nicht mehr weg. Durchs Fenster kann ich erkennen, dass die Bar nur spärlich erleuchtet ist, aber es sind so viele Leute darin, dass mit Sicherheit sämtliche Brandschutzverordnungen auf einmal verletzt werden.

»Alles okay?«, fragt Annie, bleibt neben mir stehen und mustert meine nervöse Miene.

Ich schlucke und deute mit schwacher Geste auf die Bar. »Es sieht nur so ... voll aus.«

Emily tritt an meine andere Seite. »Weil's voll *ist*. Jeder ... und zwar buchstäblich jeder, kommt am Freitagabend ins *Hank's*. Es ist die einzige Gelegenheit, bei der man sich in dieser Stadt amüsieren kann, und die verpasst keiner.«

Na super. Alle in einem einzigen Gebäude zusammengepfercht, und ich mittendrin, ohne jeglichen Schutz. Wie stehen die Chancen, dass jemand dadrin ganz besessen von Popmusik ist? Plötzlich wünschte ich, Noah wäre hier, was an und für sich schon ein lächerlicher Gedanke ist. Ich kenne ihn schließlich erst seit ein paar Tagen, aber irgendwie weiß ich, dass er für meine Sicherheit sorgen würde.

»Es gibt wohl keinen ... Hintereingang, durch den wir reinkommen können, oder? Und hast du eine Kappe in deinem Auto? Mir war nicht klar, dass so viele Leute hier sein würden, sonst hätte ich ... «

Von hinten fängt Madison an zu drängeln. Mein Körper wird auf den Eingang zu gestoßen, so dass ich jetzt wahrscheinlich wie eine Katze aussehe, die ins Wasser springen muss. Sie lacht. »Diese Stadt ist vollkommen harmlos. Glaub uns. Wir kümmern uns um dich. Und Emily ist hier die Herrin im Haus. Sie hören auf sie.«

Mm-hmm. Warum fühle ich mich dann, als würde ich dem Neon-Ungeheuer als Opfergabe dargebracht?

Annie öffnet uns die Tür und schenkt mir ein mitfühlendes Lächeln, als die Countrymusik sich auf die Straße ergießt. Drinnen geht es laut und chaotisch zu. Gleichzeitig aufregend und beängstigend. »Lass Emily zuerst reingehen.«

Gehorsam bleibe ich zurück und praktiziere ein paar Atemtechniken, die ich vor meinen Auftritten anwende, wenn mich die Nervosität zu übermannen droht. Aber ich habe noch keinen zweiten Atemzug getan, da nimmt Madison mich schon an die Hand und zieht mich hinein.

Ich schwöre, dass die nächsten dreißig Sekunden folgendermaßen ablaufen:

Wir kommen durch die Tür.

Alle Köpfe drehen sich zu uns um.

Die Leute, die inmitten des Raumes linedancen, bleiben abrupt stehen.

Die Musik verstummt.

Alles wird so still, dass wir die Tür hinter uns ins Schloss fallen hören.

Alle starren mich an.

Und dann stellt sich heraus … diese Leute kennen sich mit Popmusik aus. Zumindest mit bekannten Sängerinnen. Denn sie schauen mich definitiv so an, als sei ich eine davon. Der schwere Geruch nach Bier und Schweiß unterlegt vom Wummern meines Herzens verursacht mir Übelkeit. Das hier war eine Schnapsidee. Nashville zu verlassen war eine Schnapsidee.

Warum zum Teufel habe ich mir eingebildet, dass ich unentdeckt in irgendeiner Stadt Unterschlupf finden und dort in segensreicher Einsamkeit vor mich hin würde leben können? Nun wissen alle, dass ich hier bin, und mit der friedlichen Zeit ist es vorbei. Von wegen Montag. Ich muss heute Abend schon abreisen, denn sie werden jeden Moment ihre Handys zücken, Fotos schießen und sie in sämtlichen sozialen Netzwerken posten. Innerhalb einer Stunde werden die Paparazzi hier auftauchen. So läuft es doch immer.

Ich drehe mich um, um eilig die Flucht zu ergreifen, aber Madison packt meinen Unterarm. »Bleib. Ist schon gut.«

Sie nickt Emily zu, und erstaunt beobachte ich, wie die Frau auf die Bar springt und die Hände um die Lippen wölbt. »Okay, alle mal herhören, ihr Landeier-Kollegen! Ich habe meine Freundin Rae Rose mitgebracht, die sich amüsieren will, ohne belästigt zu werden. Also verhaltet euch so, wie eure Mama es euch beigebracht hat, und behandelt sie mit Respekt! Außerdem ist sie für die nächsten paar Tage *inoffiziell* hier, also tut ihr einen Gefallen und vergesst, dass ihr sie hier gesehen habt. Habt ihr kapiert?«

Die Menge gibt ein herzhaftes Johlen von sich, und alle nicken eifrig, prosten uns mit ihrem Bier zu und grinsen breit.

»Gut! Und jetzt bring mir einer was zu trinken!«

Emily ist eine Göttin. Dem ist nichts hinzuzufügen, denn alle tun genau das, was sie sagt. Die Musik dreht auf, Gelächter erklingt, und alle widmen sich wieder der Tätigkeit, der sie nachgegangen sind, bevor ich hereinkam. Der Mann hinter der Bar hilft Emily herunter und drückt ihr dann ein Bier in die Hand.

Und das war's.

Keiner behandelt mich anders. Keiner starrt mich an. Keiner bittet mich um ein Autogramm. Während der nächsten halben

Stunde stehe ich mit den Walker-Schwestern herum, lache, trinke und schwatze mit ihnen. Ich vergesse doch tatsächlich, dass man mich anderswo auf der Welt für wichtig hält. Ja, sie wollen wissen, wie es war, mit meinem Ex zusammen zu sein, mit Tayler Newport – es war etwa so, als wäre man mit dieser eitlen Disney-Königin zusammen, die ständig in den Spiegel schaut und fragt, wer die Schönste im ganzen Land ist. Außerdem wollen sie wissen, was ich am meisten an meinem Beruf als Sängerin liebe. Dieser Frage weiche ich aus, denn meine Karrierekrise hat mittlerweile epische Ausmaße angenommen und mir fällt rein gar nichts ein, was ich daran gut finde. Aber damit enden die Fragen auch schon, und unsere Unterhaltung wendet sich anderen Themen zu.

»Ich muss zugeben …«, sage ich zu den Ladys, nachdem ich mein erstes Bier getrunken habe und ein wenig lockerer bin. »… dass ich befürchtet habe, die Leute würden ausflippen, sobald ich reinkomme. Ich hatte Angst, dass sich eine Fan-Meute auf mich stürzt.«

Madison lacht, denn für jeden Außenstehenden klingt der Begriff »Fan-Meute« wie irgendetwas Witziges aus einem Disney-Film. Aber in Wirklichkeit ist es unangenehm, angsteinflößend und so bedrohlich – sowohl auf körperlicher als auch auf emotionaler Ebene –, dass man sich kaum davon erholt. Aber die meisten Leute haben keine Ahnung davon, deshalb verzeihe ich ihr das Lachen.

»Wenn sie interessiert aussahen, dann nur, weil diese Stadt nach Gesprächsstoff sucht, seit Kacey geschwängert wurde und alle sicher waren, dass es Zacs Kind war. Aber dann hat sich herausgestellt, dass der Vater doch ihr Ehemann Rhett war. Seither langweilen sich die Leute zu Tode.«

Emily beugt sich noch ein Stück weiter über den Tisch.

»Aber ganz ehrlich … ich war sicher, dass es von Zac war. Besonders nachdem er sie … «

»Sonntags in der Kirche so angestarrt hat? Ja!« Madison schlägt mit der Hand so heftig auf den Tisch, dass das Bier überschwappt. Annie hat nur ein ruhiges Lächeln und leises Glucksen beizusteuern. »Jedenfalls sind wir alle hier ziemlich anständige Leute. Wir mussten die anderen nur von Anfang an einnorden. Jetzt wird dich keiner mehr belästigen, und du musst dir auch keine Sorgen machen, dass irgendwer deinen Besuch hier in den sozialen Medien postet. Denn falls es dir noch nicht aufgefallen ist, wir haben hier keinen Empfang. Unser Bruder besitzt schließlich nicht mal ein Handy.«

Ich bin irritiert, dass allein bei der Erwähnung seines Namens meine Haut schon zu prickeln anfängt. Dass ich plötzlich vor mir sehe, wie er mich berührt, wie sein mürrischer Mund den meinen erforscht. Und ich erinnere mich an die plötzliche Empfindung, die mich durchfuhr: wie richtig es sich angefühlt hat.

»Also«, sagt Emily und stützt sich auf die Unterarme. »Wo wolltest du hin, bevor du in Noahs Vorgarten eine Panne hattest?«

Ich nippe an meinem zweiten Bier und lecke mir über die Lippen. »Äh … eigentlich genau hierher.«

Alle drei runzeln die Stirn.

»Hierher?«, fragt Madison. »Nach Rome in Kentucky? Du bist *absichtlich* hierhergefahren? Warum zum Teufel hast du das getan? Ich versuche nun schon seit Jahren, aus dieser Stadt herauszukommen, aber Annie und Em lassen es einfach nicht zu.«

»Da hast du verdammt recht«, sagt Emily, bevor Annie ihnen beiden einen frustrierten Blick zuwirft und ein kleines Notizbuch zückt, in dem sie irgendeiner Liste einen Strich hinzufügt. »Sorry, Annie. Ich meine, du hast vollkommen recht«, berichtigt sich Emily, wobei sie das Wort *vollkommen* mit einer schwungvollen Handbewegung unterstreicht.

Annie registriert meinen verwirrten Blick, mit dem ich das Notizbuch mustere. Dort stehen die Namen Emily, Madison, Annie und Noah, allesamt mit Strichen daneben. Genau genommen hat Annie keinerlei Striche und Noah mindestens doppelt so viele wie seine Schwestern. Aus unerfindlichen Gründen muss ich darüber lächeln.

»Ich versuche, ihnen das Fluchen abzugewöhnen. Wer zwanzig Striche hat, muss zwanzig Mäuse in die Fluchkasse zahlen«, erklärt Annie, klappt das Notizbuch zu und legt es beiseite.

Ich lache leise. »Und warum?«

»Weil sie ein mustergültiger, süßer, kleiner Baby-Engel ist«, sagt Emily mit spöttischem Lächeln.

Annie streckt Emily die Zunge heraus. »Zumindest eine von uns sollte es eines Tages durch die Himmelspforte schaffen und die Walkers im Himmel vertreten.«

Madison grinst sardonisch. »Himmelspforte? Ich komme nicht mal über die verf-hexten Stadtgrenzen hinweg.«

Annie lächelt. »Gerade noch die Kurve gekriegt.«

Madison neigt ihr Bierglas. »Nur weil ich dich liebe und weil mir nur noch ein Strich fehlt, bis ich bezahlen muss. Und? Wirst du meine Liebe jetzt erwidern und zulassen, dass ich Rome verlasse?«

»Nope«, sagen Emily und Annie im Chor.

Emily, die anscheinend die Mutterglucke der Schwestern ist, fügt mit einer gewissen Endgültigkeit in der Stimme hinzu: »Noah ist wieder da, und wir sind eine Familie. Hier sind unsere Wurzeln, hier gehören wir hin.«

Noah ist wieder da? Ich möchte Emily unbedingt fragen, wo Noah denn war, aber ich bekomme keine Gelegenheit.

Madisons Seufzer spricht Bände. Er klingt sehnsüchtig, besiegt, entschlossen. Jede Menge Gefühle, deren Ursprung ich wahrscheinlich nie erfahren werde, weil ich am Montag schon wieder fort sein werde. Sie sieht mich wieder an. »Sorry, wir lassen uns so leicht ablenken. Wir wollten wissen, warum du hergekommen bist.«

Nachdem ich ein paar Tage in dieser Stadt verbracht habe, kann ich ihr Erstaunen verstehen, denn eine Touristenattraktion ist der Ort nun nicht gerade. Um Zeit zu gewinnen und eine Antwort zu formulieren, trinke ich einen weiteren Schluck von meinem Bier. Aber dann schwankt der Raum ein wenig, und meine Zunge wird gleichzeitig schwer und locker. Kurzzeitig abgelenkt durch diese plötzliche Empfindung platze ich mit der Wahrheit heraus. »Auf Google Maps habe ich nach der nächsten Stadt mit Namen Rome gesucht, weil Audrey in *Ein Herz und eine Krone* nach Rom reist.«

Verständnislos starren sie mich an, und ich frage mich, welcher Teil dieses Geständnisses sie mehr schockiert. Ich beschließe, mit dem Teil zu beginnen, der am wenigsten seltsam ist. »Ihr wisst doch … der alte Film?« Noch mehr verständnislose Blicke. »Oh, ihr kennt ihn bestimmt. Mit Audrey Hepburn und Gregory Peck. Audrey spielt darin Prinzessin Ann, die für eine Nacht ihrem königlichen Leben entfliehen will, und … Ihr habt keine Ahnung, wovon ich spreche, oder?«

Alle drei schütteln die Köpfe. Emily spricht als Erste. »Ich glaube nicht, dass wir überhaupt jemals einen Audrey-Hepburn-Film gesehen haben. Sind sie gut?«

Mir bleibt der Mund offen stehen. Ich bin zutiefst bestürzt. Wie ist es möglich, dass sie nicht wissen, wer Audrey Hepburn ist?

»Was? Wie konntet ihr denn überleben, ohne einmal Audrey

gesehen zu haben? Sie ist der Inbegriff von Grazie und Altklugheit. Sie ist wunderschön und gleichzeitig ein komischer Vogel.« Nachdenklich schüttele ich den Kopf. »Sie ist einfach … wunderbar.« *Und meine beste Freundin.* Letzteres verkneife ich mir natürlich, denn ich habe nicht die Absicht, ihnen zu offenbaren, wie durchgeknallt ich tatsächlich bin. Oder wie einsam. Denn nur eine Person ohne Freunde erklärt einen toten Filmstar zur besten Freundin.

Madison lächelt. »Klingt nach Annie.« Sie macht eine dramatische Pause und wirft der Schwester einen spitzbübischen Blick zu. »Zumindest der Teil mit der Schönheit und dem komischen Vogel.« Ihr Singsang lässt keinen Zweifel daran, dass ihre Bemerkung nur liebevolles Geplänkel ist.

Trotzdem stößt Emily Madison spielerisch gegen die Schulter. »Okay, genug auf unserem Baby herumgehackt für heute. Du weißt doch, dass sie viel zu liebenswert ist, um zurückzuschlagen.«

»Hey, du musst mich nicht verteidigen. Ich komme schon allein klar«, sagt Annie und richtet sich kerzengerade auf, so dass sie gleich fünf Zentimeter größer zu sein scheint. Ihre beiden Schwestern mustern sie geduldig, das Kinn sittsam auf die Hände gestützt. »Maddie ist so … na ja, sie ist einfach … « Annie schnaubt genervt, verdreht die Augen und lässt sich auf ihrem Stuhl zurücksinken, als ihr sonst nichts mehr einfällt. »Offensichtlich übernimmt Madison den Teil mit der Grazie und der Altklugheit, und in diesem Shirt siehst du heute Abend wirklich hübsch aus, Maddie.«

Die Schwestern lachen laut los, und Emily gibt Annie, die ziemlich sauer ist, dass ihr nichts Schlagfertiges eingefallen ist, einen Kuss auf die Wange. »Du darfst dich nie ändern, Annie.«

Hier zu sitzen und den Schwestern dabei zuzuhören, wie sie

einander necken und ärgern und auf diese Weise ihre Liebe zeigen, bringt mir die Leere in meinem eigenen Leben umso deutlicher zu Bewusstsein. Wie sehr ich mich nach so etwas sehne. Andere zu kennen und gekannt zu werden. Am liebsten würde ich mir meinen Weg in diese kleine Familie bahnen und sie bitten, mich genauso zu veralbern, wie sie es miteinander tun. Ich will, dass sie mir meine offensichtlichen Schwächen, die ich übersehe, unter die Nase reiben. Ich will das haben, was sie haben. Aber um das zu erreichen, muss ich ehrlicher sein. Ich müsste ihnen mehr von mir zeigen, ihnen offenbaren, dass ich ein bisschen komisch und ziemlich gestört bin. Und ich bin gar nicht sicher, ob es das wert wäre, denn immerhin reise ich am Montag wieder ab.

Also lächele ich nur sanft und nippe an meinem Bier. *Höflich, höflich, höflich.*

Ein paar Minuten später, nachdem wir alle eine weitere Runde bestellt haben, blickt Madison an mir vorbei zur Tür, und ihr Lächeln wird sogar noch breiter. »Oh, sieh doch, da sind Noah und James!«

Eine ganze Horde Schmetterlinge fliegt in meinen Magen empor, und das Gefühl ist dermaßen überwältigend, dass ich fast vom Stuhl falle. Sein Blick scheint sich in meinen Nacken zu brennen. Meine Haut ist warm. Die Härchen auf meinen Armen stellen sich auf. Meine Finger sind unruhig. Mein Knie wippt nervös auf und ab, und ich spüre, dass er näher kommt. Also hebe das Bier an die Lippen und kippe die Hälfte hinunter. Ich kann nichts dagegen tun. Ich bin mit den Nerven am Ende und diesem Zustand hilflos ausgeliefert.

Unglücklicherweise fängt der Raum, der vorher nur ein wenig schwankte, nun an sich zu drehen. Bin ich etwa schon betrunken? Unmöglich! So viel Bier war es doch noch gar nicht.

Beschwipst, ja, das wäre möglich. Aber dieses Gefühl hier ist anders. Beunruhigend.

Noah und der Typ namens James kommen zu uns herüber. Noah bleibt auf der gegenüberliegenden Seite des Tisches, denn vermutlich befürchtet er wie üblich, dass ich beiße, wenn er mir zu nahe kommt. Sein Freund jedoch stellt sich mit liebenswürdigem, offenem Lächeln vor.

Er streckt mir die gebräunte, schwielige Hand entgegen. Ich würde lügen, wenn ich behaupten würde, dass mir nicht sofort auffällt, wie attraktiv er ist mit dem dunkelbraunen Haar und den perlweißen Zähnen. »Hi, ich bin James. Und ich erspare uns jede Verlegenheit, indem ich gleich zugebe, dass ich genau weiß, wer du bist.« Er setzt ein gutmütiges Lächeln auf, das mich sofort beruhigt. »Ist mir eine große Ehre, dich kennenzulernen, Rae.« Na ja, ich *wäre* beruhigt, wenn ich mich nicht so verdammt betrunken fühlen würde.

Ich werfe dem restlichen Bier in meinem Glas einen misstrauischen Blick zu, denn nun werde ich von Übelkeit und Erschöpfung förmlich übermannt. Ich kann kaum mehr die Lider offen halten.

»Freut mich ebenfalls, Rae«, sage ich, und meine Worte fließen zäh wie Melasse aus meinem Mund.

James verzieht das Gesicht zu einem fragenden Lächeln. *Oh warte.* Habe ich ihn versehentlich mit meinem eigenen Namen angesprochen? Behutsam schüttele ich den Kopf und lache. »Sorry, ich meinte natürlich *James.* Freut mich ebenfalls, *James.*« Ich halte mein Bier in die Höhe, das fünfzig Kilo zu wiegen scheint. »Anscheinend hatte ich zu viel davon.«

Annie runzelt die Stirn. »So viel hast du noch gar nicht getrunken, und vor ein paar Sekunden ging es dir noch gut.«

Genau.

Schon merkwürdig, wie ich mich verhalte.

Ich hebe den Kopf und begegne Noahs Blick. Er sieht stürmischer aus als ein Hurrikan. Seine dichten, goldenen Augenbrauen sind zusammengezogen, seine Kiefer angespannt. Er ist nicht glücklich. Na ja, ist er jemals glücklich, wenn ich in der Nähe bin? Sein Blick ist so intensiv, dass ich das Gesicht abwenden muss. Aber aus dem Augenwinkel registriere ich, dass er mich immer noch genau beobachtet. Eine Gänsehaut überzieht meine Arme. Er muss aufhören, mich so anzusehen, sonst brennt er mir noch ein Loch ins Gesicht.

Außerdem – wow, okay – habe ich plötzlich das Gefühl, von einem Truck überfahren worden zu sein. Ich brauche unbedingt Schlaf. Am liebsten möchte ich den Kopf genau hier auf den Tisch legen …

Oh Mist.

Genau das habe ich gerade getan.

»Oh! Das ist ja mein Lieblingslied!«, schreit Madison. Ihre Stimme klingt weit entfernt, obwohl sie genau vor mir am Tisch steht. »Kommt, tanzen wir!«

Die Schwestern springen auf und drängen sich zusammen mit James zur Tanzfläche. Nur Emily bleibt zurück. »Alles in Ordnung, Rae?«

Ich bemühe mich um ein normales Lächeln, bin aber nicht mal sicher, ob ich überhaupt die Lippen verziehe. »Sch'nja! Bin gleich da!«

Sie gluckst vor sich hin, klingt aber immer noch besorgt. Die Mutterglucke hat mich im Visier. »Okay. Behältst du sie im Auge, Noah? Ich glaube, sie verträgt keinen Alkohol.«

Jetzt sitze ich allein am Tisch und bin einerseits erleichtert, weil ich weiß, dass niemand mir etwas in meinen Drink geschüttet hat, und andererseits entsetzt über das, was ich wahrscheinlich getan habe. Die Welt um mich dreht sich, Übelkeit rumort in meinem Magen, und der Wunsch, die Augen zu schließen, ist dermaßen überwältigend, dass ich kaum dagegen ankomme. Aber was noch schlimmer ist: Ich bin vollkommen angreifbar.

Ich konzentriere mich darauf, nicht zu schielen, und drehe mich zu meiner Tasche um, die über der Stuhllehne hängt. Ich stecke die Hand hinein und hole mein verschreibungspflichtiges Migränepräparat heraus. Es bedarf einiger Anstrengung, die Aufschrift auf der Pillendose zu entziffern, aber nachdem ich sie geöffnet habe, ist mir klar, dass sich darin nicht die gleichen kreisrunden Tabletten befinden, von denen ich eben eine eingenommen habe. Was bedeutet … *oh, nein, nein, nein.*

Ich hole das andere Medikament aus meiner Tasche. Es handelt sich um ein hochwirksames Schlafmittel, das einen vollkommen aus den Socken haut und das ich nur auf Tournee einnehme, wenn ich im Ausland unter schlimmem Jetlag leide. Und ja, genau dieses Präparat habe ich eben geschluckt. Normalerweise habe ich diese Schlaftabletten gar nicht immer dabei. Ich hatte ganz vergessen, dass ich vor meiner Flucht aus Nashville einfach alles von der Badezimmerablage in meine große Tasche geworfen hatte. Dieses Medikament nehme ich nur im äußersten Notfall, wenn ich absolut nicht einschlafen kann, denn es haut mich komplett um. Oh, und dann kommt mir ein weiterer beunruhigender Gedanke: Die Schlaftabletten dürfen keinesfalls in Verbindung mit Alkohol eingenommen werden.

»Hast du eine davon genommen?«, rumpelt Noahs Stimme genau über mir. Ich hatte seine Anwesenheit ganz vergessen. Nicht mal an meinen Namen kann ich mich so genau erinnern. Jetzt geht er neben mir in die Hocke und nimmt mir die Pillendose sanft aus der Hand. Seine Finger streifen meine, und ich erschauere. Er ist so warm. Und sogar seine Hand wirkt stark.

Pies zu kneten bekommt diesem Mann wirklich außerordentlich.

Ich schlucke. »Ja, versehentlich.« Ich lalle, als hätte ich bereits fünf Gläser Bier intus, und fühle mich absolut berauscht. Und verängstigt. Und allein. »Ich daaachte, es wwwär ein anderes Mmmedikammment. Hab mich geirrt.«

»Wie viele hast du geschluckt?« Seine Stimme ist wie eine Fleecedecke, die meinen Körper umhüllt.

»Nur eine.« Ich kann mich beim besten Willen nicht mehr wach halten. Der Schlaf hat mich nun endgültig in seinen Klauen und zieht mich in die Tiefe.

Ich lege den Kopf auf den Tisch und öffne die Lider noch einmal einen Spalt, um Noah anzusehen. Er ist ganz verschwommen, sieht aber nicht mehr wütend aus. Da ist nur diese Falte zwischen den Augen. Der besorgte Noah ist süß. Der besorgte Noah sieht gut aus. Wohlig.

Und das ist mein letzter Gedanke, bevor alles schwarz wird.

12

Noah

Na, das ging schnell.

Wer liegt jetzt wohl in meinem Pick-up, vollkommen weggetreten und nach einem Check-up bei unserem ortsansässigen Arzt? Trotz Feierabend habe ich Dr. Macky in die Praxis gebeten. Ich gebe zwei Hinweise: Sie hat erstens versprochen, ich würde ihre Anwesenheit nicht mal bemerken; und war zweitens jederzeit *außerordentlich* bemerkbar, seit ich sie getroffen habe.

Diese Frau ist zwar erst seit wenigen Tagen in meinem Leben, bedeutet aber sicher mein Ende. Als ich sie heute Abend gesehen habe, wusste ich sofort, dass irgendetwas nicht stimmt. Ihre Augen waren glasig, und sie war auch nicht so lebenssprühend wie sonst. Und dann, mit einem Mal wirkte sie entsetzt und fahrig. Für den Bruchteil einer Sekunde dachte ich, jemand hätte ihr etwas in den Drink geschüttet, und war schon kurz davor, die gesamte Bar auf den Kopf zu stellen, um herauszufinden, wer es gewesen ist.

Aber als ich gesehen habe, wie sie diese Tabletten aus ihrer Tasche holt und die Packung anstarrt, ist mir ein Licht aufgegangen. Meine Erleichterung darüber, dass man sie nicht böswillig unter Drogen gesetzt hat, ist sofort dem Schrecken gewichen. Also habe ich mir die Verpackung angesehen und festgestellt, dass sie versehentlich eine Schlaftablette genommen hat. Ich bin zwar kein Arzt, aber selbst ich weiß, dass es nicht ratsam ist, Schlafmittel und Alkohol miteinander zu vermischen.

Als Annie bemerkt hat, dass etwas nicht stimmt, ist sie zu uns an den Tisch zurückgekehrt. Ich habe sie gebeten, mir diskret zu helfen, Amelia zum Wagen zu bringen. Glücklicherweise waren alle in der Bar so laut und mit Tanzen beschäftigt, dass uns niemand zu bemerken schien. Ich habe sie auf den Beifahrersitz meines Pick-ups gehievt und Annie Bericht erstattet.

Dann habe ich mich zu Amelia in den Wagen gesetzt, während Annie ins Lokal zurückgekehrt ist und über das Festnetztelefon der Bar Dr. Macky angerufen hat. Ich habe aufs Gas gedrückt und war dankbar, erst so spät in der Bar aufgetaucht zu sein. Wäre ich eine Stunde früher da gewesen, wäre mein Auto sicher genauso zugeparkt gewesen wie das meiner Schwester.

In der Praxis angekommen, hat Dr. Macky Amelia eingehend untersucht. Ihr Blutdruck ist normal gewesen, die Sauerstoffsättigung ebenfalls, und obwohl sie vollkommen neben sich stand, konnte der Arzt mich beruhigen. Sie muss sich nur ausschlafen.

Jetzt liegt sie tief und fest schlummernd auf der Bank meines Pick-ups, während ich mit meiner Schwester vor der Tür stehe und versuche, irgendeinen Ausweg aus dieser Verantwortung zu finden, die mir gegen meinen Willen aufgedrängt wurde. Aber noch während ich es denke, weiß ich, dass ich sie heute Nacht keinesfalls allein lassen werde. Ich will es, aber ich kann einfach nicht.

Annie blickt auf die offene Wagentür, wo wir Amelia sehen können: Das schwarze Haar breitet sich wie ein Fächer auf dem Sitz aus, ihre Wange hat sie dicht ans Leder gepresst, den Mund weit geöffnet, und ihr Atem geht gleichmäßig. »Sie erinnert mich irgendwie an einen Welpen. Ganz verloren und traurig. Behältst du sie, Noah? Och, bitteeeee«, sagt Annie, legt die Hände unters Kinn und blinzelt etwa hundertmal.

Mit Annie läuft es meist folgendermaßen: Normalerweise ist sie ruhig und zurückhaltend. Doch sobald sie allein mit mir ist, gibt es kein Halten mehr, und sie sagt genau das, was sie denkt.

Ich verdrehe die Augen, gestatte mir nicht, nachzufragen, warum meine Schwester Amelia für traurig hält. Ich habe zwar das gleiche Gefühl, aber … es spielt keine Rolle. Es geht mich nichts an. Je weniger ich von dieser Frau weiß, umso besser.

»Nein. Und hängt euer Herz nicht zu sehr an sie. Einer Frau wie ihr kann man nicht trauen.« Zur Bekräftigung werfe ich ihr einen strengen Blick zu. Mir ist nicht entgangen, dass meine Schwestern Amelia ins Herz geschlossen haben, woraus definitiv nichts Gutes erwachsen kann. Wir bedeuten ihr nichts. Nachdem sie uns am Montag verlassen hat, wird sie keinen einzigen Blick mehr zurückwerfen, und die Mädels täten gut daran, das nicht zu vergessen.

»Ooooh, strenger Blick. Du meinst es also tatsächlich ernst«, sagt sie trocken. »Weißt du was? Ich wette, sie ist eigentlich gar kein Popstar, sondern eine Undercoveragentin, die in dieser kleinen Stadt eine neue Basis für eine terroristische Zelle gründen soll.« Sie nickt nachdenklich. »Du hast recht. Wir sollten uns lieber von ihr fernhalten.«

Ich mustere sie mit verengten Augen und verkneife mir mühsam ein Lächeln. »Klugscheißer. Ich versuche nur zu verhindern, dass eure neue Freundin euch allen das Herz bricht, weil sie euch über kurz oder lang fallenlässt.«

»Willst du *unsere* Herzen schützen oder dein eigenes? Weil du Angst hast, dass man es dir *noch einmal* bricht?«

Schon ätzend, Schwestern zu haben, die einen so gut kennen. Aber ich spiele nicht mit. »Schluss damit und rauf mit dir auf die Ladefläche.«

»Na gut. Fahren wir zu dir?«

»Nope«, sage ich und schließe die Heckklappe hinter Annie, nachdem sie auf der Ladefläche Platz genommen hat. »Heute Nacht kriegt sie dein Bett.«

Annie wirft mir einen entsetzten Blick zu. »Warum? Du hast in deinem Gästezimmer doch viel mehr Platz.«

»Auch wenn ich sie nicht besonders mag, möchte ich doch, dass sie sich sicher fühlt, wenn sie morgen früh aufwacht und es ihr beschissen geht. Bei euch ist sie ausschließlich von Frauen umgeben. Bei mir wäre sie allein mit einem Mann, den sie kaum kennt.«

Ich sehe, dass sie Einwände erheben will, aber dann siegt ihr weiches Herz. »Na gut, ich verstehe. Sie kann mein Bett haben. Ich vergesse immer, dass andere Leute keine Ahnung haben, dass du ein heiliger alter Mann bist.«

»Deiner Fluchkasse zufolge bin ich nicht ganz so heilig.«

Sie deutet mit dem Finger auf mich. »Wo wir gerade beim Thema sind: Du schuldest ihr bereits vierzig Dollar.«

Ich stöhne. In diese verdammte Kasse habe ich bereits mehr eingezahlt als in meine Rentenversicherung. Wenn Annie das Geld nicht am Ende des Jahres für einen guten Zweck spenden würde, hätte ich schon lange aufgehört, ihren Spleen mitzumachen. Aber aus irgendeinem Grund ist es ihr wichtig, dass wir nicht fluchen, also respektiere ich es. Zumindest wenn sie in der Nähe ist.

Gerade als ich hinters Steuer gleiten will, steckt Annie den Kopf noch einmal um die Ecke des Wagens. »Und Noah? Grandma hätte Rae gemocht, weißt du? Egal, was du von ihr hältst, sie hat ein freundliches Herz. Das weiß ich einfach.« Sie lächelt, als komme ihr gerade eine Erinnerung. »So jemanden wie sie hat sich Grandma immer für dich gewünscht.«

Ich starre Annie an und versuche, ihre Worte einfach als belanglos abzuschütteln. Dann deute ich auf die Ladefläche. »Setz dich hin. Wir fahren los.« Sie wirft mir einen strengen Blick zu, sagt aber nichts, bis ich ein *»Bitte!«* hinzufüge.

Kennt denn jeder in dieser Stadt meine Achillesferse? Als hätte ich eine rote Zielscheibe auf der Brust. Sie alle wissen genau, welchen Menschen sie erwähnen müssen, um mir das Herz zu zerreißen.

Ich fahre den Kiesweg zum Haus entlang und schalte den Motor aus. Amelias Kopf ist nur wenige Zentimeter von meinem Schoß entfernt, so dass ein paar Haarsträhnen auf meinem Schenkel liegen. Sie wimmert, als ich ihre Schulter rüttele. »Hey, Saufnase. Aufwachen.«

»Binkeinesaufnase«, sagt sie und öffnet mühsam die blauen Augen, um zu mir aufzublicken. Verdammt, Annie hatte recht. Sie gleicht tatsächlich einem verirrten Welpen. Ätzend, wie sehr der Anblick meine Beschützerinstinkte weckt.

»Kann jeder sagen«, sage ich, aber sie schläft schon wieder. Diese Kombination aus Tablette und Alkohol hat sie vollkommen ausgeknockt.

Ich steige aus und umrunde meinen Pick-up, um ihre Tür zu öffnen. Annie springt von der Ladefläche und stellt sich neben mich. »Sollen wir einfach an einem ihrer Arme ziehen, bis sie sitzt?«

»Scheint mir das Beste zu sein.«

Gemeinsam mühen Annie und ich uns ab, Amelia in Sitzposition zu hieven. Ihr Kopf fällt schlaff gegen das Glas, und ihr Mund bleibt offen stehen – die Augen sind weiterhin geschlossen. Wenn wir ihr jetzt noch eine Sonnenbrille aufsetzen, könnte man glatt glauben, dass wir versuchen, auf diese Weise eine Leiche zu transportieren wie in *Immer Ärger mit Bernie.*

»Na gut. Raus mit dir, hopphopp!«, sage ich zu Amelia, schlinge mir einen ihrer Arme um den Nacken und zerre sie aus dem Wagen. Sie hilft überhaupt nicht mit, sondern hängt nur schlaff an mir herunter und zwingt mich, so fest zuzupacken, dass ich schon fürchte, ihr ein paar blaue Flecke zu verpassen. Annie begibt sich auf Amelias andere Seite, aber meine Schwester ist nur eins zweiundfünfzig groß – wirklich, keinen Millimeter mehr – und daher keine große Hilfe.

»Ach, was soll's!«, sage ich und drehe mich so, dass ich Amelia auf den Arm nehmen und sie hineintragen kann. Irgendwie ist das viel leichter, besonders nachdem Annie Amelias Gesicht so ausrichtet, dass ihr Kopf an meiner Schulter liegt und sie nicht länger wie eine Tote in meinen Armen hängt. Meine Güte, was für seltsame Tage hinter mir liegen.

Annie läuft vor, um die Tür aufzuschließen und das Licht einzuschalten, während ich Amelia die Treppe hinauftrage. Ich versuche, auszublenden, wie sie sich in meinen Armen anfühlt, wie süß ihr Haar duftet oder wie ihr Atem meinen Hals streift. Ich trage sie hinein und lasse sie auf Annies Bett gleiten. Doch kaum liegt sie auf der Matratze, fängt sie an zu wimmern, hält sich den Bauch und krümmt sich mit geschlossenen Augen zusammen. Ist ihr übel? Laut Dr. Macky könnte das durchaus eine Nebenwirkung sein. Wieder bin ich erschrocken über den sofortigen Impuls, sie zu beschützen und zu trösten.

Annie und ich blicken auf sie hinab, beide ein wenig ratlos. Na ja, ich selbst weiß im Grunde genau, was ich tun sollte. Es ist höchste Zeit, die Sache meiner Schwester zu überlassen. Sie kann sich um Amelia kümmern. Immerhin ist sie diejenige, die sie überhaupt erst in die Bar eingeladen hat. Der Popstar ist jetzt *ihr* Problem, nicht meins. Ich habe meine Pflicht getan, indem ich sie erst zum Arzt und dann an einen sicheren Ort gebracht habe – jetzt kann ich in Ruhe heim und ins Bett gehen.

Ich sollte mich verabschieden.

Sie wird schon wieder.

Aber ich gehe nirgendwo hin, außer in die Ecke des Zimmers, um Annies Lesesessel näher ans Bett zu rücken. Als Nächstes begebe ich mich ins Bad, tränke einen Waschlappen mit kaltem Wasser, um damit Amelias Stirn zu kühlen und ihre Übelkeit zu lindern. Annie beobachtet meine Bemühungen mit nachsichtigem Grinsen.

»Was?«, frage ich sie, wenn auch so kurz angebunden und scharf, dass klar sein sollte, dass mich ihr Kommentar eigentlich gar nicht interessiert.

Sie presst die Lippen aufeinander und schüttelt den Kopf, doch ihre Augen funkeln belustigt. »Nichts. Überhaupt nichts. Ich gehe jetzt schnell duschen und versuche, den Bargeruch loszuwerden. Könntest du meinen Kopf ebenfalls mit kühlem Wasser betupfen, wenn ich rauskomme? Sieht sehr angenehm aus.«

»Ach, halt den Mund«, sage ich und gebe vor, ihr einen Tritt versetzen zu wollen. Mit leisem Lachen huscht sie aus dem Zimmer. Tatsächlich finde ich es toll, wenn Annie ein wenig Feuer zeigt. Ich wünschte, das täte sie auch, wenn andere Leute in der Nähe sind.

Immer wieder fahre ich mit dem Waschlappen über Amelias Stirn. Keine Ahnung, ob es etwas bringt, aber ich habe es mal in einem Film gesehen. Genau genommen könnte es einer dieser altertümlichen Filme gewesen sein, den eine meiner Schwestern mir aufgezwungen hat. Allerdings weiß ich nicht mehr genau, ob der Heldin wirklich übel war oder ob sie Fieber hatte.

Aber zumindest habe ich auf diese Weise das Gefühl, überhaupt etwas tun zu können.

Wobei ich gar nicht weiß, aus welchem Grund ich Amelia überhaupt helfen will.

Sie stöhnt erneut und öffnet die Lider. Dann blinzelt sie, als versuche sie herauszufinden, ob ich real oder ein Traumbild bin.

»Bist du okay?«, frage ich leise.

»Noah?«

»Ja.«

Amelia atmet tief ein und versucht, die Augen offen zu halten, schafft es aber nicht. »Bin ich … in Sicherheit?«, fragt sie, und ihr schläfrig-lallender Ton geht mir ans Herz.

»Ja. Du bist im Haus meiner Schwestern. Sie behalten dich heute Nacht im Auge.«

Sie seufzt ebenso bekümmert wie verlegen, hält die Augen aber weiterhin geschlossen. »Neeiiin. Sie wollten meine Freundinnen sein. Jetzt werden sie das nicht mehr wollen.«

Ich runzle die Stirn und wische ihr mit den Fingerknöcheln die Träne fort, die gerade ihre Wange hinabrinnt. »Warum denkst du das?«

»Zu anstrengend.« Sie schweigt so lange, dass ich schon glaube, dass sie wieder eingeschlafen ist. Doch dann spricht sie weiter. »Die Leute mögen mich nur, wenn ich keine Mühe mache.« Sie runzelt die Brauen, und eine weitere Träne rinnt ihr Gesicht herab. »Muss immer höflich sein.«

Ich sollte es lieber lassen, doch ich kann nicht anders. Ich wische ihr erneut eine Träne ab, denn diesen Anblick kann ich einfach nicht ertragen. Amelia umfängt meine Hand mit ihrer und drückt sie. Ich weiß, dass sie total von der Rolle und nicht zurechnungsfähig ist – immerhin sind ihre Augen geschlossen und ihre Worte praktisch nur ein einziges, langgezogenes Lallen.

Doch die reine Aufrichtigkeit in ihrer Stimme dringt schmerzhaft durch die dreifach verstärkten Mauern meines Herzens.

»Aber nicht bei dir.« Sie schmiegt die Wange an meinen Handrücken. »Bei dir muss ich nicht höflich sein, denn du magst mich sowieso nicht.«

»Das stimmt nicht«, sage ich mehr zu mir selbst als zu ihr.

Sie summt. »Früher war meine Mom meine beste Freundin – aber heute interessiert sie sich nur noch für mein Geld. Susan bin ich nur wegen meines Erfolges wichtig. Und die Welt will immer nur Rae Rose.« Eine lange Pause, dann seufzt sie tief. »Ich ertrinke, und keiner sieht mich.«

Sprachlos beobachte ich, wie Amelia meine Hand wie eine Kostbarkeit an ihr samtweiches Gesicht presst. Dass sie sich mir anvertraut, ist eine himmlische Qual. Zu spüren, dass sie mich festhält, als brauche sie mich. Ich schließe die Augen, will ihre Worte nicht mehr hören, denn *verdammt,* ich *will* nichts für sie empfinden, aber ich kann es nicht verhindern. Sie ist traurig und einsam, und aus irgendeinem Grund will ich ihr Leiden lindern. Nach Merritt habe ich alles darangesetzt, nie wieder einer Frau so viel Macht über mein Herz zu geben. Aber natürlich hat sich ausgerechnet *diese* Frau – die am wenigsten erreichbare – durch sämtliche Schranken hindurchgemogelt, so dass ich wieder etwas *fühle.*

Es ist nicht Verliebtheit. Nicht einmal Lust. Sondern das Schlimmste aller Gefühle … Sie bedeutet mir etwas.

Und das ist umso übler, denn dieses Gefühl geht mit keinerlei Netz und doppeltem Boden einher, den uns der Egoismus bietet. Wer so empfindet, hat viel zu verlieren und endet beinahe immer mit gebrochenem Herzen. Unglücklicherweise bin ich dagegen machtlos. Es gibt nur sehr wenige Menschen in meinem Leben, die mir wirklich wichtig sind, und anscheinend habe ich dieser Liste gerade einen weiteren Namen hinzugefügt.

Ich streiche Amelia das Haar hinters Ohr, damit sie mich hören kann. »Ich sehe dich.«

13

Amelia

Ich bin in einem fremden Haus – definitiv nicht in Noahs. Das Letzte, an das ich mich erinnere, ist, dass ich in *Hank's Bar* war. Und nun wache ich in einem fremden Bett auf. Panik lauert an den Rändern meines Bewusstseins, bis ich bemerke, dass der Raum vollkommen feminin eingerichtet ist. Eine hübsche Blumendecke in Oliv, Altrosa und Cremeweiß liegt über mir. Auf dem Fensterbrett stehen Sukkulenten und neben dem Bett ein riesiger Blumenstrauß. Und ich trage nach wie vor meine Kleider.

Flüsternde weibliche Stimmen, denen es allerdings kaum gelingt, leise zu sprechen, dringen durch die geschlossene Tür, und mit einem erleichterten Seufzen wird mir klar, wo ich bin.

»Sollen wir sie aufwecken?«

»Nein. Der Arzt meinte, wie sollen sie schlafen lassen.«

Der Arzt?

Bruchstückhaft stürzt die Erinnerung wieder auf mich ein. Wie ich mich in der Bar plötzlich merkwürdig benommen fühlte. Wie ich feststellte, dass ich eine Schlaftablette genommen und dann Alkohol getrunken hatte. Und dann ganz viele Erinnerungen, in denen Noahs grüne Augen vorkommen: neben mir in der Bar, wie er im Auto auf mich hinabblickt, im Untersuchungszimmer, als der Arzt meine Lider aufzwingt und mit einer Lampe hineinleuchtet. Und dann noch ein Bild von diesen atemberaubenden grünen Augen, die mich in der Dunkelheit ansehen – nicht besorgt, sondern auf ganz andere Weise …

Ich zucke zusammen, schließe die verquollenen Augen und stöhne. Wahrscheinlich habe ich mich gestern Abend gründlich blamiert. Spätestens jetzt hasst er mich sicher aus tiefstem Herzen. Vielleicht ist das der Grund, warum ich hier und nicht bei ihm bin. Er hat meine Taschen gepackt und mich hinausgeworfen. Ich könnte es ihm nicht mal verdenken.

»Es ist beinahe zehn Uhr. Sollten wir nicht zumindest nachsehen, ob sie noch lebt?« Diese Stimme gehört eindeutig Madison.

»Na gut, aber nur ganz kurz, um uns zu vergewissern, dass sie noch atmet, dann lassen wir sie wieder in Ruhe. Noah bringt uns um, wenn er erfährt, dass wir sie aufgeweckt haben.« Das ist Emily.

»Ich kann immer noch nicht glauben, dass er die ganze Nacht an ihrem Bett gesessen und sie bewacht hat. Hast du ein Foto gemacht? Ich könnte mich ohrfeigen, weil ich das versäumt habe – *Au!*«, sagt Madison und heult dann laut auf.

»Nein, sie hat kein Foto gemacht. Wie kannst du nur so unhöflich sein, Maddie?«

»Ich? Annie ist diejenige, die mich ständig kneift! Wirst du wohl aufhören?«

»Ich kneife lieber, als zu widersprechen«, sagt Annie, die immerhin etwas leiser flüstert als ihre beiden Schwestern.

Und *warte, warte, warte.* Haben sie gesagt, dass Noah die ganze Nacht an meinem Bett gesessen und auf mich aufgepasst hat? Mein Blick fällt auf einen jetzt unschuldig leeren Sessel, der förmlich vor Bedeutung zu pulsieren scheint. Er ist dem Bett zugewandt. Noah hat die ganze Nacht in diesem Sessel gesessen und sich um mich gekümmert. *Ich bin hier. Du bist in Sicherheit.* An diese Worte kann ich mich jetzt erinnern.

Die Schlafzimmertür öffnet sich einen Spalt, und ich tue gar nicht erst so, als würde ich schlafen. Drei Augenpaare blinzeln mich an, und ich winke ihnen erschöpft zu. »Hi. Ich lebe und habe euch gehört.«

Sie stoßen die Tür nun ganz auf und stöhnen. »Sorry. Wir haben ja versucht, leise zu sein«, sagt Annie und tritt in ihrem mit Cartoon-Bananen bedruckten Pyjama ins Zimmer.

Madison hüpft auf das Bettende. Sie trägt ein buntes, gebatiktes Kapuzenshirt, eine türkisfarbene Jogginghose und eine knallpinkfarbene Brille. Sie stützt den Ellbogen aufs Bett und den Kopf in die Hand. »Also … Schlaftabletten, hmm?«

»Madison! Steck deine Nase nicht in das Leben anderer Leute. Das ist unhöflich«, tadelt Emily sie und wirft mir ein entschuldigendes Lächeln zu.

»Nein, schon gut. Ich wollte eigentlich ein anderes Medikament gegen Kopfschmerzen einnehmen und hatte vergessen, dass ich mein Schlafmittel Anfang der Woche ebenfalls in meine Tasche gestopft hatte. Das nehme ich nur, wenn ich im Ausland bin und unter Jetlag leide.« Ich schüttle den Kopf. »Ich habe so ein schlechtes Gewissen, weil ich euch gestern Abend solche Scherereien gemacht habe. Tut mir echt leid, Leute.«

Zu behaupten, dass ich mir total bescheuert vorkomme, wäre untertrieben. Wieder wandert mein Blick zu dem Sessel hinüber.

Emily hockt sich auf die Bettkante. Sie trägt ein elegantes, weinrotes Freizeitensemble aus Satin. Sie verpackt meine Füße in der Decke, als sei ich ein Burrito. »Falls es dir dann besser geht: Mühe hast du nur Noah und Anna-Banana gemacht.«

Der Spitzname erklärt zumindest die Bananen auf ihrem Pyjama.

Ich schaue zu Annie auf. »Tut mir wirklich leid. Und ich dachte, du heißt Annie?« Sie zuckt mit den Schultern und schenkt mir ein sanftes Lächeln. »Annie. Anna-Banana. Egal. Beides sind Abkürzungen für Annabell.« Ich glaube, kein Name hat je so perfekt zu einer Person gepasst wie ihrer zu ihr. Sanft. Südstaatenmäßig. Freundlich und liebenswert. Die drei sind dermaßen gastfreundlich, da wäre es unfair, sich nicht zu revanchieren. Doch was kann ich ihnen bieten?

Ich beschließe, das zu tun, was mir am schwersten fällt: ihnen ein Stückchen von mir selbst zu geben. »Nun ja, ich heiße eigentlich Amelia. Rae ist nur ein Künstlername.«

Alle drei tauschen schuldbewusste Blicke. »Das wissen wir bereits«, sagt Madison. Sie hebt eine Schulter und lässt sie wieder sinken. »Wikipedia ist eine richtige kleine Petze. Man findet dort den Namen eines jeden Promis, manchmal sogar bis hin zur Privatanschrift.«

Ich lache, weil ich meinen richtigen Namen für ein Staatsgeheimnis gehalten habe, obwohl er doch die ganze Zeit bekannt war. Das habe ich davon, dass ich mich selbst nie gegoogelt habe. Plötzlich frage ich mich, welche äußerst persönlichen Informationen dort sonst noch zu finden sind. Wenn Noah Zugang zur Wikipedia hätte …

Wieder wandern meine Augen zu dem Sessel hinüber. »Äähm … also … Noah? Ist er wütend? Ich vermute schon, nicht wahr? Immerhin hat er mich rausgeworfen.«

»Noah hat dich nicht rausgeworfen«, versichert Annie beruhigend. »Er wollte, dass du hier übernachtest, weil er befürchtet hat, dass du dich praktisch bewusstlos unter seinem Dach nicht sicher fühlen würdest.«

Wieder kommen mir seine waldgrünen Augen in den Sinn. *Du bist sicher.*

Der klitzekleine Crush, den ich ohnehin schon für Noah hatte, lodert auf und wird plötzlich zu etwas Beängstigendem, Verzehrendem. Warum kann er nicht sein wie alle anderen? Es wäre viel leichter, sein Verhalten zu ignorieren, wenn er hier gewesen wäre, als ich aufgewacht bin, um die Lorbeeren dafür zu ernten. Aber nein. Genau wie an meinem ersten Morgen in Rome, Kentucky, ist Noah nirgends zu entdecken.

Das Seltsame ist: Wenn ich heute Morgen in seinem Haus aufgewacht wäre, hätte ich mich keineswegs unsicher gefühlt. Noah ist ein durch und durch ehrenhafter Mann. Verdammt miesepetrig, zugegeben, aber darum nicht minder ehrenhaft.

»Wo ist er jetzt?«, frage ich und schaue mich um, als könne er jeden Moment hinter der Tür auftauchen oder so was.

»Oh, er wollte nicht, dass du erfährst, dass er die ganze Nacht – Aua! Hörst du wohl auf?!«

Ich schaue gerade rechtzeitig hinüber, um zu sehen, wie Annies Finger sich von Madisons Arm zurückziehen. »Er musste zur Arbeit«, sagt sie fröhlich wie ein sanfter, kleiner Frühlingsschmetterling. »Aber er meinte, du könntest in der Konditorei vorbeischauen, wenn du Lust hast. Über irgendwas will er mit dir reden. Ich kann dich auf dem Weg zum Blumenladen hinfahren, wenn du willst. An den Wochenenden mache ich erst um elf auf.«

Mir dreht sich der Magen um. Keine Ahnung, ob vor Aufregung oder böser Vorahnung. Die Chancen stehen immer noch gut, dass Noah mich bittet, meine Sachen zu packen und zwei Tage früher abzureisen.

Nachdem ich eine Schüssel Cornflakes heruntergeschlungen, mir die Zähne mit den Fingern geputzt und das Haar gebürstet habe, zücke ich zum ersten Mal mein Handy. Madison meint, dass ich mich nur auf ihr Bett stellen und mein Mobiltelefon eine Weile an die Decke halten muss, um einen Balken zu kriegen. Und sie hat recht – es funktioniert. Schließlich bekomme ich besagten Balken, und mit dem Empfang gehen gleich siebenundsechzig Textnachrichten und zweiunddreißig E-Mails ein. Die meisten sind von Susan, ein paar auch von meiner Mom.

Ich verabscheue die Hoffnung, dass sie mir schreibt, um mir etwas Alltägliches oder Einfaches mitzuteilen, wie zum Beispiel:

Habe gerade zufällig diese Flip-Flops auf der Straße gesehen und mich daran erinnert, wie dein Fuß in einer öffentlichen Toilette feststeckte und du die Shopping-Mall ohne Schuh verlassen musstest! Ich vermisse dich! Ruf mich bald mal an!

Nope.

Mom, 7.02: Hallo Süße! Bist du dieses Wochenende in deinem Haus in Malibu? Ich hoffte, dort eine Zeitlang wohnen zu können. L.A. ist momentan so überfüllt. Brr!

Mom, 7.07: Wahrscheinlich unternimmst du am Wochenende etwas mit Freunden. Also schicke ich Susan eine Mail. Hugs!

Eigentlich sollte ich es lassen, denn aus Erfahrung weiß ich, dass ich meiner Mom mittlerweile egal bin, aber aus irgendeinem Grund ertappe ich mich dabei, wie ich eine Antwort tippe.

Amelia: Tatsächlich bin ich übers Wochenende in einer Kleinstadt namens Rome in Kentucky. Ich musste mal raus.

Ich drücke auf Senden und starre auf Antwort wartend auf mein Handy, hoffe, dass sie etwas dazu sagen wird, dass ich ausgerechnet in *Rome* bin. Dass die Erinnerung in ihr aufblitzt und sie mir zeigt, dass sie immer noch an unsere Audrey-Kinoabende von damals denkt. Mein Herz fleht sie an, wenigstens irgendeine Form von Interesse für meinen beinahe unmerklichen Hilfeschrei zu zeigen.

Drei Punkte zeigen mir an, dass sie an einer Antwort tippt.

Mom: Okay. Sorry, dass ich dich gestört habe! Wenn ich weitere Fragen habe, wende ich mich an Susan.

Na gut. Mein Fehler, dass ich etwas anderes erwartet habe.

Ich mache mir gar nicht erst die Mühe, sämtliche Nachrichten von Susan durchzulesen. Die ersten zwanzig überfliege ich, die zuerst durchaus freundlich und begütigend klingen. Höflich bittet sie mich, es mir noch einmal zu überlegen und zurückzukommen. Doch sehr schnell nehmen sie einen tadelnden, autoritären Ton an: *Denk an deine Verpflichtungen.* Man könnte glatt meinen, dass ich kein Interview verpasst, sondern kurz vor einer entscheidenden Schlacht Fahnenflucht begangen habe.

Aber eines wird mit jeder Nachricht deutlicher: Susan kann es nicht ertragen, keinen Zugriff auf mich zu haben. Ein kleines Alarmsignal leuchtet in meinem Hinterkopf auf, aber im Moment habe ich keine Zeit, mich intensiver damit zu befassen. Ich schalte mein Handy aus, ohne weitere Antworten zu tippen, und nehme mir vor, meinen Haushaltsservice später anzurufen.

Susan habe ich versprochen, mich Sonntagabend zu melden, daran halte ich mich.

Nach dem lauten, ausgelassenen Brunch mit ihren Schwestern fühle ich mich während der Fahrt mit Annie in die Stadt wie in einer Dekompressionskammer. Erstaunlich, wie diese Frauen es fertigbringen, alle gleichzeitig zu reden und trotzdem jedem Gesprächsstrang zu folgen. Ich hatte das Gefühl, einer Sitcom beizuwohnen, und musste mich buchstäblich auf die Hände setzen, um nicht zu applaudieren, wenn eine von ihnen etwas Witziges von sich gegeben hat.

Mittlerweile sitze ich also in Annies Pick-up – anscheinend muss man hier in der Gegend so ein Ding haben –, und wir sind am Ziel angelangt. Die meisten Kleinstädte, die ich kennengelernt habe, sind wie ein Quadrat geformt. Rome hingegen besitzt die Form eines kleingeschriebenen »t«, dessen Querstraßen zu den Feldern und den Häusern der Einwohner führen. Die meisten Geschäfte sind in Backsteinbauten untergebracht, deren Fronten bunte Markisen zieren. Der Ort ist nichts weiter als ein winziger Punkt auf der Landkarte, den man ganz leicht verpasst, wenn man beim Fahren auch nur blinzelt. Aber irgendwie gibt es hier trotzdem alles, was man braucht. Allein auf der Hauptstraße befinden sich eine Eisdiele, ein Baumarkt, ein Supermarkt, ein Coffeeshop, ein Diner, ein Blumenladen und natürlich *The Pie Shop*. Niemand parkt auf der Straße; stattdessen fährt Annie zum öffentlichen Parkplatz neben *Phil's Hardware*, dem Baumarkt.

Mir kommt der morbide Gedanke, ob nach dem Tod eines Ladenbesitzers der neue Betreiber auch den Geschäftsnamen ändert oder ob er einen anderen Vornamen annimmt, der zum Laden passt? Vielleicht gibt es irgendwo einen ganzen Friedhof voller Phils und Hanks.

Nach nur zwei Schritten entdecke ich Noahs rostbraunen Chevy. Ich wusste, dass er hier sein würde. Immerhin bin ich nur seinetwegen gerade in der Stadt. Trotzdem bleibe ich beim Anblick seines Autos wie erstarrt stehen. Ein lebloses Objekt sollte eigentlich keine warmen, flattrigen Gefühle hervorrufen wie die, die gerade durch meinen Körper fegen, aber so ist es nun einmal. So ist es wirklich. Ich schreibe das der geheimnisvollen Aura dieses Mannes zu und dem zusätzlichen Bonus, dass mir hier nur ganz wenig Zeit bleibt. Die ganze Situation erinnert mich an ein Sommercamp, in dem ich als Teenager war. Man weiß genau, dass man nur ein paar Tage da sein wird, weshalb man sich sofort den heißesten Typen ausguckt, sich auf ihn einschießt und auf den ersten Blick verknallt. Mehr steckt nicht dahinter. Ich bin verknallt. Er ist attraktiv. Verboten. Vorübergehend. Mein Körper findet Gefallen an seinem Körper, und das ist schon alles.

Als Annie sich räuspert, wird mir klar, dass ich Noahs Pick-up anstarre, als wolle ich ihn gleich abknutschen. Sie schweigt taktvoll, und ich eile ihr hinterher. Eins steht fest: Ich komme mir supercool vor, weil sie mich beim Sabbern beobachtet hat.

Annies Blumenladen liegt genau neben *The Pie Shop*, weshalb es naheliegt, dass sie mich erst einmal hineinbittet. Da ich offenbar der weltgrößte Feigling bin, ergreife ich die Chance, mein Zusammentreffen mit Noah aufzuschieben, sofort beim Schopf. Ihr Laden ist das Disney World der Blumengeschäfte. Er birst vor Farben und natürlichem Licht und vermittelt automatisch das Gefühl, dass alles im Leben gut wird. Kübel mit Blumen säumen die Wände, und im hinteren Teil des Ladenlokals steht ein riesiger, alter, weiß gestrichener Bauerntisch.

»Warum hast du einen Blumenladen eröffnet?«, frage ich, wähle ein paar Blumen und stelle sie zu einem Strauß zusammen. Eine Sonnenblume, ein paar Maßliebchen, eine große, pinkfarbene, bauschige, kegelförmige Blume und ein bisschen Grünzeug. Bei dem Anblick der Zusammenstellung bezweifele ich allerdings, ob ich wirklich ein Händchen für Blumensträuße habe.

»Wegen meiner Mom. Sie liebte Blumen.« Ich drehe mich zu ihr um und schaue ihr in die Augen, als sie *liebte* sagt. Präteritum. Annie wartet nicht, bis ich frage. »Zumindest hat man mir das erzählt. Sie ist gestorben, als ich noch sehr klein war, deshalb habe ich nicht allzu viele Erinnerungen an sie«, fügt sie hinzu, nimmt mir den kleinen Strauß aus der Hand, entfernt die kegelförmige Blume, ersetzt sie durch eine blassrosa Rose und fügt noch ein paar orangefarbene Nelken hinzu. Viel besser. Dann legt sie sie auf ihren Arbeitstisch, wo sie das Bündel in braunes Papier wickelt, mit Zwirn fixiert, eine Schleife bindet und einen Sticker mit ihrem Logo auf dem Papier anbringt.

»Tut mir leid zu hören. Aber es ist eine schöne Idee, ihr zu Ehren einen Blumenladen zu führen.«

Annies Lächeln ist wie ein Sonnenstrahl. »Ja, nicht wahr. Und sie wäre bestimmt ganz aus dem Häuschen, wenn sie wüsste, dass ich den Laden nach ihr benannt habe.« Sie deutet auf das handbemalte Kalligraphie-Schild hinter ihrem Arbeitstisch. *Charlotte's Flowers*. Eine Million Fragen schwirren mir durch den Kopf. Wann sie gestorben ist und wie, zum Beispiel. Aber das alles geht mich nichts an, also halte ich den Mund und hole meine Geldbörse aus der Handtasche, um den Strauß zu bezahlen.

Mit leisem Lachen schüttelt Annie den Kopf. »Das geht aufs Haus.«

»Nein, wirklich, ich will ihn bezahlen«, sage ich und habe sofort ein schlechtes Gewissen. Es geht doch nicht an, dass sie mir die Blumen schenkt. Immerhin bin ich diejenige, die auf Millionen von Dollar sitzt, während sie ein Nischengeschäft in einer winzigen Kleinstadt führt. Sogar Noah kauft häufig Blumen bei ihr, damit sie nicht bankrottgeht.

Aber dann reicht mir Annie mit sanftem Grübchenlächeln einfach den Strauß über den Tisch. »Ein Freundschaftsbeweis.« Die Geste fährt mir direkt in die Magengrube. Sie erbittet nichts von mir. Sie will nichts von meinem Geld. Nur Freundschaft.

Ihr Lächeln verblasst und wird mitfühlend, als sie meine Miene sieht. »Sag mal ... weinst du etwa?«

»*Nein!* Ganz bestimmt nicht.« Ich schniefe. »Das ist ... nein ... ich bin nur ... das sind die Blumen. Ich glaube, ich ... bin allergisch. Oder vielleicht habe ich ja auch immer noch an der Schlaftablette zu knacken.«

Sie lacht. »Mm-hmm. Klar. Ich würde eher sagen, du hast einen Allergieschub gegen Gefühle.«

Ich seufze und presse die Blumen ganz fest an meine Brust. »Ja ... vielleicht. Irgendwas an dieser Stadt bringt mich ganz aus dem Konzept.«

»Was meinst du, wie es erst ist, wenn du hier lebst«, sagt sie mit amüsiertem Funkeln in den Augen.

Aber nein. Das werde ich mir ganz bestimmt nicht vorstellen, denn ich weiß, dass mir das viel zu sehr gefallen würde. Tatsächlich wird es höchste Zeit für mich, jetzt zu gehen und mich mit dem Mann zu treffen, der jegliche Illusion dieser Art sofort zunichtemachen wird. Er wird missmutig und streng sein und mir das Gefühl geben, dass meine Gesellschaft so ziemlich das Letzte ist, was er sich wünscht, und das wird einfach wunderbar sein.

Bevor ich den Blumenladen verlasse, lasse ich mir von Annie helfen, einen Strauß mit Noahs Lieblingsblumen zusammenzustellen, und kann sie sogar überreden, ihn ihr zu bezahlen.

»Wenn Sie noch länger da herumstehen, schlagen Sie Wurzeln, und diese Blumen sprießen aus Ihrem Kopf heraus.«

Ich stoße die Luft aus und sehe mich um. Auf dem Bürgersteig kommt Mabel auf mich zu. Ihr geblümtes Baumwollkleid flattert im Wind, ihre Lederslipper quietschen leise auf dem Asphalt. Die weisen Augen huschen von mir zum *Pie Shop* und wieder zu mir zurück. An meiner Seite bleibt sie stehen, so dicht, dass ihre üppigen Hüften meine beinahe streifen. Ich presse die Blumensträuße an die Brust wie Neugeborene, die ich mit meinem Leben zu schützen bereit bin.

»Ich bin zu nervös, um hineinzugehen«, bekenne ich aufrichtig, denn instinktiv ist mir klar, dass Mabel nur Ehrlichkeit gelten lässt. Jegliche Lüge würde sie ohnehin sofort durchschauen.

Schweigend stehen wir Schulter an Schulter da, wie Soldaten vor einer Schlacht. Ohne mich anzusehen, bricht sie das ehrfürchtige Schweigen. »Warum sind Sie hier, junge Lady?«

»Weil Noah mich darum gebeten hat ... «

»Nein«, blafft sie heiser, und ich fahre ein wenig zusammen. Ihr Ton gemahnt mich, dass sie durchaus fürsorglich, aber keineswegs weich ist. »In diese Stadt. Warum sind Sie hier?«

Ich blicke auf die farbenfrohen Blüten herab. »Ich weiß es nicht so genau. Eigentlich sollte ich gar nicht hier sein.«

»Was meinen Sie damit?« Sie gibt sich offenbar nur mit präzisen Antworten zufrieden. Mabel redet nicht um den heißen Brei herum.

Am liebsten möchte ich sofort davonrennen. Aber dann würde sie mich vermutlich allein kraft ihrer Gedanken am Kragen packen und zurückzerren. »Ich sollte nicht hier vor Noahs Konditorei herumlungern. In dieser Stadt. Fort von meinem Leben. Im Urlaub.« Ich formuliere es auf so vielerlei Weise wie möglich, so dass sie es nicht fehlinterpretieren kann.

»Du lieber Himmel, warum denn nicht, Kind?« *Kind.* Wann hat mich das letzte Mal jemand als Kind betrachtet? Es klingt wie eine Liebkosung, so warm und wohlig. Als hielte ich die Hände an ein knisterndes Feuer.

»Ich darf mir nicht einfach so frei nehmen. Urlaub muss ein Jahr im Voraus geplant und von fünf verschiedenen Leuten genehmigt werden. In den letzten paar Tagen hat meine Managerin mich mehrfach daran erinnert, dass ich meine Verpflichtungen vernachlässige und dass es egoistisch ist, so plötzlich von der Bildfläche zu verschwinden.«

»Darf ich Sie etwas fragen? Seit wann ist es ein verdammtes Verbrechen, hin und wieder auch mal egoistisch zu sein?« Mabel sieht mich an und stemmt die Hände in die Hüften. »Wissen Sie, was mich immer stinkwütend macht? Wenn jemand seinen Mitmenschen vorschreibt, wie sie sich zu fühlen haben. Ich habe die Nase voll davon, dass man verdammt nochmal immer an andere denken soll. Manchmal ist eine Frau einfach erschöpft und braucht eine Pause, wissen Sie?« Ihre Stirnfalten vertiefen sich. »Dadurch sind Sie keinesfalls schwach und pflichtvergessen, sondern es zeigt sämtlichen Frauen, die Sie beobachten und sich ein Beispiel an Ihnen nehmen, dass es okay ist, gelegentlich nein zu sagen. Es ist in Ordnung, hin und wieder die Tür hinter sich zu schließen und ein Schild aufzuhängen, auf dem steht: *Mit Self-Care beschäftigt. Verpisst Euch.*«

Tränen brennen in meinen Augen. Ich sehe die Frau an, die bereit zu sein scheint, meinen Kampf mit mir auszufechten, und ehe ich mich's versehe, sprudelt die Wahrheit aus mir heraus. »Mabel, ich mag meinen Beruf gar nicht mehr. In letzter Zeit singe ich noch nicht mal mehr gern. Deshalb bin ich hier.«

Sie lächelt sanft. »Ist doch klar, Darlin'. Keiner liebt eine Tätigkeit, an die er gekettet ist und mit der er sich nur noch herumquält.« Nachdenklich verengt sie die Augen. »Aber der Schlüssel zu Ihrem Glück liegt in Ihren eigenen Händen, das dürfen Sie nicht vergessen. Befreien Sie sich eine Weile von Ihrem Joch, dann kommt die Liebe wieder, Sie werden schon sehen.«

Unwillkürlich muss ich lachen. Ich habe das Gefühl, als hätte sie mir einen Felsbrocken von den Schultern gewälzt. Die Gefühle, die ich schon so lange in meinem Innern gefesselt und geknebelt verborgen habe, weil ich einfach *wusste,* dass niemand sie verstehen würde, sind plötzlich frei und wehen im Wind. Mabel versteht sie.

Sie tritt noch ein wenig näher und ergreift meine Hand, genau wie an jenem Morgen in ihrer Pension. Sie grinst, was ihr ganzes Gesicht in Fältchen legt. »Nehmen Sie sich Ihre Pause, Darlin'. Und noch besser: Nehmen Sie sie sich mit einem guten Mann, der Sie anständig behandelt.« Mit dem Kopf deutet sie zu *The Pie Shop* hinüber.

»Mabel, ich kann nicht hierbleiben. Noahs Bedingung war, dass ich am Montag abreisen muss.«

»Oh, Sie werden schon bleiben.«

Erstaunlich, wie zuversichtlich sie ist.

Ich lächele ihr hoffnungsvoll zu. »Heißt das, Sie vermieten

mir ein Zimmer in Ihrem Bed and Breakfast? Ich könnte Ihnen sogar bei der Hausarbeit helfen, damit Sie nicht so viel Mühe mit mir haben.«

»Nope. Wir sind ausgebucht, hab ich Ihnen doch schon gesagt.« Wie sehr diese Frau ihre Lüge auskostet. »Aber Sie werden schon in der Stadt bleiben. Glauben Sie mir einfach.«

»Irgendwie habe ich das Gefühl, dass Ihre Hoffnung unangebracht ist. Noah will mich nicht einmal in seiner Nähe haben.«

Sie lacht bellend. »Blödsinn. Ich kenne den Jungen von klein auf wie meine Westentasche. Und ich würde mein gesamtes Vermögen verwetten, dass er nur deshalb so grantig ist, weil er Sie eigentlich *viel zu sehr* um sich haben will.« Ich widerspreche nicht, sondern sehe zum Fenster der Konditorei hinüber. »Und ich habe gesehen, wie er Ihren Hintern angestarrt hat, wenn Sie ihm den Rücken zugewandt haben.«

Mein Kopf schnellt wieder zu Mabel herum. »Hat er nicht.«

Ihr Lächeln wird breiter. »Nein, hat er nicht. Aber weil sie gerade rot geworden sind, weiß ich jetzt, dass sie sich wünschen, er hätte.« Sie wackelt kurz mit den Augenbrauen und schlendert davon, lässt die Konditorei hinter sich. »Oh, das wird richtig gut«, sagt sie leise zu sich. Und als ich auf meine Blumen hinab- und wieder aufblicke, ist sie verschwunden wie ein boshafter Geist, dessen einzige Aufgabe darin besteht, die Stadt zu verspotten. Wahrscheinlich ist sie im Supermarkt verschwunden, aber die Theorie mit dem Geist gefällt mir entschieden besser.

14

Amelia

Wie erwartet macht die Türklingel Noah auf mich aufmerksam, als ich *The Pie Shop* betrete. Die plötzliche Intensität seines Blickes haut mich beinahe um, als er vom Ladentisch aufschaut. Er hat sich gerade etwas auf einem kleinen Block notiert. Einem klassischen kleinen Notizblock für einen klassischen Mann. Unverwandt blickt er mir in die Augen, und *zack*, grantiges Gesicht. Gut, dass er nicht lächelt. Wahrscheinlich würde ich sonst auf der Stelle umkippen. Aber mit seiner mürrischen Miene … *damit* komme ich klar.

Langsam nähere ich mich dem Ladentisch. Er ist ein Löwe, dem ich soeben in der Wildnis begegne.

»Hiii«, sage ich, trete näher, ein vorsichtiger Schritt nach dem nächsten. Er sagt nichts, hebt nur eine Augenbraue. Ich versuche, nicht zu zittern.

Als ich nah genug bin, lege ich beide Sträuße wie eine Opfergabe auf den Ladentisch, und zwar genau neben seine muskulösen Unterarme. Mein Blick fällt auf die hauchzarte, maskuline Behaarung darauf. Die Härchen sind so blond, fein und unauffällig, dass man schon ziemlich nah dran sein muss, um sie zu erkennen. Mein Hirn ist gerade wenig hilfreich, denn es weist mich darauf hin, dass ich ihm in der Tat ziemlich nah bin. Aber nicht nur die Härchen nehme ich wahr, auch den Schatten, den die Baseballcap über seine Augen, die Nase und die Wangenknochen wirft. Sein Bartschatten ist ein bisschen ausgeprägter als gestern, woraus ich schließe, dass er womöglich gar nicht nach Hause gegangen ist, nachdem er die ganze Nacht an meinem Bett verbracht hat. Ich will jetzt nicht darüber nachdenken, warum die Vorstellung, dass Noah sich Sorgen um mich gemacht hat, mir einen Schauer über den Rücken jagt.

Sein Blick fällt auf die Sträuße, dann sieht er mir wieder ins Gesicht. »Blumen?«

»Für dich«, sage ich und schiebe ihm den Strauß, den ich für ihn vorgesehen habe, näher zu ihm hin. Dann verschränke ich die Hände hinterm Rücken und wippe ein wenig auf den Fersen. »Ein Entschuldigungs-Dankeschön, weil du dich gestern Abend um mich gekümmert hast.« Ich tippe mir auf die Schulter. »Und ich weiß, dass du Blumen magst. Annie hat mir erzählt, dass du ihr mehrmals die Woche einen Strauß abkaufst.«

Er regt sich keinen Zentimeter. »Um eins klarzustellen, das tue ich, um ihr zu helfen. Nicht weil ich einen Blumenfetisch habe oder von ihnen besessen bin.«

Erstaunt reiße ich bei dieser Formulierung die Augen auf. »Ein Fetisch«, sage ich und lasse das Wort auf der Zunge zergehen. »Nein, ganz sicher nicht.« Ich nicke und kneife die Augen wieder zusammen. *Spiel, spiel, spiel.*

Auch seine Augen werden schmal. »Machst du dich gerade über mich lustig?«

»Ich verstehe nur nicht, warum du dich deines Blumenfetischs schämst.« Ich presse die Lippen aufeinander und lächele.

»Ich habe keinen ...«, beginnt er in leidenschaftlichem Ton und richtet sich zu voller Größer auf. Ohne es zu merken, hat er automatisch angebissen. Knurrend verschränkt er die Arme vor der Brust. *Hallo Grummel-Pose! Wie nett, dich wiederzusehen.* »Ich habe einfach nur etwas übrig für Blumen. Ein Fetisch ist das noch lange nicht.«

Ich spiegele seine Körperhaltung, was mir definitiv zu viel Spaß macht. »Schon gut. Steh doch einfach zu deinem Blumenfetisch. Ich verspreche, dass ich deine Männlichkeit deshalb nicht anzweifeln werde.«

Die Andeutung eines Grinsens umspielt seine Lippen. Jetzt fängt er an, mitzuspielen. »Ich besitze einen Kuchenladen. Glaubst du wirklich, dass mich Männlichkeitsideale sonderlich interessieren?«

»Warum stehst du dann nicht einfach zu deinem Blumenfetisch? Annie behauptet, du kaufst nur deshalb so viele, um sie vor dem Ruin zu bewahren, aber weißt du, was ich glaube?«

»Das teilst du mir sicher gleich mit, auch wenn ich es gar nicht wissen will.«

»Ich *glaube*«, beginne ich mein leidenschaftliches Plädoyer, »dass du sehr genau weißt, wie viele Menschen in dieser Stadt Annies Blumenladen lieben und unterstützen, und dass ihre Geschäfte gut laufen. Ich glaube, guter Mann, dass du deine brüderliche Fürsorge als Vorwand benutzt, und zwar für deine … « Ich lasse das Wort in der Luft hängen, während wir einander anstarren, » … Obsession.«

Er stützt die Hände auf den Ladentisch und beugt sich näher zu mir. Etwas Süßes und Warmes knistert in der Luft zwischen uns. »Und *ich* glaube, dass meine Obsessionen dich nichts angehen.«

»Aha!« Ich halte ihm den Finger vor die Nase. »Du gibst es also zu! Ladies and Gentlemen, hohes Gericht, nun haben Sie es aus seinem eigenen Mund gehört!«

Zu meinem Riesenschrecken verhakt Noah seinen Finger mit meinem und senkt sie beide langsam auf die Theke herab. Zu viele Empfindungen vermischen sich in dieser kleinen Berührung, und als er seine Hand am Ladentisch angekommen nicht sofort zurückzieht, setzt mein Herz einen Schlag aus. Oder mehrere. Kann bitte schon mal jemand eine Bahre holen?

Ein Grinsen lauert in seinem Mundwinkel – eine hübsche Ergänzung zu dem dunklen Schatten, den seine Kappe über seine Augen wirft. »Ich finde es halt schön, wenn mein Haus nach Blumen duftet.«

Ich bringe kein Wort heraus. Wie erstarrt stehe ich da, während Noah mich sanft ansieht, ich die Haut seiner Hand an meiner spüre und mir die Erinnerung an seinen hungrigen Kuss durch den Sinn geht. Ich wünschte, dieser Augenblick würde niemals enden. »Und deine Mom mochte Blumen ebenfalls, oder?«

Ich hätte wohl nichts – und ich meine damit buchstäblich gar nichts – Schlimmeres sagen können. Die Stille, die sich über uns herabsenkt, ist so bedrohlich, dass sie beinahe greifbar ist. Wie ein unheimlicher, narbenübersähter Mann, der einen Baseballschläger in seiner riesigen, schwieligen Hand schwingt und vor dem man besser schreiend davonläuft. Ich aber bleibe stehen und schaue mit angehaltenem Atem zu, wie Noah die Augenbrauen zusammenzieht, sich erneut zur vollen Größe aufrichtet und seine Hand zurückzieht. Er geht nicht auf meine Worte ein, was vielleicht am besten ist, denn eigentlich sind sie mir nur so herausgerutscht. Er wendet sich ab und verschwindet wortlos wieder in der Küche.

Ich könnte mich ohrfeigen, weil ich mich verhalten habe, als stünde ich ihm nah genug, um seine schmerzliche Vergangenheit einfach so zur Sprache bringen zu können. Als hätte ich das Recht, die Aufmerksamkeit darauf zu lenken, geschweige denn, überhaupt zu *wissen*, dass seine Mom Blumen liebte und nicht mehr unter uns ist. Wie verletzlich er sich gerade fühlen muss.

Toll gemacht, Großmaul. Echt cool. Kannst du dich nicht wenigs-

tens mal eine Sekunde lang normal verhalten und es nicht vermasseln?

Höchste Zeit, zu verschwinden.

Ich greife nach dem Blumenstrauß, den Annie für mich zusammengestellt hat, komme dann aber zu dem Schluss, dass es nun schon *zwei* Dinge gibt, für die ich mich entschuldigen muss, und lege ihn wieder neben den anderen Strauß. Dann durchquere ich den Laden und öffne die Tür, doch schon taucht Noah wieder auf und ruft mir hinterher. »Du gehst?«

Ich erstarre und schaue mich nach ihm um. Er hält zwei Teller mit jeweils einem Stück Kuchen in der Hand. »Ich dachte … ich dachte, du bist wütend und ich sollte besser gehen.«

Er verdreht die Augen und deutet mit schwachem Lächeln auf die Teller. »Ich hab dir nur ein Stück Pie geholt. Das heißt, wenn du Lust auf eins hast?« Er umrundet die Theke und betritt den Hauptbereich des Ladens, wo er die Teller auf einen Tisch für zwei Personen am Fenster stellt. Ein Teller ist offen, der andere mit einer Plastikfolie abgedeckt.

»Etwas solltest du über mich wissen«, fügt er mit ungewöhnlich sanfter Stimme hinzu. »Ich bin nicht sonderlich gesprächig.« Ich gebe vor, erstaunt nach Luft zu schnappen, woraufhin er grinst. »Und ich rede nicht gern über persönliche Dinge, schon gar nicht, wenn ich mich überrumpelt fühle. Manchmal brauche ich erst mal eine Minute, um mich auf das Thema einzustellen. Aber wenn ich wirklich wütend bin, dann sage ich dir das. Von wütendem Schweigen halte ich nämlich überhaupt nichts.«

Ich stehe immer noch wie erstarrt in der geöffneten Tür und bin völlig überfordert von seiner herzlichen Aufrichtigkeit. Ich kann mich nicht entsinnen, dass mir ein Mann seine Gefühle schon einmal so beredt geschildert hat. Mit so etwas hätte ich im Leben nicht gerechnet. Noah hat offensichtlich erheblich mehr zu bieten als seine Grummel-Pose und seinen rostbraunen Pick-up. Er hat nicht nur einen Blumenfetisch und einen ausgeprägten Beschützerinstinkt, sondern auch tiefe Gefühle, die er allerdings lieber für sich behält.

Und das alles finde ich verflucht sexy.

Als ich keine Antwort gebe, zieht er die Augenbrauen hoch. »Also. Willst du jetzt rein oder raus, Popstar? Falls du dich für rein entscheidest, dann dreh das *Open*-Schild um und sperr die Tür von innen ab. Jetzt ist nämlich erst mal Mittagspause.«

Lachend trete ich einen Schritt zurück, lasse die Tür ins Schloss fallen und folge seinen Anweisungen. »Du hast so einen witzigen Akzent. Das hat sich gerade fast so angehört, als hättest du mich Pop-Tart genannt.«

»Nein, ganz bestimmt nicht.« Grinsend setzt er sich hin. »Pop-Tarts mag ich nämlich gern, besonders getoastet.«

Ich lache und werfe ihm ein auf dem Tisch liegendes Pfeffertütchen an den Kopf. Es prallt von seiner Wange ab und landet auf dem Boden. Noah schnalzt mit der Zunge und hebt es auf. »Erst bringt sie meine Familiengeschichte zur Sprache, dann verwüstet sie meinen Laden. Das ist also der Lohn dafür, dass ich dich letzte Nacht beschützt habe.«

»Dafür hab ich dir doch schon Blumen gekauft. Damit ist meine Schuld beglichen.« Ich setze mich ihm gegenüber, wobei mir zu spät aufgeht, dass unsere Beine sich an diesem winzigen Tisch unweigerlich berühren müssen. Ich würde ja versuchen, die meinen zur Seite zu schieben, aber da er reglos sitzen bleibt, ist das unmöglich. Also bleibe ich, wo ich bin.

Ich räuspere mich. »Das ist also mein Abschiedskuchen?« Als ich aufschaue, sehe ich seine verwirrte Miene. »Ich bin davon ausgegangen, dass du mich heute hergebeten hast, weil du mich für eine Nervensäge hältst und mich am liebsten heute Abend und nicht erst am Montag los sein willst.« Der Gedanke, dass ich diese Stadt schon übermorgen verlassen muss, tut geradezu körperlich weh. Es ist zu früh.

Noah lacht. Er lacht allen Ernstes. Tief und rumpelnd. Ich stelle mir vor, wie ich meine Hand auf seine Brust presse und sein Lachen nicht nur hören, sondern auch spüren kann. Das Gesamterlebnis. »Eine Nervensäge bist du auf jeden Fall. Aber ich werfe dich trotzdem nicht raus. Eigentlich genau im Gegenteil.« Nervös leckt Noah sich über die Lippen. »Erinnerst du dich an irgendetwas von dem, was du letzte Nacht gesagt hast?«

Bis zu dieser Frage war mir jede Erinnerung abhandengekommen. Aber mit einem Mal ist alles wieder da.

Früher war meine Mom meine beste Freundin – aber heute interessiert sie sich nur noch für mein Geld.

Ich ertrinke, und keiner sieht mich.

Du magst mich sowieso nicht.

Oooooh, wie unangenehm. Es ist zum aus der Haut fahren, wie schutzlos und verletzlich ich mich durch all diese Worte fühle. Und genau deshalb lüge ich jetzt, dass sich die Balken biegen. »Nein. Keine Ahnung.«

Er mustert mich eindringlich, und offenbar ist mein Pokerface besser als gedacht, denn er scheint mir zu glauben. »Na ja, du ... « Ein Klopfen an der Tür unterbricht ihn. Gleichzeitig blicken wir aus dem Fenster, vor dem zwei mittelalte Männer stehen. Noah ignoriert die beiden, also tue ich es ihm gleich. Zumal ich unbedingt wissen will, was er sagen wollte. Sein Unterton weckt die Angst in mir, dass ich mich doch nicht an alles erinnere. Vielleicht habe ich mich ja nackt vor ihm aufgebaut und ihn angeschmachtet. Oder noch schlimmer ... habe ich ihn etwa angebaggert?!

»Nun spann mich nicht auf die Folter. Was habe ich gestern Abend gesagt?«, frage ich so scharf wie das Messer, das mir in die Eingeweide fährt. Dramatisch? Nein. Nicht, wenn ich ihm möglicherweise schöne Augen gemacht habe.

Er reibt sich den Hals, den ich ihm am liebsten so lange umdrehen würde, bis er mir verrät, was ich gesagt oder getan habe.

»Du meintest, du seiest ... « Er sieht auf, registriert meinen entsetzten Gesichtsausdruck und lächelt leicht. »Müde.«

Auch Noah hat ein Pokerface. Genauso gut könnten wir gerade mit neongelben Sonnenvisieren um einen Tisch herum sitzen und unsere Karten an die Brust pressen. Wir starren einander an und fragen uns, wer wohl zuerst einknickt. Wenn ich zugebe, niemals das Wort *müde* in den Mund genommen zu haben, weiß er, dass ich mich an mein emotionales Gebrabbel erinnere, und wir müssen darüber reden. Das würde ich lieber vermeiden. Und er vermutlich auch.

»Ah – müde, ja«, sage ich und schiebe meine Pokerchips in die Tischmitte. Ich gehe mit.

Er grinst. »Also dachte ich ... da du ja so ... *müde* warst ... «

Erneut klopft es an der Tür, und ich seufze laut. Draußen haben sich mittlerweile mehrere Stadtbewohner versammelt. »Sollten wir sie nicht reinlassen?«

»Nein«, sagt er und schaut dann kopfschüttelnd zum Fenster, vor dem nun schon etwa zehn Leute stehen und Noah wild gestikulierend dazu bewegen wollen, die Tür zu öffnen. »Nein!«, wiederholt er energisch. »Ich habe Mittagspause und geschlossen. Haut ab!« Er scheucht sie mit einer Handbewegung davon, aber sie bleiben, wo sie sind.

Ich kann mich kaum konzentrieren, will andererseits aber unbedingt erfahren, worauf er mit unserem Gespräch hinauswill. Noah geht es anscheinend genauso, weshalb er seinen

Stuhl so verschiebt, dass er dem Fenster den Rücken zukehrt. Ich folge seinem Beispiel, und unsere Schultern berühren sich beinahe. Was für eine Quälerei.

»Jedenfalls … äh … nun ja, ich habe darüber nachgedacht, und es ist mir recht, wenn du so lange hierbleibst, bis dein Auto repariert ist.«

»Wirklich?«, frage ich und wende den Kopf, um ihn anzusehen. Wir sind einander so nahe, dass ich seine einzelnen Wimpern erkennen kann.

Er nickt – immer noch mit Pokerface. »Das Gästezimmer gehört ab sofort dir. Und … « Er räuspert sich laut und unbehaglich. »Wenn du … einen Fremdenführer brauchst, ich habe ein paar Termine verschoben und hätte ein paar Stunden frei.«

Jetzt blinzle ich so heftig, als hätte jemand eine Kamera mit Blitzlicht auf mich gerichtet. »Und alles nur, weil ich … *müde* war?«

Im Geiste ersetze ich das Wort *müde* mit *einsam*, und ich bin mir sicher, Noah tut das Gleiche, doch er ist zu freundlich, um es laut auszusprechen. Er spielt auf eine Weise mit, bei der ich mich sicher fühlen kann. Ich möchte wissen, warum. Jeder, der mein gestriges Lallen mitbekommen hat, hätte sich entscheiden können, einfach wegzuhören. Was ich zu ihm sagte, war chaotisch und kompliziert. Er aber streckt mir sogar die Hand entgegen. *Ich sehe dich.*

Dennoch macht meine Vergangenheit mich misstrauisch, weshalb ich an seinen guten Absichten zweifle. »Willst du die Story meines Besuches hier an irgendeine Illustrierte verhökern? Hat dir jemand etwas für einen Exklusivbericht geboten?«

Er wirkt zutiefst beleidigt. Vielleicht sogar verärgert. »*Nein.*«

»Die Tablette, die ich gestern Abend eigentlich nehmen wollte, war ein Präparat gegen Migräne. Der Stress sorgt dafür, dass ich in letzter Zeit darunter leide. Deshalb rät mein Arzt mir zu mehr Pausen und Ruhe. Ich aber greife stattdessen zu Medikamenten. Eine pikante Story. Bist du sicher, dass du eine solch saftige Klatschgeschichte nicht doch verwursten willst?

»Warum sollte ich das tun?« Nun klingt er wieder streng. Wütend, dass ich nicht an seine freundlichen Motive glaube.

Ich lache bitter. »Weil alle anderen es ebenfalls täten. Meine eigene Mom hat mehrfach Privatgeschichten über mich an die Regenbogenpresse verkauft.« Ich zucke zusammen, als mir das herausrutscht. Mein Pokerface ist verrutscht, weshalb er mir jetzt in die Karten gucken kann.

Noahs Blick ist plötzlich sanft. Beinahe unmerklich schüttelt er den Kopf. »Ich nicht. Ich würde dir das niemals antun.«

Oh nein. Schöne Worte. Zu schön. Ich spüre, wie mein Herz versucht, sie mit aller Macht aufzusaugen. Ich darf ihm keinesfalls glauben. Und doch tue ich es.

Keine Ahnung, was genau er in meinem Gesicht liest, aber seine Miene wird weich. Er legt seine Karten auf den Tisch, und damit gewinnt er. »Du kannst mir vertrauen, Amelia. Ich werde deine *Müdigkeit* nicht ausnutzen.«

So langsam denke ich, dass diese Wortwahl gar nicht so verkehrt ist. Ich *bin* müde. Der Einsamkeit müde. Des Misstrauens müde. Des Ausgenutztwerdens müde. Und der Notwendigkeit, mich immerzu vor allen verstecken zu müssen.

»Okay«, sage ich, blicke auf meinen Kuchen hinab und spieße einen Bissen auf die Gabel. Wenn ich noch mehr sage, fange ich zu allem Überfluss sicher auch noch an zu heulen. Und in den letzten vierundzwanzig Stunden habe ich mich auch ohne Tränen schon verletzlich genug gezeigt.

»Okay? Du bleibst also.«

»Ich bleibe.« Mein Magen macht einen kleinen Hüpfer.

Beinahe erleichtert stößt Noah die Luft aus. Dann holt er den klassischen, kleinen Notizblock aus der Gesäßtasche, auf den er sich eben schon mal etwas notiert hat, und legt ihn auf den Tisch zwischen uns. »Schreib doch einfach mal ein paar Dinge auf, die du hier gern machen würdest. Damit wir einen Plan haben.« Wie süß, dass er jetzt so verlegen ist. Er vermeidet jeden Augenkontakt, und es ist offensichtlich, wie schwer es ihm gefallen ist, dieses Gespräch mit mir zu führen. Einerseits sollte ich ihn vom Haken lassen und ihm versichern, dass er zu nichts verpflichtet ist. Andererseits möchte ich doch so viel Zeit wie möglich mit ihm verbringen, während ich hier bin, auch wenn das tausendmal eine unkluge Idee ist.

»Weil du mein Fremdenführer bist«, sage ich und greife zu dem Notizblock.

Er versucht sich ein Lächeln zu verkneifen. »Weil ich dein Fremdenführer bin.«

Ich bin bereits damit beschäftigt, mir alles zu überlegen, was ich während meines Aufenthalts hier machen möchte. Will ich mich lieber ausruhen oder Abenteuer erleben? Will ich mich verstecken oder mehr von der Stadt sehen? Wahrscheinlich eine Mischung aus allem.

»Oh, aber eins noch.«

Uuuuuund jetzt kommt's. Der Haken. Der Hammer. Das, was er als Gegenleistung haben will. Wäre auch zu schön gewesen, um wahr zu sein.

Noah beugt sich leicht zu mir herüber und senkt die Stimme, als könnten all die Spanner vor dem Fenster uns hören oder seine Worte von den Lippen ablesen. »Neulich Abend. Als ich dir gesagt habe, dass ich nicht auf dem Markt bin.« Bei der Erinnerung daran erröte ich ein bisschen. »Das meinte ich ernst. Und ich halte es für das Beste, wenn wir das von Anfang an klarstellen. Aus dieser Geschichte wird sich nichts Romantisches für uns ergeben. Sondern nur … Freundschaft.«

Eigentlich sollte ich enttäuscht sein, dass mein Sommercamp-Crush kein Interesse an mir hat. Aber so ist es nicht. Denn er hat ja keine Ahnung! Freundschaft ist genau das, was ich mir wünsche. Was ich *brauche*.

»Perfekt«, antworte ich, und mir ist leichter ums Herz als seit Jahren.

Doch dann klopft es so energisch ans Fenster, dass wir beide zusammenfahren und uns umsehen. Mabel presst die Nase ans Glas und zieht streng die Augenbrauen zusammen. »Noah Daniel Walker«, erklingt ihre gedämpfte Stimme durch die Scheibe. »Mach jetzt *sofort* auf. Du kennst doch meinen niedrigen Blutzucker.«

Er seufzt über den Nasenabdruck, den sie auf dem Glas hinterlassen hat. »Was für eine bescheuerte Stadt.« Er lächelt liebevoll.

Erst da bemerke ich, dass er das in Plastikfolie eingewickelte Stück Kuchen vor sich noch nicht angerührt hat. »Wolltest du das nicht essen?«

»Nein«, antwortet er und steht auf. »Das ist für jemanden, den ich treffe, sobald ich mich um diese Irren gekümmert habe.«

»Weißt du was? Irgendwie finde ich es total unfair, dass du so viele Geheimnisse haben darfst, während ich dir meine fortwährend verrate.«

»Das ist wohl dein Problem«, sagt er ohne jedes Lächeln, aber dennoch mit belustigter Stimme, die mir geradewegs in meinen flatternden Magen fährt.

Noah leiht mir seinen Wagen, und während ich mit heruntergekurbelten Fenstern und einem Lächeln auf den Lippen nach Hause fahre, passiert etwas Seltsames mit mir. Ich ertappe mich dabei, wie ich zur Radiomusik singe. Dazu hatte ich schon lange keine Lust mehr.

15

Noah

Ich habe Amelia seit heute Nachmittag in der Konditorei nicht mehr gesehen. Unser Zusammentreffen wurde Gott sei Dank abgekürzt, weil diese Stadt nicht mal fünf Minuten warten kann. Du meine Güte. Nachdem Mabel ihre Nase gegen mein Fenster gepresst hat, hat sie so getan, als würde sie in Ohnmacht fallen. Doch wundersamerweise hat der Kuchenduft sie sofort wiederbelebt, kaum dass ich die Tür geöffnet habe.

Ich habe Amelia meinen Wagen für die Heimfahrt überlassen und mir Annies für mein Lunch-Date geliehen. Ich weiß, dass Amelia sich neugierig fragt, mit wem ich mich wohl treffe, aber ich war vorhin noch nicht bereit, es ihr zu erzählen. Vielleicht werde ich es auch nie tun. Wir werden sehen. Außerdem hat sie richtig schockiert ausgesehen, dass ich ihr meinen Pick-up geliehen habe. In ihren Augen ist das etwas Besonderes, aber bei uns hier ist so was üblich. Neulich habe ich ihn Phil geliehen, als er in eine größere Stadt etwa eine Stunde Fahrt von hier musste, um ein paar Sachen aus dem Baumarkt zu besorgen, und letzten Freitag hat Mabel ihn bekommen, weil sie zu Fuß in die Stadt gekommen und dann zu müde gewesen ist, um nach Hause zu laufen. Also hat sie meinen Wagen genommen, und ich habe mir Annies geborgt, um nach Hause zu kommen, während sie getauscht hat mit … ich weiß es nicht mehr. War ein ziemliches Chaos am nächsten Tag, weil keiner von uns mehr wusste, wer wessen Fahrzeug hat. Wir mussten uns alle in der Stadt treffen, um die Wagen wieder ihren jeweiligen Besitzern zurückzugeben.

Heute jedenfalls fährt Annie mich nach Hause und erwähnt beiläufig, dass Amelia den Nachmittag in Mabels Pension damit verbracht hat, ihr beim Streichen der Lobby zu helfen. Wie ich Mabel kenne, hat sie keinen Finger gerührt, sondern ihre Füße auf den Empfangstresen gelegt und ein kleines Schirmchen in ihren Drink gesteckt, während sie Amelia dabei zugesehen hat, wie sie mit der Farbrolle über die Wände fährt. Bei dieser Vorstellung muss ich lächeln. Ist es üblich unter Promis, alten Ladys dabei zu helfen, ihre Kleinstadt-Pension zu streichen? Wohl kaum.

Leider nützen auch die Gedanken an Amelias karitative Bestrebungen nichts, als ich nach Hause komme und feststelle, dass sie unter der Dusche steht. Meiner Dusche. Der Dusche direkt am Ende des Flurs, mir so nah, dass ich den Dampf unter der Türritze hervorquellen sehen kann. Jetzt singt sie, und ich bin ganz sicher nicht der poetische Typ, aber beim Klang ihrer Stimme bin ich kurz davor, Gedichte zu schreiben. Die Leute zahlen Hunderte von Dollar, um sie auf der Bühne zu sehen, und ich bekomme einen Platz in der ersten Reihe und darf mir ihre Version von »Tearin' Up My Heart« von NSYNC anhören. Kommt mir unfair vor.

Ich brauche eine Ablenkung von ihrer Stimme und dem Gedanken an ihren Körper und dem Duft ihres Shampoos, der mein ganzes Haus erfüllt, also schalte ich den Fernseher an. Und nun sitze ich hier und schaue einen alten Schwarz-Weiß-Western, in dem Männer zu spielerischem *Peng-peng* von Pferden geschossen werden.

Es ist die perfekte Ablenkung, bis ... verflixt und zugenäht, ich hätte überhaupt nicht nach Hause kommen sollen. Ich werde ausziehen und Amelia dieses Haus überlassen müssen, denn ihr Anblick in meiner blauen Pyjamahose und nur mit ihrem schwarzen Tanktop am Oberkörper ist echt der Hammer. Die Hose ist viel zu groß, weshalb sie sie ein paarmal an der Taille eingerollt hat, und dieses Top reicht nicht *ganz* bis zum Bund, so dass ein verführerischer, kleiner Hautstreifen sichtbar wird. Diese Frau sieht aus wie eine zum Leben erwachte Phantasie. Ein Bild geradewegs aus meinen besten Träumen, das jemand genau in mein Wohnzimmer gesetzt hat. Ganz schön unverfroren, diese Frau.

Ich bleibe ganz still sitzen, als Amelia auf nackten Füßen mein Wohnzimmer durchquert; ihr feuchtes Haar hängt ihr über die Schulter, so lang, dass es ihr beinahe bis zur Taille reicht. Locker, lässig, irgendetwas zwischen lockig und glatt. Ein Wassertropfen hängt noch am Ende einer Haarlocke, und ich beobachte aufmerksam, wie er sich löst, auf ihren nackten Arm tropft und hinabrinnt.

Sie gehört an einen Strand auf Hawaii mit einer Blume im Haar und Sand an den Beinen, während ein Fotograf Schnappschüsse für ein Hochglanzmagazin knipst. Jedenfalls sollte sie nicht in meinem winzigen, bedeutungslosen Wohnzimmer sein und mich auf eine Weise anlächeln, die ich definitiv nicht verdient habe. Und doch ertappe ich mich dabei, dass ich ihre lächelnden Lippen mit den Fingern nachfahren möchte, um mich für immer an diese Form erinnern zu können. Ich will mir ihr langes, dichtes Haar ums Handgelenk schlingen. Ich will über ihre ausgeprägten Schlüsselbeine streichen. Shit, nichts davon ist gut.

Sie öffnet den Mund, aber ich komme ihr zuvor: »Wo ist das Oberteil des Pyjamas?«, blaffe ich sie an.

Amelia hebt die Augenbrauen. Sie trägt jetzt keinerlei Make-up mehr, und unglücklicherweise ist sie so sogar noch hübscher. »Auf meinem Zimmer. Keine Sorge. Ich habe deinen kostbaren Weihnachtsgeschenk-PJ nicht verschlampt.« Sie glaubt, dass ich mir *darüber* Sorgen mache?

Amelia setzt sich neben mich, und ich stehe auf. Es sieht aus, als säßen wir auf einer Wippe. »Moment, wo gehst du hin? Ich wollte dir das hier zeigen.«

Keine Ahnung, was *das hier* ist, denn ich habe ihr den Rücken zugewandt. Ich gehe um die Ecke und drehe den Thermostat auf fünfzehn Grad herunter. Meine alte Klimaanlage springt mit lautem Getöse an, und erst jetzt fühle ich mich wieder wohl genug, um erneut auf der Couch Platz zu nehmen. Weit weg von ihr. Beinahe auf der Armlehne.

Wenn sie bemerkt, wie seltsam ich mich verhalte und dass ich mit jeder Faser dagegen ankämpfe, auf ihre Brust zu starren, lässt sie sich jedenfalls nichts anmerken. Sie lächelt mich strahlend an und wirft mir dann den Notizblock in den Schoß, den ich ihr heute Morgen gegeben habe. Dann wendet sie mir das Gesicht zu und zieht die Beine unter sich. Macht es sich ein wenig zu gemütlich. Am liebsten würde ich ihr den Finger aufs Knie legen und sie langsam ans andere Ende der Couch schieben.

»Ich bin fertig! Mit der Liste«, sagt sie und deutet mit hoffnungsvollem Nicken auf das Papier.

Mühsam löse ich meinen Blick von ihrem schönen Gesicht. Verflixt! Nicht schön! Nur … na gut, doch, zugegeben, es *ist* schön. *Sieh dir die verdammte Liste an.* Gerade als ich an zu lesen fange, bemerke ich, wie sie schaudert. »Kalt?«, frage ich etwas zu eifrig.

»Ja. Findest du nicht, dass es hier drin plötzlich eiskalt ist?«

Ich zucke nur mit leichtem Stirnrunzeln die Schultern,

springe dann von der Couch auf und schnappe mir die Plüschdecke, die über dem Sessel liegt. Die bringe ich zu ihr hinüber, lege sie ihr um die Schultern und wickle sie bis zum Hals ein wie einen menschlichen Burrito. Ich zerre kräftig an der freibleibenden Ecke und stopfe sie oben hinein – genau unter ihr Ohrläppchen. Ihre Augen blitzen ungläubig, denn sie weiß nicht, ob ich das im Scherz mache oder nicht. Aber es ist kein Scherz. Es handelt sich um eine selbstgefertigte Keuschheitsdecke.

»Ähm … danke?«, sagt sie und verkneift sich nur mühsam ein Lachen.

Jetzt fühle ich mich einigermaßen sicher. Also nehme ich neben ihr Platz und greife nach dem Notizblock. »Ich versuche nur, gastfreundlich zu sein.«

»Na gut, Mr. Gastfreundschaft. Das ist definitiv die erste Bezeichnung, die mir in den Sinn kommt, wenn ich an Noah Walker denke.« Ich mustere ihren Kopf, der aus dem Plüsch-Burrito herausschaut, und muss unwillkürlich lächeln. Sie sieht immer noch so verdammt süß aus, deshalb senke ich den Blick wieder und studiere ihre Liste:

1. *Die Stadt erkunden*
2. *Angeln gehen*
3. *Etwas Aufregendes machen*
4. *Scrabble spielen*
5. *Mir beibringen, wie man Noahs Pancakes macht*

»Scrabble spielen?«, frage ich und lasse die Liste sinken, um sie anzusehen. Irgendwie ist es ihr gelungen, den Burrito zu lockern, so dass er jetzt lose um ihre Schultern fällt, so wie ein normaler Mensch eine Decke tragen würde. Der Oberkörper ist wieder sichtbar, weshalb mir die Verhüllung ganz und gar nicht reicht.

»Jep.« Sie fährt sich mit gespreizten Fingern durchs Haar.

»Du brauchst mich doch nicht, um Scrabble zu spielen.«

»Es wäre aber langweilig, allein zu spielen. Schließlich würde ich dann auf jeden Fall gewinnen.«

Ich werfe ihr einen spöttischen Blick zu. »Was ich meine, ist: Du kannst überall Scrabble spielen. Das ist nicht einzigartig für unsere Stadt.«

Sie entknotet ihre Beine, winkelt sie vor dem Körper an und schlingt die Arme um die Knie, um sie an die Brust zu ziehen. Dann wickelt sie sich Gott sei Dank wieder in die Decke. »Genau genommen … gibt es zu Hause niemanden, der mit mir spielt.«

Ich starre Amelias sanftes Gesicht und die niedergeschlagenen Lider an, während sie so tut, als zupfe sie den roten Nagellack von ihren Zehennägeln. Aber ich weiß, dass sie nur verlegen ist und deshalb meinen Blick meidet. Plötzlich will ich sie unbedingt beschützen und jedem eins überbraten, der es abgelehnt hat, mit ihr Scrabble zu spielen. Anschließend würde ich den Betreffenden zwingen, die ganze Nacht vor dem Brett mit ihr zu verbringen. *Und dabei wirst du unentwegt lächeln und es mögen!* Was muss man für ein Arsch sein, um nicht mit ihr befreundet sein zu wollen? Sie ist süß. Witzig. Entspannt. Phantastisch. Es ist unfassbar, dass sie Single ist.

»Wir werden sehen«, sage ich und versuche, grob und unverbindlich zu klingen, obwohl wir doch beide wissen, dass ich mich darauf einlassen werde. Wieder lese ich mir die Liste durch. »Aufregend, hmm? Was ist denn deine Definition von aufregend?«

»Susan würde sagen: Alles, wobei ich mir einen Knochen

brechen kann, was mich zum Lächeln bringt oder was meinen Puls in die Höhe treibt.«

»Nun ja, damit ist Sex mit mir schon mal vom Tisch.« Kaum ist es heraus, zucke ich zusammen. Ihr klappt die Kinnlade auf. »Tut mir leid ... das sollte ein Witz sein, aber manchmal kommt das, was ich sage, zu trocken heraus, und ... «

»Es muss dir nicht leidtun!« Ihr Gesicht leuchtet vor Freude. »Du hast einen Witz gemacht! Mr. Klasse hat gerade einen dreckigen Witz gemacht. Das muss ich gleich als besten Tag meines Lebens in meinem Tagebuch vermerken.«

»Ich dachte, ich sei Mr. Gastfreundschaft?«

Sie piekst mich in die Wange. »Was hast du denn sonst noch für Witze auf Lager?«

Dramatisch werfe ich mich zur Seite, als hätte ihre Kraft mich umgeworfen. »Meine Güte, sei doch nicht so grob.«

Jetzt schüttelt sie den Kopf, ein breites Lächeln auf den Lippen, die Augen funkelnd vor Vergnügen. »Ich erkenne dich ja kaum wieder.«

Ich richte mich auf und räuspere mich. Zeit, wieder ernst zu werden und mit dem Geplänkel aufzuhören. Geplänkel mündet in Flirten. Und Flirten mündet in Ärger. »Kommen wir zurück zu deiner Susan. Hast du ihr mitgeteilt, dass du länger hierbleiben wirst?«

»Ja. Und es lief nicht besonders gut.«

»Hat sie dir die Hölle heiß gemacht?«

Sie atmet tief ein und lässt die Lippen vibrieren, als sie die Luft wieder ausstößt. Diese Seite an ihr liebe ich. Diese chaotische, etwas unbeherrschte Seite. Sie passt zu ihr. »Sie war fuchsteufelswild. Versuchte mir einzureden, ich sei unverantwortlich und selbstsüchtig, weil ich ihr nicht sagen wollte, wo ich bin, und mich vor dienstlichen Verabredungen drücke, mit denen ich mich nicht mal einverstanden erklärt habe!« Beim letzten Teil wird ihre Stimme lauter, und ich liebe diese Feuer in ihr.

»Und dann hat sie mich so lange unter Druck gesetzt, bis ich ihr verraten habe, dass ich bei einem alleinstehenden Mann wohne … und in dem Versuch, dich besonders harmlos darzustellen, habe ich erwähnt, dass dir ein Pie Shop gehört. Vielleicht habe ich dich nebenbei auch noch ein bisschen in den Himmel gelobt, jedenfalls ist sie jetzt fest davon überzeugt, dass ich meine ganze Karriere für einen Kerl sausen lasse.«

Ich ziehe eine Augenbraue hoch. »Du hast mich in den Himmel gelobt? Was hast du denn gesagt?«

Sie wird rot, verdreht die Augen und weicht der Frage aus. »Ach, egal. Ich kann immer noch nicht glauben, dass ich hier bin und mit Susan auf Konfrontationskurs gehe. Ich habe … ich habe seit Jahren nichts mehr für mich getan.« Sie hält inne, und ich warte ab, ohne die Stille zu füllen. »Susan hat allerdings nicht ganz unrecht. Die Stadt ohne Bodyguard zu verlassen und niemanden aus meinem Team zu veranlassen, mir eine sichere Unterkunft zu besorgen, war in der Tat leichtsinnig.« Ein sanftes Lächeln umspielt ihre Lippen. Als wolle sie eigentlich stolz darauf sein, wisse aber nicht so genau, ob sie das darf oder nicht.

Ich blicke auf den Notizblock in meiner Hand hinab und nehme den Stift zur Hand. »Was machst du?«, fragt sie, als ich *Etwas Aufregendes machen* von der Liste streiche.

»Gratuliere. Einen Punkt von deiner Liste hast du schon ganz allein abgehakt.«

Amelia starrt den durchgestrichenen Punkt an, als wolle sie ihn an die Wange pressen wie gestern Abend meine Hand. Ihre Augen sind voller Gefühl, und ich merke, dass sie tiefer atmet, um nicht in Tränen auszubrechen. *Nope.* Keine Tränen, bitte. Damit kann ich nicht umgehen.

In dem Versuch, die Stimmung ein wenig aufzulockern, klopfe ich mit dem Knöchel sacht an ihr Knie und bedaure es sofort. »Nicht dass du meine Anerkennung nötig hättest, aber ich glaube, dich vom Acker zu machen, war genau das Richtige. Deine Susan scheint ja eine richtige Spaßbremse zu sein.«

Amelia lacht und legt den Kopf seitlich aufs Sofakissen. Mein Blick wandert über die lange, entblößte Linie ihrer Kehle, und als er wieder an ihrem Gesicht anlangt, sieht sie mich unverwandt an. »Oh, das ist sie. Diese Frau lässt mich rein gar nichts machen. Aber … in ihrem Job ist sie top. Ihr ist es zu verdanken, dass meine Karriere heute an diesem Punkt angelangt ist. Und auf ihre seltsame Art war sie mehr für mich da als in letzter Zeit meine eigene Mom.«

»Aber du bist nicht glücklich«, sage ich. Es ist halb Frage, halb Feststellung. Alles in mir schreit, dass es mir egal ist, ob sie glücklich ist oder nicht. Ich will sie nicht mal in meinem Haus haben. Ich will nicht, dass sie auf meiner Couch sitzt oder mich mit ihren großen Welpenaugen und ihrer Sonnenscheinpersönlichkeit zwingt, freundlich zu ihr zu sein.

Aber verdammt, wenn sie mir so gleichgültig ist, warum stelle ich dann solche Fragen? Warum denke ich insgeheim schon darüber nach, was ich ihr während ihres Aufenthaltes hier so alles zeigen könnte? Wen ich ihr vorstellen könnte? Was sie zum Lächeln bringen könnte? Was ich alles unternehmen könnte, damit sie mich auch weiterhin mit diesem warmen Blick ansieht. In diesem Moment bin ich so sauer auf mich selbst, dass ich der Wand einen Tritt versetzen könnte.

»Manchmal bin ich glücklich.« Sie hält den Blick auf ihre Zehennägel gesenkt und kratzt erneut an ihrem Nagellack herum. Die Stücke fügt sie zu einem ordentlichen, kleinen Stapel zusammen. »Oder zumindest war ich es früher. Glaube ich.«

Sie wendet das Gesicht ab, und mir ist klar, dass sie dieses Gespräch beenden will. Das verstehe ich vollkommen, weshalb ich nicht weiter nachhake. Sie kann mit mir reden, wenn sie dazu bereit ist. Oder eben nie, wenn sie nicht will. Spielt keine Rolle für mich. Ich bin hier, um ihr einen Zufluchtsort zu bieten, um sich für eine Weile vor der Welt zu verstecken, denn das hätte meine Grandma von mir erwartet.

Ihr Blick heftet sich auf irgendetwas in meiner Küche, und ihre Lippen verziehen sich zu einem sanften Lächeln. »Die Blumen, die ich dir geschenkt habe. Du hast sie in eine Vase gestellt.«

Ich bin Wachs in ihren Händen. Ohne jedes Rückgrat. Weiches, schwabbeliges, nutzloses Wachs.

»Tatsächlich ist das eine der alten Vasen meiner Mom. Die hat mein Dad ihr geschenkt.« Ich kann den Blick nicht von ihrem Lächeln abwenden, und ich bin stinksauer, dass ich ihr die Einzelheiten meines Lebens nicht so verschweigen kann, wie ich will. Normalerweise rede ich nicht gern über meine Eltern. Oder über *Gefühle* im Allgemeinen. Ich tue mich schwer damit. Aber aus irgendeinem Grund fühle ich mich unter Amelias blauen Augen plötzlich nackt. Und will ihr alles sagen.

»Sie sind beide gestorben, als ich zehn war.« Ich schlucke. »Sie sind gern in der Natur unterwegs gewesen und haben ihre Urlaube am liebsten mit Extremwanderungen verbracht. Während eines Campingurlaubs in Colorado zur Feier ihres Hochzeitstages kam es zu einem schrecklichen Unfall. Aus dem Nichts ist ein Unwetter aufgekommen … und … jede Menge Blitze … na ja, jedenfalls haben sie es nicht mehr aus den Bergen rausgeschafft. Meine Grandma hat damals unsere

Vormundschaft übernommen und mich und meine Schwestern großgezogen.«

Amelia legt ihre Hand auf meine und drückt sie. »Das tut mir so leid.« Ihre Stimme klingt außergewöhnlich sanft. Und sie schaut mich an, wie mich schon lange niemand mehr angeschaut hat. Als würde sie sich gern um mich kümmern. Ihre Haut fühlt sich weich an, und der Duft ihres Duschbades ist warm und tröstlich, und weil ich plötzlich den Wunsch verspüre, mich an sie zu schmiegen und einen Pfad aus Küssen an ihrem Hals hinauf zu beschreiben, stehe ich auf. Entziehe ihr meine Hand. Ich begebe mich in die Küche, genau hinter dem Sofa. Da. Eine überaus wichtige Grenze.

»Es ist lange her. Es muss dir nicht leidtun.« Wo ist meine Mülltonne? Ich würde jetzt gern hineinklettern, den Deckel über mir zuziehen und es mir wie Oskar aus der Tonne dort gemütlich machen. So eine Mülltonne ist höchst praktisch. Sie hält nicht nur Fremde fern, sondern vor allem schöne Sängerinnen, die mein Herz aus der Ferne vielleicht ganz appetitlich finden und vielleicht auch mal davon kosten, sich irgendwann aber mit Sicherheit wieder anderen Speisen zuwenden werden.

Sie zögert einen Moment. »Okay. Bist du sicher, dass du nicht … «

»Nope«, unterbreche ich sie, während ich mir die Baseballcap wieder auf den Kopf setze, denn mir ist klar, dass sie anbieten will, weiter darüber zu reden. Das Letzte, was ich jetzt tun will, ist reden. Über irgendetwas. Jemals. Worte verursachen mir Unbehagen. Und warum sollte ich ihr irgendetwas anvertrauen? Ehe ich mich's versehe, ist sie schließlich wieder fort.

Sie lacht vorsichtig, aber keineswegs belustigt. Eher verwirrt. »Ich weiß echt nicht, was ich von dir halten soll, Noah.«

Ich greife nach meinen Schlüsseln. »Denk einfach gar nicht

über mich nach, dann wird's schon.« Ich will sie ansehen, lasse es aber sein. »Ich komme erst spät wieder. Im Kühlschrank ist noch ein Gemüseauflauf. Nimm keine Schlaftabletten mehr. Oh, und übrigens … « Ich halte inne und gebe der Versuchung nun doch nach, schaue ein letztes Mal für heute Abend in ihre weit aufgerissenen Welpenaugen. »Mein Pancake-Rezept kriegst du nie. Das ist ein Familiengeheimnis.«

16

Noah

Nachdem ich meinen Pick-up abgestellt habe, gehe ich zu Fuß zum *Pie Shop* und muss feststellen, dass meine Schwestern schon da sind. Draußen ist es dunkel, weshalb ich das Innere des hell erleuchteten Ladenlokals gut erkennen kann. Auf der Theke liegt jede Menge Junkfood herum, und um den Kartentisch in dem normalerweise offenen Bereich scharen sich meine trinkenden und lachenden Schwestern. Es ist Samstagabend, mit anderen Worten der Abend, an dem wir uns meist zum Kartenspiel treffen. Das machen wir, seit ich vor drei Jahren in die Stadt zurückgekehrt bin. Und da keiner von uns am Wochenende je etwas vorhat – vier Singles, eine Party –, lassen wir kaum einen Samstagabend aus. Eigentlich sitzen wir hier ziemlich auf dem Präsentierteller, trotzdem stört uns niemand. Denn wenn es eines gibt, was die Einwohner Romes in Kentucky lieben, dann sind es Familientraditionen. Keinesfalls würden sie die boykottieren.

Als ich die Tür öffne und eintrete, werde ich von den Jubelrufen und Pfiffen meiner überdrehten kleinen Schwestern begrüßt. »Da ist er ja! Unser Casanova!«, schreit Emily, die Hände um den Mund gewölbt.

»Nein! Nicht Casanova … eher eine tragischere, grüblerische Figur. Romeo würde passen«, sagt Madison.

Ich zeige ihnen den Mittelfinger und begebe mich zur Theke, um den Kasten Bier abzustellen, den ich auf dem Weg in die

Stadt mitgenommen habe. Anscheinend hatten meine Schwestern allesamt die gleiche Idee, weshalb ich ihn gleich nach hinten bringe, um ihn für nächste Woche im Kühlschrank zu lagern. Als ich nach vorn in den Kundenbereich zurückkehre, debattieren meine Schwestern immer noch über einen möglichen Spitznamen für mich. Sie halten sich für extrem witzig.

Emily hat sich zurückgelehnt, die kniebestrumpften Füße auf den Spieltisch gelegt und wirft sich Jelly Beans in den Mund, während sie laut überlegt. Annie sitzt im Schneidersitz am Tisch, liest ein Buch und kümmert sich, wie üblich, nur um ihren eigenen Kram. Und Madison wiederum hockt auf dem Kartentisch und lackiert sich die Zehennägel. Für Augenblicke wie diesen hat sie immer ein Fläschchen Nagellack in der Handtasche.

»Eklig«, sage ich, gehe zu ihr hinüber, nehme ihr den Pinsel aus der Hand, stecke ihn in die Flasche zurück und schraube den Deckel zu. »Jetzt stinkt die Konditorei morgen mal wieder bestialisch.«

Sie streckt mir die Zunge heraus. Manchmal verhält sie sich eher wie ihre Schüler und nicht wie eine Erwachsene. Ich habe mich immer gewundert, warum sie ausgerechnet Lehrerin werden wollte. Eigentlich kocht sie leidenschaftlich gern – im Winter gibt sie an einem Abend in der Woche sogar einen Kochkurs â€˜, weshalb ich immer damit gerechnet habe, dass sie irgendwann an einer Kochschule landen würde. Doch dann überraschte sie uns alle, indem sie in Rome blieb, in Emilys Fußstapfen trat und Grundschullehrerin wurde. Manchmal frage ich mich, ob Madison sich zu sehr an Emilys Wünschen orientiert – und sogar an der gleichen Schule unterrichtet, obwohl sie doch eigentlich ihre Grenzen ausloten und einen gewissen Freiheitsdrang ausleben sollte.

»Du bist ja nur sauer, weil wir dir einen Spitznamen verpasst haben, Lover Boy«, sagt Madison.

»Nenn mich nicht Lover Boy.« Ach, Mist! Das war ein Fehler! Diesen Frauen zu sagen, dass sie etwas nicht tun sollen, ist der sicherste Weg, um sie erst recht dazu zu animieren. Man schaue sich nur ihr süffisantes Lächeln an. Und wie ihre Augen leuchten. Mich zu ärgern ist ihr Lebenselixier.

Sogar die schweigsame Annie klappt ihr Buch zu und spielt mit. »Warum nicht, Lover Boy?«

Seufzend schnappe ich mir ein Bier von der Theke. Wenn ich sie nicht so lieben würde, würde ich jetzt verschwinden.

Meine Schwestern lachen, und Emily stellt die Füße auf den Boden, um ihrer Neckerei mehr Gewicht zu verleihen. »Ach, Lover Boy, gefällt dir dieser Spitzname etwa nicht?«

Madison schnurrt beinahe. »Komm schon, Lover Boy, sei kein Spielverderber, sondern gib mir lieber eine Tüte Kartoffelchips, bevor du dich hinsetzt.«

Diese Frauen.

Zum Glück kenne ich so viele schmutzige Einzelheiten über sie, dass ich aus all dem Dreck einen ganzen neuen Kontinent formen könnte. Ich schaue Emily an. »Ich könnte ihnen vom dreiundzwanzigsten Mai erzählen.« Ihr Lächeln verblasst. »Mm-hmmm. Dachte ich mir.« Dann wende ich mich Madison zu. »Wie hieß noch der Typ, den ich an jenem Morgen aus eurem Haus kommen sah, nachdem Emily und Annie losgefahren waren, um diesen Bauerntisch in Alabama abzuholen?« Madison macht eine Handbewegung, als verschließe sie die Lippen mit einem Reißverschluss.

Gerade will ich auch meine Erpressung gegen Annie loslassen, als sie die Hand hochhält. »Spar es dir. Hab's kapiert. Wir halten die Klappe.«

»Danke«, sage ich, setze mich an den Tisch und klaue eine von Emilys Jelly Beans. »Könnten wir jetzt bitte endlich anfangen?«

Emily teilt die Karten aus. »Na gut. Aber du bist eine richtige Spaßbremse.«

Sofort erinnere ich mich an den Moment auf der Couch mit Amelia. Ihre Worte lassen mich schon den ganzen Abend nicht los. *Manchmal bin ich glücklich. Oder zumindest war ich es früher. Glaube ich.* Aber ich will nicht an Amelia denken, also zwinge ich mich, mich auf das Kartenspiel mit meinen Schwestern zu konzentrieren.

Wir spielen ein paar Runden Black Lady und quatschen belangloses Zeug, bis die drei sich einfach nicht länger beherrschen können. Sie platzen förmlich vor Fragen. Wenn sie es jetzt nicht loswerden, fallen sie in Ohnmacht, so viel steht fest.

»Alsoooo«, fängt Emily an. Ich führe mein zweites Bier an die Lippen und trinke einen kräftigen Schluck, wobei ich sie aus verengten Augen mustere. »Wie geht es dir dabei, dass Amelia am Montag abreist, nur weil du sie nicht länger bei dir wohnen lässt?«

»Amelia also?«, frage ich und versuche, lässig zu klingen.

»Ja, sie hat uns alles erzählt und uns auch ihren richtigen Namen verraten. Wir haben ihr angeboten, bei uns zu wohnen, weil du ja so unhöflich warst. Sie hätte mein Bett haben können, und ich hätte auf der Couch geschlafen, aber sie war einfach zu nett und meinte, sie wolle uns keine Umstände machen.«

Jep. Wie erwartet, hat Amelia sie bereits um den Finger gewickelt.

Bedächtig stelle ich mein Bier ab und bemühe mich, beim Gespräch über sie nicht zu eifrig zu wirken. »Sehr nett von euch.«

»Mm-hmm«, macht Madison und legt eine Kreuz Fünf ab. Mit amüsiertem Glitzern in den Augen sieht sie mich an. Mir ist klar, dass sie mich nicht nur in diesem Kartenspiel zu überlisten versucht. »Ärgert es dich eigentlich, dass du nicht der Einzige bist, dem sie sich anvertraut hat?«

Ich halte ihrem Blick stand. »Kein bisschen. Sie könnte der ganzen verdammten Stadt erzählen, wer sie ist, und es wäre mir egal.«

Es wäre mir nicht egal. Es *ist* mir nicht egal.

Alle grummeln und knurren und verdrehen die Augen, denn das Einzige, was diese Frauen noch mehr hassen, als mich nicht durch den Kakao ziehen zu können, ist, nicht eingeweiht zu sein. Aber ich komme ihnen entgegen, denn in meinen Augen werden sie immer fünf, sechs und acht Jahre alt sein und mich anbetteln, sie auf meine Abenteuer mit James mitzunehmen. »Ich habe ihr heute versprochen, dass sie bei mir bleiben kann, bis ihr Auto repariert ist.«

Alle kreischen. Meine Trommelfelle platzen. Ich bedaure meine Entscheidung.

»Schon gut, schon gut«, sage ich, reibe mir die Ohren und stehe auf, um mir noch ein Bier zu holen. Denn das werde ich brauchen.

Emily deutet anklagend mit dem Finger auf mich. »Du magst sie! Ich wusste es! Lover Boy hat wieder zugeschlagen!«

»Tu ich nicht.« Ich öffne den Verschluss. »Sie tut mir nur leid, und ich finde, ich sollte ein Auge auf sie haben.«

Madison wackelt mit den Augenbrauen. »Willst du ein Auge auf sie haben oder eins auf sie werfen?«

»Ich meine es ernst. Zwischen uns läuft nichts. Sie ist nur auf der Durchreise und braucht einen Ort zum Übernachten, während sie hier ist. Außerdem ...« Ich setze mich wieder an den Tisch und mustere erneut meine Karten, als interessiere ich mich tatsächlich für dieses Spiel. »… habe ich ihr gegenüber bereits klargestellt, dass ich kein Interesse habe.«

»Ist nicht wahr!«, ruft Madison. Noch nie war sie enttäuschter von mir.

»Doch. Man sollte die Erwartungen von vornherein realistisch halten. Ich werde ihr Freund sein, mehr nicht.«

Mit hochgezogener Augenbraue starrt Emily auf ihre Karten. »Nun gut. Wahrscheinlich ist das klug so. Es macht Spaß, dich zu necken, aber ich bin deiner Ansicht. Es ist besser, nicht mehr von ihr zu wollen. Du bist nun wirklich nicht der Typ für eine Affäre, und irgendwann muss sie uns nun mal wieder verlassen … und du kannst nicht mitgehen.« Wir alle spüren die Warnung, die in Emilys letztem Satz mitschwingt. Sie hat mir immer noch nicht ganz verziehen, dass ich mit Merritt nach New York gezogen bin. Wahrscheinlich ist Emily die Einzige gewesen, die nicht erschüttert war, als die Beziehung zwischen mir und meiner Ex-Verlobten in die Brüche gegangen ist, weil ihr klar war, dass ich dadurch ein für alle Mal in der Stadt bleiben würde.

Madison ist entsetzt. »Nein! Gar nicht klug! Du bist ein Holzkopf, Noah. Am liebsten würde ich dich ohrfeigen.«

»Wie gewalttätig. Leg ab, Annie.« Wir blicken alle auf, um zu sehen, was Annie daran hindert. Sie lächelt mich an. Ein sanftes, wissendes Lächeln, das mir ein Kribbeln verursacht. Annie hat mich immer schon besser verstanden als meine anderen Schwestern, und es nervt mich, dass sie jetzt etwas weiß, das ich bislang verzweifelt zu ignorieren versuche.

Ich kippe mein restliches Bier hinunter und beschließe, mir noch eines zu gönnen … und noch eins … und noch eins.

17

Amelia

Es ist Mitternacht, und Noah ist noch immer nicht zurück. Keine Ahnung, warum ich mir Sorgen mache wie eine Ehefrau, deren Mann zu spät nach Hause kommt, aber so ist es nun mal. Bleibt er normalerweise auch so lange fort? Was kann man in dieser Stadt nach zehn Uhr abends denn überhaupt noch unternehmen?

Eigentlich mache ich mir nur deshalb Sorgen, weil ich vorhin versucht habe, ihm etwas über seine Eltern zu entlocken. Ich muss versuchen, dieses seltsame Freundschaftsgefühl zwischen Noah und mir zu ignorieren. Im Grunde ist er nichts weiter für mich als eine Kombination aus Airbnb und Fremdenführer. Nach meiner Abreise wird er keinen Gedanken mehr an mich verschwenden. Er hat keinen Zweifel daran gelassen, dass er kein Interesse an mir hat. Lass jetzt los, Amelia. Na toll … jetzt singe ich doch tatsächlich auch noch den entsprechenden Song aus *Die Eiskönigin*, denn es ist buchstäblich unmöglich, diese Worte zu sagen, ohne ihn zu singen.

Warte, da höre ich etwas. Klingt wie ein …

Ah … ein Pick-up!

Ich lasse die Jalousien, durch die ich wie ein Spion die Straße beobachtet habe, wieder zuschnappen und tauche unter dem Fenster ab. Was soll ich jetzt tun?! Wo mich verstecken? Keinesfalls darf er mitkriegen, dass ich hier wie ein Psycho gestanden und auf seine Rückkehr gewartet habe.

Als ich die Tür des Wagens zuschlagen höre, entfährt mir ein Aufschrei. Er kommt, und im ganzen Haus ist die Festbeleuchtung an. So kriegt er auf jeden Fall mit, dass ich noch wach bin. Aber Moment mal. Er muss ja nicht wissen, dass ich auf ihn warte. Immerhin geht er davon aus, dass ich eine Nachteule bin. Lang aufzubleiben ist normal für mich. Ja, ich bin ein Promi, der sich gern ins Nachtleben stürzt. Ja, so werde ich es ihm verkaufen.

Auf Socken schlittere ich ins Wohnzimmer. In seinem oversized Pyjamaoberteil komme ich mir vor wie eine der nur unzulänglich bekleideten Gestalten aus dem Film *Risky Business – Lockere Geschäfte*, zumal, hallo, Amelia, wo ist deine Hose? Du brauchst eine Hose. Auf der Bühne oder auf Fotos bin ich jahrelang ebenfalls nur spärlich bekleidet gewesen, weshalb mir manchmal entfällt, dass andere Leute in der Regel nicht wie ich dauernd halb nackt herumlaufen.

Ungeschickt wie eine Zeichentrickfigur sause ich in mein Zimmer zurück, ziehe mir hektisch die Pyjamahose an, eile wieder ins Wohnzimmer und lasse mich auf die Couch plumpsen. Neben mir liegt eine Decke, die ich mir schnappe, um mich genauso darin einzuwickeln, wie Noah es vor ein paar Stunden schon einmal mit mir gemacht hat. Ob meine Haltung inszeniert wirkt? Oder als hätte ich mich seit seinem Weggang nicht bewegt? Letzteres kommt mir sogar noch seltsamer vor. In letzter Sekunde beschließe ich, die Decke wegzuwerfen, den Fernseher auszuschalten und ins Bad zu rennen. Das kommt mir ein wenig normaler vor, ohne gleich eine Botschaft auszusenden wie: *Ich bin verknallt in dich und bin aufgeblieben, weil ich auf dich gewartet habe.*

Kaum habe ich die Badezimmertür hinter mir geschlossen, höre ich auch schon, wie die Eingangstür sich öffnet. Ich sacke gegen das Holz und schöpfe Atem. Dann drehe ich das Wasser auf, damit es klingt, als ob ich mir die Hände wasche, was mir weitere dreißig Sekunden verschafft, mich wieder einzukriegen. Die jedoch auf fünfzehn Sekunden verkürzt werden, als ich aus dem Wohnzimmer einen Knall höre.

Oh Shit. Ist das etwa doch nicht Noah da draußen? Vielleicht ein Eindringling. Ein Stalker, der herausgefunden hat, wo ich derzeit wohne? Was soll ich tun? Ich könnte Noahs Namen rufen, aber das würde auch einen mutmaßlichen Unhold auf meine Anwesenheit aufmerksam machen. Ich blicke mich im Bad um und finde einen Spiegel. Dank eines Films, der mir meine ganze Kindheit versaut hat, weiß ich, was ich zu tun habe. Nur zur Info: Es war *Signs – Zeichen*, und er war gruselig.

Ich schiebe den Spiegel unter der Tür hindurch und kippe ihn so, dass ich ins Wohnzimmer sehen kann. Es ist schwieriger als im Film, aber schließlich kriege ich es hin. Und in diesem Moment sehe ich, wie Noah sich bückt, um etwas vom Boden aufzuheben.

Puh!

Also muss ich heute Abend doch noch nicht sterben. Was für eine Erleichterung.

Ich mustere mich schnell noch einmal im Spiegel, wobei ich mich nicht weiter mit der Frage befasse, warum es mir so wichtig ist, was er von meinem Aussehen hält, räume den Spiegel wieder weg und kehre ins Wohnzimmer zurück.

Noah beugt sich über ein paar Glasscherben einer Lampe, die er vom Beistelltisch geworfen haben muss, und hebt sie auf … mit bloßen Händen. Scharf zieht er die Luft ein, und die Muskeln unter seinem T-Shirt verkrampfen sich, als eine Glasscherbe ihm in die Hand dringt.

»Noah!« Schnell trete ich neben ihn und ziehe seinen Arm

zurück, damit er das Glas in Ruhe lässt und sich aufrichtet. »Lass die Scherben fallen! Spinnst du, sie einfach mit bloßen Händen aufzusammeln?«

Als er endlich steht, schwankt er wie ein Schiff auf hoher See. Ich schlinge die Arme um ihn, damit er nicht fällt. »Aa-s inodnung«, lallt er, setzt sich aber nicht gegen meine Hilfe zur Wehr.

»Noah, bist du ... betrunken?«, frage ich, als er endlich sicher auf zwei Beinen steht und ich ihn wieder loslassen kann. Obwohl ich ihn eigentlich gar nicht wieder loslassen will. Dieser Mann ist stark wie eine Eiche. Unter der dünnen Baumwollschicht seines T-Shirts verbergen sich stahlharte Muskeln. Verführerische, wohlgeformte Muskeln. Wodurch bekommt ein Bäcker einen solchen Körper? Das ist nicht fair.

Ich trete einen Schritt zurück und schaue zu ihm auf. Er grinst wie ein kleiner Junge auf mich herab. Unwillkürlich muss ich lachen, denn er trägt keine Baseballkappe mehr, und sein Haar steht in alle Richtungen ab, als sei er unablässig mit den Händen hindurchgefahren. Zumindest nehme ich an, dass er selbst es war, der es zerwühlt hat. Vielleicht war es ja auch eine Frau. Vielleicht die geheimnisvolle Frau, mit der er sich regelmäßig zum Lunch trifft. Warum nur springt mir bei diesem Gedanken ein eifersüchtiger kleiner Troll auf den Rücken und stachelt mich an, einen Krieg anzuzetteln?

»Ja. Die Mädels können mich echt unter den Tisch trinken. *Aberkeinesorge.* Ich bin nicht selbst nach Hause gefahren«, sagt er und gerät erneut ins Schwanken. Diesmal packe ich seinen Arm und lege ihn mir um den Nacken, um ihn von dem Scherbenhaufen am Boden wegzulotsen und ihn auf die Couch zu bugsieren. Wie ein gefällter Baum plumpst er darauf – bäuchlings, so dass seine Wange vom Kissen zerquetscht wird und der Arm herabbaumelt.

Ich würde mir ja durchaus eine Minute Zeit nehmen, um zu bewundern, dass sein Körper die gesamte Couch einnimmt, aber mein Hirn ist viel zu sehr mit der Verarbeitung des Wortes *Mädels* beschäftigt. Plural. Ist Noah etwa ein Playboy? Wie ist das in einer Stadt dieser Größe überhaupt möglich? Obwohl gerade Kleinstädte angeblich Lasterhöhlen sind. In Netflix-Dokus sind meist sie es, in denen man ganze unterirdische Meth-Labore entdeckt.

»Mädels, hmm?«, frage ich, stemme die Hände in die Hüften und starre auf ihn hinab, als hätte ich jedes Recht, sauer zu sein.

Er lächelt. *Lächelt.* Ein strahlendes Lächeln. Erst bleibt mein Herz stehen, dann fängt es wieder an zu schlagen, um sodann den Versuch zu unternehmen, geradewegs aus meiner Brust herauszugaloppieren. Verflixt und zugenäht, hat der Mann tolle Zähne. Und Fältchen an den Augenwinkeln. Wenn er auf diese Weise lächelt, wirkt er so sympathisch und zugänglich, dass ich ihn am liebsten in den Arm nehmen und gar nicht mehr loslassen würde. Er ist umarmenswert. Der miesepetrige Kuchenladenbesitzer ist absolut *umarmenswert.*

Er wackelt mit den Augenbrauen. »Eifersüchtig?«

Und er *flirtet.*

Der zerzauste Noah lächelt, flirtet und ist einfach *wow*. Betrunken gefällt er mir beinahe noch mehr. Aber im Grunde mag ich Noah immer, egal in welchem Zustand, was sich zu einem echten Problem auswächst.

»Nein.« Ich knie neben ihm nieder und nehme seinen Arm. Er entzieht ihn mir nicht. Sondern sieht mich nur mit unverhohlenem Lächeln an, während ich seine Hand inspiziere. Wie erwartet blutet er.

»Ich frage mich nur, warum diese geheimnisvollen Mädels

dich erst betrunken gemacht und dann dir selbst überlassen haben. Ist ja fast schon ein Wunder, dass sie dich überhaupt nach Hause gebracht haben.«

Vorsichtig lege ich seine Hand wieder ab und gehe in die Küche, um dort Schränke und Schubladen zu durchstöbern.

»Anna-Banana hat mich hergebracht. Uuuups. Jetzt hab ich das Geheimnis verraten. Ich hab mich mit meinen Schwestern getroffen.«

Mitten im Herumrumoren in einer Schublade halte ich inne und lächele. Die Spannung fällt von mir ab, und das Brennen in meiner Brust lässt nach. Der eifersüchtige kleine Troll hüpft von meinem Rücken und kehrt in sein Bett zurück. Ich will jetzt nicht darüber nachdenken, warum ich so heftig darauf reagiert habe, dass Noah mit anderen Frauen zusammen war. Es spielt keine Rolle. Es *darf* keine Rolle spielen. *Er ist ein Freund, Amelia. Schlag dir alles andere aus dem Kopf!*

»Warum ist sie nicht reingekommen?«, frage ich und widme mich einer weiteren Schublade. Dann kehre ich zur Couchlehne zurück und spähe darüber hinweg. Noahs Augen sind geschlossen, aber er grinst immer noch. Ich liebe diesen Anblick.

»'scheinlich will sie, dass du dich um mich kümmerst.«

»Ich?«

Er öffnet ein Augenlid. »Ja, du. Sie führt was im Schilde. Die kleine Intrigantin.«

»Warum sollte sie?« Eigentlich sollte ich ihn nicht so ausfragen, aber ich kann einfach nicht widerstehen. Der Alkohol löst seine Zunge, weshalb sich hier vielleicht meine einzige Chance auf eine klare Antwort bietet.

Oder auch nicht.

Er lächelt noch breiter und droht mir mit dem Finger. »Netter Versuch. Aber *so* betrunken bin ich nun auch wieder nicht.«

»Hmm. Einen Versuch war's wert, oder?« Ich stoße ihn an der Schulter an. »Wo ist dein Erste-Hilfe-Kasten?«

Er stößt ein tiefes, leises Lachen aus. »Für wen hältst du mich? Bin ich etwa 'ne Mom? Ich hab keinen *Erste-Hilfe-Kasten.*« Diese Worte kriegt er nur noch mit Mühe heraus. »Aber im Bad sind ein paar Pflaster.«

Ich eile ins Bad, um danach zu suchen. Erst muss ich Deo, Zahnpasta, Rasierer und eine Flasche Eau de Cologne beiseiteräumen, bevor ich eine Schachtel mit Pflastern in der hintersten Ecke der Schublade finde. Am liebsten würde ich diesen Deostick öffnen und daran schnüffeln, bis ich ohnmächtig werde, aber das unterlasse ich natürlich. *Höflich, höflich, höflich.*

Ein kurzes Schnüffeln am Eau de Cologne kann jedoch niemandem schaden. Ich atme ein und bin sofort süchtig nach dem Duft. Ich gebe einen winzigen – beinahe mikroskopisch kleinen – Spritzer auf meine Pyjamahose. *Leichtsinnig, leichtsinnig, leichtsinnig.*

Als ich mit einem feuchten Handtuch und einem Pflaster ins Wohnzimmer zurückkehre, scheint Noah beinahe eingeschlafen zu sein. Sein Lächeln ist verblasst, und er ähnelt einem schläfrigen Bären. Kuschlig und nahbar. Wenn er wach wäre, würde er knurren und die Zähne blecken, sobald ich ihm zu nahe komme, aber im Moment ist er gefügig und warm. Ein kleines, rotes Rinnsal tropft von seiner Hand herab, aber die Wunde ist nicht tief genug, um genäht werden zu müssen. Und Glas scheint auch keines darin zu sein. Ein Glück.

Was für eine Ironie, dass er sich um mich gekümmert hat, als ich bewusstlos war, und ich mich heute seinerseits um ihn kümmere. Ich freue mich über die Gelegenheit, den Punktestand ein wenig auszugleichen.

Vorsichtig säubere ich die Wunde mit dem feuchten Papiertuch. Seine Hände sind wie große, heiße Ziegelsteine. Er hat breite Knöchel, und seine Handflächen sind schwielig. Wahrscheinlich hat er in seinem Leben noch nie einen Tropfen Handcreme gesehen. Ich kann nicht anders: Ich muss ihn anstarren, lasse den Blick von seinen Fingerspitzen über seine Handfläche und sein Handgelenk, dann mit einer Wendung meines Kopfes weiter über den maskulinen Unterarm und Bizeps bis hinauf zu seiner Schulter wandern. Wo er auf seine atemberaubenden grünen Augen trifft.

Ich räuspere mich und klebe hastig das Pflaster auf die Wunde. Ich muss endlich mit dieser nutzlosen Schmachterei aufhören. *Er. Steht. Nicht. Auf. Dich. Amelia.*

Ich arbeite schnell, wobei ich Noahs Arm über meine Schulter drapiert und die Handfläche beinahe im Schoß liegen habe. Er regt sich nicht und kämpft auch nicht gegen mich an. Was gut ist, denn ich muss hier fertig werden, die Glasscherben vom Boden aufsammeln und dann meinen Hintern ins Schlafzimmer schaffen, bevor ich mich noch in ihn verliebe.

»Geschafft«, sage ich und tätschele ihm sanft den Handrücken. Dann gleite ich unter seinem Arm hinweg. »Alles verarztet. Macht tausend Dollar.« Ich drehe mich um und sehe ihn an, und er nutzt die Bewegung, hebt die Hand und fährt mit den Knöcheln über mein Kinn. So zärtlich, als fürchte er, dass seine große Bärenpranke meine Haut verletzen könnte. Ich erschauere.

»Du bist so hübsch.« Er lallt zwar nicht mehr, klingt aber unendlich erschöpft. »Und du singst wie ein Engel.«

»Danke.« Leise Glückseligkeit blubbert aus meiner Magengrube empor. Ich weiß, dass er betrunken ist. Ich weiß, dass er es nicht ernst meint. Trotzdem würde ich diese Worte am liebsten wie mit einem Schmetterlingsnetz einfangen. »Und du bist süß. Wie Puderzucker.« Sein Blick fällt auf meinen Mund, und plötzlich habe ich einen Kloß in der Kehle. »So verdammt süß.«

Ich lächle, und Noah legt mir einen Finger unters Kinn und zieht mich sanft näher. »Darf ich dich küssen? Nur noch ein einziges Mal?«

Mir stockt der Atem. Ein weiterer Kuss – das wünsche ich mir mehr als alles andere. Seine Lippen würden sich unglaublich anfühlen – das weiß ich aus Erfahrung. Aber ich darf es nicht zulassen, denn, na ja … Alkohol und so. Es wäre nicht fair, einen Mann zu küssen, der nicht Herr seiner Sinne ist.

Also beuge ich mich nur vor und gebe ihm einen Kuss auf die Stirn. Ein sanftes, kleines Küsschen – kein Lippenkontakt, weshalb es eigentlich keinen Grund gibt, warum sich die Berührung wie ein Blitzschlag anfühlen sollte. Trotzdem durchzuckt es mich bis in die Zehenspitzen. Und als Noah tief einatmet und einen genüsslichen Laut von sich gibt, verändert sich etwas in mir für immer.

Ich löse mich von ihm und sehe ihn an.

»Danke«, sagt er und streichelt mit dem Daumen sacht über mein Kinn. Eine nachsichtige Geste. So liebevoll, dass es schmerzt. So warm, dass ich nie wieder eine Decke brauchen werde. Sogar im betrunkenen Zustand ist Noah zärtlich und vermittelt mir Sicherheit.

Seine Augen öffnen sich nicht noch einmal, aber er lächelt. Ich kann nur noch dasitzen und ihn anstarren, beobachten, wie sein Atem regelmäßiger wird und seine Hand schlaff herabfällt. Ich will wissen, was er denkt – fürchte aber, dass ich das nie erfahren werde. Er ist grob und kurz angebunden, aber auch poetisch und freundlich. Er will mich nicht in seinem Haus haben, sorgt aber gewissenhaft dafür, dass es mir hier an nichts fehlt.

Er ist stark, seine Hände schwielig, trotzdem ist er zärtlich und liebevoll. Er ist nicht interessiert, bittet aber trotzdem um einen weiteren Kuss.

Endlich räume ich die Glasscherben weg und decke Noah zu. Als ich selbst endlich unter dem weichen Patchwork-Quilt in meinem Bett liege, schlafe ich zum Duft von Noahs Eau de Cologne ein, begleitet von der unangebrachten Hoffnung, dass wir uns eines Tages vielleicht doch noch einmal küssen werden.

18

Noah

Der Morgen trifft mich wie ein Ziegelstein auf den Kopf. Anscheinend habe ich heute Nacht irgendwie den Weg ins Bett gefunden. Schon seltsam, dass man sich in betrunkenem Zustand häufig vorkommt wie ein ganz anderer Mensch. Heute, in nüchternem Zustand, schäme ich mich beispielsweise, dass ich so betrunken war, dass ich mein T-Shirt zwar über den Kopf, aber nur über einen Arm gezogen habe. Es hängt jetzt schlaff über einer Schulter, und ich zerre es mir herunter und werfe es quer durch den Raum in den Wäschekorb. Allein bei dieser kleinen Bewegung frage ich mich, ob jemand mein Hirn durch einen Igelball ersetzt hat. Ab dem dreißigsten Lebensjahr hat man ganz anders mit einem Kater zu kämpfen, warum ich mich normalerweise gar nicht mehr betrinke. Und schon gar nicht an einem Spieleabend mit meinen Schwestern. Aber anders hätte ich den gestrigen Tag einfach nicht überstanden.

Sie haben mich immer weiter mit Fragen über Amelia bestürmt, so dass der Alkohol das einzige Mittel gewesen ist, um jeden Gedanken an sie auszuschalten. Er war mein einziger Schutzschild, entpuppt sich aber heute als Messer, das ich mir selbst in den Rücken gerammt habe.

Stöhnend drehe ich mich im Bett um und wische mir mit der Hand übers Gesicht. Irgendetwas kratzt über meine Haut, weshalb ich meine Handfläche mustere. Ein Pflaster. Ta-daaa, schon sind sie da. Verschwommene Erinnerungen an vergangene Nacht. Ich weiß wieder, wie ich nach Hause kam und eine Lampe zerbrach, weil ich gegen den Tisch stieß. Ich versuchte, die Scherben aufzusammeln, wobei ich mir in die Hand schnitt. Und dann … Amelia.

Oh Shit. Sie wurde wach. Sie versorgte meine Wunde, und ich sagte ihr, wie hübsch sie sei, und fragte sie, ob ich sie nochmals küssen dürfe. Unglaublich. All die Mühe, die ich mir gegeben habe, sie von mir fernzuhalten, und kaum habe ich ein paar Bier zu viel intus, schon versuche ich *aktiv*, sie in meine Arme zu ziehen. Was bin ich doch für ein Vollpfosten.

Wäre es feige, jetzt aus dem Fenster zu klettern und mich zu verstecken, bis sie die Stadt verlassen hat? Aber um das Maß vollzumachen, ist heute mein freier Tag. Sonntags und montags arbeitet jemand anders im Laden. Doch heute werde ich meine Vertretung heimschicken, um mich dort verstecken zu können.

Überdies … ich setze mich auf, schnuppere, und ja, das ist definitiv Rauch. Ich habe schon die Decke weggeworfen und bin aus dem Bett gesprungen, als der Rauchmelder anfängt zu plärren. Ich fliege förmlich aus dem Schlafzimmer und in die Küche, wo Amelia in dem viel zu großen Pyjama steht und wie ein Teenager vor sich hin flucht, der gerade ein paar Schimpfwörter gelernt hat. Vom Herd geht eine Rauchwolke aus, die sie mit wildem Gewedel zu vertreiben versucht.

»Ah! Noah! Hilfe!« Immer noch schlägt sie auf die rauchende Pfanne ein.

Ich schiebe mich an ihr vorbei und nehme die Pfanne hoch. Den Herd hat sie immerhin schon ausgeschaltet, und es steht auch sonst nichts in Flammen, also trage ich die Pfanne zum Spülbecken und lösche sie mit Wasser. Es zischt und ploppt laut, als das kalte Wasser darüberströmt. Ich lasse den Wasserhahn laufen, während ich die Haustür und ein paar Fenster öffne, um Durchzug zu schaffen. Amelia steht unter dem Rauchmelder und klatscht mit einem Geschirrhandtuch so wütend dagegen, als habe er sie mit ihrer besten Freundin betrogen. Um dranzukommen, muss sie immer wieder hochhüpfen. *Hüpf, klatsch. Hüpf, klatsch. Hüpf, klatsch.* Der Anblick ist zu viel für mich. Also stemme ich die Hände in die Hüften und senke den Kopf, um nicht die Fassung zu verlieren. Ohne Erfolg. Das Lachen blubbert aus meinem Magen nach oben, bis ich mich nicht mehr beherrschen kann.

Als der Rauch sich verzieht und der Alarm nicht mehr plärrt, bleibt nur noch der Klang meiner Stimme. Keuchend tritt Amelia zu mir hin.

Jetzt sehe ich ihre nackten Füße. »Lachst du mich etwa aus?«

»Doch, ja.«

»Also wirklich …«, ruft sie entrüstet. »Hör sofort auf damit! Die Sache ist mir so schon peinlich genug!«

Ich hebe den Kopf und sehe ihr direkt in die großen, schönen, blauen Augen. Sie blinzelt nervös und runzelt die Brauen. Am liebsten würde ich sie in den Arm nehmen, aber ich widerstehe dem Impuls, denn meine Bitte, sie zu küssen, schwebt immer noch flüsterleise zwischen uns. Keinesfalls darf ich sie wieder berühren. Ich werde ihr widerstehen. »Was hattest du eigentlich vor, außer mein Haus abzufackeln?«

Einfach hinreißend, wie sie die Schultern hängen lässt. »Ich wollten dir Pancakes backen.«

»Womit? Mit Benzin?«

»Ach hör doch auf.« Sie schlägt mir mit dem Handrücken gegen die Brust. Gleichzeitig fällt uns auf, dass sie meine nackte Haut berührt hat. Sie senkt die Lider, und ihre Stimme wird leise, weshalb ich das Gefühl habe, dass sie mich gerade in Feuerzeugbenzin getaucht und ein Streichholz entzündet hat.

»Es war ... « Sie schluckt. »Die Butter in der Pfanne. Wahrscheinlich hab ich sie zu lange dringelassen.«

Ich fühle mich nackt. Ich wäre nicht ohne Shirt hereingekommen, wenn ich nicht geglaubt hätte, dass mein Haus abbrennt. Aber nun stehe ich in Jeans und mit nacktem Oberkörper vor Amelia in meiner Küche. Ihre Augen scheinen jeden Zentimeter meiner Haut gierig in sich aufzunehmen. Sie verharren auf meinem linken Brustkorb, auf dem mein einziges Tattoo prangt. Ein Pie in einem Blumenstrauß. Die meisten Leute würden ein solches Motiv für lächerlich halten, aber Amelia lächelt nur. *Ich kenne deinen Blumenfetisch.* Sogleich fühle ich mich sogar noch nackter als zuvor, denn sie sieht nicht nur meine Haut, sie sieht mein ... verdammt ... weniger kitschig kann ich es nicht nun mal nicht formulieren ... sie sieht mein Herz.

Ich trete einen Schritt zurück und drehe den Wasserhahn ab, um den Gedanken abzuschütteln. Dann mustere ich das Chaos auf meiner Küchenablage. Es sieht aus, als habe hier drin jemand eine Mehlbombe gezündet. »Und das alles nur, damit ich Mitleid zeige und dir mein Pancake-Rezept verrate?«

Obwohl ich mich wirklich bemühe, ist Amelia mir schon wieder ganz nah. »Erstens bist du ziemlich unhöflich. Ich hab mir wirklich Mühe gegeben, konnte mich aber einfach nicht daran erinnern, wie viel von den jeweiligen Zutaten in den Teig kommt. Und hier gibt's kein Internet, weshalb ich auch nicht nachschlagen konnte. Aber! Bevor ich ein zweites Stück Butter in die Pfanne gegeben habe, habe ich diesen Teig hier zubereitet!« Sie klingt so stolz und aufgeregt, dass den Mund halte und lächle.

»Hast du denn noch nie im Leben Pancakes gemacht?«

»Nope«, antwortet sie glücklich.

»Wirklich noch nie?«

»Noch nie.«

»Noch nicht mal, bevor du angefangen hast, Musik zu machen?«, frage ich skeptisch.

Amelia hält sich den Finger an die Lippen und denkt darüber nach. »Oh, warte, ja.«

»Also doch?«

Sie verdreht die Augen. »Nein, Noah! Hab ich nicht. Und wenn du mich noch hundertmal fragst. Die Antwort lautet auch weiterhin nein. Meine Mom war eine grauenhafte Köchin, weshalb wir zum Frühstück normalerweise Cornflakes gegessen oder einen Bagel getoastet haben. Pancakes gab es immer nur, wenn wir samstagmorgens im Restaurant frühstücken gegangen sind. Und ehe du fragst, ich habe keine Ahnung, ob mein Dad ein guter Koch war, denn er hat uns sitzenlassen, als meine Mom schwanger mit mir war. Also, willst du weiter in der Wunde bohren und noch mehr Fragen über die zerrüttete Beziehung zu meinen Eltern stellen oder meine Pancakes kosten?«

Na toll, von einem Fettnäpfchen ins nächste. Was bin ich doch für ein Vollpfosten. Aber ich mag die Art, wie sie sich zur Wehr setzt. Mit jedem Tag scheint sie ein Stückchen mehr aus ihrem Schneckenhaus herauszukommen, und das genieße ich zunehmend. So sehr, dass es wirklich langsam zum Problem wird.

»Zeig mir mal, was du bisher fabriziert hast.«

Amelia tritt neben mich, und ihr Arm streift meinen Bauch, als sie an mir vorbeigreift, um ein Stück Alufolie von einem Stapel Pancakes hochzuheben. Meine Bauchmuskeln ziehen sich zusammen, und ich presse mich an die Arbeitsplatte, um weiterem Hautkontakt zu entgehen. Das Ganze erinnert mich an ein Spiel, das ich als kleiner Junge gern gespielt habe. Damals habe ich so getan, als bestünde der Boden aus Lava, weshalb ich ihn nicht berühren durfte. Nur dass in diesem Fall die Frau die Lava ist, an der ich mich zu verbrennen drohe.

Amelia trägt ihr langes Haar heute wieder offen, so dass es in langen, wilden Locken ihren Rücken herabhängt. Immer noch hat sie meinen Pyjama an, allerdings Gott sei Dank inklusive des viel zu weiten Oberteils. Aus irgendeinem Grund liebe ich es, dass ihre Augen vom Schlaf noch ein wenig verquollen und ihre Wangen gerötet sind. Noch nie habe ich eine hübschere Frau getroffen.

Ihre Pancakes hingegen …

Ich mustere ihr Werk mit verengten Augen. »Hast du die mit Kakao bestäubt?«

»Nein.« Sie presst die Lippen zusammen und stochert mit der Gabel ein wenig in dem obersten herum. »Vielleicht sind sie ein wenig zu durchgebraten.«

»Nur ein ganz klein wenig«, sage ich trocken, was mir einen sachten Rippenstoß einbringt.

Eigentlich reizen mich diese Pancakes so überhaupt nicht, aber sie ist so stolz auf ihr Werk, dass ich einfach nicht anders kann, als ihr die Gabel aus der Hand zu nehmen, einen Pancake von dem Teller herunterzuheben und ein Stück davon abzuschneiden. Schneiden ist allerdings vielleicht etwas übertrieben. *Abbrechen* wäre die korrektere Formulierung. Amelia beobachtet mich eingehend, während ich den Bissen zum Mund führe. Kaum hat er meine Zunge berührt, protestiert mein ganzer Körper und fleht mich an, ihn wieder auszuspucken. Aber ihre Augen leuchten auf, und ein aufgeregtes Lächeln umspielt ihre himbeerroten Lippen, also kaue ich weiter langsam vor mich hin und überlege, ob ich irgendetwas Gutes über diese widerwärtige Kreation sagen kann.

»Und? Wie schmeckt es?« Sie legt die Hände unter dem Kinn zusammen. Wie ein Kind an seinem Geburtstag, das auf sein Geschenk wartet.

Ich schlucke herunter. »Beschissen.« Etwas anderes fällt mir beim besten Willen nicht ein. »Wirklich, sie sind miserabel. Was zum Teufel hast du da reingetan?«, frage ich lachend, während ich dem Geschirrtuch auszuweichen versuche, mit dem sie mich zu schlagen versucht. Seine Kante peitscht mir so hart über den Rücken, dass es sicher einen Striemen hinterlässt.

Ich schnappe mir einen Topf und halte ihn wie ein Schild vor mich hin. »Du lässt mich ja gar nicht ausreden! Ich wollte noch hinzufügen ... aber es sind *deine* beschissenen Pancakes. Du hast sie selbst gemacht und solltest stolz darauf sein.«

»Oh ja, ich platze beinahe vor Stolz.« Ihre Stimme trieft vor Sarkasmus. Sie gibt ihre Jagd auf und lässt sich auf einen Barhocker sinken. Dann vergräbt sie die Hand in ihrem Haar und wirft es sich über den Kopf, wodurch es irgendwie noch verführerischer aussieht. »Sind sie wirklich so mies?«

»Wie Sand am Strand, in den ein Hund gepinkelt hat.«

»Wow«, sagt sie mit ungläubigem Blick. »Na gut. Dann musst du mir das Rezept doch noch verraten.« Sie strafft die Schultern. Offenbar hofft sie, dass ich mein Nein von gestern vergessen habe. Na ja, und eigentlich könnte ich ihr ja ohne weiteres verraten, wie es geht. Schließlich ist es kein Staatsgeheimnis, das ich mit ins Grab nehmen will, wie ich ihr neulich weiszumachen versucht habe. Aber irgendwie mag ich das Spielerische, das in der Luft liegt, wenn ich ihr diese Info vorenthalte. Ich habe etwas, das sie haben will, aber nicht bekommt. Scheint mir nur fair zu sein. Schließlich ist auch sie mittlerweile etwas, das ich haben will, aber ebenfalls nicht bekomme.

»Nope. Ich habe dir doch schon gesagt, dass das ein Familiengeheimnis ist.« Ich hole eine Tasse heraus und gieße mir etwas von dem Kaffee ein, den sie gekocht hat, wobei ich zu sämtlichen Kaffeegöttern bete, dass er nicht so grässlich schmeckt wie ihre Pancakes.

»Ich krieg es schon noch raus. Wie schwer können perfekte Pancakes schon sein?«

Ich mustere ihren verkohlten Stapel. »Für normale Menschen oder für dich?«

Sie zieht die Nase kraus und zielt dann mit dem Küchenhandtuch auf meinen Kopf, das mit elegantem Schwung auf meiner Schulter landet.

»Ganz schön gewalttätig«, sage ich trocken, hebe die Tasse an die Lippen und nippe vorsichtig daran. Der Kaffee ist gut. Sogar richtig gut. »Hmm.« Ich proste ihr stumm zu. »Immerhin ist dein Kaffee besser als deine Pancakes.«

Ihre Augen funkeln belustigt. Am liebsten würde sie mir noch etwas an den Kopf werfen. Aber sie hat nichts mehr in Reichweite, also bleibt ihr nur eine schlagfertige Erwiderung. Mir schwant nichts Gutes. Als sie den Kopf schief legt, entblößt sie unbewusst die grazile Linie ihres Halses. »Na ja, wie sagtest du so schön? Ich bin ja *sooooo* hübsch!«

Ich stöhne und verdrehe die Augen. »Ach komm schon! Das ist unfair. Ich war betrunken.« Ich hatte eigentlich gehofft, dass sie es nicht erwähnen würde – dass wir zur Tagesordnung übergehen und einfach so tun würden, als sei nichts geschehen. Doch von dieser Hoffnung muss ich mich wohl verabschieden.

»Du hast erwartet, dass ich die letzte Nacht nicht mehr erwähne?« Sie lacht, als sei das das Lächerlichste, was sie je gehört hat. Dann sieht sie über die Schulter. »Immerhin wolltest du, dass ich dich küsse.«

Ich halte ihrem spöttischen Blick stand. *Hmm*, immer locker bleiben. »*Ich* wollte es? Interessant. Das entspricht nicht *ganz* meiner Erinnerung.«

Ihr Lächeln verblasst, und ich könnte schwören, dass sie den Atem anhält. *Du willst spielen, Amelia? Okay, los geht's.*

»Nun, immerhin warst *du* der Betrunkene von uns beiden. Wie verlässlich mag deine Erinnerung also sein?«

»Du bist aus dem Bad gekommen. In diesem Pyjama. Hast die Arme um mich geschlungen, als ich gestolpert bin, hast mich zur Couch geführt, wo ich mich auf den Bauch gelegt habe. Dann hast du dich auf die Suche nach einem Pflaster gemacht, und als du mich gefragt hast, wo mein Erste-Hilfe-Kasten ist, habe ich dir geantwortet, dass ich keine Mom bin und keinen besitze, aber Pflaster im Bad sind.« Ich mache einen Schritt auf sie zu, stelle die Kaffeetasse auf die Kücheninsel, an der sie jetzt sitzt. Ich stützte mich auf die Ellbogen. »Und als du wieder aus dem Bad gekommen bist, um meine Hand zu verarzten, erinnere ich mich deutlich, dass du doch sehr nach *meinem* Eau de Cologne gerochen hast.«

Ich habe genau richtig geraten, denn Amelias Augen sind plötzlich so groß wie Untertassen. Sie hält den Atem an, und ihre Wangen werden erdbeerrot. Am liebsten würde ich mit den Daumen darüberstreicheln. Stattdessen werfe ich meine letzte Erinnerung wie einen Fehdehandschuh auf den Tisch. »Und nachdem ich gefragt habe, ob ich dich *nur noch ein einziges Mal* küssen darf … « Ich lasse die Worte in der Luft schweben, um zu sehen, ob sie mutig genug für den letzten Sprung ist oder ob ich sie schubsen muss.

Die Amelia vom Anfang hätte jetzt wahrscheinlich irgendeine Ausrede ersonnen und wäre aus dem Zimmer geflohen, um sich der unangenehmen Situation zu entziehen. Oder sie hätte einfach nur gelacht und den zärtlichen Kuss auf die Stirn auf ihre Müdigkeit zurückgeführt oder so was. Die neue Amelia hingegen ist gefährlich. Sie setzt sich vor – kommt mir so nah, dass unsere Münder einander berühren würden, wenn ich ihr nur noch ein wenig entgegenkäme –, und sie zügelt das verlegene Erdbeerrot ihrer Wangen, so dass es nur noch ein verführerischer Hauch ist, genauso köstlich wie ihre vollen Himbeerlippen.

Dann grinst sie »… habe ich dich auf die Stirn geküsst.« Versonnen hält sie inne und fixiert meine Lippen. Dann hebt sie ruckartig den Kopf. »Denn ich wollte dich durchaus gern auf den Mund küssen, wusste aber, dass du zu betrunken warst.«

Mund. Augen. Mund. Augen. Mund. Augen. Hin und her wandert mein Blick. Mein ganzer Körper surrt und singt. *Tu es! Küss sie.* Ich weiß, wie gut es wäre. Und jetzt bin ich derjenige, der sich windet. Leise räuspere ich mich und kratze mir den Nacken, richte mich wieder auf und höre die Alarmglocken im Kopf. Ich sollte mich dieser wie auch immer gearteten Versuchung nicht hingeben. Für uns gibt es keine Zukunft – und für Gelegenheitssex bin ich nun mal nicht zu haben. Nichts hat sich verändert. Ich muss auch zukünftig in dieser Stadt bleiben, und sie muss irgendwann weiterziehen. *Also blas die Sache ab, Noah.*

»Sorry, dass ich gestern Abend gefragt habe. Hätte ich nicht machen sollen, denn ich will immer noch keine romantische Beziehung.« *Lüge.*

Für den Bruchteil einer Sekunde sieht Amelia verletzt aus. Ihre Augenbrauen zucken, als wollten sie sich zusammenziehen. Aber dann glättet sich ihre Stirn wieder. »Wer hat denn etwas von Romantik gesagt? War doch nur ein Kuss auf die Stirn, Noah. Schlicht und ergreifend. Bestenfalls unschuldig. Und in nüchternem Zustand hättest du mich sicher nie gefragt – also alles gut.«

Eigentlich will ich diesen plakativen Quatsch abwehren, aber natürlich sagt sie das alles nur aus Barmherzigkeit mit mir. Also verkneife ich mir jeden Widerspruch und lasse sie die Grenze zwischen uns ziehen. Ich wünschte, ich würde sie deshalb nicht sogar noch mehr mögen. Noch mehr respektieren.

»Nun, dafür danke ich dir.« Ich halte die Hand mit dem Pflaster in die Höhe. »Tut mir leid, dass du mich letzte Nacht am Hals hattest und dich auch noch um die Scherben kümmern musstest.«

Sie lächelt sanft. »Kein Problem. Außerdem – ob Romantik oder nicht –, es ist gut zu wissen, dass du mich für hübsch und süß hältst.« Sie zwinkert. »Wie Puderzucker.«

Das ist mein Stichwort. Ich muss gehen. Seufzend schnappe ich mir meine Tasse und ziehe mich ins Bad zurück. Sie folgt mir wie ein Welpe, der mir in die Fersen zwicken will. »Stimmt es, Noah? Findet der miesepetrige Kuchenladenbesitzer mich wirklich süß wie Puderzucker?«

Ich versuche, die Badezimmertür zu schließen, aber sie schiebt ihren Fuß dazwischen. Ich stelle die Tasse auf die Ablage und blicke auf sie hinab. »Im Moment bist du eigentlich nur eine Nervensäge«, sage ich. Doch erst als ich in den Spiegel sehe, bemerke ich das übertrieben nachsichtige Lächeln, das diese Worte begleitet.

Sie reckt das Kinn. »Aber immerhin eine *hübsche* Nervensäge?« Ihre Stimme klingt jetzt weicher, immer noch spielerisch, dennoch lässt ihr Ton keinen Zweifel daran, was sie wirklich wissen will. Sie will wissen, ob ich meine Worte ernst gemeint habe. Wahrscheinlich wird die restliche Zeit, in der Amelia unter meinem Dach wohnt, ein Drahtseilakt werden. Ich mag sie. Sie mag mich. Doch dieser magnetischen Anziehungskraft zwischen uns darf ich keinesfalls nachgeben.

Ich halte ihrem Blick stand und hole tief Luft. »Alle finden dich hübsch. Das weißt du doch.«

Sie lässt mich nicht vom Haken. »Und *du*?«

Wieder fällt mein Blick für den Bruchteil einer Sekunde auf ihren Mund, und ich erinnere mich nur allzu gut, wie sehr ich mir diesen Kuss gestern Abend gewünscht habe. Heute geht es mir nicht anders. »Was ich sage, meine ich immer ernst.« Ich schwanke ein wenig auf meinem Drahtseil. »Können wir es jetzt gut sein lassen und uns in Zukunft wie Erwachsene benehmen?«

Sie lacht leichthin. »Das ist zu viel verlangt.« Sie wendet sich ab, greift nach der Badezimmertür und zieht sie hinter sich zu. Doch dann steckt sie noch einmal den Kopf herein, wobei sie ohne jede Scham meine Brust und den nackten Oberkörper mustert, bevor sie mir wieder in die Augen sieht. »Nur damit du's weißt: Ich finde dich auch hübsch.«

Dann schließt sie die Tür, und obwohl ich nicht will, lächele ich schon wieder.

19

Amelia

Noah und ich trampen in die Stadt. Trampen! Er hat seinen Pick-up gestern Abend in der Nähe der Konditorei stehen lassen. Nachdem er also geduscht hat und duftend wie ein göttliches Wesen aus einem wilden Wald aus dem Bad gekommen ist, hat er gefragt, ob ich den ersten Punkt auf meiner Liste abhaken will. Wir sind also die Straße hinuntergegangen, um per Anhalter in die Stadt zu fahren.

Es ist allerdings gar nicht so aufregend wie ich gehofft habe. Obwohl er von *per Anhalter fahren* spricht, hat er bereits seinen Freund James angerufen und ihn gebeten, uns am Ende der Straße aufzusammeln. Jetzt sitze ich also eingequetscht zwischen zwei äußerst gutaussehenden Männern und fahre auf und ab hüpfend in die Stadt. Trotzdem habe ich die volle Absicht, Susan zu erzählen, dass ich während meiner Abwesenheit getrampt bin. Sie soll sich vorstellen, wie ich neben einem großen, bulligen Kerl mit Tattoos und lüsternem Grinsen in einem Sattelzug sitze.

James ist ziemlich nett. Er hat ein sonniges Gemüt und will wissen, ob ich meine Auszeit vom Leben in der großen Stadt genieße. Er platzt vor Ideen, was ich während meines Aufenthaltes hier alles ausprobieren und mir ansehen soll. Die meisten seiner Sätze fangen an mit den Worten: »Oh, Noah! Weißt du, was sie machen sollte? … « Oder »Noah! Du solltest sie unbedingt mal nach … bringen.« Mir wird klar, dass er Noah und mich für unzertrennlich hält, und aus irgendeinem Grund bin ich nicht mal sauer darüber.

Noah hingegen ist wieder missmutig – drückt sich verkrampft gegen die Tür des Wagens, damit unsere Arme einander bloß nicht berühren. Gestern hätte ich noch geglaubt, dass er das tut, weil er mich nervig findet. Nach der Kussfrage jedoch ist ein weiteres Puzzleteil an die richtige Stelle gerückt, und es sieht aus, als sage mir Noah durch dieses Verhalten einmal mehr, dass ich hübsch und süß sei. *Ich bin Puderzucker*. Ich bin nun absolut nicht mehr der Meinung, dass er mich verabscheut. Im Gegenteil: Er mag mich sogar ein bisschen, und das macht ihm Angst.

James setzt uns am Marktplatz ab, winkt uns noch einmal zu und verkündet, dass er die Stadt wieder verlässt, um eine Warenlieferung zu einem lokalen Supermarkt zu transportieren. Als sein Auto davonfährt, bleiben Noah und ich zurück. Stocksteif wie zwei Telefonmasten stehen wir neben einander.

Ich beiße mir auf die Unterlippe und überlege, was ich sagen soll, denn wenn ich warte, dass Noah zuerst das Wort ergreift, enden wir wie zwei Mönche im Schweigeorden. »Also … in welchen Laden gehen wir …«

»Die Flirterei zwischen uns muss aufhören«, platzt er heraus.

Ich lache ungläubig. »Sorry, wie bitte?«

Noah sieht aus, als stünde er auf heißen Kohlen. »Du und ich. Flirten. Oder was immer das war heute Morgen … das muss aufhören. Wir sind nicht … wir sind Freunde. Das ist alles.«

»Noah.« Ich drehe mich ganz und gar zu ihm um und schaue ihm tief in die Augen. »Hör auf, dir solche Sorgen zu machen. Ich bin auch nicht auf der Suche nach einer Beziehung.

Wir sind zwei erwachsene Menschen, die durchaus über Küssen sprechen dürfen, ohne es noch einmal tun zu wollen. Und wir können zugeben, dass wir einander attraktiv finden, ohne uns gleich in eine romantische Beziehung zu stürzen.«

Seine Anspannung löst sich ein wenig. Er nickt nachdenklich. »Okay. Ich wollte dir nur keine falschen Hoffnungen machen.«

Am liebsten hätte ich laut losgelacht. Wie herrlich, dass er mich so behandelt … als sei ich eine ganz normale Frau, die er kennengelernt hat, weil ihr Auto in seinem Vorgarten eine Panne hatte. Die meisten Männer hätten nicht den Mut gehabt, etwas Derartiges zu mir zu sagen. Sie hätten noch nicht mal den Mut gehabt, mir einen Korb zu geben. Bei Noah stehe ich nicht unter Druck, und obwohl ich mir durchaus vorstellen kann, mich in ihn zu verlieben, weiß ich, dass mein eigenes Leben schon bald wieder an meine Tür klopfen wird und ich ihn wieder verlassen muss. Deshalb kann es nur Freundschaft zwischen uns geben.

»Danke. Und wegen dieser Bemerkung bist du so süß wie Ahornsirup.« Er stöhnt, verdreht die Augen, als ihm klarwird, dass ich ihn schon wieder aufziehe, und entfernt sich ganz langsam, Schritt für Schritt, von mir. Ich gehe weiter. »Natürlich kannst du dich nicht mit Puderzucker messen, aber keine Sorge! Wenn du dich nur genug anstrengst, erreichst du mein höchstes Maß an Süße sicher auch irgendwann!«

Abrupt hält er an, kommt hinter mir her und piekst mich sanft in den Rücken. Stirnrunzelnd blicke ich mich um. »Was machst du denn da?«

»Ich versuche den Knopf zum Abschalten zu finden.« Nun bleibe ich stehen, und er überholt mich, ein entspanntes Grinsen auf den Lippen. Schon wieder hat er mich geneckt und meine vorgefasste Meinung über den miesepetrigen Kuchenbäcker ins Wanken gebracht. »Komm schon, Quasselstrippe.« Er bedeutet mir, aufzuschließen. »Im Diner fangen wir an. Dort müssen wir zumindest keine sandigen Pancakes essen.«

»Was soll ich bestellen?«, frage ich Noah über den Rand der laminierten und leicht klebrigen Speisekarte hinwegblickend.

»Was immer du verdammt nochmal willst.«

Schon kapiert. Er braucht mehr Kaffee. Ich habe jetzt genug Zeit mit ihm verbracht, um zu wissen, dass nur regelmäßige Koffeinzufuhr eine gewisse Mordlust lindern kann. Und er trinkt ihn schwarz, ohne Zucker, ohne Sahne. Ganz gemäß seiner Persönlichkeit. Bloß kein Schnickschnack.

»Ich glaube, ich nehme die … « Das Brummen meines Handys auf dem Tisch unterbricht mich. Anscheinend hat es mal wieder einen Empfangsbalken ergattert, denn es brummt vor lauter eingehenden Textnachrichten nach Leibeskräften vor sich hin. Ich hätte es nicht mitnehmen sollen, aber irgendwie hatte ich das Gefühl, dass es falsch wäre, es zu Hause zu lassen. Immerhin bin ich daran gewöhnt, es ständig bei mir zu haben. Jetzt bereue ich diese Entscheidung. Noah mustert das arme kleine Ding mit hochgezogenen Augenbrauen.

»Wow. Da will dich aber jemand wirklich dringend sprechen.«

Und mir nichts dir nichts sind sämtliche Glücksgefühle in mir verpufft. Die Wirklichkeit findet mich immer wieder. Ich nehme mein Handy in die Hand und wische übers Display, obwohl mir jetzt schon klar ist, was ich dort vorfinden werde.

Susan: Bitte sag mir, dass du dich auch in deiner Abwesenheit weiterhin an deinen Ernährungsplan hältst? Nur weil du fort bist, hast du noch lange keinen richtigen Urlaub. Deine Bühnenkostüme sind bereits fertiggestellt.

Susan: Kuchen ist übrigens kein Teil dieses Ernährungsplans.

Susan: Apropos, Konditoren auch nicht. Bewahre einen kühlen Kopf. Für einen Mann dieser Art bist du zu gut.

Susan: Überraschung! Deine Mom hat mir heute Morgen aus Malibu eine E-Mail geschickt und gefragt, wo der Schlüssel zu deinem Land Rover ist. Außerdem habe ich ihr nochmals angeboten, dass sie dich während der ersten Tourneetermine begleitet, aber sie meint, sie hat zu viel zu tun.

Ich lasse das Handy sinken und sehe auf. Noah mustert mich. Ich ringe mir ein mühsames Lächeln ab und widme mich wieder meiner Speisekarte. »Okay … wo war ich gerade? Ach ja. Ich glaube, ich bestelle mir French Toast. Ist der gut hier?«

Als er keine Antwort gibt, hebe ich wieder den Kopf. Zwischen seinen Augenbrauen entdecke ich eine steile Falte. Das markante Kinn arbeitet. Sacht schüttelt er den Kopf. »Das musst du nicht tun.«

»Was denn?«

»So tun, als ob.« Er deutet auf mein Handy. »Willst du darüber reden? Über das, was du da gerade gelesen hast?«

Ach. Schon wieder! Warum ist der einzige Mensch, der mich verstehen will, ausgerechnet der, der ohnehin bald wieder aus meinem Leben verschwindet? Warum ist ausgerechnet er derjenige, der für mich da sein will, ohne dass ich ihn überhaupt darum bitten muss?

»Ich glaube, auf diese Frage gebe ich die gleiche Antwort,

die du mir gegeben hast, bevor du gestern Abend gegangen bist. Nope«, sage ich, jeden einzelnen Buchstaben übertrieben betonend, und genieße die Fähigkeit, die Stimme in meinem Kopf zum Schweigen zu bringen, die ständig *höflich, höflich, höflich* singt. Nicht bei Noah. Niemals bei Noah.

Seine Lippen verziehen sich zu einem Grinsen. »Na gut.«

Einen Augenblick später tritt eine junge Kellnerin an unseren Tisch. »Hallo zusammen. Was kann ich euch bringen?« Abgesehen von einem besonders strahlenden Lächeln behandelt sie mich nicht anders als Noah. Keine Ahnung, ob ich mich je an die Freiheit gewöhnen werde, die die Menschen in dieser Stadt mir vermitteln. Am liebsten würde ich sie mir einpacken und in die reale Welt mitnehmen.

»Ich hätte gern Pancakes und French Toast«, sage ich. »Und er braucht ganz schnell mehr Kaffee. Kriegt total schlechte Laune, wenn die regelmäßige Koffeinzufuhr abreißt.«

Noah wirft mir einen grimmigen Blick zu, aber die Kellnerin legt den Kopf mit dem hübschen, roten Haar in den Nacken und lacht vergnügt auf. »Damit hat sie den Nagel auf den Kopf getroffen! Schön, dass du endlich eine Frau gefunden hast, die weiß, wie sie mit dir umgehen muss, Noah.«

»Sie ist nicht meine Frau«, beeilt sich Noah zu versichern.

Ich schenke ihr ein höfliches Lächeln. »Ich bastle mir am besten gleich ein Schild mit genau diesen Worten, das ich den restlichen Tag über herumtrage, damit er sich deshalb nicht ins Höschen macht.« Die Bemerkung trägt mir einen weiteren grimmigen Blick von Noah ein. Aber seine Lippen zucken trotzdem. Keine Ahnung, wie er das macht. Der Mann kann tatsächlich gleichzeitig die Stirn runzeln und lächeln.

»Na ja, ich gebe zu«, sagt die Kellnerin an mich gewandt, während sie sich ihren Bleistift wieder hinters Ohr steckt, »dass ich überrascht war, als ich gehört habe, dass ihr beide zusammen seid – schon merkwürdig bei seiner Geschichte und seiner allgemeinen Abneigung Frauen gegenüber.«

Erstaunt ziehe ich eine Augenbraue in die Höhe. »Seiner Geschichte?«

»Ich nehme Eier und einen Biscuit, Jeanine«, blafft Noah über den Tisch hinweg. Jeanine achtet gar nicht auf ihn.

»Aber ja, Mädel. Er war doch jahrelang bis über beide Ohren verliebt in diese elegante New Yorkerin, wissen Sie?«

Ich mache große Augen. »Nein. Ich hatte keine Ahnung.« Ich sehe Noah an, versuche mir diesen eher traditionellen Mann, der das Internet hasst, nicht mal ein Handy besitzt und einen altmodischen, rostbraunen Pick-up fährt, an der Seite einer elitären New Yorkerin im Hosenanzug vorzustellen. Schon wieder so ein Paradoxon.

»Ja!«, ruft Jeanine mit weit aufgerissenen Augen. Klatschgeschichten sind eindeutig ihr Lebenselixier. »Sie hat den Sommer in der Stadt verbracht, um das Haus ihres verstorbenen Onkels zu räumen und zu verkaufen. Und in dieser Zeit hat sie Noah dermaßen den Kopf verdreht, dass er bei ihrer Abreise spontan seine Zelte hier abgebrochen und sie nach New York begleitet hat! Wie in so einer Liebesschnulze. Aber als er wegen seiner Grandma zurückkommen musste, ist sie nicht mitgekommen und …«

Noah hebt die Hand. »Ich bin immer noch da, weißt du? Kann alles hören, was du sagst.«

Jeanines Kopf wirbelt zu ihm herum. »Warum hast du es ihr nicht erzählt?«

»Weil es sie nichts angeht. Wir haben uns gerade erst kennengelernt.« Armer Noah. Er ist total außer sich.

Plötzlich dreht sich ein Mann, der hinter mir auf der anderen

Seite unseres Tisches sitzt, zu uns um und legt den Arm über die Rückenlehne meiner Bank, um besser mit mir und Jeanine reden zu können. »Machen Sie sich nichts draus. Er spricht nicht gern darüber – mit niemandem. Diese Frau hat ihm das Herz gebrochen, und er ist seither nicht mehr derselbe.«

»Oh Herr im Himmel«, ruft Noah, stützt die Ellbogen auf den Tisch und vergräbt das Gesicht in den Händen.

»Finde ich auch, Phil. So griesgrämig ist er nämlich erst, seit er aus New York wieder da ist.« Jeanine setzt sich neben mich, so dass ich auf der Bank ein Stück zur Seite rücken muss. »Also, Darling. Ich drücke Ihnen die Daumen. Aber ich glaube, die Tatsache, dass Sie eine berühmte Sängerin sind, könnte ein wenig hinderlich sein, schon allein wegen der räumlichen Distanz. Geben Sie trotzdem nicht auf. Noah ist es wert, und einen besseren Mann als ihn finden Sie so leicht nicht wieder.« Rührend, wie sehr diese Stadt ihn ins Herz geschlossen hat.

»Jep, okay. Ich bediene mich dann mal selbst. Du hast ja offensichtlich keine Lust zum Arbeiten«, verkündet Noah.

»Dann können wir also weiter über dich reden?«, fragt Jeanine ihn mit bittendem Blick.

»Würde es nicht wagen, dich daran zu hindern.« Noah rutscht ans äußere Ende der Bank und richtet sich zu voller Größe auf. Ein Teil von mir würde der Unterhaltung gern ein Ende setzen, der andere Teil genießt sie. Es macht Spaß, zu beobachten, wie er sich windet. Und außerdem erfahre ich nun endlich ein paar seiner Geheimnisse. Schließlich hat er uns gerade selbst grünes Licht gegeben, weshalb es kein Zurück mehr für ihn gibt.

»Oh, Schatz, würdest du mir auch eine Tasse eingießen, wo du schon mal dabei bist?«, sagt die Kellnerin, ohne Phil aus den Augen zu lassen.

»Jep«, grummelt Noah. »Sahne und Zucker?«

»Nur einen Hauch.«

Noah tritt hinter die Theke des Diner und beginnt, Kaffee einzuschenken. Ein paar Leute an der Bar scheinen auch noch Nachschub zu brauchen, also bedient er auch sie. Ich starre ihn an, unfähig, den Blick von seinem gutaussehenden Gesicht abzuwenden, während Jeanine und Phil neben mir weiterplappern. Mit jeder Neigung der Kaffeekanne spielen seine Unterarmmuskeln. Wenn jemand etwas zu ihm sagt, verzieht er den Mund gelegentlich zu einem schiefen Grinsen, das ein einzelnes Grübchen in seine Wange zaubert. Ich spüre, wie mein Herz von dem Felsvorsprung, auf dem es eigentlich gar nichts zu suchen hat, in den Abgrund stürzt.

»Am liebsten würde ich dieser Frau den Hals umdrehen, weil sie ihn so mies behandelt hat. Der Himmel steh mir bei, wenn sie je wieder den Fuß in diese Stadt setzt«, sagt Jeanine gerade.

»Aber *Sie* werden ihm so etwas nicht antun, oder?«, fragt Phil mich. »Sie behandeln unseren Noah anständig, oder?«

»Äh … « Mir fehlen die Worte. Sie scheinen zu glauben, dass Noah und ich ein Paar sind. »Wirklich. Wir sind nur Freunde. Eigentlich kennen wir uns kaum.«

Beide tun meinen Einwand mit einer Handbewegung ab – *Papperlapapp* –, als sei die Tatsache, dass ich Noah erst vor wenigen Tagen kennengelernt habe, Haarspalterei. »Ich weiß, wenn zwei Leute zueinander passen, wenn ich sie sehe«, sagt Jeanine und zieht ihren Pferdeschwanz höher, damit er flotter sitzt.

»Lassen Sie sich eins gesagt sein: Da läuft was zwischen Ihnen beiden. Betrügen sie ihn einfach nicht, wie seine Ex-Verlobte es getan hat. Das allein macht Sie schon um Längen besser.«

Blinzelnd schaue ich zu Noah hinüber, der gerade jemandem einen Teller Pancakes an der Bar serviert hat. Er war verlobt? Hat in New York gelebt? Wurde betrogen? Es gibt so vieles, was ich nicht von ihm weiß, und das wurmt mich. Ich will ihn kennenlernen. Jede noch so kleine Facette. Ich will ihn studieren, so gewissenhaft, als ob ich für eine Abschlussprüfung lerne. Aber womöglich wird er das nie zulassen.

Als wir uns endlich wieder in die Augen sehen, ist seine Miene ernst, aber je länger unser Blickkontakt andauert, desto mehr verziehen sich seine Lippen zu einem Grinsen. Und plötzlich habe ich das Gefühl, dass ich vielleicht doch noch eine Chance habe.

20

Noah

Ich vermute, jetzt willst du die ganze, rührselige Geschichte hören?«, frage ich Amelia, als wir das Diner verlassen und wieder allein sind.

Grinsend blickt sie zu mir auf. »Hört sich an, als hättest du eine Wurzelkanalbehandlung vor dir.«

»Darüber zu reden ist in etwa gleich schmerzhaft.« Es soll ein Scherz sein, klingt aber ein bisschen hohl. Wahrscheinlich trifft es allzu sehr ins Schwarze. Denn die Erinnerung an Merritt tut immer noch höllisch weh. Wenn ich heute daran zurückdenke, mit wie viel Enthusiasmus ich dieser Frau nach New York gefolgt bin und wie sehr ich daran geglaubt habe, dass unsere kleine Sommerromanze eine echte Beziehung war, überläuft mich ein Schauer.

Wie Jeanine im Diner bereits gesagt hat, war Merritt damals in die Stadt gekommen, um sich nach dem Tod ihres Onkels um dessen Besitz zu kümmern. Sie war zum ersten Mal hier, und da sie die einzige Anwältin in der Familie war, haben ihre Eltern es für das Beste gehalten, sie mit dem Verkauf seines Hauses sowie der Abwicklung der Obliegenheiten, die mit dem Tod eines Familienmitglieds einhergehen, zu betrauen. Abgesehen davon hatten ihre Mom und ihr Onkel sich vor Merritts Geburt zerstritten und nie wieder ein Wort miteinander gewechselt. Ich hatte damals das Gefühl, dass Merritt sich einsam fühlt, sämtliche Angelegenheiten allein erledigen zu müssen. Deshalb habe ich ihr meine Gesellschaft angeboten. An den Nachmittagen habe ich ihr geholfen, den Besitz ihres Onkels in Kisten zu verpacken, was dazu geführt hat, dass sie die Nächte bei mir verbracht hat.

An ihrem letzten Tag in der Stadt habe ich ihr spontan einen Heiratsantrag gemacht, weil es mir romantisch und aufregend vorkam. Aus den gleichen Gründen hat sie ihn angenommen, allerdings nur unter der Bedingung, dass ich mit ihr nach New York ziehe. Meine Schwestern und meine Grandma waren schockiert, zumal ich ihnen verkündet habe, dass ich bereits am darauffolgenden Tag abreisen will. Heute würde ich die Zeit am liebsten zurückdrehen und mir wegen meiner Naivität und Gedankenlosigkeit ein paar kräftige Ohrfeigen verpassen.

In den ersten paar Monaten lief es gut, aber als die erste körperliche Anziehung verebbt ist – ich vermute, es hatte etwas damit zu tun, dass Merritt es mit ihrem Kollegen getrieben hat –, ist nicht mehr allzu viel übrig geblieben. Die Arbeit hat bei ihr an erster Stelle gestanden, was in Ordnung gewesen wäre, wenn sie nicht das Gleiche von mir verlangt hätte. Mit Hilfe meines Abschlusses in Betriebswirtschaft habe ich in New York einen schlecht bezahlten Job in einer Bank gefunden, und diese stupide, seelenlose Arbeit hat mich zu Tode gelangweilt.

Doch auch das hat Merritt nicht gereicht. Sie wollte meine Persönlichkeit vollkommen umkrempeln und mir alles »Ländliche« austreiben. Sie hat verlangt, dass ich mir den Hintern aufreiße, um die Karriereleiter nach oben zu klettern und irgendwann eine Position zu ergattern, auf die sie stolz sein konnte, wenn sie mich ihren Freunden vorstellte. Also habe ich geschuftet wie ein verdammtes Maultier, mich zutiefst einsam gefühlt, nur sehr wenig Freude gehabt, und weil ich normalerweise absolut loyal bin, habe ich ein geschlagenes Jahr gebraucht, um die Sache zu beenden. Na gut, zugegeben, ... nicht nur *loyal,* sondern auch *stolz.* Ich wollte nicht wieder zu Hause angekrochen kommen und öffentlich zugeben müssen, einen Riesenfehler gemacht zu haben.

Natürlich war ich nicht unbedingt froh, dass sie mich betrog, aber das hat mir zumindest den letzten Anstoß gegeben, den ich gebraucht habe, um Schluss zu machen. Andernfalls hätte ich sicher noch viel mehr Zeit damit verschwendet, unglücklich mit einer Frau zusammenzuleben, die die völlig falsche Partnerin für mich war. Nachdem unsere Beziehung offiziell in die Brüche gegangen ist, habe ich mir geschworen, mich nie wieder auf jemanden einzulassen, dessen Leben nicht von Anfang an zu dem meinen passt. Denn genau da hat bei Merritt und mir der Haken gelegen – wir hatten unterschiedliche Bedürfnisse und keine gemeinsame Basis gefunden.

Amelia zögert eine Minute. Anscheinend ist ihr klar, dass ich tatsächlich unter der Geschichte leide, auch wenn ich es vor ihr zu verbergen versuche. Jedenfalls schüttelt sie nur lächelnd den Kopf. »Dann nein. Ich will es nicht hören. Klingt, als könnte dir das Thema heute Morgen gründlich die Stimmung vermiesen.« Mit funkelnden blauen Augen sieht sie kurz zu mir auf. Ich vergrabe die Hände in den Taschen und stoße ganz leicht ihre Schulter an. Ich hasse es nun einmal, über Gefühle zu reden, und dies ist meine schweigsame, introvertierte Art, mich bei ihr zu bedanken.

Sie erwidert die Geste.

»Also, welchen Teil der Stadt willst du zuerst erkunden?«

Amelia bleibt stehen und sieht sich nachdenklich um. Da sie abgelenkt ist, kann ich sie zum ersten Mal heute ungestört mustern. Sie trägt ein schlichtes, cremefarbenes Sommerkleid mit schmalen Trägern. Mir gefällt, wie das Kleid ihre Brust und ihren Oberkörper umschmiegt, dann aber an der Taille weit auseinanderschwingt. Sie ist so hübsch, dass es schmerzt.

»Was ist das hier für ein Ort?«, fragt sie und mustert mit verengten Augen das Gebäude auf der gegenüberliegenden Straßenseite. Ihre Lippen sind heute besonders pink, und ich frage mich, ob es Lippenstift oder getönter Lippenbalsam ist. Ich kenne den Unterschied, denn ich habe einmal den Fehler gemacht, den getönten Lippenbalsam meiner Schwestern zu benutzen, in dem Glauben, es sei ganz normaler. Den ganzen restlichen Abend hatte ich tiefrote Lippen, denn natürlich hielten meine Schwestern es für besonders lustig, mir nichts zu verraten. Ich glaube, auch bei Amelia ist es heute kein Lippenstift. Die Farbe wirkt einfach zu natürlich. Kussbereit.

Schluss jetzt. Genug über ihre Lippen. Ich weiß genau, wohin ich sie jetzt bringen will.

Ich drehe mich in die Richtung, in die sie deutet. »Das ist der Friseursalon.«

»Warte«, sagt Amelia und macht auf dem Gehsteig eine Vollbremsung. »Jetzt bekomme ich doch Angst. Ich kann da nicht reingehen.«

»Ist doch nur ein Schönheitssalon.«

Amelias Augen wandern zum Schaufenster, und sie späht hinein wie eine Frau, die ein Diamantcollier in der Auslage bei Tiffany betrachtet. Vor ein paar Minuten hat sie mir anvertraut, dass sie sich schon seit Ewigkeiten die Haare abschneiden lassen will, aber nie den Mut aufbringt, es zu tun. Jetzt denkt sie darüber nach, also stelle ich mich neben sie, Schulter an Schulter, so dass wir in den Laden hineinschauen wie zwei Spanner.

Von drinnen ertönt laute Musik, und man sieht Heather, Tanya und Virginia bei der Arbeit. Sie lachen und scherzen mit ihren Kundinnen. Ein fröhlicher Anblick, wenn auch etwas überspannt.

Ich blicke auf Amelia herab. »Ich kann nichts Bedrohliches erkennen.«

»Ich kann es einfach nicht«, sagt sie wie benommen. »Ich will es *wirklich,* aber ich schaffe es einfach nicht.«

»Warum denn nicht?«

»Weil Susan sauer sein wird. Stinksauer. Mein Haar ist meine Marke. Dafür bin ich bekannt.«

Mit dieser neuen Erkenntnis lasse ich den Blick über die langen Wellen ihres Haars wandern, das wie ein Wasserfall ihren Rücken hinabfließt. Es ist wunderschön – am liebsten würde ich die Finger darin vergraben. Ein Teil von mir ist traurig, dass es nie dazu kommen wird, aber ich bin es echt leid, Susans Namen zu hören, also werde ich Amelia ermutigen, es bis zu den Ohren abzuschneiden, wenn ihr das die innere Freiheit bringt. »Oh, sorry. Mir war nicht klar, dass es *Susans* Haar ist. Das ist natürlich etwas ganz anderes!« Klugschwätzer-Sprüche dieser Art liebt sie.

Sie lacht ein wenig traurig, dann sieht sie zu mir auf, lässt jedoch besiegt die Schultern hängen. »Ich kann nicht, Noah. Ich kann einfach nicht. Ich weiß, dass es albern ist, aber so funktioniert es nun mal für jemanden in meiner Lage. Mein Image gehört mir nicht mehr selbst.«

»Okay.« Ich zucke mit den Schultern. »Aber ich sag dir eins: Wenn du einst rebellieren und Susans Gesetz brechen willst, fahre ich dich höchstpersönlich mit quietschenden Reifen hier vor, und du kannst, sobald deine Haare abgeschnitten sind, wie einer der Duke-Boys in *Ein Duke kommt selten allein* in mein Fluchtauto springen, um mit mir davonzurasen. Wir sorgen schon dafür, dass Susan dich niemals erwischt.«

Sie grinst. »*Wir?*«

»Na ja, du wirst meine Hilfe schon brauchen. Ich habe gesehen, wie du meinen Wagen fährst. Selbst Schnecken haben dich überholt – und dir sogar den Mittelfinger gezeigt. Es war äußerst peinlich.« Lachend schüttelt Amelia den Kopf, sieht dann aber wieder zum Fenster. Und in diesem Augenblick wird mir klar, dass ich einfach alles täte, um sie zum Lachen zu bringen. *Was ist nur mit mir los?*

Den Blick weiterhin auf den Salon gerichtet, holt Amelia tief Luft und nickt einmal – entschieden. Dann sieht sie zu mir auf, und diesmal scheint es kein Zurück mehr zu geben. Eine Flamme lodert in diesen kristallblauen Augen. Wie sexy sie aussieht, wenn sie so entschlossen ist. Wieder packt mich dieses wilde Verlangen, sie zu küssen.

»Okay, ich mach's. Ich gehe jetzt da rein und lasse mir das Haar abschneiden. Mach den Pick-up bereit, Bo Duke«, sagt sie und tänzelt von einem Fuß auf den anderen – wie ein Preisboxer, der gleich in den Ring steigen will. Wenn sie einen Mundschutz hätte, würde sie sich ihn jetzt über die Zähne stülpen. Ich sollte ihre Knöchel bandagieren. »Ich bin eine Frau, die Pancakes isst und sich die Haare schneiden lässt, wenn sie es will. Ich bin meine eigene verdammte Herrin, und ich erobere mir mein Leben zurück!« Sie macht sich auf den Weg zur Tür, legt die Hand auf den Türknauf, lässt sofort wieder los und kommt zu mir zurück. Nope, sie läuft an mir vorbei. Rennt auf den Wagen zu, erstarrt wieder. Langsam dreht sie sich wieder um, geht wieder auf die Tür zu. Das Ganze wiederholt sich weitere zwei Mal.

Auf dem vierten Ausflug zur Tür, als ich sehe, dass sie schon wieder den Mut verlieren wird, stelle ich mich hinter sie, öffne die Tür und lege ihr die Hand ins Kreuz, um sie über die Schwelle zu schieben. »Es war wirklich verdammt amüsant, dir zuzuschauen, aber so langsam wird mir von dem ganzen Hin und Her schwindelig.«

Über die Schulter hinweg wirft sie mir ein dankbares Lächeln zu. »Ich wollte jetzt sowieso reingehen.«

»Aber klar.«

»Bleibst du bei mir?«

Das hatte ich ohnehin vor. Zum Teufel, ich würde sogar ihre Hand halten, wenn sie mich darum bittet. Obwohl ich mich dazu besser nicht hinreißen lassen sollte. Wenn ich mich nicht in sie verlieben will, muss ich ein paar Grenzen aufrechterhalten. Muss mich fernhalten und den Kopf wieder klar kriegen.

Ich deute mit dem Daumen über die Schulter nach hinten und weiche einen Schritt zurück. »Ich bin zum Mittagessen verabredet. Bin bald wieder da.«

Ich haste hinaus, bevor Tanyas stark geschminkte Augen zum Empfangspult hinüberwandern und mich in Amelias Begleitung entdecken können. Sie würde mich gar nicht mehr vom Haken lassen und unversehens auch mir einen Haarschnitt verpassen. Kurz bevor die Tür hinter mir ins Schloss fällt, höre ich: »Darlin', *ja*! Ich hatte so gehofft, dass Sie vorbauschauen würden, denn ich habe schon gehört, dass Sie in der Stadt sind. Setzen Sie sich, und machen Sie es sich bequem. Eine Coke? Wahrscheinlich sind Sie an Wein gewöhnt, aber dann müsste ich erst nach Hause fahren und ihn aus meinem Kühlschrank holen, und das könnte gut und gern zwanzig Minuten dauern.«

Ich hoffe nur, dass Tanya ihr keine Dauerwelle verpasst.

21

Amelia

Ich sitze mit dem Gesicht vom Spiegel abgewandt, wie es beim Friseur immer der Fall ist. Bestimmt machen sie das nur, um etwaige Patzer schnell beheben zu können, ohne dass der Kunde etwas merkt. Deshalb konnte ich bislang noch keinen einzigen Blick auf meine neue Frisur werfen. Um den Haarschnitt kümmert sich Heather, Tanyas einundzwanzigjährige Tochter. Es ist – wie Tanya es formulieren würde – der absolute *Brüller,* diesen Ladys zuzuhören, deren Münder keine Sekunde stillstehen. Wahrscheinlich hätte ich es nicht mal bemerkt oder etwas dagegen gehabt, wenn Heather mir versehentlich den Kopf rasiert hätte. Selbst das wäre es wert gewesen, denn immerhin haben mir die Damen sämtlichen Klatsch und Tratsch der Stadt verraten, seit ich hier sitze. Schade nur, dass ich die meisten Leute gar nicht kenne, die sie mit vollendeter Südstaatenhöflichkeit an die Wand nageln. Trotzdem bin ich absolut fasziniert.

»Und nun der Exklusivbericht über Sie und Noah?«, fragt Heather mich einen Tick zu laut. Selbst über das Rauschen des Föhns hinweg scheinen alle im Salon aufzuhorchen. Sämtliche Köpfe wirbeln zu mir herum. Anscheinend soll ich mich jetzt revanchieren.

Tanya und Virginia, die andere der beiden Hair-Stylistinnen, bedienen beide ältere Kundinnen, denen sie pinkfarbene Dauerwellenwickler ins Haar rollen. Virginia hat weizenblondes Haar, das fast bis zur Decke hochtoupiert ist. Sie schmatzt mit ihrem Kaugummi, während sie mir verschmitzt zulächelt. »Ich hab ja mal versucht, mit ihm auszugehen, wissen Sie? Zum Teufel, hätte aufs Ausgehen auch verzichten können! Hab ihm angeboten, gleich mit ihm in die Kiste zu steigen.«

Glücklicherweise können die anderen nicht sehen, wie sich meine Hände unter dem Cape zu eifersüchtigen kleinen Fäusten ballen. Ich versuche, unbekümmert aufzulachen, aber meine Stimme zittert.

Virginia zwinkert mir zu. »Keine Sorge, Baby. Er ist ein absoluter Gentleman. Hat mich abgewiesen und mit einem Apfelkuchen nach Hause geschickt.« Sie verdreht die Augen, als habe sie den Geschmack immer noch auf der Zunge. Es sieht aus, als wolle sie ihren eigenen Scheitel begutachten, den sie jedoch nie finden wird. »Wenn die Hände dieses Mannes schon einen so guten Kuchen machen können, stellen Sie sich nur vor, wie köstlich der Sex mit ihm wäre.«

»Virginia!«, schimpft Tanya. Sie ist etwa fünfzig, hat kastanienbraunes Haar und stark geschminkte Augen, trägt große Creolen und zwölf Zentimeter hohe Heels, in denen sie mit der gleichen Leichtigkeit umherläuft wie auf Turnschuhen. *Eifersüchtig.* »Halt dein loses Mundwerk, wenn Heather in der Nähe ist!«

Lachend wirft Virginia den Kopf in den Nacken, so dass ich den Kaugummi in ihrer Backentasche sehen kann. »Oh, komm schon, Tanya. Das Mädchen heiratet schließlich bald. Da darf sie doch sicher auch mal über Sex reden, oder?«

Während Virginia und Tanya sich weiter darüber streiten, welche Unterhaltungen in einem Salon angemessen sind und welche nicht, beugt Heather sich zu mir herab. »Mama glaubt immer noch, ich sei Jungfrau, Gott segne sie«, flüstert sie mir ins Ohr. Lachend und mit großen Augen sieht sie mich an. »Sie ist fest davon überzeugt, dass Charlie und ich erst in den Flitterwochen zum ersten Mal miteinander schlafen werden, obwohl wir das schon seit der Highschool tun, und zwar seit dem Tag, als ich den Führerschein bekommen habe.«

»Das habe ich gehört, junge Dame!«, sagt Tanya mit vielsagendem Blick in ihre Richtung und deutet mit einem pinkfarbenen Lockenwickler auf sie.

Heather verdreht die Augen und fährt weiter mit einer Bürste durch mein Haar. »Gar nichts hast du gehört!« Sie senkt die Stimme erneut: »Das ist so typisch für Südstaatenmamas: Sie tun immer so, als wüssten sie alles, auch wenn sie gar keine Ahnung haben, nur damit man irgendwann alles gesteht. Faustregel: Niemals etwas zugeben. Denn damit bluffen sie nur.«

Ich lache und rutsche auf meinem Sitz hin und her, um wieder etwas Gefühl in meinen Po zu bekommen. »Gut zu wissen.«

»Was ist mit Ihnen?«, fragt Heather und schaut mir über die Schulter. »Steckt Ihre Mama ihre Nase auch immer in alle möglichen Dinge, die sie nichts angehen?«

Unwillkürlich entfährt mir ein scharfes – beinahe schon anzügliches – Lachen. »Meine Mom interessiert sich nur für eins: meine Karriere und inwiefern sie davon profitieren kann. Und meinen Dad hab ich nie kennengelernt.«

Kaum zu glauben, dass ich das einer Fremden anvertraue. Muss an der Luft in dieser Stadt liegen. Woraus mag sie nur bestehen? Wahrheitsserum? Ich stelle mir vor, wie all diese intriganten Südstaatenmamas sich allmorgendlich um einen Lüftungsschlitz versammeln, in den Händen ein Fläschchen mit der Aufschrift *Flüssige Wahrheit,* dessen Inhalt sie hineingießen, um bloß nichts zu verpassen.

Abgesehen von dem einen Mal, als ich benebelt von einer

Schlaftablette alles bei Noah ausgeplaudert habe, habe ich das Geheimnis um meine Eltern seit Jahren für mich behalten. Selbst in unzähligen Interviews, in denen alle etwas über mein perfektes Leben und meine perfekte Familie erfahren wollten, habe ich nur gelächelt und genickt, und obwohl unsere Beziehung mittlerweile nur noch einem faulen Apfel gleicht, habe ich jedes Mal betont, wie dankbar ich für meine Mom bin.

Heather schaltet den Föhn ab und starrt auf mich herab, die grellroten Lippen geöffneten. Ihre perfekt gezupften Augenbrauen hat sie so heftig zusammengezogen, dass sie einander berühren, und sie sieht aus, als stünde sie kurz davor, in Tränen auszubrechen. Und plötzlich legt sie mir die Arme um den Hals und umarmt mich. *Umarmt mich.* Und es ist nicht mal unangenehm.

»Oh«, sage ich ein wenig verblüfft, aber definitiv, ohne die Nase darüber zu rümpfen, und tätschele ihren Rücken. »Eine Umarmung. Wow. Danke schön.«

Sie löst sich von mir. »Das ist das Traurigste, was ich je gehört habe. Sie müssen definitiv zu meiner Hochzeit kommen.«

Ich blinzle und versuche zu ergründen, inwiefern diese beiden Dinge zusammengehören, als die Salontür sich öffnet. Als ich sehe, wer es ist, macht mein Magen einen Satz. *Noah.* Warum hat sein Anblick eine solche Wirkung auf mich? Warum scheint die Luft sich zu verändern? Warum fällt mir das Atmen schwer? Seltsame Stromstöße pulsieren durch meine Fingerspitzen, die ich vermutlich nur lindern könnte, indem ich ihm über die Haut streiche.

»Na, wenn das nicht Noah Walker höchstpersönlich ist«, sagt Heather so laut, dass der ganze Salon auf ihn aufmerksam wird. »Bringst du Amelia als dein Date zu meiner Hochzeit mit?«

Reglos bleibt Noah im Türrahmen stehen. Noch hat er mich nicht angesehen. Ich inspiziere ihn von Kopf bis Fuß – präge ihn mir so gründlich ein, dass ein Phantombildzeichner anhand meiner Beschreibung ein perfektes Abbild von ihm erstellen könnte. Mit dem Bart würde ich anfangen. Es ist wichtig, den richtig hinzukriegen – denn er ist nicht lang und voll, aber auch nicht getrimmt oder scharfkantig. Vielmehr scheint es sein natürlicher Bartwuchs zu sein, und die Härchen sind gerade lang genug, um nicht zu kratzen, sondern höchstens ein wenig zu kitzeln, wenn man ihn küsst. Als Nächstes käme sein Haar. Oh – dieses sandblonde Haar. Es ist ein bisschen zerzaust – mit mattem Haarwachs verknetet. Das weiß ich, weil wir uns das Badezimmer teilen und ich eine miese, kleine Schnüfflerin bin.

Außerdem weiß ich, dass sich unter diesem weißen T-Shirt, das seine breiten Schultern umspannt, ein Tattoo verbirgt. Das süßeste und passendste Tattoo, das ich jemals bei einem Mann gesehen habe. Wieder muss ich an heute Morgen denken, als er ohne Shirt in die Küche gerannt kam. Das Bild dieses muskulösen Körpers wird sich wahrscheinlich bis zu meinem Todestag in Dauerschleife vor meinen Augen abspielen. Goldene, gebräunte Haut. Helle Sommersprossen auf den beeindruckenden Schultern. Gemeißelter Bizeps und Bauchmuskeln, die bis zu der konisch zulaufenden Taille reichen.

Mit einem Wort: Atemberaubend.

Ich lächle, denn das Wissen, dass ich Noah in einem Zustand gesehen habe, von dem Virginia nur träumen kann, bereitet mir eine geradezu primitive Art der Befriedigung. *Oh Mist.* Ist das erbärmlich? Ich glaube schon, denn ich entwickle sehr reale Gefühle für einen Mann, der keinen Zweifel daran gelassen hat, dass ich keinesfalls irgendwelche Gefühle für ihn aufkommen lassen sollte.

Endlich sieht Noah mich an, und er hält den Atem an. Ist das ein gutes oder schlechtes Zeichen? Sein Blick ist so intensiv, dass ich mir wünsche, ich hätte mich nach dem Haarschnitt doch schon einmal im Spiegel betrachtet. Vielleicht ist er gar zu zottelig geraten. Oder irgendwo klafft ein riesiges Loch. Oh, na ja, aber eigentlich ist es egal, auch wenn es ihm nicht gefällt. Ich habe mir die Haare ganz allein meinetwegen schneiden lassen, und ich bin froh darüber.

Aber ich ertrage seinen Blick nicht länger. Also blinzle ich und senke den Kopf.

»Heather«, beginnt Noah, und ich ärgere mich darüber, wie sehr mir seine Stimme gefällt. Ich muss unbedingt eine Liste von Dingen machen, die ich *nicht* an Noah mag, nur um zu verhindern, dass ich in die Gefühlsfalle tappe. »Nun setz die Frau nicht unter Druck, dass sie zu deiner Hochzeit kommt. Sie ist eine Berühmtheit, um Himmels willen. Die Leute wollen noch nicht mal auf die Hochzeiten der Menschen gehen, die sie kennen, geschweige denn auf Hochzeiten von Fremden. Nichts für ungut.«

»Hey!«, rufe ich, hebe den Blick und funkle Noah wütend an. »Wie wär's, wenn du die fragliche Frau selbst entscheiden ließest, was sie mag und nicht mag, vielen Dank, Mr. Grießgram.« Noahs Lippen zucken. Mir ist klar, wieso. Im Geiste fügt er einen weiteren Spitznamen zu seiner ständig wachsenden Liste hinzu. »Ich würde liebend gern zu Ihrer Hochzeit kommen, Heather. Vielen Dank für die Einladung.« Ich werfe Noah einen aufreizenden Blick zu. »Ich werde da sein, selbst wenn Noah bereits eine Begleitung hat. Wann ist es so weit?«

»Heute in einem Monat.«

Ich vermeide es, Noah anzusehen, der jetzt wahrscheinlich

triumphiert. »Oh ... Dann kann ich wohl doch nicht.« Ich lächle verlegen. »Da bin ich auf Tournee. Sorry.«

»Hättest halt auf mich hören sollen.«

»Oh halt den Mund, du«, sage ich, und der ganze Salon lacht. Was mir ein aufrichtiges Lächeln von Noahs bärtigem, mürrischem Mund einbringt.

Aber dann fällt mir jemand ins Auge, der genau hinter Noah vor dem Laden steht. Es ist ein Mann, und angesichts seiner äußeren Erscheinung bin ich sofort in Alarmbereitschaft – er ist ganz in Schwarz gekleidet und hat eine Kamera mit Teleobjektiv bei sich. Zweifellos ein Paparazzo.

»*Shit*«, flüstere ich entsetzt, reiße mir den Umhang vom Hals und schaue mich verzweifelt nach einem Versteck um. »Sie haben mich gefunden!«

»Wer hat dich gefunden?«, fragt Noah, und seine Stimme klingt angespannt und beschützend. Ihr Klang jagt mir einen Schauer über den Rücken.

»Paparazzi.« Mit der Hand deute ich auf das Schaufenster auf den Mann, der uns den Rücken zugewandt hat und den Marktplatz überblickt. Wenn er sich umdreht und mich hier entdeckt, ist es vorbei mit meinem Abenteuer.

Unglücklicherweise muss ich nicht zweimal darüber nachdenken, wer ihn wohl geschickt hat. Der einzige Mensch, der weiß, wo ich bin, ist meine Mom. Leider hat sie früher schon häufiger Storys an die Regenbogenpresse verkauft. Ich hätte es besser wissen müssen, als ihr zu verraten, wo ich mich aufhalte. Wofür sie das Geld wohl diesmal ausgeben wird? Eine Designerhandtasche? Schuhe? Natürlich wird sie es bis zum letzten Atemzug abstreiten, weil sie Angst hat, dass ich ihr den Geldhahn zudrehe, wenn ich die Wahrheit erfahre. Aber mit Hilfe ihrer anonymen Quellen hat Susan bisher immer herausgefunden, dass meine Mom dahintergesteckt hat. Ich habe bisher nie den Mut gefunden, meine Mutter darauf anzusprechen. Denn das Traurige ist, dass ich mir gern einbilde, dass sie sich für mich interessiert. Dass ich versuche, ihre Hintergedanken auszublenden, wenn sie nach mir fragt oder sich in meinem Haus aufhält. Aber es wird höchste Zeit, dass ich meine Beziehung zu ihr überdenke. So kann es nicht weitergehen.

Mit langen, entschlossenen Schritten durchquert Noah den Salon und ist sofort an meiner Seite.

»Keine Sorge, Süße«, sagt Heather und zieht mich vom Stuhl hoch. »Wir verstecken Sie.«

»Danke. Ich bezahle den Haarschnitt später. Versprochen.«

»Machen Sie sich darüber keine Gedanken.« Tanya fuchtelt mit dem Finger in Richtung Hintertür. »Bring sie in die Gasse hinaus, Noah.«

Aber es ist bereits zu spät. Wir schaffen es gerade bis zum anderen Ende des Salons, als das Klingeln der Türglocke einen Neuankömmling ankündigt. Noah wirbelt vor mir herum, so dass ich an ihn gepresst werde. Wir verschmelzen miteinander, was mein Herz kaum erträgt. Ihn zu *spüren*. Seinen *Duft* wahrzunehmen. Seine *Wärme*. *Wow*, ist das wunderbar. Und dann macht er es sogar noch schlimmer, indem er den Arm nach hinten ausstreckt und meine Hüften umfängt, mich zwei Zentimeter nach links schiebt, so dass ich noch besser hinter seiner Gestalt verborgen bin. »Halt still«, sagt er, als ob ich auch nur im Traum daran denken könnte, mich zu regen.

Viel Glück bei dem Versuch, mich wieder von dir loszueisen, Kumpel. Ich klebe jetzt hier fest.

»Tag, Sir!«, sagt Tanya munter. »Haben Sie einen Termin?«

Ich höre meinen Herzschlag in den Ohren. Noah und ich stehen in der äußersten Ecke des Salons, zum Teil verborgen durch die Maniküretische und die Trockenhauben. Dennoch kann ich mir nicht vorstellen, dass man mich nicht entdeckt.

»Äh … nein. Eigentlich bin ich auf der Suche nach jemandem.«

Virginia lacht, und ich höre das Klappern ihrer Absätze auf dem Boden. »Nach einer Liebsten zum Beispiel? Ich hätte nichts gegen ein Date einzuwenden, Süßer.«

»Fühle mich geschmeichelt, aber danke. Ich arbeite für die Zeitschrift *OK*, und wir erhielten einen Tipp, dass Rae Rose sich in Ihrer Stadt aufhält. Vielleicht hat einer von Ihnen sie gesehen? Ich würde mir Ihre Hilfe auch etwas kosten lassen.«

Ich schlucke und stelle mich darauf ein, dass eine dieser Frauen mit einem ihrer Acrylnägel in meine Richtung deutet. Mit weichen Knien lehne ich die Stirn an Noahs Rücken. Erst als mein Gesicht seinen muskulösen Rücken berührt, kommt mir der Gedanke, dass es ihm vielleicht nicht gefallen könnte, wenn ich mich so an ihn lehne. Aber das ist ein Irrtum. Plötzlich spüre ich, wie Noahs Finger diskret über meine hinwegstreichen. Er schlingt die Hand um meine und drückt sie. Es ist, als streife er meine Seele.

»Rae Rose?«, ruft Heather laut aus. Ich höre, wie sie auf den Mann zueilt. »Ist nicht Ihr Ernst! Sie ist hier? In *dieser* Stadt?« Sie kreischt so laut, dass die Fenster klirren. »Ist das zu glauben, Mama?«

»Nein, Baby. Aber genau das hat er gesagt. Das kann ich mir gar nicht vorstellen. Diese Stadt ist winzig! Wenn sie hier wäre, wüssten wir längst davon.«

Ich lächle, und Erleichterung durchflutet mich. Sie werden mich nicht verraten. Diese Frauen sind mir zwar nichts schuldig, verstecken mich aber trotzdem vor der Presse. Noah drückt meine Hand erneut, als könne er meine Gedanken lesen.

»Hmm … Sie haben sie also nicht gesehen?«, vergewissert der Mann sich noch einmal. Er klingt skeptisch. Oder vielleicht sucht er ja nur ebenfalls nach dem obersten Punkt von Virginias Frisur.

»Um Himmels willen, nein! Oh, aber sehen Sie doch! Ist sie das da hinten? Auf der anderen Straßenseite?«

»Wo?«, fragt er hektisch. Im gleichen Moment wirbelt Noah zu mir herum, nimmt mich bei der Hand und zerrt mich hinter sich her zur Hintertür. Ich blicke mich noch einmal um. Der gesamte Salon hat sich spontan vor dem Fenster versammelt und bildet einen Sichtschutz zwischen mir und dem Paparazzo. Ich schaue Heather kurz in die Augen und forme ein *Dankeschön* mit den Lippen. Sie zwinkert mir zu und wendet sich dann wieder dem Mann zu. Mit dem Finger deutet sie über seine Schulter hinweg nach draußen. »Da hinten! Sehen Sie diese Frau?«

»Ma'am. Das ist eine ältere Frau am Stock.«

»Oh … na so was! Anscheinend brauche ich doch eine Brille.«

Mehr höre ich nicht mehr, bevor Noah und ich in die Gasse entkommen. Seine Finger sind immer noch mit meinen verschränkt, und wenn er einen Schritt macht, brauche ich drei. Wortlos rennen wir im Zickzack um Müllcontainer und Mülltonnen herum auf den Parkplatz zu. Am Ende der Gasse bedeutet Noah mir zu warten. Er geht auf den Parkplatz hinaus und sieht sich um. Seine Miene ist todernst. Er verhält sich wie Jason Bourne, als müsse er täglich mit Situationen wie dieser klarkommen. Nachdem er seinen Wagen erreicht hat, richtet er die grünen Augen auf mich und nickt beinahe unmerklich: Die Luft ist rein. In geduckter Stellung renne ich zwischen den Autos und Pick-ups hindurch, bis ich bei Noahs Fahrzeug angelangt bin. Gleichzeitig springen wir hinein, und als unsere Türen zu sind, stoße ich die Luft aus und lasse mich auf die Bank sinken. Er folgt meinem Beispiel.

Das Innere des Wagens strahlt Ruhe und Sicherheit aus. Genau wie Noah.

»Danke, dass du mich da rausgeschafft hast«, sage ich und wende ihm das Gesicht zu.

Er starrt mich an. Ohne zu lächeln. Ohne die Stirn zu runzeln.

Noah gibt keine Antwort, sondern hebt nur die Hand und lässt sanft die Finger über meine neuen Ponyfransen gleiten. Meinen neuen Haarschnitt hatte ich ganz vergessen. Ich habe ihn immer noch nicht gesehen und kann nur hoffen, dass er tatsächlich dem Foto von Zoey Deschanel nachempfunden ist, das ich Heather als Inspiration gezeigt habe, und nicht so aussieht wie die abschreckenden Bilder von Frauen, die sich selbst die Haare geschnitten haben.

»Mir die Haare ganz abschneiden zu lassen, fand ich dann doch zu radikal«, sage ich ein wenig verlegen. »Aber einen Pony will ich auch schon ziemlich lang, und auch den hat Susan mir immer madig gemacht mit dem Argument, das er nicht zu meiner Gesichtsform passt.« Am liebsten würde ich die Augen schließen, als ich die schwieligen Finger auf meiner Haut spüre. Mit zitternder Stimme brabbele ich weiter vor mich hin. »Ich hoffe doch sehr, dass sie sich geirrt hat. Aber jetzt ist es sowieso zu spät. Na ja, es wächst ja wieder. Und wenn es gar zu schlimm aussieht, kann ich ihn ja zurückstecken.«

Seine Hand sinkt herab, und ich schaue in seine immergrünen Augen. Sein Kinn arbeitet, und er beugt sich vor, umklammert das Lenkrad mit der einen Hand und dreht den Zündschlüssel mit der anderen. »Verdammt«, flüstert er und sieht mich noch einmal an. »Du siehst sehr hübsch aus.«

Ich spüre das Lächeln in meiner Seele, noch bevor es meine Lippen erreicht. »Du sagst das, als sei es etwas Schlechtes.«

»Für mich ist es das.«

Und mehr sagt er nicht, sondern setzt nur zurück, um in fassungslosem Schweigen mit mir nach Hause zu fahren.

22

Noah

Ab sofort bin ich auf Nulldiät. Absoluter Amelia-Verzicht. Heute habe ich fast die Kontrolle verloren. Ich habe sie mindestens eine Million Mal berührt, und jedes Mal wenn ich versucht habe, mich von ihr zurückzuziehen, war ich ihr hinterher nur *noch* näher. Abends haben wir sogar zusammen das Abendessen gekocht. *Gekocht*! Na ja, im Grunde ist es darauf hinaus gelaufen, dass ich das Essen zubereitet habe und Amelia Salz und Pfeffer in die Suppe gegeben hat, als ich sie darum gebeten habe. Es gab Hühnersuppe. Wie ein süßes, altes Ehepaar, das seit dreißig Jahren verheiratet ist, haben wir nebeneinander auf der Couch gesessen, uns *Jeopardy!* angesehen – denn diese Quizshow ist das Einzige, was um diese Uhrzeit auf meinen wenigen Kanälen läuft – und dabei unsere Suppe geschlürft.

Amelia hat sich total mitreißen lassen. Sie hat dem Fernseher ihre Antworten entgegengeschrien, und ich hatte Mühe, sie nicht dauernd anzustarren. Mit anderen Worten: Wir waren den ganzen Abend lang ziemlich beschäftigt. Und als ihr Arm den meinen gestreift hat, weil wir unsere leeren Schüsseln gleichzeitig ins Spülbecken gestellt haben, hätte ich beinahe die Augen verdreht, so sehr hat mein Körper darauf reagiert. Es war, als wäre ein Stromstoß durch all meine Glieder geschossen. So etwas sollte eine flüchtige Berührung *niemals* bei mir auslösen.

Heute Abend ist mir klargeworden, dass ich kurz davor bin,

ernsthafte Gefühle für sie zu entwickeln. Das ist ein Problem, denn ich bin nun mal ein emotionaler Kleinstadttyp, der sich viel zu schnell viel zu sehr verliebt. Ich weiß nicht, wie man Beziehungen oberflächlich und zwanglos hält. Ich hasse Zwanglosigkeit. In meinen Augen ist sie unsinnig.

Also ja, ich habe mich für den Rest der Nacht in meinem Schlafzimmer verschanzt, um mir nicht noch mehr Schaden zuzufügen. Jetzt sitze ich im Bett mit einem Buch im Schoß. Nur dass ich den gleichen Abschnitt nun schon zum vierten Mal lese. Amelia nimmt meine Gedanken so gefangen, dass ich mich nicht richtig konzentrieren kann. Jedes Mal, wenn ich ihre nackten Füße über den Flur tappen höre, zucke ich zusammen. *Lass bloß die Finger von deinem Türknauf, Noah. Du wirst doch wohl eine verdammte Nacht überstehen, ohne sie zu sehen. Bevor du sie getroffen hast, hast du das schließlich auch geschafft.*

Schon wieder höre ich ihre Schritte und lasse das Buch sinken. Mein Herz schlägt schneller, als ich ihren Schatten unter dem Türspalt entdecke. Mir fällt auf, dass die Tür nur angelehnt ist. Sie kann mich zwar nicht sehen, aber müsste ihr nur einen kleinen Schubs geben, schon würde sie aufschwingen.

Sie steht da, und ich weiß, dass sie überlegt, ob sie sie öffnen soll. Ich glaube nicht, dass ich das will. Ich habe mein Zimmer bewusst immer vor ihr verschlossen gehalten, denn ich will nicht, dass sie mehr über mich erfährt. Dieser Raum ist zu persönlich. Es steckt zu viel von *mir* hier drin. Ich will selbst darüber bestimmen, welchen Teil von mir Amelia kennenlernt. Sobald sie dieses Zimmer beträte, bräche auch noch der letzte Damm.

Ihr Schatten verschwindet, weshalb ich wieder Luft bekomme. Sie würde hier nicht so einfach hereinplatzen. Ich halte das Buch in die Höhe und befehle mir, mich aufs Lesen zu konzentrieren.

23

Amelia

Du bist ja übergeschnappt! Geh da bloß nicht rein! Pfui Teufel! Ich benehme mich ja lächerlich. Noah hat sich in sein Zimmer zurückgezogen, weil er ein wenig Ruhe von mir haben will, das ist mir klar. Ich sollte ihn also wohl kaum belästigen, oder? Allerdings ist seine Tür nicht verschlossen. Es würde mich nicht wundern, wenn eben jener Tür wie im Comic Augen und Mund wachsen würden. Sie scheint mich geradezu anzugrinsen, wackelt sogar mit den Augenbrauen. Zuckt ein wenig mit dem Kopf in dem Versuch, mich hineinzulocken. *Verführerin.*

Ich entferne mich von der Tür, und um meinen Kopf von den Gedanken an Noah zu befreien und nicht mehr darüber nachzudenken, wie gern ich jetzt mit ihm zusammen wäre, schlüpfe ich in die Küche, um Susan anzurufen. Eigentlich will ich das so überhaupt nicht, aber ich kann mich meinen Verpflichtungen nicht ganz und gar entziehen. Mich hin und wieder bei ihr zu melden und ihr mitzuteilen, dass ich noch nicht gekidnappt wurde, ist wohl das Mindeste, was ich tun kann. Vielleicht lässt die erbarmungslose Flut ihrer E-Mails ja dann irgendwann mal nach.

Also wähle ich Susans Nummer und warte darauf, dass sie abnimmt. Es klingelt so lang, dass ich schon glaube, Glück zu haben und auf ihrer Mailbox zu landen, wo ich ihr zumindest eine Alibinachricht hinterlassen könnte. Doch dann meldet sie sich doch.

»Macht's Spaß, Vater-Mutter-Kind zu spielen?«, begrüßt sie mich. Mir sinkt das Herz. Ich wusste ja, dass sie nicht gerade jubeln würde vor Freude, aber dermaßen harte Worte habe ich nicht gleich erwartet.

»Äh … wovon sprichst du?«

»Der Typ, von dem du bei unserem letzten Telefonat so geschwärmt hast«, sagt sie kurz angebunden. »Ich nehme an, er ist der Grund, warum du dich immer noch da versteckst, wo immer du dich rumtreibst. Bitte sag mir zumindest, dass du, ein weltbekannter Star, nicht ernsthaft darüber nachdenkst, eine Beziehung mit einem mittelmäßigen Konditor einzugehen, der niemals gut genug für dich sein wird?«

»Meine Güte, Susan. Ganz schön harte Worte, findest du nicht? Er ist ein toller Mensch.«

»Oh mein Gott. Du denkst tatsächlich darüber nach.« Sie schnaubt. »Ich kann wirklich nicht glauben, dass du deine Zeit in diesem Kaff verschwendest. So langsam mache ich mir Sorgen um deinen Geisteszustand.«

»Ha!« Mein Lachen klingt nicht amüsiert. »*Jetzt* machst du dir Sorgen um meinen Geisteszustand? Dabei fühle ich mich endlich besser als seit Jahren. Ich brauchte eine Pause.« Ich werde mich nicht mehr dafür entschuldigen, dass ich diesen Urlaub dringend nötig hatte.

»Ich hätte dir einen Tag im Spa organisiert, weißt du? Wie auch immer, ich habe jetzt ein Meeting. Da du ohnehin am Telefon bist, reiche ich dich jetzt an Claire weiter, damit sie mit dir die Termine durchgehen kann, für die ich noch ein Feedback brauche. Wenn du bereit bist, wieder professionell zu handeln, ruf mich an, dann schicke ich dir einen Wagen.«

Mir klappt die Kinnlade bis zum Boden herunter. Ich kann kaum glauben, dass sie in diesem Ton mit mir redet. Aber immerhin musste sie das auch nie, denn früher habe ich immer genickt, gelächelt und mich mit allem einverstanden erklärt, was sie von mir verlangt hat. *Höflich, höflich, höflich.*

»Hi«, sagt Claire zaghaft, nachdem Susan das Handy an sie weitergereicht hat.

»Hey, Claire.«

»Also, Susan will, dass ich mit dir über die Eröffnungswoche der Tournee rede und ... « Claire hält inne, und ich höre, wie sich eine Tür schließt. Dann stößt sie die Luft aus. »Okay, sie ist weg. Hör zu, ich muss dir jetzt ein paar Dinge sagen, die ich einfach nicht länger für mich behalten kann. Erstens: Ich bin nicht sicher, wie lange ich noch für Susan arbeiten werde. Sie ist ein Albtraum. Und zwar so schlimm, dass ich einmal die Woche eine Therapeutin aufsuche, bei der ich ausschließlich über Susan rede.« Sie holt tief Luft.

»Hinzu kommt, dass hier noch einiges hinter deinem Rücken abzulaufen scheint, von dem ich gerade erst Wind bekommen habe. Ich habe jetzt keine Zeit, um dir alles zu schildern, aber das mache ich sofort, wenn du wieder in der Stadt bist. Was du hoffentlich noch nicht so bald bist, denn ich bin so froh, dass du dir endlich mal Urlaub gönnst. Ich hab doch gesehen, wie nötig du den hattest, war aber bis heute zu feige, um irgendetwas zu sagen.« Noch ein kurzes Schweigen, das ich vor lauter Verblüffung nicht unterbreche.

»Hör zu, ich will nicht, dass du dir wegen der Arbeit Sorgen machen musst. Deshalb werde ich bei Susan behaupten, dass die Verbindung abgerissen ist, und ich dich nicht wieder erreichen konnte.« Wer ist diese Person? Ich kriege sie kaum mit der schweigsamen Frau überein, die normalerweise in Susans Schatten steht. Am liebsten würde ich durch die Leitung springen und sie umarmen.

»Claire«, sage ich schnell, denn mir ist klar, dass sie das Gespräch gleich beendet. »Danke. Einfach nur … danke. Tu, was am besten für dich ist, aber ich wäre sehr traurig, dich zu verlieren. Lass uns reden, wenn ich wieder da bin.«

»Klar«, sagt sie, und ich höre das Lächeln in ihrer Stimme. »Tschüs, Amelia.«

Nachdem Claire aufgelegt hat, schwirrt mir der Kopf. Ich brauchte etwas, um meine Gedanken von Noah abzulenken, und, wow, das hat geklappt. Jetzt gibt es jede Menge zu bedenken. So viel zu entscheiden. Was mag da hinter meinem Rücken vor sich gehen?

Ich marschiere den Flur hinab und will in meinem Zimmer verschwinden, um dort über meine Zukunft nachzudenken. Ausnahmsweise scheint sie nicht mehr in Stein gemeißelt zu sein. Ich habe das Gefühl, etwas verändern zu können. Etwas verändern zu *sollen*. Nur dass ich es nicht bis in mein Zimmer schaffe, denn auf dem Weg durch den Flur stolpere ich über die viel zu lange Pyjamahose und stürze mit wild rudernden Armen und der Wucht eines Orkans durch Noahs Tür in sein Zimmer, wo ich bäuchlings auf den Boden falle und wie ein Seestern alle viere von mir streckend liegen bleibe.

Keuchend setze ich mich auf. Noah sitzt in seinem Bett und starrt mich mit weit aufgerissenen Augen und offenem Mund an. Dann blinzelt er. Ich ebenfalls. Und dann fangen wir gleichzeitig an zu reden.

Ich: Sorry, dass ich in dein Zimmer gefallen bin. Das war ein Unfall!

Er: Heilige Scheiße, bist du okay? Das war aber ein heftiger Sturz!

Keiner von uns beiden macht auch nur den Versuch, sich zu bewegen.

Diesmal lässt er mir beim Reden den Vortritt. »Mir geht es gut. Mein Ego ist ein bisschen angeschlagen, aber ansonsten ... « Schließlich fällt mein Blick auf Noahs Brust, und er ... er trägt genau den gleichen Pyjama wie ich, nur in Grau. Mein Lächeln wird strahlend und boshaft, und mit frischer Energie springe ich auf die Füße. Als er meine funkelnden Augen bemerkt, wirft er mir einen warnenden Blick zu.

Ich deute trotzdem auf ihn. »Du hast noch mehr von diesen Pyjamas! Und du *trägst* sie sogar!«

Er befeuchtet seine Lippen und verdreht die Augen. Dann klappt er sein Buch zu – *gütiger Himmel, Noah liest Bücher!* – und legt es beiseite. »Okay, nun spuck's schon aus.«

»Der hier war nicht einfach nur ein Scherzgeschenk. Du hast Pyjamas, weil du sie magst. Noah, der Klassiker, ist sogar noch klassischer als gedacht. Deine Schlafanzüge haben sogar einen Kragen. Oh mein Gott, und du hast deinen bis oben hin zugeknöpft!« Und dabei sieht er immer noch zum Anbeißen aus. Wie unfair.

In einem zugeknöpften, zusammenpassenden *Pa-ja-ma* – wie er es aussprechen würde – sollte er doch eigentlich lächerlich aussehen. Aber nein. Eher verdammt sexy. Behaglichkeit in Baumwolle. Wie ein gutaussehender Geschäftsmann der fünfziger Jahre, kurz bevor er seinen Anzug überstreift und seinen weichen Filzhut aufsetzt, um sodann seinen tollen Job an der Wall Street anzutreten. Und wie seine breite Brust und die Schultern dieses Oberteil ausfüllen, ist zweifellos ein so köstlicher Anblick, dass man davon weiche Knie bekommt. Insbesondere weil ich plötzlich das Bild vor Augen habe, wie ich auf seinem Schoß sitze und jeden einzelnen dieser kleinen Knöpfe öffne.

»Der erste war tatsächlich ein Scherzgeschenk.« Er macht eine Pause. »Aber als ich ihn anprobiert habe, fand ich ihn so unglaublich bequem.«

»Wie viele, Noah? Wie viele besitzt du?«, frage ich und finde selbst, dass es eine Spur zu verführerisch klingt. Aber ich kann nicht anders. Anscheinend machen mich zusammenpassende Pyjamas bei Männern heiß.

Er schluckt. »Zehn.«

»*Zehn*!« Ich singe das Wort beinahe. Diese Antwort macht mich so froh, dass ich es kaum ertrage. Noah besitzt zehn Paar entzückender Altherrenpyjamas. »Ist einer von ihnen mit einem süßen kleinen Muster bedruckt?«

»Nein. Alle uni.«

»Natürlich«, sage ich glücklich. Niemals würde man ihn in Weihnachtsmuster oder etwas Peppigem sehen.

Das ist richtig übel. Sehr, sehr übel. Denn jetzt empfinde ich offiziell und ohne jeden Zweifel etwas für Noah. Ich mag ihn. Ich mag ihn wirklich. Und ich finde ihn überaus attraktiv. Allein sein Duft lässt das Blut durch meine Adern rauschen. Mein Herz schwillt an, als ob es an eine Fahrradpumpe angeschlossen wäre. Nun, da ich einmal hier drin bin, will ich nicht wieder gehen.

»Noah«, sage ich leise, ohne den Blick von seinem Gesicht abzuwenden. »Darf ich mich in deinem Zimmer umsehen? Ich will nicht in deine Privatsphäre eindringen, wenn du es nicht willst.« Das meine ich ernst. Ich würde sofort die Augen zukneifen und hinausstolpern, wenn es ihm nicht recht wäre.

Seine Smaragdaugen halten meinen Blick fest, er füllt seine Lungen mit Luft und lässt sie zischend wieder entweichen. »Du darfst dich umsehen.«

Damit hat er mir gerade die Schlüssel zu Disney World überreicht.

Lächelnd drehe ich mich um. Und da entdecke ich die unzähligen Regale mit Büchern. Dieser Mann liest nicht einfach nur Bücher … er ist ein Bücher-Nerd. Ich spüre Noahs Blick auf mir, als ich die freischwebenden, von einer Wand zur anderen reichenden Bücherregale betrachte. Wie schön sie sind. Sie bestehen aus unverarbeitetem Holz und schwarzem, gebürstetem Stahl. Keine Ahnung, ob er sie selbst gebaut hat oder hat einbauen lassen, aber offensichtlich sind sie ihm wichtig, denn sie sind wundervoll gearbeitet – was mich zutiefst berührt.

Noah räuspert sich leise. »Mein Dad hat viel gelesen. Ein Großteil der Bücher gehörte ihm.«

Kuchen, Blumen und Bücher. Stück für Stück setzt sich daraus ein Bild zusammen. Es macht mir ein wenig Angst, dass er meine Erwartungen sogar noch übertrifft.

Ich verschränke die Hände hinter dem Rücken, als stünde ich in einem Museum und alles um mich herum wäre kostbar und zerbrechlich. »Warum versteckst du die alle hier drin?«

Er lacht beschwingt, und ich liebe das leise Rumpeln in seiner Brust. »Sie sind nicht versteckt.«

Ich schaue mich nach ihm um. »Du bewahrst sie in einem Raum auf, den du die ganze Zeit über verschlossen hältst und in den ich nie einen Blick hineinwerfen durfte. Das ist verstecken.«

Er lehnt immer noch am Kopfteil des Bettes, und aus irgendeinem Grund ist dieser Anblick so intim, dass ich den Blick abwenden muss. Wahrscheinlich würde er sich weniger verletzlich fühlen, wenn er splitternackt vor mir stünde, als hier von mir in seinem Bett, in seinem Lieblingspyjama, seinem Lieblingszimmer, umgeben von seinen Lieblingsbüchern wahrgenommen zu werden.

»Na gut, wahrscheinlich verstecke ich sie tatsächlich ein

bisschen. Ich behalte mein Leben gern für mich. Es gibt nur wenige Menschen, die diese Seite von mir kennenlernen dürfen.«

Ich berühre einen Einband – die Biographie eines Soldaten aus dem 2. Weltkrieg. »Aber ich gehöre nicht dazu, denn ich bin nur ein Promi auf der Durchreise.« Ich schlage einen bewusst leichten Ton an und schaue ihn nicht an, sondern konzentriere mich weiterhin auf seine Bibliothek, die vornehmlich aus Sachbüchern besteht. Anscheinend lernt er gern und ist vielseitig interessiert. Das überrascht mich nicht.

»Genau«, antwortet er ruhig. »Ich bin halt ein gebranntes Kind, daher begrenze ich die Anzahl der Menschen, die meine emotionale Seite kennen, auf ein absolutes Minimum.«

Ich sehe ihn an. »Ich verstehe. Wirklich. Wahrscheinlich hast du genug Schmerz für ein ganzes Leben durchgemacht. Wenn ich du wäre, würde ich mich ebenfalls schützen.« Er zieht die Augenbrauen so heftig zusammen, als hätten meine Worte ihm einen Schlag in die Magengrube versetzt. Ich registriere, wie seine Kiefermuskeln sich anspannen, und er blinzelt, bevor er den Blick auf die Ecke des Raumes richtet.

»Du kannst hierbleiben, wenn du willst. Nimm dir ein Buch.« Mit dem Kopf deutet Noah in die Ecke hinter mir.

Ich drehe mich um und entdecke einen absolut gemütlichen, maskulin wirkenden Sessel aus rissigem Leder. Eine warme Decke ist über die Rückenlehne drapiert, dahinter befindet sich eine Stehlampe. Der Anblick berührt mein Innerstes. Sich hineinzusetzen, wäre wie eine Umarmung. Der gemütlichste Sessel auf der ganzen Welt, nachdem er jahrelang von Noah eingesessen wurde. Aber hier kann ich nicht Platz nehmen. Ich darf nicht so in seine Privatsphäre eindringen.

»Schon gut. Danke, aber jetzt überlasse ich dich wieder dir

selbst.« Ich drehe mich um und will die Flucht ergreifen, aber Noahs Stimme hält mich auf.

»Amelia, bleib. Bitte.«

Langsam wende ich mich wieder um. Fassungslos starre ich ihn an. »Bist du sicher? Ich bin keine schweigsame Gesellschaft. Das liegt mir nämlich nicht sonderlich.« Am besten, ich gestehe gleich.

Er grinst. »Ich weiß.«

Langsam weiche ich zum Sessel zurück. »Und ich kann auch nicht besonders gut stillsitzen. Wahrscheinlich mache ich ein bisschen Lärm. Ich wippe mit dem Fuß, wenn ich zu lange dasitze.«

»Schon gut.«

»Liest du mir was aus deinem Buch vor?«

»Ganz bestimmt nicht.«

»Bitte?«

»Nein.«

»*Bitte,* bitte?«

Über den Rand seines Buches hinweg wirft er mir einen Blick zu, als raube ich ihm den letzten Nerv, und ich lächle und wende meine Aufmerksamkeit dem Regal zu, wobei ich viel Aufhebens davon mache, nach dem perfektem Buch zu suchen. »Hast du wenigstens einen einzigen Liebesroman? Irgendwas Heißes, Gefühlvolles?«

Er lacht. »Nein.«

»Und du nennst dich einen Büchermenschen. Du solltest dich schämen. Besitzt du nur diese langweiligen Sachbücher?« Ich nehme mir ein Werk über alte Philosophen aus dem Regal, denn ich weiß, dass mir das beim Einschlafen helfen wird.

»Stell das zurück. Das wird dir nicht gefallen. Nimm dir lieber das dicke da weiter unten.«

»Herrisch.« Aber ich gehorche und hole etwas heraus, das wie eine Art Fantasyroman aussieht. Zumindest ist es kein Sachbuch.

Ich trage meinen Schatz zum perfektesten Sessel der Welt hinüber und mache es mir darin gemütlich. Ich stöhne laut und genüsslich, und Noah wirft mir hinter seinem Buch einen Seitenblick zu, sagt aber nichts. Ich grinse in mich hinein und wende mich der ersten Seite zu.

Während der darauffolgenden Stunde blättere ich immer mal wieder eine Seite um, lese aber nicht. Ich schaue mir das Buch nicht mal an. Stattdessen merke ich mir jedes Detail von Noahs Zimmer. Wie es nach seinem Duschgel riecht. Wie das butterweiche Leder des Sessels sich an meiner Haut anfühlt. Das sachte Rascheln der Seiten, wenn Noah umblättert. Ich präge mir sein gutaussehendes, männliches Profil ein. Ich registriere, wie weich sein Gesicht beim Lesen wird. Hin und wieder lächelt er, und ob er das tut, weil er spürt, dass ich ihn anstarre oder weil sein Kriegsbuch so lustig ist, werde ich wohl nie erfahren.

Hinter Noah steht ein Bild auf seinem Nachttisch, auf dem ein Junge, drei Mädchen, eine Mom und ein Dad zu sehen sind. Mein Herz zieht sich schmerzhaft zusammen, und unversehens wische ich mir eine verräterische Träne von der Wange. Er ist so gut – dieser Mann. Keine Ahnung, wie ich es fertigbringen soll, ihn wieder zu verlassen.

Wie hast du es nur geschafft, Audrey?

24

Amelia

Das Haus riecht nach Popcorn und Pop-Tarts! Ich kriege in der Küche nicht allzu viel auf die Reihe, als also vorhin Annie angerufen und vorgeschlagen hat, dass wir einen Audrey-Hepburn-Einführungs-Kinoabend veranstalten sollten, habe ich mich der einzigen Lebensmittel in Noahs Vorratskammer besonnen, die ich servieren kann, ohne befürchten zu müssen, das Haus dabei abzufackeln. Selbst das Popcorn war eine Minute lang ein wenig riskant.

»Hast du alles, was du brauchst?«, fragt Noah, der mit den Schlüsseln in der Hand an der Haustür steht.

Wir haben uns heute gemieden. Der gestrige Tag hat uns in eine Umlaufbahn geschossen, der keiner von uns folgen kann. Zuerst einmal ist da diese lächerliche erotische Anziehungskraft zwischen uns, die meine Haut zeitweise buchstäblich entflammt. Zum Zweiten gibt es diese emotionale Verbindung. Freundschaft. Und die Kombination aus beidem ist absolut tödlich.

Ohne also darüber explizit zu reden, sind wir beide einen Schritt zurückgetreten. Ich bin heute Nachmittag in seinem Haus geblieben und habe in dem Fantasybuch gelesen, das er mir geliehen hat, und obwohl er montags eigentlich frei hat, ist er in die Konditorei gegangen und hat fast den ganzen Nachmittag gearbeitet. Jetzt will er James besuchen, während die Walker-Schwestern und ich sein Haus besetzen.

»Jep!«, sage ich und mime eine ganz normale Frau, die nicht

nervös ist, weil ihr ein Mädelsabend bevorsteht. Doch genau das bin ich. Keinesfalls will ich eine Neuauflage des Abends im *Hank's*. Ich bin wild entschlossen, den anderen zu zeigen, dass ich eigentlich vollkommen normal bin. N.O.R.M.A.L. Oder zumindest will ich ihnen weismachen, dass ich es bin.

Noah durchschaut mich. Er spürt meine nervöse Energie eine Meile gegen den Wind. Ich klopfe unruhig mit dem Fuß auf den Boden. Ich blinzle zu viel. Ich bin wie ein Feuerwerkskörper kurz vorm Hochgehen.

Er legt den Kopf ein wenig schief, seine grünen Augen fixieren mich, und als er einladend eine Augenbraue hebt, reicht das, um ihm mein Herz auszuschütten.

»Okaaay. Nein! Ich bin total nervös! Ich glaube, das schaffe ich nicht. Weißt du eigentlich, wie lange es her ist, dass ich einen solchen Kinoabend mit Frauen hatte? Das letzte Mal in der Highschool, Noah! *Highschool*! Wir haben uns damals noch über die Backstreet Boys unterhalten und mehrere Hollister Poloshirts übereinander getragen!«

Sein mürrischer Mund verzieht sich zu einem Grinsen, und er macht einen Schritt auf mich zu. »Du machst das schon.« Noch ein Schritt. *Näher, näher, näher*. Genau deshalb haben wir einander gemieden. Es passiert immer wieder, wenn wir im gleichen Raum sind, wir können nichts dagegen tun. Unsere Körper sind auf einer Wellenlänge, mit der unser Verstand nicht mithalten kann.

Je näher er kommt, umso weiter muss ich das Kinn nach oben recken. Ich liebe es, dass er so viel größer ist als ich. »Einen besseren Ratschlag hast du nicht für mich?«

»Nope.«

»Keine Tipps, wie ich deine Schwestern dazu bringe, mich zu mögen?«

Er zuckt mit den Schultern. »Hinterlasse Wasserränder auf dem Couchtisch.«

»Du meinst, dann klappt alles wie von selbst?«

Jetzt steht er so nah, dass unsere Oberkörper sich beinahe berühren. »Du kriegst das schon hin.«

»Noah?«

»Hmm?«

»Was machst du da?«, frage ich leise. Als könne jemand unsere geheime Unterhaltung belauschen.

»Wenn ich das nur wüsste. Ich glaube, ich wollte dich umarmen.«

Ich beiße mir auf die Lippen, um mir ein Lächeln zu verkneifen. »Was?«

»Na ja, nun, da ich vor dir stehe, halte ich es eigentlich gar nicht mehr für eine so gute Idee.«

Ich nicke, und nun kann ich das Lächeln nicht mehr unterdrücken. Er muss es nicht erklären. Wir beide fühlen es – wie die Luftdruckveränderung vor einem Sturm. Ich frage mich nicht mehr, ob er mich mag oder nicht. Ich weiß, dass er es tut. Er begehrt mich, und ich begehre ihn, aber wir dürfen unserem Verlangen nicht nachgeben. Denn er ist nicht an einer romantischen Beziehung mit mir interessiert – aus welchem Grund auch immer. Eine kluge Entscheidung. Eine Beziehung mit mir würde sein Leben noch viel komplizierter machen, als ihm klar ist.

»Vielleicht tue ich es trotzdem«, sagt er, und ich weiß nicht so genau, ob seine Stimme zögerlich oder nervös klingt.

Aufrichtigkeit ist alles, was bleibt. »Ich will dich auch.«

Ein sanftes Lächeln umspielt seine vollen Lippen. »Okay, dann tue ich es. Also los. Ich werde dich jetzt in den Arm nehmen.« Noch nie bin ich vor einer Umarmung gewarnt worden. Es steigert die Vorfreude nur umso mehr.

Langsam hebt er die Hand, und ich stehe ganz still da, als er die Finger sacht auf meinen Oberarm legt. Sein Daumen hinterlässt einen sanften, heißen Abdruck auf meiner Haut, und ich spüre, wie ich dahinschmelze. Ich schiebe mich ihm ein Stück weit entgegen. Er zieht mich ein wenig zu sich. Beinahe liege ich in seinen Armen, doch kurz bevor wir uns in den Armen liegen, fliegt die Haustür auf.

»Hallo! Oh *Shiiiit!*« Es ist Madison, die einen mit einer Plastikfolie abgedeckten Topf in Händen hält. Pfeifend kommt sie an der Türschwelle zum Stehen. Noah und ich springen auseinander, so schuldbewusst wie Teenager, die gerade aus einem dunklen Zimmer kommen. Nun tauchen auch seine anderen Schwestern hinter Madison auf.

»Das bedeutet wieder einen Dollar in unsere Fluchkasse«, sagt Annie und reckt den Kopf über Madisons Schulter.

Auf der anderen Seite entdecke ich Emily. »Was? Was habe ich verpasst?«

Mein Gesicht steht in Flammen. Noah reibt sich das Kinn.

»Ich glaube, ich bin gerade in ein kleines, sinnliches Rendezvous hineingeplatzt«, erklärt Madison und zieht nachsichtig die Augenbraue hoch.

Noah schnappt sich seine Kappe vom Haken an der Wand, fährt sich mit der Hand durchs Haar und setzt sie sich fest auf seinen sexy Kopf. *Sexy? Nein … hör auf damit, Amelia.*

»Das … war es nicht«, sagt Noah gequält. »Okay, ich gehe jetzt.« Er meidet meinen Blick. Anscheinend ist ihm die Situation megapeinlich.

Die Schwestern bilden eine Gasse, durch die Noah zur Tür und in die Nacht hinausstürmt. Nie zuvor habe ich jemanden so schnell in einen Wagen springen und aus einer Ausfahrt hinausfahren sehen.

Kaum ist er fort, wenden sich sämtliche Blicke mir zu. Vor Verlegenheit prickelt meine Haut am ganzen Körper. Hat man uns gerade dabei erwischt, wie wir uns umarmen wollten oder wie wir nackt Twister spielten? Irgendwie fühlt es sich eher an wie Letzteres. Was für eine Mordsumarmung das geworden wäre! Ich hätte glatt schwanger davon werden können.

Ich halte die Hände in die Höhe. »Es war nicht sinnlich«, lüge ich.

Madison schnaubt. »Ja, klar. Dafür voll sexy. Ich kann das beurteilen, denn ich fand es widerlich, meinen Bruder dabei zu ertappen.«

»Eine Umarmung war das! Mehr nicht!«, beharre ich, nicht nur um meinet-, sondern auch um ihretwillen.

»Eine erotische Umarmung«, ergänzt Madison mit boshaftem Glitzern in den Augen und schließt die Haustür mit dem Fuß hinter sich.

Wir schniefen und wischen uns die Augen, als die Worte The End über den Bildschirm flackern.

»Ich liebe sie«, sagt Annie mit verheulter Stimme.

»Ich hab dir doch gesagt, dass sie unglaublich ist.« Mit einem Papiertaschentuch tupfe ich mir die Tränen unter den Augen ab. Es spielt keine Rolle, dass ich diesen Film bestimmt schon zwanzig Mal gesehen habe. Nach *Ein Herz und eine Krone* muss ich jedes Mal wieder weinen. Wie ein hilfloses kleines Baby.

»Aber … « Emily braucht einen Moment, um sich wieder zu sammeln, bevor sie weitersprechen kann. »Warum musste sie ihn letztlich verlassen?«

Madison putzt sich die Nase. »Sie musste! Sie hatte ihrem Land gegenüber Verpflichtungen. Sie konnte nicht einfach für immer mit ihm in Rom bleiben. Sie musste gehen, Em.«

Wir sitzen oder liegen alle irgendwo in Noahs Wohnzimmer herum. Ich fläze mit Annie auf der Couch, Emily sitzt im Sessel, und Madison liegt auf einem Stapel Decken und Kissen auf dem Boden. Wir sind allesamt zerzaust und leger und bequem gekleidet: Jogginghosen und unordentlich aufgesteckte Haare. Dauernd muss ich mir meinen Pony aus den Augen pusten, weil ich mich noch nicht an ihn gewöhnt habe, aber er ist es wert. Ich liebe ihn. Ich liebe das, was er für mich repräsentiert.

Die Frauen merken, dass ich ständig mit den Ponyfransen zugange bin, und werfen mir bedeutungsvolle Blicke zu. »Was?«, frage ich und fummele nicht länger an den frisch geschnittenen Strähnen herum.

»Du hast dir das Haar schneiden lassen«, sagt Madison.

Emilys Blick huscht erst zu mir, dann zum Fernseher, dann wieder zu mir hinüber. »Genau wie Audrey im Film.«

»Und du bist in Rome«, fügt Annie hinzu.

Ich schnappe nach Luft und fahre mit der Hand an den Kopf. »Ihr habt recht, aber echt jetzt, Leute, ich schwöre, dass ich nicht versuche, den Film zu kopieren. So gestört bin ich nun auch wieder nicht. Ich habe ihn nur … na ja, am Anfang habe mich tatsächlich daran orientiert, indem ich mich bei Nacht und Nebel heimlich auf den Weg nach Rome gemacht habe und so weiter … aber das war auch schon alles!«

Emily stößt mit dem Fuß an mein Knie. »Das ist nicht der Grund, warum wir besorgt sind. Wir machen uns Gedanken, weil … Audrey am Ende wieder verschwindet. Sie und ihr Liebster sind nicht glücklich bis ans Ende ihrer Tage.«

Oh. Das.

Ich schlucke. »Na ja. Das muss nicht unbedingt stimmen.« Ich greife nach einem Strohhalm. Was mir zu Beginn meines Abenteuers an diesem Film befreiend zu sein schien, kommt mir jetzt vor wie ein Todesurteil. »Ich glaube, Audrey hat ihr Lebensglück gefunden … nur nicht mit Gregory Peck. Sondern allein. Und das reichte ihr. Ich finde, daraus können wir alle etwas lernen.«

Drei Welpen schauen mich an, als hätte ich sie gerade erbarmungslos getreten. Madison ist die Erste, die wieder einen fröhlichen Ton anstimmt, aber es klingt aufgesetzt. »Stimmt. Und … es ist ja nicht so, als hätten wir tatsächlich erwartet, dass du – ich meine, Audrey – ein für alle Mal in Rome bleibst. Das wäre schließlich unpraktisch für deine – *ihre* Karriere.«

»Aber nun, da wir wissen, dass du – sie – oder … ach. Vergiss es. Wir sprechen doch von dir, das wissen wir alle«, sagt Annie leise und zieht die Stimmung damit wieder runter. »Es wird nicht leicht sein, sich von dir wieder zu verabschieden.«

»Und Noah …«, fügt Emily hinzu und sorgt damit dafür, dass die Stimmung endgültig zwei Meter unter den Erdboden sinkt und sich auch nicht mehr erholt. »Er wird sich ebenfalls von dir verabschieden müssen … genau wie Gregory Peck von Audrey.« Unsere feuchten Augen wandern zum Fernsehbildschirm, auf dem immer noch der niedergeschlagene Ausdruck des Mannes zu sehen ist.

Oh, Gregory. Wie konnte mir bislang entgehen, dass dieser Film im Grunde eine Tragödie ist? Könnte geradezu ein Shakespeare-Drama sein! *Du lieber Gott*! Wie konnte Audrey am Ende einfach so die Segel streichen?

Ich blinzele den Fernseher an. »Vielleicht bleiben sie ja in Kontakt.«

»Hmm«, grunzt Emily. »Er hat eindeutig ein Problem, anderen zu vertrauen. Er wird sich nie auf eine Fernbeziehung einlassen.« Ein klarer Fall von Projektion.

»Du weißt anscheinend eine Menge über Gregory Pecks Hintergrundgeschichte?«, frage ich sarkastisch.

Emily wirft mir einen vielsagenden Blick zu. »Ich kenne sie bis ins kleinste Detail. Ich weiß, was er durchgemacht hat. Ich weiß, dass er eine Frau verdient, die bei ihm bleibt und ihn so liebt, wie er es braucht. Und ich weiß, dass erotische Umarmungen im Flur nicht weiterhelfen, wenn Audrey von vornherein klar ist, dass sie am Ende sowieso gehen wird.«

Emily hält sich ein Kissen vors Gesicht, als ihr Madison ein anderes an den Kopf wirft. »Kümmere dich um deinen eigenen Kram, Em! Gregory würde nicht wollen, dass du dich einmischst. Er kann für sich allein entscheiden.«

»Gregory hat ziemlich gelitten, und ich will nicht, dass er so etwas noch einmal durchmachen muss, denn als das letzte Mal eine Frau durch diese Stadt gekommen ist und ihm das Herz gestohlen hat, ist er ihr gefolgt und hat sich dadurch selbst entwurzelt. Und nachdem er nach Hause zurückkehren musste, ist sie auch noch auf besagtem Herz herumgetrampelt, weshalb er den Glauben an alle Frauen verloren hat!« Spontan sieht sie mich wieder an – etwas sanfter als vorher ihre Schwester. »Nichts für ungut, Amelia.«

Ich schüttele den Kopf. »Schon gut.« Und tatsächlich bin ich nicht beleidigt, denn keinesfalls will ich Noah Schmerz zufügen. Oder sonst irgendjemandem. Außerdem glaube ich, dass sie recht hat. Ich kann Noah nicht das geben, was er braucht oder sich wünscht. Schließlich bin ich kurz davor, mich auf eine neunmonatige Tournee zu begeben, Herrgott nochmal. Noah hingegen ist eher der Typ, der sich identische Schaukelstühle kauft und viele Kinder bekommt.

Plötzlich kommt mir etwas in den Sinn, das Emily gerade gesagt hat. »Warum ist Noah nichts anderes übriggeblieben, als nach Hause zu kommen?«

»Okaaay!« Annie steht von der Couch auf, schnappt sich ein weiteres dieser phantastischen Spicy-Chicken-Calzone-Häppchen, die Madison mitgebracht hat, und setzt sich wieder hin. »Ich glaube, wir kommen vom Thema ab. *Gregory* würde es nicht gefallen, wenn wir an einem Mädelsabend alles auspacken, was er so im Sack hat.«

Madison kann sich das Lachen kaum verkneifen. »Im Hinblick auf einen Mann von *Sack* zu sprechen, ist nicht ganz ohne, Annie.«

»Warum?«

»Na ja, mit Sack sind manchmal auch die unteren Regionen gemeint.«

Annie schnappt nach Luft. »*Nein*. Ist ja widerlich.«

Madison wirft Emily einen Blick zu. »Genau deshalb sollten wir öfter mal hier raus und ein paar Reisen unternehmen. Sie muss mehr von der Welt sehen.«

»Damit ich mehr Umschreibungen für männliche Genitalien lerne? Nein, vielen Dank«, sagt Annie, kuschelt sich tiefer in ihre Decke und mampft ihre Teigtaschen.

Emily mustert Madison mit hochgezogener Augenbraue. »Du hast die Welt auch nicht gesehen und bist mit der Begrifflichkeit für männliche Anatomie hinlänglich vertraut.«

»Aber ich könnte noch mehr lernen! Stell dir nur vor. Ich könnte das Wort Eier auf Französisch lernen! Italienisch! Spanisch!«

Annie schnalzt mit der Zunge. »So etwas Vulgäres würde Audrey Hepburn niemals in den Mund nehmen.«

»Eigentlich«, werfe ich ein, »spielt Audrey in einem anderen Film ein Callgirl. Das ist ja das Tolle an ihr. Sie ist unberechenbar. In einem Film sieht man sie im Ballkleid, im nächsten im oversized Männerhemd und ohne Hose. Und im richtigen Leben hatte sie ein kleines Reh als Haustier.«

»Das ist es. Ich will genau wie sie sein.« Madison hält die Hand hoch und zählt an den Fingern ab. »Sie reist. Ist eine Mode-Ikone. Und würde mir definitiv das französische Wort für Eier beibringen.«

»Warum wende ich mich wohl immer an Audrey, wenn ich mich verloren fühle?« Dass ich auch gern Audrey-Filme schaue, um mich meiner Mom näher zu fühlen, wenn ich sie mal wieder besonders vermisse, erwähne ich nicht.

Madison deutet mit dem Finger auf mich. »Ja. Das mache ich ab sofort auch so. Ich brauche einen Life Coach, und dem kommt sie schon ziemlich nahe.«

Emily schnaubt. »Ich dachte, *ich* sei dein Life Coach?«

»Mein *selbst ernannter* Life Coach.«

»Aber dennoch ein Life Coach«, meint Emily grinsend.

Doch Madison erwidert ihr Lächeln nicht. »Du hast mich zur Lehrerin gemacht.«

»Und?«

»Ich hasse den Lehrberuf.«

»Oh, das kommt schon noch. Irgendwann wirst du ihn mögen.«

Die drei Schwestern fahren mit ihren Neckereien fort, was die Spannung vertreibt, die nach dem Film den Raum beherrscht hat. Zumindest sie sind jetzt wieder fröhlich. Doch mir sinkt das Herz. Und zwar geradewegs bis zum Boden, wo meine Füße eben erst angefangen haben, zarte Babywurzeln zu schlagen. Einen Augenblick lang habe ich vergessen, dass ich wieder abreisen werde. Diese Stadt ist so etwas wie eine Antigravitationskammer. Innerhalb der Stadtgrenzen fühle ich mich leicht und voller Hoffnung. Aber wenn die Zeit gekommen ist, werde ich gehen, das weiß ich. Genau wie Audrey.

Was immer da zwischen mir und Noah erblüht ist, muss aufhören. Nicht nur, dass ich ihn bald verlassen werde, er hat von Anfang an keinen Zweifel daran gelassen, dass eine Liebesgeschichte für ihn nicht in Frage kommt. Nur zu gefährlich, dass seine Körpersprache und seine Augen etwas ganz anderes sagen. Ich muss vorsichtig sein. Als diejenige, die abreisen wird, sobald ihr Auto repariert ist, muss ich auch diejenige sein, die die Grenzen wahrt, die er ursprünglich aufgebaut hat, um sich selbst zu schützen.

Annie – die empathischste Schwester der drei – liest offenbar meine Gedanken. Anscheinend ist das ihre Superkraft. »Du wirst schon eine Lösung finden – und letztlich wirst du das tun, was am besten für dich ist, und was immer es ist, es ist okay. Wir sind deine Freundinnen und werden dich unterstützen. Und Noah wird es ebenfalls tun.«

25

Noah

»Hast du etwa hier geschlafen?«, fragt James und sieht mich über die Couchlehne hinweg vorwurfsvoll an.

Stöhnend schwinge ich die Beine über die Sofakante und setze mich auf. Jeder Knochen schmerzt, und ich presse die Handballen auf die Augen und wünschte, ich hätte noch etwa sieben Stunden mehr Schlaf gehabt. Mit dreißig fällt es offensichtlich nicht mehr ganz so leicht, auf einer Couch zu übernachten, wie mit zwanzig. »Ja. Du brauchst ein neues Sofa.«

»Das ist alles? Mehr hast du nicht dazu zu sagen?« James lacht, umrundet die Couch und lässt sich mit einer dampfenden Tasse Kaffee in der Hand auf einem Sessel nieder.

Ich zucke mit den Schultern. Es ist viel zu früh für eine Unterhaltung. Allerdings nicht für James. Er beginnt seinen Tag auf der Farm um fünf Uhr morgens. Ich wette, das hier ist schon seine zweite Tasse Kaffee. Vielleicht sogar die dritte.

»Ich hab dich um neun Uhr hier vor dem Fernseher sitzen lassen, weil ich angenommen habe, du würdest nach Hause gehen, wenn die Mädels dein Haus wieder geräumt haben. Und dann komme ich ins Wohnzimmer und finde dich auf der Couch schnarchend vor, wo du dich versteckst.«

»Ich schnarche nicht.« Ich hebe mein Shirt vom Boden auf und ziehe es mir über den Kopf. »Und ich verstecke mich nicht.«

James grinst. »Ach nein? Wie nennst du es denn dann?«

Ich drücke die Zunge gegen die Wange. »Vermeidungsverhalten.«

Er gluckst vor sich hin. »Nun, wenigstens das gibst du zu.«

Es ist Zeit für Kaffee. Eigentlich ist immer Zeit für Kaffee. Ich stehe auf, gehe in James' Küche und finde dort eine volle Kanne und eine Tasse. James kocht seinen Kaffee wie ein verdammter Cowboy. Wenn man ein Hufeisen hineinwerfen würde, würde es sich darin auflösen. Ich trinke einen Schluck und ziehe eine Grimasse. »Wie kriegst du dieses Zeug nur runter?«

»Hab halt als Kind schon damit angefangen. Wahrscheinlich hat es mir schon in frühester Jugend meine Eingeweide weggeätzt, weshalb ich es nicht mal mehr mitkriege.«

»Trinkt Tommy seinen Kaffee auch so?« Tommy ist James' jüngerer Bruder. James hat die Farm geerbt, als seine Mom und sein Dad älter wurden und sie nicht mehr bewirtschaften wollten, aber Tommy hatte nie Interesse am landwirtschaftlichen Leben. Er ist ein erfolgreicher Unternehmer, immer auf Reisen und ständig dabei, Start-ups zu gründen oder Restaurants oder Hotels auf der ganzen Welt zu eröffnen. Darin ist er gut. Aber ein Mistkerl ist er trotzdem. Ehrlich gesagt kann ich ihn nicht ausstehen.

James lacht. »Zum Teufel, nein. Tommy rührt keinen Kaffee an, der nicht als Latte daherkommt und mit irgendeinem widerlichen Sirup versetzt ist.«

»Kann ich mir vorstellen.« Ich nippe erneut daran, dankbar, dass James anscheinend nicht mehr über Amelia reden will. Bevor ich bereit bin, über diese Frau zu diskutieren oder auch nur nachzudenken, brauche ich erst noch ein paar Milligramm Koffein im Blut. »Wo ist er eigentlich jetzt?«

»New York, glaub ich. Arbeitet an einem neuen Gourmet-Nudelrestaurant und schläft mit Supermodels.«

»Was für ein Leben.«

Er stöhnt. »Egal. Du wusstest doch sowieso, dass du das Leben hier dem dortigen irgendwann vorziehen würdest. Und hast es ja auch getan.«

»Um fair zu sein, Supermodels waren gerade nicht im Angebot. Vielleicht hätte ich anders entschieden, wenn es diese Option gegeben hätte.«

Lächelnd schüttelt James den Kopf. »Bullshit. Du stehst nicht auf Supermodels.« Sein Lächeln ist nun forschend. »Du stehst auf dunkelhaarige Sängerinnen mit liebenswertem Lächeln und üppigen Kurven.«

»Nun mal langsam«, rutscht es mir heraus, noch bevor ich merke, wie besitzergreifend der Gedanke mich macht, dass James Amelias Kurven bewundert. Was ist zum Teufel nur los mit mir? Wir sind nicht zusammen, weshalb Besitzansprüche völlig unsinnig sind. Wenn James hinter Amelia her wäre, dann wäre das vollkommen … inakzeptabel. Wem will ich etwas vormachen? Ich würde ihn umbringen. Ich würde ihn in Stücke reißen und würde es so schmerzhaft wie möglich machen.

James zieht die Augenbrauen hoch. Es freut ihn, einen Nerv getroffen zu haben. »Wusste ich's doch. Verdammt, du bist dabei, dich kopfüber in diese Frau zu verlieben.« Er schüttelt den Kopf. »Du steckst in der Klemme.«

Ich stelle die Tasse mit dem Benzin ab, das James gemeinhin als Kaffee bezeichnet, und durchstöbere seine Pantry. »Sei doch nicht so dramatisch. Ich verliebe mich nicht in sie. Ich finde sie attraktiv. Das ist ein Unterschied.« Ich hole einen Laib selbst gemachtes Brot heraus, der, wie ich weiß, aus *Jenna's Bread Basket* stammt, und stecke eine Scheibe in den Toaster. Eigentlich gleich zwei. »Und genau das ist, wenn du es schon unbedingt wissen willst, auch der Grund, warum ich die Nacht hier verbracht habe. Weil ich genug Grips habe, um mich nach Sonnenuntergang von einer attraktiven Frau fernzuhalten.«

Er zieht eine Grimasse. »Bedeutet das, dass ich dich in der nächsten Zeit jetzt immer morgens auf meiner Couch vorfinde?«

»Zum Teufel, nein. Ich glaube, ich habe mir letzte Nacht hier den Nacken verrenkt.« Ich massiere die Stelle, die sich anfühlt, als hätte mir jemand einen Korkenzieher hineingedreht. »Ich musste diese Nacht nur woanders verbringen, um wieder einen klaren Kopf zu bekommen. Jetzt geht es mir wieder gut.«

»Klar. Ja.« James nickt spöttisch. »Eine Nacht außer Haus, und schon bist du geheilt.«

Das Toastbrot springt heraus, was mein Stichwort zum Aufbruch ist. Ich klatsche etwas Butter auf das goldbraune Brot und reiße mir zwei Papierhandtücher ab. Eines für jede Scheibe. James bemerkt es, denn im Moment interessiert er sich nun mal brennend für mein Leben. »Warum hast du dir zwei Tücher genommen?«

»Spielt das eine Rolle? Bist du der Papiertücher-Sherriff?«

»Will ja nur wissen, warum du mein ganzes gutes Küchenpapier verschwendest, wo doch ein Papiertuch für zwei Scheiben auch gereicht hätte.« Seine Stimme trieft vor Belustigung. Sein *gutes Küchenpapier* interessiert ihn nicht die Bohne. Er will mich nur auf die Palme bringen.

Ein leises Klopfen an der Tür unterbricht uns. Wir runzeln die Stirn, bevor James hingeht, um zu öffnen, denn niemand in dieser Stadt macht dermaßen früh Hausbesuche. Er macht auf, und vor ihm steht die Frau, die ich meide. Ihre neuen Ponyfransen umrahmen ihr hübsches Gesicht, das restliche Haar ist zu einem unordentlichen Knoten auf ihrem Kopf zusammengefasst – und sie hat *mein* Sweatshirt an. Ob sie jemals auch eigene Klamotten trägt?

James' Haus ist genauso klein wie meines, weshalb ich der vor der Tür stehenden Amelia selbst von der Küche aus in die Augen sehen kann. Sie sieht, wie ich stirnrunzelnd das Sweatshirt mustere. Ihre Wangen färben sich rosa. Der kleine Dieb, auf frischer Tat ertappt. Die großen blauen Augen blitzen, und sie verschränkt die Arme über der Brust, als könnte ich ihr das Sweatshirt jeden Moment entreißen. »Mir war kalt. Es ist ziemlich kalt in deinem Haus. Und ich habe kein Sweatshirt eingepackt.« Sie hält inne, und als ich die Augen sogar noch mehr verenge, fügt sie hinzu: »Das hier hing an der Garderobe!«

James lacht leise und blickt sich kurz zu mir um, bevor er sich ihr wieder zuwendet. »Morgen, Amelia, was kann ich für dich tun?«

Sie zeigt James ihre Grübchen, und ich ertappe mich dabei, sie am liebsten mit den Händen abdecken zu wollen, damit er sie nicht sieht. Als seien diese Grübchen ein ganz intimer Teil von ihr, den nur ich sehen darf. *Mist, ich sitze tatsächlich richtig tief in der Patsche.*

»Eigentlich bin ich auf der Suche nach Noah.«

James macht einen Schritt zur Seite und bedeutet Amelia, hereinzukommen. Sie folgt seiner Aufforderung, und mir fällt auf, dass sie immer noch Shorts trägt. Winzige Shorts. Sie lugen so gerade unter dem Sweatshirt hervor, was auch James auffällt, als sie an ihm vorübergeht. Aber weil er ein guter Freund ist, schaut er schnell wieder weg. Allerdings geradewegs in meine wütend funkelnden Augen.

Amelia durchquert das Zimmer und bleibt vor mir in der Küche stehen. Erinnerungen an gestern Abend mit ihr in meinem Durchgang stürmen auf mich ein. Ich habe sie berührt. *Zärtlich.*

In nüchternem Zustand. Wie lange habe ich schon keine Frau mehr auf diese Weise angefasst. Ja, es hat sich sexy angefühlt, aber es hat auch noch etwas anderes mitgeschwungen. Tatsächlich habe ich es genossen. Als ob sie mir etwas bedeuten würde. Ich versuche mir immer noch einzureden, dass ich sie lediglich attraktiv finde, aber ich bin nicht sicher, ob ich mir das noch glaube. Nicht wenn sie so zu mir emporlächelt und es sich anfühlt, als würde in meinem Innern ein Licht explodieren. Und ich unbedingt erfahren will, wie ihr Abend mit meinen Schwestern gelaufen ist. Ich wünschte, ich könnte all meine Verpflichtungen absagen und den ganzen Tag nur damit verbringen, ihr zuzuhören. Ich bin wie gelähmt vor Angst.

Als mich nur noch wenige Zentimeter von Amelia trennen, gebe ich ihr eine Toastscheibe. Zuerst zögert sie. »Ich will dir doch deinen Toast nicht wegnehmen.«

»Den habe ich dir geschmiert«, sage ich leichthin und zucke mit den Schultern. »Ich wollte gerade nach Hause.«

Zufällig streift mein Blick James, der nur den Kopf schüttelt und mit den Lippen ein *Ich wusste es* formt. Dann tut er so, als würde er den Kopf einziehen.

»Danke!« Es entsteht eine peinliche Pause, in der Amelia verlegen von einem Fuß auf den anderen tritt. Dann sieht sie sich kurz nach James um. Er steht nur da und lächelt wie ein Geisteskranker, ohne den Hinweis zu verstehen, dass sie allein mit mir reden will.

»Willst du mit mir im Auto zurückfahren?«

»Nein!«, antwortet sie ein wenig zu entschlossen und lächelt dann. »Sorry. Äh – ich komme eigentlich nur vorbei, um dir zu sagen, dass du mich heute los bist. Annie hat mich eingeladen, mit ihr im Blumenladen zu arbeiten, und ich habe zugesagt.«

»Ich glaube, ich habe noch nie gehört, dass jemand in Zusammenhang mit Arbeit von eingeladen spricht. Fühl dich bloß nicht verpflichtet, ja zu sagen. Du bist hier, um eine Pause zu machen, nicht, um kostenlos im Laden meiner Schwester zu arbeiten.«

Sie nestelt an ihren Haarsträhnen herum. »Oh, ich weiß! Ich will es aber. Es macht bestimmt Spaß. Ich hatte schon seit einer Ewigkeit keinen Job mehr, bei dem ich nicht auf einer Bühne stand. Deshalb freue ich mich sogar drauf.« Sie pustet ihren Pony beiseite. Und ehe ich meine Hand unter Kontrolle habe, streiche ich ihr das Haar aus den Augen. Sie lächelt sanft – neugierig – über die Geste. Ich würde ja eine Entschuldigung vorbringen, aber mir fällt keine gute mehr ein. Also zucke ich nur mit den Schultern und erwidere ihr Lächeln: Es ist, was es ist. Und dann mache ich es sogar noch schlimmer.

»Du kannst mit mir in der Konditorei arbeiten.« Ehe ich mich's versehe, sind die Worte heraus. Warum zum Teufel habe ich das gesagt? Gerade erst hatte ich beschlossen, weniger Zeit in Amelias Nähe zu verbringen, und jetzt lade ich sie ein, den ganzen Tag bei mir zu sein?

»Wie kommt es nur, dass du mich noch nie gebeten hast, bei dir im *The Pie Shop* zu arbeiten?« fragt James, der offensichtlich lebensmüde ist.

Ich schaue an Amelia vorbei, meinem Freund in die Augen. »Hast du eigentlich nichts Besseres zu tun? Mais, der enthülst werden muss? Kühe, die gemolken werden wollen?«

Er schüttelt den Kopf und setzt sich wieder in den Sessel, von wo aus er uns beobachtet. »Nope. Nicht das kleinste bisschen.«

Amelia sieht James an. »Tatsächlich hatte ich gehofft, du würdest mir irgendwann mal deine Farm zeigen, während ich in der Stadt bin.«

Ich bin nicht sauer. Ich bin überhaupt nicht sauer, dass sie gar nicht auf mein Arbeitsangebot eingegangen ist und stattdessen James um eine Besichtigungstour bittet. *Absolut nicht* sauer.

»Natürlich. Vielleicht willst du mich morgen eine Weile bei der Arbeit begleiten?«

Amelia strahlt. »Ja! Können wir dann auch im Diner zu Mittag essen? Ich versuche, so viel wie möglich von der Stadt mitzukriegen, während ich hier bin.«

»Klar«, sagt James geduldig, und ich stelle mir vor, wie ich durchs Wohnzimmer stürme und ihn aus dem Fenster werfe.

Sie sieht mich wieder an und klopft mir mit dem Handrücken sacht auf die Brust. »Siehst du! Jetzt hast du mich zwei volle Tage lang nicht am Hals. Macht dich das nicht froh?«

»Verdammt froh.« Ich trinke noch einen Schluck von meinem Batteriesäure-Kaffee, nur weil ich das Brennen spüren will, dann schnappe ich mir die Schlüssel von der Anrichte. »Ich fahre dann mal … «

»*Warte*!«, ruft Amelia und presst die Hand fest gegen meine Brust. Ihre Augen sind weit aufgerissen, die Wimpern berühren fast schon die Augenbrauen, doch dann sieht sie meinen Gesichtsausdruck und lässt die Hand wieder sinken. Langsam weicht sie zum Fenster zurück, die Hand in meine Richtung ausgestreckt, als sei ich ein verschrecktes Pferd, das jederzeit scheuen könnte. »Warte einfach … eine Sekunde.« Am Fenster angelangt späht sie durch die Jalousien zu meinem Haus hinüber und stößt einen Seufzer aus. »Okay, jetzt kannst du heimgehen!«

Ihr gutgelaunter Ton macht mich sofort misstrauisch. »Was hast du mit meinem Haus angestellt, Amelia?«

»Nichts.«

»*Amelia.*«

Sie zieht die Nase kraus und macht sich auf den Weg zur Tür, wobei sie mit jedem Schritt schneller geht. »Wirklich, es war gar nichts. Nur ein … kleines Feuer auf dem Herd! Aber-die-Feuerwehr-hat's-gelöscht-ist-wieder-weg-und-meldet-sich-später!«, schreit sie mir eilig noch hinterher, bevor sie zur Tür hinaussprintet, die Toastscheibe fest umklammernd.

Die Tür schlägt hinter ihr zu, und nach einem Augenblick der Stille sehe ich James an. »Sag keinen To … «

»Amelia und Noah sitzen auf dem Baum … «

»Ich wünsche dir einen beschissenen Tag, James!«, sage ich in munterem Ton und zeige ihm im Gehen noch den Stinkefinger.

»Richte deiner Freundin aus, dass ich unser Lunch-Date kaum erwarten kann. Liebe dich!«

Dann springe ich in meinen Pick-up und fahre genau eine Minute lang hinüber zu meinem Haus. Ich steige aus und schlage entschlossen die Tür zu. Es ist mir *egal*, dass Amelia den Tag mit Annie statt mit mir verbringen wird. Ich werde *nicht* eifersüchtig sein, dass sie morgen mit James zusammen sein wird. Ich werde *nicht* den ganzen restlichen Tag über an sie denken. Sondern meine Einsamkeit im Laden genießen, wie ich es immer tue.

26

Amelia

Ich bin schon ein paar Stunden mit Annie im Blumenladen, als die Tür auffliegt und Noah hereinstürmt. Die Tür knallt gegen eine der Auslagen, so dass sie beinahe umkippt. Annie und ich fahren zusammen, und Mabel, die Blumensträuße für ihr Bed and Breakfast kauft, schreit auf.

Noah ist zerknirscht. »Sorry«, sagt er, und ein seltenes Rot überzieht seine Wangen. »Einen solch dramatischen Auftritt hatte ich nicht geplant.«

Mabel deutet mit dem Finger auf ihn. »Willst du etwa, dass ich einen Herzinfarkt bekomme? Wenn du hoffst, dass ich dadurch frühzeitig den Löffel abgebe, muss ich dich enttäuschen. Denn ich liebe dich, aber die Pension hinterlasse ich dir trotzdem nicht. Die geht an meine Nichte.«

Behutsam schließt Noah die Tür hinter sich. »Ich will deine Pension doch gar nicht, Mabel.«

Sie schnaubt. »Nun ja, das würdest du, wenn du wüsstest, was gut für dich ist! Schatz, dieses Haus ist eine Goldgrube. Und dabei meine ich nicht den Marktwert, sondern ich meine das Geld, das buchstäblich unter den Bodendielen versteckt ist!«

Noah runzelt die Stirn. »Das gefällt mir nicht! Du solltest dein Geld nicht dort lagern, Mabel. Was, wenn ein Feuer ausbricht?«

Besonders toll finde ich es nicht gerade, dass er bei diesen

Worten ausgerechnet mich ansieht. Es war ein kleines Feuer, okay? Winzig klein sogar. Als die Feuerwehr eingetroffen ist, hatte ich es schon gelöscht. Die haben mir lediglich dabei geholfen, den ganzen Rauch aus dem Haus zu bekommen. Aber meine Lektion habe ich jedenfalls gelernt. Lass keinen Pancake in der Pfanne, während du eine zweite Ladung Teig ansetzt.

Mabel stemmt die Hände in die üppigen Hüften. »Und wer sollte eines legen? Hast du vielleicht vor zu zündeln, Noah? Wenn du Geld brauchst, musst du es mir nur sagen. Irgendwas würde mir schon einfallen, das du für mich tun könntest. Um meine Aufmerksamkeit auf dich zu ziehen, ist es nicht nötig, irgendwelche Missetaten zu begehen.«

Noah wirkt perplex. Und dann bestürzt. Und dann wieder perplex. »Nein … Mabel … Ich brauche dein Geld nicht. Und wodurch sollte ein Feuer überhaupt … « Kopfschüttelnd hält er beide Hände in die Höhe. »Ach, ist auch egal.«

Noah wirft Annie einen Blick zu, und wie aufs Stichwort rennt sie zu der aufdringlichen alten Frau hinüber. »Komm, Mabel, lass uns deine Blumensträuße fertigstellen. Ich helfe dir.« Die beiden suchen weitere Blumen aus, und endlich kommt Noah zu mir an die Theke, hinter der ich aussehe wie eine richtige berufstätige Frau.

»Hi«, sagt er mit seiner ruhigen, rumpelnden Stimme. Sie ist nicht besonders tief, klingt aber dennoch wie ein höchst angenehmes Reibeisen. Ich sollte mir Ohrenstöpsel besorgen. Ich versuche, mich von ihm zu distanzieren und mir nicht vorzustellen, wie er mir etwas ins Ohr flüstert, während ich in einem Schaumbad liege und seine Finger sacht über meine Haut fahren – sogar noch sanfter als die Liebkosung seiner Stimme. Verflixt, jetzt stelle ich es mir doch vor! Und dass er heute seine Baseballkappe nicht trägt, hilft auch nicht gerade, denn nun bin ich der Wirkung seiner waldgrünen Augen voll und ganz ausgesetzt. Ich ertrinke in einem üppigen immergrünen Wald.

»Hallo«, antworte ich und ziehe mein Hirn aus dem Schaumbad meiner Träume. »Wolltest du Blumen kaufen?«

Er weicht meinem Blick aus, schaut blinzelnd unter dichten Wimpern hervor. »Nope.«

Sanft lässt er einen Finger über das samtige Blütenblatt einer langstieligen Blume neben dem Ladentisch gleiten, was mich angesichts meines neuesten Tagtraumes von ihm erschauern lässt. »Wolltest du etwas von Annie?«

Wieder ein Nein.

»Dann bist du auf dem Weg zum Markt?«

Er tritt unruhig von einem Fuß auf den anderen und schüttelt den Kopf. »Ich hab alles da.«

Meine Güte, Noah ist ja immer wortkarg, aber jetzt übertreibt er es. Unbeholfen steht er da, praktisch vibrierend vor nervöser Energie, wodurch er wiederum auch *mich* nervös macht. Mir bricht der Schweiß aus. Nicht dass sich noch Schweißflecken auf meinem Shirt bilden.

Warum steht er einfach nur da? Warum sagt er nichts?

Ich bin nicht die Einzige, die das bemerkt. Am anderen Ende des Raumes stößt Mabel einen tiefen Seufzer aus und schreit förmlich. »Um Himmels willen, Kind! Er ist *Ihretwegen* hier! Und jetzt mach hinne und frag die Lady, ob sie mit dir ausgeht, Noah, damit diese ganze Peinlichkeit endlich ein Ende hat.«

Mein Gesicht geht in Flammen auf. Sicher sieht es aus, als hätte man mich soeben in ein Fass mit Tomatensauce gedippt. Noah grinst ein wenig, wodurch seine Augenwinkel sich kräuseln. »Ich mache früher Feierabend und will angeln gehen. Das stand auf deiner Liste, also dachte ich, ich komme vorbei und frage dich, ob du mitkommen willst?«

Den Nachmittag mit Noah verbringen? Ich weiß nicht so recht. Ich habe versucht, ihn tagsüber zu meiden, damit das, was da zwischen uns vibriert, hoffentlich wieder abebbt. Deshalb will ich den morgigen Tag ja auch mit James verbringen. Ich dachte, dass Noah und ich uns in diesem Punkt einig sind – dass er es ebenfalls vorzieht, wenn ich mich von ihm fernhalte. Warum sonst hätte er die letzte Nacht bei James verbringen sollen? Aber ein Blick in Noahs Augen, und schon werde ich schwach. Ich bringe es einfach nicht fertig, ihn abzuwimmeln.

Aber natürlich muss ich ihn erst mal auf die Palme bringen.

Ich beuge mich leicht vor, stütze die Ellbogen auf dem Ladentisch ab und lege das Kinn auf den Handrücken. »Warum? Vermisst du mich?«

Er verdreht die Augen, aber seine Mundwinkel zucken. »Ganz bestimmt nicht. Ich versuche nur, dem Titel Mr. Gastfreundschaft gerecht zu werden.«

»Du hast mich also doch vermisst. Du bist ganz missmutig in deinem Laden herumgelaufen, weil du gar nichts mit dir anzufangen weißt, wenn ich nicht mehr dauernd um dich bin.«

»Kommst du nun mit oder nicht?«

Ich umrunde die Theke, stelle mich neben ihn und klimpere mit den Wimpern wie eine keusche Disney-Prinzessin. »War es so einsam ohne mich?«

Er legt mir die Hand ins Kreuz und schubst mich zur Tür. Anscheinend begleite ich ihn also tatsächlich. »Jedenfalls war es erheblich friedlicher.«

»Gib doch einfach zu, dass du mich vermisst hast!« Ich mache einen halbherzigen Versuch, abzubremsen, aber er schiebt mich weiter voran, wobei er wie selbstverständlich meinen Rücken berührt. Als ob seine warme Hand auf meinem Shirt keinen elektrischen Stromstoß über meine Haut schicken würde.

Als würde ich nicht ohnehin bereitwillig überall mit ihm hingehen.

»Annie, ich nehme dir diesen verwöhnten Popstar für den Rest des Tages ab.«

»Annabell! Mach, dass er zugibt, mich vermisst zu haben!«, rufe ich über die Schulter hinweg nach hinten. Mein schneller Blick zeigt mir eine lächelnde Annie und eine grinsende Mabel, bevor Noah die Tür hinter uns schließt.

»Still, du«, sagt Noah, bleibt am Bordstein stehen und blickt auf mich herab. Selbst wenn ich wollte, bekäme ich mich gar nicht mehr ein vor Lachen. Es ist glückliches Lachen, das einen langsamer macht, dessentwegen man die Hände auf die Schenkel legen will, um nicht umzukippen.

Noahs Blick fällt auf meinen Mund. Dort verharrt er einen vollen Atemzug lang, bevor er mir wieder in die Augen sieht. »Ich *habe* dich vermisst.«

Mein Lachen erstirbt.

Mein Herz macht einen Satz.

Mein Mund klappt auf.

Aber bevor ich antworten kann, fügt er hinzu. »Aber eine Nervensäge bist du trotzdem.«

Wie schafft er es nur, mich mit diesem Satz wieder in mein Phantasie-Schaumbad zu befördern?

In meiner Kindheit gab es eine Eiche in meinem Vorgarten. Sie war riesig. Und im Sommer habe ich am liebsten an ihrem Stamm gelehnt und Musik gehört. Manchmal habe ich meine Gitarre mit nach draußen genommen und gespielt, Songs geschrieben und jeden letzten Sonnenstrahl genossen. Wenn ich unter dieser Eiche gesessen habe und die Sonne meine Haut liebkost hat, konnte mir nichts Schlechtes widerfahren. Kein Ort auf der Welt konnte mir diesen absoluten, innigen Seelenfrieden sonst noch vermitteln.

Bis heute.

Mein Arm baumelt aus dem Fenster von Noahs Pick-up, und mein alter Freund, der Sonnenschein, erweckt unsere frühere Liebe zu neuem Leben und küsst meine nackte Haut. Der Wind weht mir das Haar ums Gesicht, und neben mir sitzt Noah – die Hand lässig am Lenkrad. Ein sanftes Grinsen auf dem perfekt gemeißelten Gesicht. Und wenn ich perfekt sage, dann meine ich nicht im klassischen Sinne perfekt. Noah ist keineswegs vom Typ hübscher Junge. Sein Gesicht ist sonnengebräunt und bärtig. Zu viel Sonne und zu wenig Sonnenschutz haben seine Nase mit jeder Menge Sommersprossen gesprenkelt. Er hat eine kleine Narbe über der Augenbraue und eine weitere über der Lippe. Wahrscheinlich hat er sich die als Junge bei einer Prügelei eingehandelt. Jemand hat seinen besten Freund beschimpft, und er hat ihn verteidigt. Aber diese einzigartige Mischung aus Narben und langen, dichten Wimpern, die leuchtend grüne Augen umrahmen, sollte verboten werden.

Abgesehen vom Rauschen des Windes herrscht völlige Stille. Wenn ich glaube, dass er es nicht merkt, spähe ich immer mal wieder zu Noah hinüber. Normalerweise mag ich das Schweigen zwischen uns. Aber im Moment bin ich ein wenig zappelig – was nur scheinbar im Widerspruch zu dem inneren Frieden steht, den ich empfinde. Beides geht Hand in Hand. Denn genau dieses Gefühl der Ruhe und Heiterkeit signalisiert mir, dass etwas unzweifelhaft *anders* ist. Noah hat eine Saite in mir angeschlagen, die nun erzittert. Ich kann nicht anders: Ich lasse mein Knie auf und ab wippen. Fasse mein Haar zu einem

Pferdeschwanz zusammen. Checke mein Handy, sehe, dass ich immer noch keinen Empfang habe, und schalte es wieder aus.

Noah bemerkt das alles, aber seine einzige Reaktion besteht darin, dass er fast unmerklichen eine Augenbraue hochzieht. Wenn ich darüber reden will, dann werde ich es schon tun, das weiß er. Er gehört nicht zu den Männern, die ständig beruhigt werden müssen – was ich anfangs für Missmut gehalten habe, ist eigentlich nur ernste Gelassenheit.

Und genau deshalb sterbe ich hier neben ihm beinahe tausend Tode. Mein Körper wünscht sich nämlich nichts sehnlicher, als dass er auf dem Seitenstreifen anhält, damit ich auf seinen Schoß klettern kann. Habe ich mir nicht gestern Abend noch ins Gedächtnis gerufen, dass ich aufhören muss, Noahs Anziehungskraft nachzugeben? Dass ich nicht mehr darüber nachdenken sollte, warum ich an seinen Lippen hänge. Daher mein Entschluss, mich von ihm fernzuhalten. Weit weg von ihm zu bleiben. Ein verdammtes Bollwerk zwischen uns zu errichten. Trotzdem bin ich jetzt hier, studiere die Linien seines Gesichts wie eine Landkarte, die ich mir genau einprägen will.

Wir brauchen Musik, um die Stille zu überbrücken.

Ich strecke die Hand aus und drücke seinen Radioknopf. Nur statisches Rauschen – weshalb ich mich frage, ob er normalerweise überhaupt Musik hört. Ich kurbele so lange, bis ich den erstbesten Sender drin habe. Sie spielen Countrymusik. Ein alter George-Strait-Song erhebt sich in die Lüfte und schwebt perfekt auf der Brise dahin. Ich bin eigentlich gar kein Fan von Countrymusik, muss aber zugeben, dass dieses Lied perfekt zu dem goldenen Sonnenschein und dem warmen Tag passt. Ich schließe die Augen und lasse den Kopf gegen die Kopfstütze sinken, genieße den Augenblick des Friedens.

In den letzten paar Tagen habe ich gespürt, wie Teile von mir wieder zum Leben erwacht sind. Wie wenn man zu lange auf seinem Fuß gesessen hat und schließlich wieder umherläuft. Am Anfang verspürt man ein unangenehmes Kribbeln, aber sobald der Fuß ordentlich durchblutet ist, kann man sich wieder ganz normal bewegen.

Unser behaglicher Moment wird plötzlich durchbrochen, als ein anderer Song angestimmt wird und die gesamte Atmosphäre verändert. Es ist ein Lied von Faith Hill und Tim McGraw, so sexy, dass ich sterben könnte. »*Let's make love … all night long … until all our strength is gone …* « Ruckartig öffne ich die Augen und sehe Noah an. Seine Hand packt das Lenkrad nun fester, aber ansonsten lässt er sich nicht anmerken, dass er plötzlich genauso nervös ist wie ich. Ich frage mich, ob er einen anderen Sender wählen wird, aber er macht keinerlei Anstalten. Ob er nicht reagiert, um kein Unbehagen in mir auszulösen, oder weil er sehen will, ob mich der Text in irgendeiner Weise berührt oder nicht, kann ich nicht so genau sagen. Vielleicht findet er das Lied ja auch nur lächerlich.

Wie dem auch sei, ich beuge mich vor und wechsele den Sender. »Puh!«, sage ich laut in dem Versuch, den peinlichen Moment zu überspielen, ebenso wie die Tatsache, dass ich beinahe seinen Radioknopf abgebrochen habe, weil ich mit solcher Gewalt daran herumgedreht habe. »Du hast doch nichts dagegen, wenn ich im Radio ein bisschen auf die Suche gehe, oder? Ich habe heute eigentlich keine Lust auf Countrymusik.«

Sein Mundwinkel zuckt nach oben. »Schade. Gehört zu meiner Lieblingsmusik.«

Ich werfe ihm einen Seitenblick zu, durchsuche die Sender aber weiter, was ihn zum Lachen bringt. »Tut mir leid, dich enttäuschen zu müssen.«

Schließlich entscheide ich mich für einen Werbespot, der ein

Mittel gegen Haarausfall bei Männern anpreist. Perfekt. Keinerlei erotische Spannung. Und bei jedem neuen Argument, das der Radiomoderator vorbringt, werfe ich Noah pseudoermutigende Blicke zu. »Na siehst du, Noah!« Spielerisch tätschele ich seinen Bizeps, bemüht, die unbeschwerte Stimmung von vorhin wiederherzustellen. »Es gibt doch noch Hoffnung für deine kahle Stelle.« Er reagiert nicht allzu belustigt, also lege ich noch einen drauf. »Ich wette, du wusstest nicht mal davon. Aber du hast eine. Da hinten. Ein klaffender, glänzender, kahler Fleck. Und weißt du was? Ich bin eine gute Freundin. Wenn du willst, dann kaufe ich diese Creme und trage sie dir auf. Außer täglich zubereiteten Pancakes mit Schlagsahne und Chocolate Chips oben drauf erwarte ich noch nicht mal eine Gegenleistung.«

»Ich mache dir mit Freuden jeden Tag Pancakes, wenn du dann den Versuch aufgibst, mein Haus abzufackeln.«

Ich will gerade etwas Freches, Fröhliches antworten, als meine eigene Stimme mir das Wort abschneidet. Es ist meine neueste Single, die bereits an der Spitze der Charts ist. Bei ihrem Klang erstarre ich. Meine Freude verblasst, und ein Felsbrocken legt sich wieder auf meine Brust. Der Song ist eine Erinnerung an die reale Welt, die ich weder will noch brauche.

»Auf deiner Tournee stellst du dieses Album vor, stimmt's?«

Ich nicke und versuche, den Kloß in meinem Hals herunterzuschlucken.

Noah nickt ebenfalls. Nach einer weiteren Pause fragt er: »Wie lange wirst du … wie lange dauert diese Tournee?« Seine Stimme klingt verdächtig entspannt. Als bemühe er sich ganz besonders, mich davon zu überzeugen, dass ihn das alles nicht interessiert und er nur Smalltalk macht. Aber ich weiß es besser.

Ich fummele am Saum meiner Shorts herum. »Neun Monate. Zwischen dem U.S.-Teil und dem internationalen Teil gibt es allerdings noch eine Pause, aber die ist nur kurz.«

Wieder nickt Noah langsam. Und diesmal ist er derjenige, der den Song abrupt abschaltet. »Okay, genug vom Radio. Außerdem habe ich gehört, dass die Sängerin eine richtige Diva ist. Und aus irgendeinem Grund will, dass alle Welt Joghurt mag«, sagt er grinsend, bevor er den CD-Player einschaltet.

»Hast du wirklich eine CD da drin? Wer hört denn heutzutage noch CDs?«, sagt die Frau, die immer noch jede Menge DVDs besitzt und sich auch ansieht.

Er wirft mir einen Blick zu. »Sei froh, dass es keine Kassette ist.«

Ich mache es mir wieder auf der Bank bequem und schaue aus dem Fenster, aufgeregt, dass ich jetzt Noahs persönliche Musikbibliothek kennenlernen werde. Keine Ahnung, was ich zu hören erwarte, aber nie in einer Million Jahren wäre ich auf Frank Sinatra gekommen. »Love Me Tender«. Franks Version von Elvis' klassischem Song weht durch den Innenraum des Wagens, und es klingt so wunderbar, dass sogar die Sonne dahinschmilzt. Natürlich hört er ausgerechnet so etwas. Natürlich, denn er ist immerhin der Klassiker. *Mein* Klassiker, will ich im Geiste am liebsten hinzufügen, aber ich verscheuche den Gedanken wie eine lästige Mücke.

Plötzlich sehe ich Noah an. »Das ist nicht deine CD?«

»Warum?«

»Weil du ein Dreißigjähriger bist, der in Rome, Kentucky, lebt.«

»Zweiunddreißig.«

»Na gut, dann eben zweiunddreißig. Du solltest etwas anderes hören, nämlich … keine Ahnung, irgendwelche schräge Rockmusik aus deiner Jugend. Oder da du klassische Dinge magst, vielleicht auch Hank Williams. Johnny Cash! Keine Ahnung … alles, aber nicht *das*!«

Er sieht erst mich an und dann wieder auf die Straße. »Magst du Frank nicht?«

Frank. Er ist so vertraut mit dem Mann, dass er ihn beim Vornamen nennt. Wie ich bei Audrey. Es tut beinahe körperlich weh, wie bezaubert ich jetzt schon von Noah bin. Viel mehr kann ich nicht ertragen.

»Ich liebe Frank Sinatra.« Meine Stimme klingt wie die einer Person, die etwas zu sagen versucht, während ihr Innerstes zusammengequetscht wird. »Genau wie die anderen wirklich Großen jener Zeit wie Ella Fitzgerald, Bing Crosby und … «

»Die sind auch dadrauf«, bemerkt Noah lässig, als ob mich das nicht total aus den Socken haut. Als ich schweige, wirft er mir ein amüsiertes Lächeln zu. »Es ist ein Sammelwerk. Meine Grandma hat mir die CD vor langer Zeit geschenkt.« Er lacht leise und widmet sich wieder der Straße. »Sie hat sie mir gekauft, weil ich damals zu viel von diesem schrägen Rock gehört habe, von dem du gesprochen hast. Sagte, ich müsste die Klassiker kennen, wenn ich je zu einem guten Mann heranwachsen wollte.«

Mission erfüllt, hätte ich am liebsten geflüstert, und zwar laut genug, dass er es hören kann. Aber ich bleibe stumm, und gemeinsam lassen wir uns von dem Song davontragen. Der Moment war eben schon perfekt, doch nun kommt er mir vor wie ein Traum. Als das Lied endet, sehe ich Noah an. »Ich liebe deine Grandma. Ich wünschte, ich hätte sie kennenlernen können.«

Ein aufrichtiges, von Herzen kommendes Lächeln erhellt sein Gesicht wie die Sonne, die im Morgengrauen am Horizont hervorschaut, aber er sagt nichts.

Noah biegt auf einen kleinen Parkplatz ein, von dem aus man einen Überblick über ein Hafenbecken hat, das sich am Rande eines kleinen, malerischen Sees erstreckt. Bäume säumen das Ufer und lassen die Szenerie abgeschieden und intim wirken. Wir steigen aus dem Pick-up, von dessen Ladefläche er zwei Angelruten und einen Angelkasten herunterholt. Gemeinsam wandern wir den langgezogenen Pier entlang, bis wir an der kleinen Plattform angelangt sind. Ich ziehe meine weißen Baumwollsneakers aus und setze mich hin, wobei ich die Beine über die Seite baumeln lasse. Es ist hoch genug, dass meine Füße etwa dreißig Zentimeter über dem Wasser schweben. Noah setzt sich neben mich, so dass unsere Schultern sich berühren. Mir wird heiß von dem unschuldigen Vergnügen, das ich seit Jahren nicht mehr erfahren habe.

Noahs Ohrläppchen werden ein bisschen rot – das passiert manchmal, wenn er verlegen wird, wie ich festgestellt habe –, und er rückt wieder von mir ab. Wenn es ein Fenster zwischen uns gäbe, hätten wir es von beiden Seiten langsam und mit dramatischer Geste in die Höhe gezogen. Wir verhalten uns wie zwei Teenager, die noch nie jemanden vom anderen Geschlecht berührt haben. Absolut lächerlich. Und wundervoll. Und verwirrend. Und unglaublich.

»Wie war sie?« Ich sehne mich nach jeder noch so kleinen Information über ihn und will gleichzeitig die Spannung zwischen uns vertreiben.

»Meine Grandma?«, fragt er, lässt die Angelkiste aufschnappen und beginnt, den Köder am Haken zu befestigen. Ich nicke. »Sie war … gleichzeitig zärtlich und feurig. Diese Frau hat es geliebt, andere Menschen zu lieben. Ich schwöre, niemand hat es geschafft, ihre Konditorei ohne eine Umarmung zu verlassen. Auch Fremde nicht. So war sie eben.«

»Wie hieß sie?«

»Silvie Walker. Ob du es glaubst oder nicht, sie und Mabel waren seit ihrer Jugend die besten Freundinnen. Zusammen sind die beiden in alle möglichen Schwierigkeiten geraten. Da mein Grandad bereits gestorben war, als meine Grandma die Vormundschaft für mich und meine Schwestern übernommen hat, hat Mabel in vielerlei Hinsicht für uns als zweites Elternteil fungiert. Selten ist ein Tag vergangen, an dem ich sie nicht besucht habe.«

»Ah … deshalb liebt Mabel dich so sehr.«

»Deshalb geht sie mir so sehr auf die *Nerven.*« Er grinst, aber ich höre die Zärtlichkeit in seiner Stimme. »Ich mag zwar meine Eltern verloren haben, aber ich hatte trotzdem Glück, von so vielen Menschen geliebt zu werden, die für mich und meine Schwestern wie eine Familie sind. Deshalb habe ich auch nicht gezögert, zurückzukehren, als sie mich hier gebraucht haben.«

Ich öffne den Mund, um zu fragen, *warum* sie ihn hier gebraucht hatten, aber er spricht weiter, bevor ich Gelegenheit dazu habe. »Apropos Namen … « Nachdem er einen widerlich aussehenden Gummiwurm an seinem Angelhaken befestigt hat, legt er die Angelrute beiseite und wendet mir den Kopf zu. »Ich habe mich gefragt, woher dein Künstlername stammt.«

»Rae ist mein zweiter Vorname.« Ich zucke ein wenig mit den Schultern. »Als ich klein war, hat meine Mom mich manchmal Rae-Rae genannt, daher habe ich damit schöne Erinnerungen verbunden. Und ich habe geglaubt, wenn die Leute mich Rae statt Amelia nennen, würde mir das helfen, mein Privat- von meinem Berufsleben zu trennen.«

»Und hat es das?«, fragt er. Genau das unterscheidet Noah von anderen Menschen: Die meisten Leute würden ein *Hmm* von sich geben, nicken und dann darüber hinweggehen. Aber er will die Antwort wissen. *Hat es das?*

»Nein. Tatsächlich hat mich Rae Rose ganz und gar verschlungen. Ich habe das Gefühl, Amelia schon lange aus den Augen verloren zu haben. Außer dir und deinen Schwestern nennt mich mittlerweile jeder Rae. Selbst meine Mom. Es ist … « Mit höflichen Worten kann ich kaum beschreiben, wie sich das anfühlt, also wähle ich eine eher grundlegende, kindische Formulierung. »Ich *hasse* es. Ich bin so durcheinander und weiß gar nicht mehr genau, wer ich bin.«

»Das muss hart sein«, sagt Noah weder verurteilend noch schockiert. Er gibt mir keine Ratschläge und verzichtet darauf, mir vor Augen zu führen, was ich unbedingt tun *sollte*. Auch scheint er nicht zu erwarten, dass ich in diesem Moment zu irgendeiner Schlussfolgerung gelange. Ich kann einfach nur aussprechen, was ich empfinde. Wenn das nicht der Inbegriff von Freiheit ist, dann weiß ich es auch nicht.

»Es ist vornehmlich die Einsamkeit, die das Ganze so schwer macht. In der Sekunde, in der ich berühmt geworden bin, haben alle aufgehört, mein wahres Ich zu sehen. Sie sehen nur noch Rae Rose und fragen sich, was diese Frau für sie tun oder ihnen geben kann. Weißt du, meine Mom war früher meine beste Freundin. Aber selbst sie betrachtet mich heute nur noch als vierundzwanzig Stunden am Tag geöffneten Bankautomaten. Das ist ätzend. Das Seltsame daran ist, dass ich im Grunde nur selten wirklich jemals allein bin, und doch kann ich mich in einem Saal mit Hunderten von Menschen befinden, die mich angeblich lieben, und mir vollkommen isoliert vorkommen.«

»Fühlst du dich in jetzt gerade auch einsam?«

Noahs Frage trifft mich mitten ins Herz. »Nein.«

Alles wäre so viel einfacher, wenn meine Antwort Ja lauten

würde. Ein Teil von mir wünschte, ich hätte in diese verdammte Stadt kommen und meine Freude an der Musik wiederfinden können, ohne noch etwas *mehr* zu finden.

»Gut. Das freut mich.« Er klingt aufrichtig. Er *ist* aufrichtig. »Und vielleicht wirst du nach dieser Auszeit auch die Liebe zu deinem Beruf wiederfinden.«

»Genau das hat Mabel auch gesagt.«

»Und sie irrt sich nie. Zumindest wird sie dir das irgendwann vor Augen führen.« Er grinst und sieht auf die Angelkiste hinab. Dann holt er einen ekligen, sich windenden, feuchten Wurm heraus, der hundertprozentig wie ein Eimer Eiswasser auf die innige Stimmung wirkt. Gut. Das ist auch bitter nötig. »Willst du deinen eigenen Haken selbst mit einem Köder versehen?«

»Bin ich ein Schlappschwanz, wenn ich nein sage?«

»Definitiv.«

Ich ziehe ein nachdenkliches Gesicht, bevor ich antworte. »Mir wird gerade klar, dass ich damit leben kann.«

»Wie du meinst, aber damit verpasst du den größten Spaß.«

Ich lache und stoße ihn an der Schulter an. »Höchstens *deine* Vorstellung von Spaß.«

»Was soll das denn heißen?«, lässt er sich auf meinen scherzhaften Ton ein.

»Du kommst mir nur nicht wie der Typ Mann vor, der wirklich auf Spaß aus ist. Etwas Ruhiges und Friedliches wie das hier ist doch viel eher das Richtige für dich.«

»Ich bin äußerst spaßig«, widerspricht er todernst. »Vergiss Mr. Gastfreundschaft. Im Grunde nennen mich alle Mr. Spaß. Du bist einfach nur noch nicht lang genug hier, um es schon mal gehört zu haben.«

»Mm-hmm. Ja, klar.«

Er zieht eine Augenbraue hoch, und seine vollen Lippen verziehen sich zu einem winzigen Grinsen. »Soll ich es dir beweisen?«

»Ja«, sage ich mit entschlossenem Nicken, nachdem ich mir den Pony aus den Augen pusten muss. »Dafür würde ich sogar Geld bezahlen.«

»Nun, du hast Glück. Die Vorstellung ist heute kostenlos.« Noah legt auch meine Angelrute auf den Boden und springt hastig auf. Stirnrunzelnd blicke ich zu ihm auf, während er die Hand ausstreckt, um mir aufzuhelfen. Ich lege meine Hand in die seine, und mein Herz flattert wie wild. Er zieht mich auf die Füße, so dass unsere Oberkörper sich beinahe berühren. Erwartungsvoll blicke ich zu ihm empor. »Okay, Mr. Spaß. Was passiert jetzt?«

Voller Ehrfurcht beobachte ich, wie sein Gesicht sich zu einem vollen, strahlenden Lächeln verzieht, wie sich Fältchen in seinen Augenwinkeln bilden. Dann legt er die Hand sacht auf meinen Bauch, und ich schnappe nach Luft – und das ist auch gut so, denn im nächsten Augenblick stößt er mich vom Landungssteg direkt ins Wasser.

27

Amelia

Ungläubig tauche ich wieder aus dem Wasser auf. Noah hat mich doch tatsächlich hineingeschubst. Ich atme tief ein und starre zu ihm empor, wie er da stolz am Landungssteg steht, die Augen zusammengekniffen, die Hände in die Hüften gestemmt – ein Grinsen im Gesicht.

Ich deute auf ihn und trete im Wasser auf der Stelle, wobei ich mir das nasse Haar aus dem Gesicht streiche. »Was, wenn ich nicht schwimmen könnte?«

»Aber du kannst es doch.«

»Das konntest du nicht wissen!«

Er winkt ab. »Dann hätte ich dich gerettet. An der Highschool war ich Rettungsschwimmer.«

Natürlich. So verlässlich. Und ich wette, in diesen roten Badehosen hat er phantastisch ausgesehen.

»Dir ist hoffentlich klar, dass du jetzt in der Tinte sitzt. Warte nur, bis ich … « Ich verstumme, als ich sehe, wie er nach dem Kragen seines T-Shirts langt und es sich über den Kopf zieht. »Äh … was machst du denn da?«, frage ich zutiefst schockiert über den Anblick seines plötzlich sichtbaren, gebräunten, fein gemeißelten Oberkörpers. Mehr als alles wünschte ich, jetzt da oben bei ihm auf dem Steg zu sein und die Finger über seine bronzefarbene Haut gleiten lassen zu können. Zuerst würde ich zärtlich das Tattoo an seinen Rippen streicheln, denn das rührt mich ganz besonders. Danach würde ich jeden verfügbaren

Zentimeter seines Körpers liebkosen. In diesem Traumbild gibt es keine Grenzen zwischen uns, und ich bin seine feste Freundin, die er innig liebt.

Aber anscheinend will Noah tatsächlich, dass ich mehr von ihm sehe. Er grinst mutwillig, als er seine Jeans öffnet und sie über die Hüften nach unten schiebt, so dass er nur noch in schwarzen Boxershorts vor mir steht. »Na, ich springe rein, oder wonach sieht das hier aus?«

Tatsächlich sieht es danach aus, als zöge dieser erwachsene, muskulöse, phantastische Mann sich am hellen Tag bis auf die Unterwäsche aus! Mir bleibt der Mund offen stehen. Meine Wangen sind kochend heiß. Wirklich praktisch, dass er Rettungsschwimmer war, denn ich laufe allen Ernstes Gefahr, zu ertrinken, während ich im Wasser auf der Stelle trete und mich mit seinem phantastischen, starken Körper konfrontiert sehe. Ist mir egal, wenn ich irgendwann versinke, denn immerhin sterbe ich als glückliche Frau, weil ich einmal im Leben wahre Perfektion gesehen habe.

Noahs Körper besteht aus nichts als Sehnen und Muskeln, wirkt dabei aber keineswegs massig oder voluminös, sondern schlank und markant. Es sind natürliche Muskeln. Nicht solche, die durch zu viel Training im Fitness-Studio gezüchtet werden, sondern die unfaire Variante, die einer Mischung aus Genetik und Liegestützen im Wohnzimmer zu verdanken sind. Seine Schultern sind ausgeprägt und breit – der Bauch stahlhart, und die Andeutung eines V verschwindet unter dem Bund seiner Boxershorts. Er ist nicht sonderlich behaart, nur ein paar vereinzelte goldene Härchen hier und da. Aber ich folge ihnen lieber nicht mit den Augen, sonst würden sich meine Pupillen womöglich so sehr weiten, dass ich geblendet wäre. Außerdem wüsste Noah dann sofort, was ich mir wünsche, nämlich diesen stattlichen Mann sofort zu besteigen. Sogar beim Anblick seiner nackten Handgelenke läuft mir schon seit einer Woche das Wasser im Munde zusammen. Welche Wirkung dann erst dieser machtvolle, wilde Körper auf mich hat, ist kaum auszudenken.

Doch ich bin nicht gezwungen, den Blick gewaltsam von ihm loszureißen, denn nun rennt er los, springt vom Steg hinab und schießt wie eine Kanonenkugel ins Wasser. Grinsend taucht er wieder auf und schüttelt sich.

»Ich kann nicht glauben, dass du dich einfach ausgezogen hast und ins Wasser gesprungen bist.«

Noah – jener Pie-Shop-Besitzer, der mit stets strenger Miene missmutig vor sich hin grummelt – hat sich soeben ausgezogen und ist mit kindlichem Grinsen ins Wasser gesprungen. Das gibt ihm eine ganz neue Facette. Eine aufregende und lebendige Seite, die sich zu seiner tröstlich-ruhigen gesellt. Leider geht seine Sexy-Punktzahl damit vollends durch die Decke.

Noahs Schultern und ausgeprägte Schlüsselbeine schweben über der Wasseroberfläche, und sein Haar ist vom Wasser um ein paar Nuancen dunkler. Kleine Tröpfchen haften an seinen Wimpern und rinnen über die straffe Haut. Irgendwie muss ich einen Weg finden, diesen Anblick wieder zu vergessen. »Du hast an meiner Fähigkeit gezweifelt, mich zu amüsieren. Ich muss mich schließlich bewähren.«

»Aber wie kommt es dann, dass du zuerst die Klamotten ausziehen darfst, so dass sie hübsch trocken bleiben, während ich die meinen noch anhabe?«

Der Blick, mit dem er mich mustert, wird dunkler. »Ich glaube, du kennst die Antwort.« *Weil er sonst die Finger nicht von mir lassen könnte. Weil diese Hitze, die ich spüre, keineswegs einseitig ist.*

Aber unter seinem Blick fühle ich mich trotzdem nackt. Ich beobachte genüsslich, wie Noah die Hand hebt, sich das Haar zurückstreicht und das Wasser auswringt. *Zeig dich nur, Bizeps. Ich bin dir ausgeliefert.*

»Noah!«, tadle ich ihn streng, während ich ihm Wasser ins Gesicht spritze. »So was darfst du doch nicht sagen!«

Er lacht leise und wendet sich ab. »Warum nicht?«

»Weil du selbst gesagt hast, dass wir mit dem Flirten aufhören müssen. Und ... du flirtest! Und zwar halb nackt! Im Wasser!«

Ich wünschte, er würde mich nicht so anlächeln. Ich wünschte, er würde nicht näher auf mich zuschwimmen. Ich wünschte, ich könnte klar genug denken, um davonzuschwimmen. Aber ich kann nicht. Ich bespritze ihn weiter halbherzig mit Wasser, bis er nah genug ist, um mein Handgelenk festzuhalten. Ich will bei seinem Anblick wimmern. Starkes Kinn, mürrischer Mund, grüne Augen, nasses Haar. Und ihn zu spüren ... es ist einfach irreal.

Sein Lächeln ist jetzt verschwunden. Keiner von uns ist mehr zu Späßen aufgelegt. Ich sehe, wie er schluckt – die Augenbrauen zusammenzieht, als leide er Schmerzen. »Ich bemühe mich so sehr, mich von dir fernzuhalten«, sagt er leise und heiser. Seine Augen wandern über mein Gesicht, und die Anziehung zwischen uns ist beinahe unerträglich. »Und scheitere immer wieder.«

Mein Puls rast, und zwar nicht vom Wassertreten. Sondern weil er mich an sich zieht, so dass mein weicher Körper an seine stählerne Brust gepresst wird. Hundertprozentig mit Hintergedanken schlingt er einen Arm um meine Taille. Wie erwartet fühlen seine Muskeln sich eisenhart an. Er nimmt meine Beine und führt sie um seine Taille. Ich schlinge die Arme um seinen

Nacken, während er für uns beide im Wasser auf der Stelle tritt. Rettungsschwimmer, in der Tat. Eine seiner Hände streicht mir sanft den Pony aus dem Gesicht. Diese Augen, die das gleiche leuchtende Grün haben wie die Bäume, die den See säumen, fixieren meinen Mund.

Langsam schwimmt er auf das sandige Ufer zu. Ich weiß, was er vorhat, und mein ganzer Körper fleht mich geradezu an, jetzt bloß den Mund zu halten. Meine Lippen zu verschließen und diesen Augenblick nicht zu verderben. Aber das kann ich ihm nicht antun.

»Noah«, flüstere ich und habe Mühe, die Worte auszusprechen. »Es hat sich nichts verändert. Ich muss immer noch abreisen.«

Er hört nicht auf zu schwimmen. »Ich weiß. Ich kann damit leben, wenn du es auch kannst.«

Ich nicke schweigend und halte mich an ihm fest, bis seine Füße endlich den Sandstrand erreicht haben, so dass er nicht weiter Wasser treten muss. Der Sonnenschein und Noahs Blick versengen meine Haut. Er zieht mich dicht an sich, und ich klammere mich an seinen Hals. Es ist Himmel und Hölle zugleich. Sein Mund schwebt über dem meinen, sein Atem flüstert Versprechungen an meinen Lippen. Ungeduldig verlagere ich mich und presse die Finger in die tiefen Furchen an seinen Schultern, denn er küsst mich immer noch nicht, obwohl ich vor Verlangen brenne. Sein Lächeln ist gleichzeitig sanft und spöttisch. Offensichtlich genießt er es, das Ganze in die Länge zu ziehen – zu beweisen, dass er sich unter Kontrolle hat, nicht nur seine Worte, sondern auch seinen Körper.

Mir jedoch ist jegliche Selbstbeherrschung abhandengekommen, denn unser letzter Kuss ist schon viel zu lange her. Außerdem bin ich gar nicht so sicher, ob ich jemals von einem Mann geküsst oder im Arm gehalten wurde, den ich so sehr mochte. Ich schlinge die Beine fest um seinen Oberkörper, weshalb er einen Laut zwischen halb Lachen und halb Knurren von sich gibt. Ich neige den Kopf für den optimalen Kuss. *Wenn du es schon tust, dann tu es auch richtig.* In seinen Augen lodert ein Feuer. Eine seiner Hände spreizt sich auf meinem Rücken, die andere umfasst mein Kinn. Sein Griff ist ebenso besitzergreifend wie meiner.

Ich halte den Atem an, als seine Lippen die Lücke schließen und sich auf die meinen pressen. *Wonne. Wunder. Magie.* Das sanfte Kratzen seiner Barthaare wirkt wie ein Streichholz, das meine Sinne entflammt. Ich spüre ihn überall. Mein Herz pocht wie wild gegen meine Rippen, und meine Haut brennt lichterloh vor Lust und Verlangen. Falls überhaupt möglich presse ich ihn nur noch fester an mich. Seine Hände umfassen meinen Rücken, meine Hüften, meine Schenkel. Nicht wild, sondern beherrscht und zielgerichtet – eben wie *Noah.* Unsere Münder erkunden diese neue Nähe in gemächlichen Liebkosungen. Seine Zunge neckt meine Lippen, und bereitwillig gebe ich mich ihm hin. Mir entfährt eine leise Mischung aus Stöhnen und Keuchen, die seine Hände anspornt, so dass ein lustvolles Kribbeln meinen ganzen Körper erfasst. Wir finden unseren einzigartigen Rhythmus, als würden wir uns der Brandung ergeben. Doch sie ist gefährlich, weshalb uns nichts anderes übrigbleibt, als uns von der Strömung davontragen zu lassen.

Er neigt den Kopf, und ich passe mich seiner Bewegung an. Ich weiche zurück, und er folgt mir. Er weicht zurück, und ich folge ihm. Seine Berührung markiert mich, brennt seinen Namen überall in meine Haut, und ich klammere mich an ihn, als bedeute ihn loszulassen den sicheren Tod. Noah zu küssen ist mehr als ich je erwartet hätte. Mehr als ich mir je hätte erhoffen können – und es überzeugt mich von etwas, wovon es mich gar nicht überzeugen sollte: Wir passen zusammen.

Seine wundervollen, schwieligen Hände gleiten über die samtige Haut meines Rückens, als er mein Shirt hochzieht, und ich hebe die Arme in die Luft, um ihm zu helfen. Ich trage eine schlichte, dunkelblaue Baumwollbralette, und obwohl ich wegen meiner kleinen Brüste immer Komplexe hatte, schaut Noah mich an, als hielte ich den Schlüssel zur Welt in den Händen. Als sei ich so kostbar und begehrenswert, dass er Angst hat, mich zu berühren.

»So wunderschön«, murmelt er und beschreibt einen zärtlichen Pfad aus Küssen an meinem Hals hinab und über meine Schlüsselbeine. Er hält mich in den Armen – zitternd, wenn auch sicher nicht vor Anstrengung. Und plötzlich bin ich vollkommen überwältigt. Mir wird alles zu viel. Ich lasse ihn los. Einer von uns muss wieder klar denken, und ich bin wütend, dass ausgerechnet ich es tun muss. Aber ich werde nicht zulassen, dass wir uns weiter hinreißen lassen und die Sache in etwas verwandeln, das auch nur im Entferntesten auf Herzschmerz hinausläuft. Ein Kuss ist eine Sache – aber *mehr* ist definitiv nicht drin.

Als unsere Münder sich voneinander lösen, betrachte ich sein wildes Gesicht und seine geschwollenen Lippen. Mit dem Finger fahre ich über sein markantes Kinn, seinen Hals und seine Schlüsselbeine. Anscheinend sieht er mir meinen Schmerz an – den inneren Aufruhr –, denn der köstliche Druck seiner Finger lässt nach. Er lockert seinen Griff und schließt die Lider, atmet tief ein und öffnet sie wieder. »Das war keine gute Idee, oder?« Sein Blick ruht erneut auf meinen Lippen, als sei er ganz kurz davor, dort weiterzumachen, wo wir begonnen haben. Der Ausdruck seiner Augen ist eindeutig: Am liebsten würde er mich weiter zum Ufer hinauftragen und mich hier und jetzt lieben, wenn ich mich einverstanden erkläre.

Ich schwimme zurück, um ein wenig Abstand zwischen uns zu bringen, wobei ich mein Shirt hinter mir herziehe. »Es war eine sehr gute Idee – aber nun müssen wir sie vergessen.« *Wieder einmal.*

Er nickt und sieht zu, wie ich mein Shirt auswringe und es mir wieder über den Kopf zerre.

Mit beiden Händen fährt er sich durchs Haar, steht nun ein wenig höher im Wasser, so dass ich den Anblick seiner Brust und das Spiel seiner Muskeln genießen kann. Seine Haut spannt sich über den Rippen, und Wasser perlt über seine glatte Haut. Ich fürchte, mir hängt die Zunge aus dem Mund und ich sehe aus wie das überhitzte Emoji. Mit rotem Gesicht und keuchend.

Wir brauchen beide ein paar Minuten, um uns wieder zu beruhigen. Dann trocknen wir in der Sonne, während wir schließlich das tun, wozu wir hergekommen sind: Wir angeln. Aber schnell wird mir klar: Angeln ist langweilig, und ich würde viel lieber mit Noah herumknutschen. Deshalb brauche ich eine Weile Abstand von ihm. Ich blicke mich nach ihm um und öffne den Mund, um ihn zu bitten, mich nach Hause zu fahren, wo ich mich für den Rest des Tages in meinem Zimmer einschließen will, aber er kommt mir zuvor.

»Es gibt da jemanden, den ich dir vorstellen will. Ich hatte gehofft, du würdest mich begleiten?«

Das ist das genaue Gegenteil von Abstand. Das Gegenteil von Vergessen. Und definitiv das Gegenteil von eingeschlossen in meinem Zimmer sein.

Und doch …

»Ja!«, sage ich, ohne zu zögern.

28

Amelia

Noah fährt auf den Parkplatz eines betreuten Wohnheims und schaltet den Motor aus. Sein Gesicht wirkt sorgenvoll, und ich befürchte beinahe, dass er seine Entscheidung, mich herzubringen, vielleicht bereut.

Ich betrachte das langgezogene, einstöckige Gebäude und schaue dann wieder Noah an. »Wen besuchen wir hier?«

Nach unserem kleinen Abenteuer im See hat Noah mich zunächst nach Hause gebracht, wo wir uns beide umgezogen haben, bevor wir wieder in den Wagen gesprungen sind. Ich habe allerdings ein wenig länger gebraucht als gedacht, denn während ich mir meine verfilzten, nassen Haare ausgekämmt habe, kam mir ein neuer Songtext in den Sinn. Meine letzte musikalische Inspiration ist Monate her. Nachdem ich also auf mein Zimmer geeilt bin und den Vers in mein Handy eingespeichert habe, habe ich mich aufs Bett fallen lassen und gelacht, wie man es macht, wenn man sich vor Freude kaum noch halten kann. Am liebsten hätte ich meine Mom angerufen und es ihr erzählt, denn früher war sie immer der erste Mensch, dem ich meine Songs vorgesungen habe. Aber eine solche Beziehung haben wir schon seit Jahren nicht mehr. Es wäre zu plump und unerwartet gewesen, wenn ich sie aus heiterem Himmel angerufen und ihr mitgeteilt hätte, dass ich zum ersten Mal seit langem wieder einen kreativen Funken in mir gespürt habe, also habe ich es für mich behalten.

Nun im Auto nimmt Noah die Mütze ab und legt sie beiseite. »Meine Grandma.«

»Deine ... « Ich bin sprachlos. Mir schwirrt der Kopf. So wie er immer über sie spricht, habe ich geglaubt, dass Noahs Grandma schon längst gestorben ist. »Die Grandma, die dich großgezogen hat?«

Er nickt, und sein erschöpfter Blick wandert zum Eingang des Wohnheims hinüber und dann wieder zu mir zurück. »Ich weiß, dass du dachtest, sie sei tot, und ich hab dich in dem Glauben gelassen, denn ehrlich gesagt war das leichter, als alles zu erklären. Ich ertrage es einfach nicht, wie die Leute reagieren. Wie sie ein vielsagendes *Aaah* von sich geben, als sei ich ein Heiliger, oder mich mitleidig ansehen, weil ich mich um meine Großmutter kümmern muss. Wenn ich also jemand Neues kennenlerne, behalte ich es für mich. Zumindest ... bis ich das Gefühl habe, dem Betreffenden wirklich vertrauen zu können.«

An diesem letzten Satz halte ich mich fest wie an einer Haltestange in der U-Bahn. »Und du vertraust mir jetzt?«

Er lächelt und nickt erneut. »Ja. Und wenn du Lust hast, fände ich es schön, wenn du sie kennenlernst. Aber ... sie ist nicht mehr die Grandma, die mich einst großgezogen hat. Vor drei Jahren wurde bei ihr Alzheimer diagnostiziert. Meine Schwestern und ich haben sie damals in diesem betreuten Wohnheim untergebracht. Es war eine schwierige Entscheidung, aber hier lebt sie so viel sicherer als zu Hause, und sie können so viel für Alzheimer-Patienten tun.«

Das letzte Puzzleteil fällt an seinen Platz. »Deine Grandma ist der Grund, warum du aus New York wieder nach Hause zurückgekehrt bist?«

»Genau. In dem Jahr, in dem ich fort war, ging es mit ihrem Gedächtnis rapide bergab. Meine Schwestern haben beinahe täglich angerufen und mir berichtet, wie viele Sorgen sie sich um sie machen. Grandma ist zum Supermarkt gefahren und hat sich nicht mehr erinnert, wie sie dorthin gekommen war oder wie sie wieder nach Hause kommen sollte. Glücklicherweise kennt und liebt sie jeder in der Stadt, weshalb ihr normalerweise nichts passieren konnte. Trotzdem hat es uns Angst eingejagt. Und nachdem Emily mit ihr zum Arzt gegangen war und dieser die Diagnose bestätigt hatte, konnte ich nicht länger fernbleiben.« Er runzelt die Stirn, als würde er in Erinnerungen abtauchen, die er sonst eigentlich zu meiden versucht. »Merritt – meine Ex-Verlobte …«, erklärt er, als ob er mich noch einmal daran erinnern müsste, denn schließlich habe ich ihren Namen bereits ganz oben in meine *Hass-Hass-Hass*-Liste eingraviert. »Sie konnte nicht verstehen, warum ich wieder nach Hause musste. Sie fand, meine Schwestern sollten das *erledigen* und ich solle mich auf mein eigenes Leben konzentrieren.« Er schnaubt. »Ich kann noch immer nicht glauben, dass sie dieses Wort benutzt hat. Es ist so erniedrigend. Als ob die Frau, die ihr Leben geopfert hat, um mich nach dem Tod meiner Eltern liebevoll großzuziehen, auf eine Angelegenheit reduziert werden könnte, die *erledigt* werden muss.« Seine Hände ballen sich zu Fäusten.

Sprachlos lege ich meine Hand darauf und drücke sie. Noah sieht hinab, und seine Faust lockert sich. Ich kann förmlich sehen, in welchem Augenblick der Schmerz von ihm ablässt. »Aber eigentlich war es so am besten. Letztlich war Merritt nicht die Richtige für mich. Von Anfang an nicht, wenn ich ehrlich bin.«

Da steckt noch mehr dahinter. Ich erinnere mich, dass Jeanine im Diner erwähnt hat, dass Noah betrogen worden ist, aber das erwähne ich jetzt nicht. Das würde ihn momentan vermutlich überfordern. »Danke, dass du mir das anvertraust«, sage ich und meine es ernst. »Das ist also die Person, mit der du so häufig zum Lunch verabredet bist?«

»Ja. Meine Schwestern und ich wechseln uns ab, damit sie beinahe täglich einen von uns bei sich hat. Und an den meisten Abenden besucht Mabel sie. Im Sommer teilen wir uns die Abstecher bei ihr gerecht untereinander auf, aber wenn die Schule wieder anfängt, schaffen es Emily und Madison mittags oder nachmittags nicht mehr, hier herauszukommen, weshalb Annie und ich häufiger übernehmen.« Er deutet auf die Einrichtung. »Die Pflegekräfte sind unglaublich nett zu meiner Grandma. Aber ... wir wollen uns trotzdem immer mit eigenen Augen davon überzeugen, dass es ihr gut geht. Und dafür sorgen, dass sie sich nicht einsam fühlt.«

Es gibt so vieles, was ich in diesem Moment gern sagen würde. Am liebsten würde ich mich zu ihm hinüberbeugen, die Arme um ihn legen und ihn fest an mich drücken. Aber mir ist klar, dass es nicht das ist, was er will. Er ist nicht der rührselige Typ. Ihn überschwänglich zu loben, würde ihn nur verärgern. »Das freut mich. Schön, dass sie euch alle hat.« Mit zärtlichem Lächeln schaue ich ihm in die Augen, wobei ich gewissenhaft darauf achte, bloß nicht »mitleidig« dreinzublicken.

»Wenn du willst, kannst du mit reinkommen und sie kennenlernen. Du musst dir aber darüber im Klaren sein, dass sie nicht immer in der Gegenwart lebt. Und es ist besser für sie, wenn wir sie nicht korrigieren, wenn sie sich bei irgendetwas irrt. Ich versuche immer, mich dem Ort und der Zeit anzupassen, in dem ihr Geist sich gerade aufhält.«

»Ich werde mich einfach an dir orientieren«, versichere ich in der Hoffnung, ihn ein wenig zu beruhigen und ihm zu beweisen, dass er mir im Hinblick auf sie tatsächlich vertrauen kann.

Er lächelt angespannt und sieht aus, als wolle er noch mehr Anweisungen und Ermahnungen aussprechen, doch dann öffnet er ohne ein weiteres Wort die Tür des Pick-ups und steigt aus. Nachdem ich es ihm gleichgetan habe, treten wir Seite an Seite durch die Schiebetüren ins Gebäude. Ich wünschte, ich könnte seine Hand halten, verschränke die meinen aber dennoch lieber hinter dem Rücken.

An der Rezeption bleiben wir stehen, und Noah schenkt der Frau in Schwesterntracht dahinter ein freundliches Lächeln. »Hi, Mary«, sagt er, nimmt sich einen Stift von der Theke und notiert unsere Namen auf einem Besucherblatt. *Noah und Amelia.* Nebeneinander. In seiner wunderschönen Handschrift. Flüchtig frage ich mich, ob man es bemerken würde, wenn ich dieses Blatt beim Hinausgehen verschwinden ließe, um es für den Rest meines Lebens als Andenken zu bewahren.

»Noah! Ich hab mich schon gefragt, wann Sie heute kommen würden.« Ihr Blick fällt auf mich, und ihre Pupillen weiten sich. Wahrscheinlich hätte ich lieber Noahs Baseballcap überziehen sollen, aber das habe ich vollkommen vergessen. »Sie haben heute … eine Freundin dabei«, sagt sie und verwandelt sich zusehends in einen beduselten Zombie. Ich kenne diesen Blick. Genauso sieht ein Fan aus, und ich mache mir Sorgen, dass die Situation gleich aus dem Ruder läuft. Noah wird es bereuen, mich mitgebracht zu haben, und die hübsche Vertrauensblase, die wir uns erarbeitet haben, wird zerplatzen. The End.

»Stimmt genau«, sagt er leise, beugt sich über die Theke und senkt die Stimme sogar noch ein wenig mehr. »Aber wir wären Ihnen dankbar, wenn Sie keinem verraten würden, dass sie hier ist. Es täte meiner Grandma nicht gut, wenn plötzlich das gesamte Pflegepersonal in ihrem Zimmer herumturnen würde.«

Er zwinkert Mary zu und … wow. Hat man so was schon erlebt? Es funktioniert.

Mary sieht nun wieder zu Noah und verwandelt sich genauso schnell wieder zurück vom Fan in die professionelle Pflegekraft. »Natürlich. Gehen Sie nur rein und besuchen Sie sie. Sie ist heute bestens gelaunt und ziemlich gut drauf.«

»Gut zu wissen. Danke, Mary.«

Auf dem Weg durch das Gebäude bleibt Noah immer wieder stehen und unterhält sich mit nicht weniger als bestimmt zwanzig Leuten. All die alten Ladys haben ihn ins Herz geschlossen. Häufig beugt er sich zu ihnen herab, damit sie seine Wange tätscheln können. Er verteilt Umarmungen wie Süßigkeiten an Halloween. Hier, in dieser Umgebung, ist er so weich. So zärtlich und liebevoll zu all diesen Menschen, die beides gar so nötig haben. In der Fürsorge um andere ist Noah ein Naturtalent. Bei dieser Erkenntnis macht mein Herz einen Sprung vom Turm hinab ins allertiefste Becken des Gefühlspools.

Endlich haben Noah und ich die Tür seiner Grandma erreicht. Beide sind wir mittlerweile umhüllt von den Düften mindestens zwanzig verschiedener Parfüms. Ich lache, als ich sehe, dass jemand eine rote Lippenstiftspur auf Noahs Wange hinterlassen hat, und wische sie ab. Belustigt verdreht er ein wenig die Augen, als verzeihe er diesen alten Ladys ohnehin alles.

»Einmal hat mir sogar eine Achtzigjährige in den Hintern gekniffen, als ich mich vornübergebeugt habe.«

Ich lache und mustere den fraglichen Po mit übertrieben scharfem Blick. »Kann ich ihr nicht verdenken. Ist schließlich ein ziemlich knackiger Hintern, den du da hast.«

»Aufhören.« Stöhnend klopft er leise an die Tür und öffnet sie. Noch einmal schaut er sich nach mir um, und ich sehe in seinen Augen, dass er zögert. Er tut sich schwer, mir diesen Teil seines Lebens zu zeigen. Ich grinse, forme meine Finger zu Popokneifern und nähere sie seinem Hintern, damit er sich weiterbewegt. Er packt mein Handgelenk, bevor meine Finger seine Pobacke berühren können, und lässt die Hand dann nach unten wandern, um sie mit meiner zu verschränken. Die emotionale Verbindung macht mich ganz benommen. Irgendwie ist diese Geste noch viel intimer als der Kuss im See.

Er zieht mich mit sich in den heiteren, sonnenbeschienenen Raum hinein. Wir kommen an einer Wand mit jeder Menge Fotos vorüber, auf denen Noah und seine Schwester in sämtlichen Stadien ihres Lebens zu sehen sind. Am liebsten hätte ich mir jedes einzelne genau angesehen, aber Noah zieht mich zu der süßen, kleinen Frau, die in einem Sessel sitzt und aus dem riesigen Panoramafenster in den Garten der Einrichtung hinausblickt.

»Na, hallo, Liebes«, sagt Noah, und seine butterweiche Stimme lässt meine Knie ganz weich werden.

Seine Grandma – Silvie – sieht zu ihm auf. Offensichtlich weiß sie erst nicht genau, was sie von diesem Besuch halten soll, und versucht, ihn zu verstehen. Sie hat kurzgeschnittenes, weißes Haar, das in viele kleine Löckchen gelegt ist, so wie viele ältere Ladys ihr Haar gern frisieren. Ihre porzellanfarbene Haut ist so dünn, beinahe durchscheinend. Aber diese Frau trägt keinen Trainingsanzug. Kommt nicht in Frage. Offensichtlich ist sie mit jeder Faser ihres Seins immer noch die Südstaatenschönheit von einst. Eine Perlenkette ziert ihren schlanken Hals, und den leuchtend pinkfarbenen Cardigan hat sie mit einer hübschen, schwarzen Caprihose aus Leinen kombiniert.

»Nun, ja, hi …«, sagt sie freundlich und runzelt nur ganz leicht die Stirn. Offensichtlich hat sie keine Ahnung, wer Noah ist, und mein Herz zieht sich seinetwegen zusammen.

Er wartet gar nicht erst darauf, dass sie ihm irgendwelche Fragen stellt, sondern zieht mich an seine Seite und legt den Arm um mich, als gehöre ich wie selbstverständlich hierher. »Tut mir leid, dass ich zu unserem üblichen Lunch-Termin etwas spät dran bin«, sagt er mit strahlendem Lächeln. »Ich hoffe, Sie haben nichts dagegen, aber ich habe heute noch jemanden mitgebracht. Mrs. Walker, darf ich Ihnen meine Freundin Amelia vorstellen. Amelia, das ist Silvie Walker. Diese liebreizende Lady erweist mir ein paarmal die Woche die Ehre, mit mir zu Mittag zu essen und mir Gesellschaft zu leisten.« Ich weiß, dass er das alles um Silvies willen erklärt und nicht für mich.

»Wie schön, Sie kennenzulernen, Mrs. Walker. Haben Sie etwas dagegen, wenn ich ein wenig bleibe und bei Ihrem gemeinsamen Mittagessen störe?«

Silvies Augen – genauso grün wie Noahs, nur etwas trüber – hüpfen ein wenig nervös zwischen uns beiden hin und her. »Natürlich nicht … nehmen Sie doch beide Platz. Aber ich warne Sie schon mal vor, ich habe nicht allzu viel Zeit. Mein Enkel und meine Enkelinnen kommen bald aus der Schule nach Hause, und ich muss noch ein paar Kekse für sie backen.« Sie zwinkert mir zu. »Schließlich brauchen alle Kinder hin und wieder einen Cookie, wenn sie vom Lernen nach Hause kommen.«

Noah drückt ganz leicht meine Schulter, dann lässt er mich los und bedeutet mir, mich auf den Sessel neben ihm zu setzen. »Haben die Kinder ein Glück«, sagt er mit leisem Lachen. »Ich liebe Cookies.«

Ihre Augen fangen an zu leuchten. Es ist erstaunlich, zu beobachten, wie gut Noah sie kennt. Wie er sie sofort entwaffnet und ihr die Sorgen nimmt. »Wirklich immer noch? Ich persönlich bevorzuge Kuchen. Aber von Zeit zu Zeit ist natürlich auch gegen einen guten Cookie nichts einzuwenden. Die backe ich allerdings nur, weil mein Enkel nichts für Kuchen übrighat, der kleine Racker.« Sie lächelt, und durch ihre Erinnerungen erkenne ich, wie sehr Noah als Kind geliebt wurde. Wie sehr er immer noch geliebt wird … nur auf andere Art.

Wenn es ihn schmerzt, dass sie ihn nicht als ihren Enkel erkennt, lässt er es sich mit keiner Silbe anmerken. Er schlägt ein Bein über das andere und sieht mich an. »Was ist mit dir, Amelia? Magst du lieber Cookies oder Kuchen?«

Ich mache ein übertrieben nachdenkliches Gesicht, bevor ich grinsend antworte: »Ich stehe vornehmlich auf Pancakes, wissen Sie?«

Silvie zieht die Augenbrauen hoch. »Ach wirklich? Pancakes sind natürlich auch gut …«, versichert sie auf jene großmütterliche Art, die mir das Gefühl gibt, dass meine Meinung zählt und wichtig ist.

So plätschert die Unterhaltung auch während der darauffolgenden Minuten dahin, und als unser Besuch Silvie offensichtlich zu ermüden scheint und ihr Blick abwesend wird, entschuldigt Noah uns und behauptet, er müsse nun wieder zurück zur Arbeit. Er fragt, ob er sie zum Abschied umarmen dürfe, und sofort breitet sie die Arme für ihn aus. Doch dann schockiert sie uns beide, indem sie das Gleiche für mich tut.

Und in diesem Augenblick, als ich in Silvies warmen Armen liege, schaue ich auf und sehe, wie Noah mich anstarrt. Und ich könnte schwören, dass er feuchte Augen hat. Gregory Pecks niedergeschlagenes Gesicht zuckt mir durch den Sinn, und mir sinkt das Herz. Ich hätte ihn nicht küssen sollen. Ich hätte nicht zulassen sollen, dass er mir diesen wichtigen Teil seines Lebens zeigt.

Dadurch wird es nur noch schmerzhafter werden, ihn zu verlassen.

29

Noah

»Wir müssen reden«, sagt Amelia und dreht sich abrupt um, um mir, kaum dass wir das Haus betreten haben, den Weg zu versperren. Aber wohl kaum in erotischer Absicht. Ihr Blick ist bedrückt, und sie beißt sich auf die Unterlippe. Ich strecke die Hände aus, um ihr beruhigend über die Arme zu streichen, aber sie schüttelt heftig den Kopf.

»Nein, tu das nicht«, sagt sie, und sofort lasse ich die Hände wieder sinken.

Panik steigt in mir empor. Habe ich irgendetwas falsch gemacht? War dieser Kuss im See zu viel? Vielleicht war sie noch nicht bereit dafür, und ich habe ihre Signale falsch gedeutet.

Amelia atmet tief ein und dann langsam wieder aus. »Noah … «

»Es tut mir leid«, platze ich heraus, denn ich kann den Gedanken nicht ertragen, sie zu sehr gedrängt oder aufgeregt zu haben. »Das am See war gedankenlos, und ich hätte dich fragen sollen, was dir überhaupt recht ist, und … «

Mit einem Lachen unterbricht sie meine Entschuldigung. Ihre Augen funkeln belustigt, aber die Traurigkeit ist dennoch nicht aus ihnen verschwunden. »Du glaubst, der Kuss hat mich aus der Fassung gebracht? Noah, ich bin durcheinander, weil … ich dich mag.« Sie lächelt zaghaft. »Und ich hätte mich nicht von dir küssen lassen sollen, denn für mich war es nichts rein Körperliches. Ich habe … nun ja, ich habe sehr reale Gefühle für dich entwickelt, obwohl du mir gesagt hast, ich solle es nicht tun.«

Ich widerstehe dem Drang, mich an die Tür zu lehnen, um Halt zu finden. *Verdammt.* Das ist übel. Wir hätten uns definitiv nicht küssen sollen. Es war okay, solange es nur körperliches Begehren war, aber zu wissen, dass sie mich mag, verändert alles.

Es ist ein Problem, denn ich empfinde ebenfalls etwas für sie. Sogar ziemlich viel. Unangenehm viel, und ich will eigentlich nichts dagegen unternehmen. Zwei Menschen können nicht wochenlang unter dem gleichen Dach leben und wissen, dass sie das Gleiche füreinander fühlen, ohne ihre Beziehung ungewollt voranzutreiben. Das ist der Grund, warum ich nicht zugebe, wie sehr ich mich nach ihr sehne. Dass ich nachts kaum Ruhe finde, weil mich der Gedanke quält, dass sie nur auf der anderen Seite des Flurs schläft. Dass ich noch nie jemanden kennengelernt habe, der derlei Gefühle in mir auslöst.

»Ameli … «

Hastig presst sie mir die Hand auf den Mund. »Nein. Sag jetzt nichts. Du hast von Anfang an keine Zweifel über deine Absichten gelassen, und ich erwarte nicht das Geringste von dir. Nichts wird sich verändern. Wir sind Freunde, und so wird es bleiben.« Als sie sicher ist, dass ich sie nicht unterbrechen werde, lässt sie die Hand wieder sinken. »Ich sage es dir jetzt nur, weil wir für mich ab sofort ein paar Regeln aufstellen müssen, um nicht noch einmal in Versuchung zu geraten, die Grenzen zu überschreiten.«

»Regeln«, wiederhole ich, und aus meinem Mund klingt dieses Wort gar nicht gut. »Welche zum Beispiel?«, frage ich und gehe in die Küche, um mir ein Bier zu holen, denn irgendetwas sagt mir, das ich es brauchen werde.

Amelia folgt mir und setzt sich auf den Barhocker an der Kücheninsel, während ich zwei Flaschen aus dem Kühlschrank hole. Sie nimmt ihre entgegen und trinkt einen langen Zug, bevor sie sie so energisch auf die Theke stellt, dass sie zusammenzuckt, weil sie dabei beinahe die Flasche zerbricht.

Sie schenkt mir ein niedliches, entschuldigendes Lächeln, dann macht sie wieder ein feierliches Gesicht. »Also zuerst einmal, keine Küsse mehr. Aber das ist wohl offensichtlich.«

Offensichtlich oder nicht, ich finde es ätzend. Am liebsten würde ich sie täglich den ganzen Tag küssen, bis ich an Sauerstoffmangel sterbe.

»Okay, sprich weiter.« Ich stelle mein Bier ab und verschränke die Arme vor der Brust.

Sie beobachtet meine Gesten, lächelt in sich hinein und räuspert sich leise. »Es wäre vielleicht auch besser, wenn wir auf Berührungen verzichten würden. Also vollkommen.«

Der Zusatz vollkommen fühlt sich an wie ein unnötiger Schlag in den Magen nach einem bereits beendeten Boxkampf. Amelia niemals mehr berühren zu dürfen, nachdem ich weiß, wie sie sich in meinen Armen anfühlt? Nie wieder ihr befriedigtes Seufzen an meinen Lippen zu spüren? Folter. Das ist keine Übertreibung, aber ich weiß natürlich trotzdem, dass sie recht hat. Es geht nicht anders.

»Keine Berührungen, kapiert. Sollte ich einen Mindestabstand einhalten? Ich könnte kurz im Baumarkt vorbeischauen und uns ein Maßband kaufen, das wir immer mit uns rumtragen könnten.«

Amelias Augen funkeln spöttisch, und sie verengt ein wenig die Augen. »Sagen wir, eine Fußlänge reicht. Und als Letztes sollten wir keine Zeit mehr allein miteinander verbringen.«

Ich atme scharf ein, denn das tut am meisten weh. Ich will

ihr widersprechen, aber es wäre nicht fair, mich gegen ihre Regeln aufzulehnen, während sie sich so sehr bemüht, meine zu respektieren.

Ich hebe also das Bier an die Lippen und trinke einen kräftigen Schluck, um die Antwort hinauszuzögern. Ihre blauen Augen beobachten mich eindringlich, als sitze sie auf heißen Kohlen.

Schließlich stelle ich das Bier wieder ab und wappne mich. »Obwohl ich von Anfang an erkannt habe, wie unterschiedlich Merritt und ich waren, dachte ich, dass unsere Beziehung gelingen könnte.« Das war offensichtlich nicht die Art von Antwort, die sie erwartet hat. Ein wenig erschrocken reißt sie die Augen auf und hebt die Brauen. Ich spüre das vertraute, wilde Pochen in meiner Brust, das sich immer meldet, wenn ich jemandem etwas Emotionales anvertrauen will, aber ich möchte, dass sie es weiß.

»Unsere Welten waren von Anfang an vollkommen verschieden, aber ich habe es ignoriert, und genau das hat letztlich zum Ende unserer Beziehung geführt. Sie war ein Stadtkind, hat den Stress und das geschäftige Treiben von New York geliebt, während ich lieber hier mit meiner Familie gelebt, ruhige Spieleabende an Samstagen genossen und es schön gefunden habe, den Namen eines jeden zu kennen, den ich auf der Straße treffe. Als ich Merritt nach ihrem Besuch hier einen Antrag gemacht habe, hat sie ihn angenommen, aber keinen Zweifel daran gelassen, dass sie hier nicht würde leben können und ich mit ihr nach New York gehen müsse.«

Ich denke an jene Monate in der großen Stadt zurück und daran, wie sehr ich es gehasst habe, ständig mit Fremden auf Tuchfühlung zu gehen. Überall nur Menschen. Überall Gedränge. Und jeder hatte zu tun. Ich konnte beim besten Willen nicht nachvollziehen, wie sehr das Stadtleben Merritt belebt hat. Wie sehr sie die U-Bahn geliebt oder dass sie es sogar genossen hat, sich, egal wo wir waren, ein Taxi zu rufen. Je länger ich dort war, umso verhasster war mir diese Stadt. Mein Job bei der Bank hat es auch nicht besser gemacht. Ich habe das Weiche, Nachgiebige meiner Stadt vermisst, ihre Menschlichkeit –, auch wenn die Leute hier mich oft zum Wahnsinn treiben.

»Du musst mir wirklich nichts erklären, Noah.«

»Danke, aber ich möchte, dass du weißt, warum ich mich so schwertue, eine Beziehung mit dir zu beginnen … falls es dich überhaupt interessiert?«

Sie nickt. »Ja.«

Also fahre ich fort. »Ich habe damals wirklich gedacht, unsere Gefühle könnten die Unterschiede zwischen Merritt und mir überbrücken. Aber es hat nicht gereicht. Anscheinend hatten wir uns beide in unsere Vorstellung vom jeweils anderen verliebt und nicht in den tatsächlichen Menschen.« Ich senke die Lider, denn ich brauche eine Pause von Amelias intensivem Blick und klopfe mit dem Knöchel auf die Tischplatte. »Dennoch bin ich ein ganzes, unglückliches Jahr in New York geblieben, in dem ich sie aufgrund ihres Jobs kaum gesehen und in dem wir vornehmlich gestritten haben, wenn wir doch einmal aufeinandergetroffen sind. Und als ich dann wegen meiner Grandma zurückkehren musste … nun ja, da ist alles implodiert, und ich habe plötzlich erkannt, dass Merritt und ich niemals füreinander bestimmt gewesen waren. Öl und Wasser.« Ich sehe Amelia wieder an und schüttle den Kopf. »Ich hatte so viel von mir selbst in diese Beziehung investiert, dass ich mich dabei fast verloren hätte. Das darf nicht noch einmal passieren. Ich bin nicht mal sicher, ob ich momentan in einer Lebenssituation bin, in der ich es tun *könnte,* selbst wenn ich es wollte.«

Unglücklicherweise läuft es auf so vielen Ebenen zwischen Amelia und mir genauso wie damals mit Merritt. Eine stürmische Romanze mit einer Frau auf der Durchreise, die definitiv nicht bleiben will. Nur ist es jetzt im Grunde noch schlimmer, denn Amelia hat nicht nur einen anspruchsvollen Beruf, sondern ist auch noch berühmt. Sie braucht jemanden an ihrer Seite, der kein Problem mit einer Fernbeziehung hat, der alles stehen und liegen lassen und zu ihr fliegen kann, wenn sie ihn braucht. Und sosehr ich es mir wünsche, das kann ich nicht leisten. Ich würde sie nur herunterziehen, genau wie damals Merritt.

Wir schweigen beide eine Minute lang, bis Amelia aufsteht und nach ihrem Bier greift. »Danke, dass du es mir gesagt hast. Es tut gut, zu wissen, warum es so ist.« Und ich merke, dass sie ihre Worte ernst meint. Ihre Stimme ist sanft, ihr Lächeln freundlich. Sie ist so verständnisvoll, dass es schmerzt. »Diese Regeln werden funktionieren. Lass sie uns befolgen, okay?«

Ich halte ihrem Blick stand und nicke langsam. Sie wendet sich ab und schlägt den Weg zu ihrem Zimmer ein, dreht sich dann aber noch mal zu mir um. »Und, Noah?«

»Hmm?«

»Sie hatte dich nicht verdient. Ich stimme dir zu, dass gegenteilige Lebensentwürfe manchmal einfach nicht zusammenpassen können – wie saure Gurken auf Brownies.« Sie schaudert angewidert, weshalb ich lachen muss. »Aber manchmal ... können sie einander auch besser machen. Wie Ahornsirup und Bacon.«

Sie schenkt mir wieder dieses Lächeln, bei dem mir das Herz stehenbleibt, bevor sie sich für den restlichen Abend in ihr Zimmer zurückzieht. Ich gehe in meines und versuche zu lesen, kann mich aber nicht konzentrieren, denn ich kann immer nur daran denken, wie sehr ich Ahornsirup mit Bacon verdammt nochmal liebe.

»Hi, Noah. Ich bin's, Amelia. Ha ha, das wusstest du wahrscheinlich schon. Ich rufe von James' Haus aus an … was … du wahrscheinlich auch schon wusstest, weil ich schließlich nicht bei dir zu Hause bin und diese Nachricht auf deinem Anrufbeantworter hinterlasse. Jeeedenfalls. Wollte ich dir nur sagen, dass James vorgeschlagen hat, eine kleine Dinnerparty mit dir und deinen Schwestern zu veranstalten. Ich bleib also tagsüber hier und helfe ihm bei den Vorbereitungen. Wenn du Rauch siehst, schick die Feuerwehr her. Wenn du keinen Rauch siehst, komm um sechs selbst her. Deine Schwestern haben bereits zugesagt. Alsooo ja, okay, ich häng dann … « PIEP.

Ich stütze die Fäuste neben dem Anrufbeantworter auf, den ich noch nie so gern aus dem Fenster geworfen hätte wie jetzt, und meine Knöchel treten weiß hervor. Was zum Teufel ist nur los mit mir? Noch nie war ich ein solcher eifersüchtiger Trottel, aber bei der Vorstellung, dass Amelia und James schon den ganzen Tag auf seiner Farm verbracht haben und jetzt auch noch eine Dinnerparty schmeißen wie irgend so ein spießiges Vorstadtpärchen, möchte ich meinem besten Freund am liebsten den Hals umdrehen. Wie unfair, dass James endlos viel Zeit mit ihr verbringen darf, während sie und ich jetzt von diesen neuen Regeln daran gehindert werden.

Verdammte Regeln.

Ich seufze und fahre mir mit den Händen übers Gesicht, als könnte ich so die pulsierende Eifersucht fortwischen. Ohne den geringsten Erfolg.

Stattdessen muss ich dauernd an den gestrigen Kuss denken, der immer noch in meiner Seele nachhallt. Sie fühlte sich so richtig in meinen Armen an – so süß und weich, und sie hat sich an mir festgehalten, als *brauche* sie mich. Natürlich ist es ein Fehler gewesen. Ein sexy, heißer, unvergesslicher Fehler. Was auch sonst?

Warum muss ausgerechnet dieser Kuss der beste meines ganzen verdammten Lebens gewesen sein? Warum habe ich ihn heute den ganzen Tag bei der Arbeit nicht mehr aus dem Kopf bekommen? Dreimal habe ich gemerkt, wie ich völlig weggetreten war, während ich Kuchenteig ausgerollt habe. Als ich wieder zu mir gekommen bin und in der Konditorei stand, anstatt im Geiste im Wasser mit Amelia zu paddeln, war die Butter in meinem Teig geschmolzen, und ich musste von vorn anfangen. Und alle haben es gemerkt. Harriet wollte einen Kuchen kaufen, und auch Mabel war da, und dann ist die Hölle losgebrochen. Ich hatte verwechselt, wer welchen Kuchen bekommen sollte, und ehe ich mich's versah, hat Harriet mich ins Kreuzverhör genommen.

»Siehst du? Das ist diese Frau, die ihn ganz wuschig im Kopf macht!«, hat Harriet vorwurfsvoll gerufen.

»Natürlich! Der Junge ist verliebt, das sieht doch jeder. Und was ist daran verkehrt? Er hat ein bisschen Glück verdient«, hat Mabel gesagt. Alle sind so daran gewöhnt, in meiner Gegenwart über mich zu reden. Nur selten muss ich mich überhaupt an dem Gespräch beteiligen, was ich normalerweise eigentlich auch ganz gut so finde.

Harriet hat die Stirn gerunzelt. »Und auf wessen Kosten geht das? Ich sag dir was! Auf Kosten seiner Seele. Diese Frau schläft in seinem Haus und führt ihn auf alle möglichen Arten in Versuchung.«

Mabel hat geschnaubt und die Augen verdreht. »Lass seine

Seele in Ruhe, Harriet, und kümmere dich um deine eigenen Angelegenheiten. Ein wenig Versuchung dieser Art könnte dir auch nicht schaden … vielleicht wärst du dann nicht ständig so verbittert.«

Trotzdem hatte Harriet nicht unrecht – zumindest was den wuschigen Kopf anging. In puncto Seele wird man noch sehen. Das Problem ist nur, dass ich es mir im Moment nicht leisten kann, dermaßen durch den Wind zu sein. Ich brauche jedes Fitzelchen Verstand, das ich kriegen kann, um mich nicht in Amelia Rose zu verlieben. Nur dass … nein. Ich glaube, das habe ich schon.

Um 17.58 Uhr stehe ich vor James' Haustür. Also geschlagene zwei Minuten zu früh. Und weil ich bei Amelia nicht den Eindruck erwecken will, dass ich nach unserem ersten Tag der Trennung allzu erpicht darauf bin, sie zu sehen – dass ich eilig geduscht und praktisch durch die langgezogenen Vorgärten gesprintet bin, um nur ja pünktlich um sechs Uhr da zu sein –, stehe ich jetzt reglos da und warte, bis meine Uhr punkt sechs Uhr anzeigt, ehe ich anklopfe.

Aber kaum habe ich die Hand erhoben, fliegt die Tür auf. Und sofort begrüßt mich Amelias hübsches Lächeln. Na ja, zunächst ist ihre Miene überrascht, und *dann* lächelt sie. Um auf der Stelle wieder ein ernstes Gesicht zu ziehen, als sei ein Lächeln fehl am Platze. Keine Ahnung, wie ich dieses Mienenspiel deuten soll.

»Hi! Sorry. Ich wusste nicht, dass du vor der Tür stehst. Eigentlich wollte ich gerade zu deinem Haus rüberrennen, um mir ein Sweatshirt zu holen.« Sie meint *mein* Sweatshirt. Würde mich nicht überraschen, wenn das Ding nach ihrer Abreise fehlt.

»Oh. Okay … und *ich* wollte gerade klopfen. Ich hab nicht hier draußen herumgestanden oder so was.« Ich deute auf die jetzt offene Tür für den Fall, dass sie sonst denken könnte, ich würde an die Häuserwand klopfen wollen.

Sie lächelt wieder, und sofort bin ich hin und weg. »Ja. Dachte ich mir.«

Eine Minute lang starren wir einander an, und ich kriege kaum Luft. Kann kaum einen klaren Gedanken fassen. Kaum etwas anderes denken, als daran, wie es wäre, sie in meine Arme zu schließen und an meine Brust zu ziehen. Ich würde ihr Haar küssen. Ihre Stirn. Mich dann über ihre Schläfe und ihre Wange hinab zu ihrem Mundwinkel vorarbeiten und dann …

»Hattest du einen schönen Tag?«

»Nein«, rutscht es mir unwillkürlich heraus. Und als sie stirnrunzelnd weiterlächelt füge ich ein »Ich meine, ja« hinzu.

Jetzt ist sie verwirrt. *Kein Wunder*. Wieder verfallen wir in verlegenes Schweigen. Smalltalk liegt mir schon unter normalen Umständen nicht besonders. Mein Hirn ist nicht dafür gemacht. Und im Moment möchte ich einfach nur das sagen, was ich denke: *Du siehst phantastisch aus. Deine Jeansshorts gefallen mir – die hab ich bei dir noch gar nicht gesehen. Dein weißes Tanktop ist niedlich. Hat deine Managerin dich heute mal wieder geärgert? Ich will nicht, dass du weggehst. Ich habe davon geträumt, dich wieder zu küssen. Ich traue mir selbst nicht über den Weg, wenn ich mit dir allein bin. Und ich will ganz genau wissen, wie dein Tag war, von Anfang bis Ende. Lass kein Detail aus*. Ich weiß, dass sie es mir erzählen würde. Sie würde mir ihr hübsches Herz ausschütten, ihre Augen würden funkeln und leuchten, wie sie es immer tun, wenn sie fröhlich ist.

Doch ich sage nichts dergleichen, denn ich bin ein Süchtiger auf kaltem Entzug.

»Was ist mit dir? Wie war dein Tag?«

»Gut. Er war gut.«

»Gut.«

Wir nicken beide. Wie Roboter, die unbeholfen versuchen, Menschen zu imitieren. Als Nächstes werde ich mich verbeugen, und sie wird knicksen. Wie bescheuert das alles ist. Ein einziger Wahnsinnskuss, und schon können wir nicht mehr miteinander reden.

»Okay, na ja, dann hole ich mir mal das Sweatshirt«, sagt sie fröhlich.

»Gut.« Ich trete einen Schritt zur Seite, um sie vorbeizulassen, aber sie weicht in die gleiche Richtung aus. Wenn sie nicht abrupt stehen geblieben wäre, wären wir zusammengeprallt. Ein schnelles, verlegenes Lachen, und ich trete wieder beiseite. Einen kurzen Augenblick lang schaut sie zu mir auf, und ich sehe, dass ihre Schultern sich etwas entspannen. Ihr Lächeln ist selbstironisch, aber liebevoll. Im Film wäre das der Augenblick, wo wir unsere menschlichen Masken ablegen und enthüllen, dass wir die gleichen alten Roboter sind, die wir schon immer waren, gefangen in der Rolle, die zu spielen man uns gezwungen hat.

Als sie an mir vorüber- und zur Tür hinausgleitet, dringt mir ihr süßer Duft in die Nase. Und plötzlich sehe ich vor mir, wie ich die Hand in ihrem Haar vergrabe. Wie ihr Mund ungeduldig den meinen erkundet. Ihre Beine um meine Taille. Der Geschmack ihrer Lippen, und ihr Hals und …

»Ganz schön seltsam, Ihr beiden.«

Ich hebe den Kopf und entdecke James mit einem Bier in der Hand an der Schwelle zur Küche. Offensichtlich hat er die ganze Szene beobachtet. Grunzend knalle ich mit dem Stiefelabsatz die Tür hinter mir zu.

Er will, dass ich auf seine Bemerkung eingehe, aber das lasse ich tunlichst bleiben. Stattdessen gehe ich in die Küche und schaue nach, was sie auf dem Herd haben. Überraschung, Überraschung, Frühstücksessen. Rühreier dampfen auf dem Herd, Biscuits sind im Ofen, gebratener Bacon ruht auf einem Teller, und Gravy simmert in einer Pfanne. Es ist eine von Grandmas alten. Sie hat sie James eines Abends vor vielen Jahren geschenkt, als er zum Abendessen bei uns war und gestanden hat, keine gusseiserne Pfanne zu besitzen.

Sofort muss ich das Bild von James verdrängen, der Amelia beibringt, wie man Country Gravy in der Pfanne meiner Grandma kocht. Ich schwöre, wenn er die Arme um sie gelegt hat, um ihr beizubringen, wie man das Mehl in die Milch und das Baconfett einrührt, gibt's einen Schlag gegen die Kehle. Eigentlich bin ich kein gewalttätiger Typ, aber für eine Veränderung ist es nie zu spät.

»Die musst du dir ansehen«, sagt James, der keine Ahnung hat, dass ich ihn neuerdings hasse. Er tritt zu einer mit Folie abgedeckten Platte hinüber, und noch bevor er sie anhebt, weiß ich, was darunter ist. Ich erkenne die Form und den Geruch, denn genau der wabert schon seit Tagen durch mein Haus.

Pancakes.

Wirklich miserable Pancakes.

Ich spüre, dass James auf eine Reaktion wartet, aber ich achte weiterhin auf eine ausdruckslose Miene. Ich nicke bedächtig mit nach unten gezogenen Mundwinkeln. »Pancakes.«

»Mehr hast du nicht dazu zu sagen?«

»Worauf hast du denn gehofft?«

James stellt sein Bier ab und verschränkt die Arme vor der

Brust. »Ich will, dass du mir erklärst, was es mit dieser speziellen Speise auf sich hat. Eine Stunde lang hat diese Frau wie eine Besessene Pancakes gemacht und sich auch nicht einen einzigen Tipp von mir geben lassen. Hat mich kaum angesehen oder auf Fragen geantwortet, während sie sie gebacken hat –, hat immer wieder davon gekostet und sich dann tierisch aufgeregt, weil sie *überhaupt nicht wie seine schmecken.*« Immer noch sieht er mich forschend an, aber ich lasse mir nichts anmerken, denn immerhin muss ich schon mal üben. Im Vergleich zu dem Verhör, dem ich durch meine neugierigen Schwestern gleich ausgesetzt sein werde, ist das hier nämlich harmloses Vorgeplänkel. Und ich will nicht, dass irgendjemand erfährt, was gestern im See passiert ist. Ich muss also auf jeden Fall so stoisch reagieren wie eh und je.

Also zucke ich mit den Schultern und drehe mich auf der Suche nach einem Bier zum Kühlschrank um. Ich nehme mir eins, öffne es und widerstehe dem Drang, hinüberzugehen und jeden einzelnen ihrer Pancakes zu inspizieren. Um zu sehen, ob sie mittlerweile schon etwas dazugelernt hat. Sie sehen nicht mehr ganz so knusprig aus wie beim letzten Mal. Anscheinend hat sie also schon mal verstanden, dass sie die Pfanne nicht jedes Mal aufs Neue einfetten muss, wenn sie einen neuen Klecks Teig hineingibt.

»Sie isst die Dinger halt gern. Mehr steckt nicht dahinter.« Ich erzähle James nichts von Amelias Liste, denn offen gesagt finde ich, dass sie ihn nichts angeht. Er hat schon den ganzen Tag mit ihr verbracht und womöglich Dinge über sie erfahren, die ich nie herausfinden werde. Dieser Gedanke macht mich krank vor Eifersucht, weshalb ich ihm schon aus Prinzip möglichst viel an Informationen vorenthalten will.

»Gefällt ihr die Farm?«, erkundige ich mich im gleichen

Ton, wie jemand fragen könnte: *Hast du dir endlich mal dieses auffällige Muttermal entfernen lassen?*

Aber der Kerl ist schon seit meiner Geburt mein bester Freund und durchschaut jegliches Pokerface. »Frag mich doch einfach«, sagt er leise glucksend.

»Was soll ich dich fragen?«

Er reckt ein wenig das Kinn. »Ob ich sie mag.«

»Nein.« Ich trinke noch einen Schluck.

»Ob sie heute mit mir geflirtet hat.«

Ich beiße die Zähne aufeinander und blicke zu Boden, schlucke den Kloß in meiner Kehle herunter. »Nein.«

Er stöhnt laut und wirft einen dramatischen Blick gen Himmel. »Du bist ein solcher Sturkopf. Du verdienst es eigentlich gar nicht, aber weißt du was? Ich erzähle es dir trotzdem, denn wenn ich eines Tages Liebeskummer habe, wird mich hoffentlich auch irgendein armer Irrer von meinem Leid erlösen.«

Keine Ahnung, was er sagen will, aber mein Herz pocht gleich ein bisschen schneller. Ich glaube, ich beuge mich sogar ein bisschen vor. Glücklicherweise bemerkt er das nicht, denn er rührt in der Soße, sonst hätte er es *bestimmt* nicht unkommentiert gelassen.

»Ich mag sie nicht, denn erstens bin ich ein toller Freund und habe von Anfang an gesehen, dass du in sie verschossen bist. Zweitens: So wie sie deinen Namen heute mindestens tausendmal genannt hat, wäre ich ein Holzkopf, wenn ich mit dir konkurrieren wollte.«

Ich muss mir auf die Innenseite meiner Wange beißen, um mir das Lächeln zu verkneifen. »Sie hat von mir gesprochen?«

Er verdreht die Augen. »Ja. Ständig hat sie erwähnt, was sie glaubt, was du in jeglicher Situation wohl gesagt haben könntest. Hat sich gefragt, ob du je auf der Farm geholfen hast. Wie lange ich dich wohl schon kenne? Würde Noah das nicht witzig finden? Alles und jedes hatte anscheinend mit Noah zu tun. Deshalb sag mir eins: Wie sieht es bei dir aus, denn ich habe so den Eindruck, dass sie wirklich etwas für dich empfindet.«

Ich nippe wieder an meinem Bier und bereite meine Lüge vor. »Sie ist gerade mal eine Woche in der Stadt. So schnell kann man keine Gefühle entwickeln.«

»Bullshit.«

»Ich glaube, sie bedeutet Ärger.«

»Doppelter Bullshit.«

Seufzend betrachte ich den Stapel Pancakes. »Ich glaube, ich hab ein Problem.«

»Bingo. Da haben wir's ja. Also glaubst du, Ihr beiden könnt ...« Aber James wird unterbrochen, denn nun kommt Amelia hereingestürmt.

»Ich habe vergessen, die Biscuits herauszuholen!« Sie reißt die Ofentür auf, wobei ihr das Haar um die Schultern flattert. Die Wangen sind gerötet von dem Volldampf-Sprint, den sie von meinem Haus hierher zurückgelegt haben muss. Ihre Augen leuchten auf, als sie das Gebäck sieht. »Kommt raus zu mir, meine kleinen Biscuit-Engel-Babys. Ihr seid zu gelungen, um zu verbrennen wie eure bösen Pancake-Cousins da drüben.« Mit mutwilligem Grinsen sieht Amelia sich nach mir um. »Und ja, ich habe schon wieder eine Ladung Pancakes ruiniert, und ich brauche keine Kommentare von den billigen Plätzen, alles klar? Ich stehe drei Stunden lang in zehn Zentimeter hohen Absätzen auf der Bühne, wobei ich gleichzeitig singe und tanze, und das auch noch vor Tausenden von Zuschauern, aber eine verdammte Ladung Pancakes kriege ich nicht gebacken. Absurd. Unentschuldbar eigentlich. Aber das ist okay, denn jetzt kann ich *Biscuits und Gravy* machen.« Sie grinst von einem Ohr zum anderen. »Ich bin mittlerweile so ein Landei, dass ich nicht mehr meine eigene Stimme im Kopf höre, sondern nur noch die von Reese Witherspoon und Dolly Parton.«

Wie es ihre Art ist, fährt sie mit ihren Selbstgesprächen fort, aber ich höre gar nicht richtig hin. Ich konzentriere mich darauf, dass sie wieder mein Sweatshirt trägt. Dass keine Frau darin jemals so wunderschön aussehen kann wie Amelia. Sie muss es definitiv mitnehmen, wenn sie abreist. Oder ich muss es verbrennen. Muss eine Wikinger-Bestattung organisieren und es in Flammen mitten auf den See hinausschicken.

Als ich schließlich aufblicke, starrt James mich mit selbstgerechtem Grinsen an. Er fährt sich mit dem Daumen über den Hals – die landläufige Geste für *Du bist ein toter Mann*.

30

Amelia

»Oh, hör auf, so eklig sind sie nun auch wieder nicht!« Ich stütze die Ellbogen auf den Tisch und deute mit der leeren Gabel über den Tisch hinweg auf Madison.

Madison hält sich nach dem Bissen Pancakes die Hand an die Kehle und gibt ein Würgen von sich. Mit den Lippen formt sie das Wort *Wasser*, als sei sie seit fünfunddreißig Jahren in der Sahara unterwegs. Ich werfe ihr einen noch nicht angebissenen Biscuit an den Kopf.

Sie nimmt ihn aus dem Schoß und beißt großzügig davon ab. »Die Biscuits schmecken. Doch deine Pancakes sind einfach ungenießbar.« Sie grinst.

»Weil die Biscuits aus einer Backmischung stammen«, steuert James wenig hilfreich von der anderen Seite des Tisches bei.

Ich schnappe in gespieltem Zorn nach Luft und erdolche ihn mit meinem Blick. »Was fällt dir ein, meine Biscuits zu outen?!«

Emily lacht. »Ich zerstöre deine Illusionen ja nicht gern, aber wir wussten gleich nach dem ersten Bissen, dass sie nicht auf deinem Mist gewachsen sind.«

»Wie unhöflich! Annie, sag ihnen, dass meine Pancakes so schlimm nun auch wieder nicht sind.«

Meine süße Annie presst die Lippen aufeinander und lächelt bedauernd, sagt aber nichts. Ich verberge das Gesicht in den Händen, lache und spüre meine erhitzte Haut in den Handflächen. Ich habe zwei Gläser Rotwein intus, von dem ich ohnehin immer rote Wangen bekomme. Und dass mich alle durch den Kakao ziehen, tut sein Übriges. Aber ich liebe es. Wir sitzen auf James' hinterer Veranda, essen und trinken. In der Gesellschaft dieser Menschen fühle ich mich frei und zwanglos. Den ganzen Tag hatte ich Lust zu singen wie schon seit langem nicht mehr.

Nachdem sie leuchtende Farben aus dunklem Pink und Orange auf den Himmel gezaubert hat, ist die Sonne vor einer Stunde untergegangen, und nun zeichnen die Lichterketten am Rand der überdachten Veranda warme Muster in den Abend. Hinter dieser Veranda befinden sich riesige Gemüseplantagen, Scheunen und Gewächshäuser. Das weiß ich, weil James mir alles gezeigt hat – und obwohl ich den Tag lieber mit Noah verbracht hätte, habe ich jede Sekunde meiner neuen Freundschaft mit James genossen.

Ich kann immer noch nicht glauben, dass ich hier bei diesen Menschen sitze. Die mich genug mögen, um mich aufzuziehen. Um anzuerkennen, wenn ich etwas nicht kann. Bei denen ich scheitern darf und die sich köstlich darüber amüsieren – immer und immer wieder.

Der dritte Grund für meine roten Wangen sitzt am Fuße des Tisches zu meiner Rechten. *Noah.* Ich kann kaum seinen Namen denken, ohne eine Gänsehaut zu bekommen. Allein ihn nach diesem Kuss in meiner Nähe zu wissen, setzt meine Haut so sehr in Flammen, dass ich Bacon darauf braten könnte. Ich habe jeden Blick in seine Richtung gewissenhaft vermieden, denn ich traue mir nicht. Ein Blick in seine immergrünen Augen, und schon muss ich gewiss wieder daran denken, wie seine Hände sich auf meiner Haut anfühlen. Ich würde an sein Lächeln denken. An sein Lachen.

Ich würde mit meinen Gefühlen nicht mehr hinterm Berg halten können, was prompt seine Schwestern verärgern würde, denn schließlich haben wir *gerade* erst darüber gesprochen, dass romantische Gefühle tabu sind. Da ich nun doch welche für ihn habe, will mir das Bild von Gregory Pecks niedergeschlagenem Gesicht am Ende von *Ein Herz und eine Krone* einfach nicht aus dem Sinn gehen. Wird Noah auch so aussehen, wenn ich abreise? Vielleicht bin ich ja anmaßend. Vielleicht wird er keine Sekunde mehr an mich denken. Vielleicht war es nicht mehr als ein Kuss für ihn, weshalb der Abschied ihm nicht das Herz zerreißen und ihn hohl und leer zurücklassen wird wie mich.

Ich spüre seinen Blick auf mir, und es ist die pure Folter, ihn nicht zu erwidern. Ich brauche einen Vorwand, um ihm zu entgehen, also stelle ich mein leeres Weinglas auf den Tisch und erhebe mich. »James, ist dieses Klavier in deinem Wohnzimmer gestimmt?« Ich habe Schmetterlinge im Bauch. Denn in Wahrheit sehne ich mich schon seit heute Morgen, als ich das Klavier entdeckt habe, es auszuprobieren. Außerdem bin ich ein bisschen nervös, denn es fühlt sich an, als würde ich nach der Entfernung des Gipsverbandes zum ersten Mal seit Wochen wieder das vormals verletzte Bein belasten. Werde ich Schmerzen haben, oder ist es abgeheilt?

»Natürlich«, antwortet er fröhlich.

»Toll! Wer spielt ein Spiel mit mir?«

Zehn Minuten später hocken wir dicht gedrängt in James' Wohnzimmer und lachen uns halb schlapp. Erst waren die anderen skeptisch, als ich ein Musikspiel vorgeschlagen habe, aber nachdem ich ihnen die Regeln erklärt habe, waren sie Feuer und Flamme.

Und folgendermaßen läuft es ab: Jemand schlägt ein Genre vor – 90er Pop, Grunge, R&B etc. –, ein anderer wählt ein Kinderlied aus, und dann muss ein Dritter dieses in dem entsprechenden Stil singen, während ich den Singenden auf dem

Klavier begleite. Dieses Spiel habe ich als Gast bei *The Tonight Show Starring Jimmy Fallon* kennengelernt und hatte so viel Spaß daran, dass ich immer wieder darauf zurückgreife, wenn ich im Studio an einem neuen Album arbeite und gerade eine Blockade habe. Allerdings scheint das letzte Mal eine Ewigkeit her zu sein.

Überraschenderweise nehmen alle dran teil. Zuerst müssen wir »Funkel, Funkel, kleiner Stern« im Stil des 80er Funk singen. Ich habe die Akkorde für »She's a Bad Mama Jama« angestimmt und einfach den Text ersetzt. Es hat ein wenig zu gut funktioniert. Als Nächstes war James an der Reihe, der mich durch seine phänomenalen Fähigkeiten am Klavier geradezu schockiert hat. Er hat »Meine Hände sind verschwunden?« im Blues-Stil gesungen. Abwechselnd haben wir den Rest der Mannschaft am Klavier begleitet, wenn sie mit Singen dran waren.

Wir spielen jetzt schon fast eine Stunde, und je später es wird, desto lustiger wird es. Selbst Noah singt aus vollem Halse seine 90er-Pop-Variante von »Große Uhren machen ticktack«. Anscheinend habe ich mich im Hinblick auf Noah doch getäuscht. Er hat jede Menge Humor, und jedes Mal, wenn ich einen dieser kleinen Momente mit ihm erlebe, in denen sich seine Augenwinkel kräuseln und sein Mund zu einem breiten Lächeln verzieht, verliebe ich mich mehr in ihn.

Der Abend ist wunderbar. Wie herrlich es ist, einfach nur aus Spaß zu singen. Es juckt mir in den Fingern, etwas Neues zu erschaffen. Die Grenzen meiner Stimme auszutesten und neue Riffs und Akkorde zu probieren. Ich spüre, wie jenes Licht in mir, das mehr und mehr verblasst war, wieder ein wenig heller brennt. Im Geiste bin ich bei meiner bevorstehenden Tournee, und plötzlich habe ich wieder dieses Kribbeln im Bauch – ich kann es kaum erwarten, wieder Musik zu machen und auf der Bühne zu stehen.

Aber dann muss ich daran denken, dass ich all diese Menschen verlassen muss, die ich mittlerweile so liebe, und wieder wird mir das Herz schwer. Ich möchte einen Weg finden, um beides unter einen Hut zu kriegen – habe jedoch keine Ahnung, wie das gehen soll. Wenn ich immer wieder zu Besuch käme – oder nehmen wir einmal an, dass ich nach der Tournee sogar herzöge –, dann würde sich das irgendwann herumsprechen, und schon bald wäre diese Stadt kein abgeschiedener Ort mehr. Es würde vor Paparazzi und Fans nur so wimmeln, was das Leben in diesem ruhigen, herrlichen Ort vollkommen auf den Kopf stellen würde. Ich glaube, das könnte ich den Menschen hier nicht antun.

Plötzlich brauche ich eine Pause vom Klavier und will nicht länger im Mittelpunkt stehen, deshalb erhebe ich mich und gehe in die Küche. Natürlich hat Noah die gleiche Idee, und genau wie vorhin vor der Haustür stehen wir einander nun gegenüber und versperren uns den Weg.

»Sorry.« Selbst dieses eine Wort aus seinem Mund lässt meine Haut kribbeln.

»Nein, mir tut es leid.« Ich starre etwa auf seine breite Brust. »Geh du zuerst.«

»Nein, geh du zuerst. Immerhin stehe ich dir im Weg.«

Lächerlich, wie höflich wir miteinander umgehen. Wie sollen wir es noch eine ganze Woche unter dem gleichen Dach aushalten, wenn wir schon an solchen Kleinigkeiten scheitern? Wir müssen uns eben schichtweise abwechseln. Müssen einen Stundenplan aufhängen. Ich werde verschiedenfarbige Klebestreifen auf dem Boden anbringen, damit wir uns nicht mehr versehentlich im Weg stehen.

Doch dann ermahne ich mich, nicht so feige zu sein, und blicke auf. Die Hitze in seinen Augen legt sich wie eine warme Decke um mein Herz und droht es zu ersticken. *Er wird ein Gesicht wie Gregory Peck machen*, denke ich. *Er mag mich auch.* Er wird die dichten Wimpern niederschlagen, die Hände in den Taschen vergraben und davongehen. Und ich bin nicht sicher, ob ich das ertragen kann.

»Wow, wow, wow!« zieht Madison unsere Aufmerksamkeit auf sich.

Ohne uns von der Stelle zu rühren, wenden wir ihr die Köpfe zu. Alle Anwesenden mustern uns stirnrunzelnd. Madison deutet in unsere Richtung und lässt den Finger hin und her schnippen. »Was geht zwischen euch beiden vor?«

»Was meinst du?« Meine Stimme klingt gekünstelt.

Die Schwestern und James tauschen Blicke und kommen zu einem einstimmigen, stummen Urteil.

»Ihr habt miteinander geschlafen, oder?«, fragt Emily scharf.

Unsere Antwort bricht gleichzeitig und sofort aus uns hervor.

»Nein!«, rufe ich aufrichtig, denn schließlich haben wir das nicht. Und werden es auch nicht tun.

»Ganz sicher nicht.« Noah klingt immerhin energisch und nicht so kindisch wie ich.

»Würden wir *nie*.« Das letzte Wort betone ich ein wenig zu sehr, was Noah veranlasst, mit gerunzelten Brauen auf mich herabzublicken. *Wirklich nie?* sagt sein Blick.

»Ach zum Teufel«, sagt Madison, und als Annie sie tadelnd ansieht, fügt sie hinzu: »Das hier ist nicht der richtige Zeitpunkt für deine Empfindlichkeiten, Erzengel Annie.«

Lässig schüttelt James den Kopf und fixiert Noah grinsend. »Ich wusste es. Es war nur eine Frage der Zeit.«

»Stopp!« Noah hat zu seinem strengen, grantigen Ich zurückgefunden. So mag ich ihn am liebsten. »Ihr habt keine Ahnung. Wir haben nicht miteinander geschlafen. Und es geht euch auch überhaupt nichts an.«

Ich bemühe mich, nicht in lodernde Flammen der Scham aufzugehen. Und dabei ist es auch nicht besonders hilfreich, dass Noah mein Unbehagen zu spüren scheint und näher an mich heranrückt. Als wolle er mich mit seinem Körper vor den vielsagenden Blicken der anderen schützen.

»Okay, mag sein. Dann setzt euch und erklärt es uns. Denn irgendwas ist hier trotzdem im Busch.« Emily klingt fast wie eine Mutter. »Ihr habt euch den ganzen Abend über nicht angesehen, habt kaum miteinander gesprochen, und dieses unangenehme kleine Zusammentreffen – was immer es zu bedeuten hat – ist nur das Tüpfelchen auf dem i. *Irgendetwas läuft doch da zwischen euch.*«

»Los! Gesteht!« Madison verschränkt die Arme vor der Brust und sieht aus wie ein Mafiaboss. Nur die Lederjacke fehlt noch.

Die Einzige, die nicht besorgt wirkt, ist Annie.

Noah und ich setzen uns wieder hin und wirken so schuldbewusst wie Kinder, die hoch und heilig schwören, nicht von den Paprikachips genascht zu haben, obwohl ihre Finger orange sind.

»Wir haben uns geküsst«, sagt er schlicht.

Sämtliche Münder – auch meiner – klappen auf und enthüllen lauter weiße Backenzähne. Ich hätte nicht gedacht, dass er dazu steht. Vielmehr hatte ich damit gerechnet, dass wir für den Rest der Woche fröhlich so weitermachen würden, als sei nichts geschehen, dass ich lediglich unsere Fahrbahnen im Haus farblich markieren würde, damit wir uns nicht in die Quere kommen. Aber nein. Gerade hat er eine thematische Bombe gezündet und ist einen Schritt zurückgetreten, um die Explosion zu beobachten.

»Ihr habt euch geküsst?« Emily wirkt nicht besonders glücklich. »Das ist ja noch schlimmer!«

Die Falte zwischen Noahs Augenbrauen wird tiefer. »Wieso ist das schlimmer?«

»Keine Ahnung, aber besser ist es ganz sicher nicht.«

»Warum kümmert dich das überhaupt?« Noah fixiert Emily mit einer Intensität, die ausnahmsweise einmal einen Blick auf ihr geschwisterliches Verhältnis enthüllt. Emily ist zwar laut und meist auch die Entscheiderin, aber Noah ist der Älteste, und letztlich richten sich alle nach seinem Urteil. Eine Menge Verantwortung lastet auf seinen Schultern.

»Sie wird *gehen,* Noah.« Das ist die einzige Erklärung, die Emily abgibt, und ich spüre ihre Worte wie einen Stich in der Lunge. Emily sieht James an. Offensichtlich hofft sie, Unterstützung bei ihm zu finden. Doch James schüttelt nur den Kopf und blickt zu Boden – er springt ihr nicht, wie erhofft, zur Seite. Madison legt Emily die Hand auf den Unterarm, aber Emily reißt sich wieder los. Die Leichtigkeit unseres musikalischen Spiels ist verschwunden, und die Stimmung ist aufgeladen.

Ich sehe, wie Noahs Verhalten sich verändert. Seine breiten Schultern neigen sich vor, seine Augen sind weich wie Kissen, sein Lächeln ist beruhigend. Er legt Emily die Hand aufs Knie. »Em, ich werde euch nicht wieder verlassen. Und ich verspreche, falls es doch noch einmal dazu kommt, werde ich euch im Vorfeld ausgiebig darauf vorbereiten. Ganz bestimmt läuft es nicht noch einmal wie beim letzten Mal.«

Danach führen die beiden eine minutenlange stumme Unterhaltung. Emily lenkt ein, scheint besänftigt und nickt schließlich. Keine Ahnung, worum genau es ging, aber dass es bedeutsam war, ist unverkennbar. Sie wirkt wie eine Frau, die langsam wieder nüchtern wird. Ein Ausdruck der Verlegenheit huscht über ihr Gesicht.

Würdevoll entzieht sie sich dem Streit, indem sie aus dem Wohnzimmer schlüpft und mit einem kalten, steinharten Pancake auf einem Teller zurückkehrt. Sie setzt sich hin, balanciert den Teller auf ihrem Schoß und nimmt einen Bissen auf die Gabel. Wahrscheinlich ist das ihre Art, sich bei mir zu entschuldigen.

»Das musst du nicht tun. Wirklich nicht! Alles in Ordnung zwischen uns«, sage ich mit bedeutungsvollem Blick, denn diese Pancakes würde ich meinem ärgsten Feind nicht zumuten.

Sie hebt die Gabel trotzdem zum Mund, und wir beobachten schweigend, wie sie sich ein Stück in den Mund steckt. Sie kaut. Und kaut. Und kaut. Dann schluckt sie es schaudernd herunter und spült mit einem großen Schluck Bier nach. Anschließend nickt sie mir entschlossen zu, was ich mit einem Lächeln erwidere. Das war mehr als eine Entschuldigung. Damit hat sie ihr Leben aufs Spiel gesetzt.

Alle lachen leise, und nach einer Weile summen wieder gedämpfte Gespräche durch den Raum. Die Geschwister sprechen ihre Termine der nächsten Woche durch – und überlegen, wann jeder von ihnen bei ihrer Grandma vorbeischaut. Wir witzeln und fluchen zu viel, während Annie ihre Strichliste weiterführt, damit wir nur ja wissen, wie viel Geld wir am Ende des Abends in die Fluchkasse einzahlen müssen. Sie hat mich gar nicht erst gefragt, ob sie auch meinen Namen auf die Liste setzen darf, sondern es einfach getan. Ich konnte vorhin einen Blick auf ihr kleines Notizbuch werfen, und da stand er. *Amelia.* Direkt neben dem Rest der Gruppe. Mein Herz ist zerplatzt wie eine Konfettibombe.

Nun steht Emily auf und sammelt die leeren Bierflaschen und Teller ein. Die Gruppe beginnt sich aufzulösen, und alle murmeln, wie müde sie sind und *blablabla.* Mir ist egal, wie müde sie sind. Sie dürfen uns keinesfalls allein lassen!

»Wartet!« Verzweifelt packe ich Annies Shirt, um sie am Weggehen zu hindern. »Ihr könnt doch jetzt noch nicht gehen. Es ist noch viel zu früh!«

»Es ist nach zehn!« Anscheinend fungiert Madison neuerdings als Zeitnehmerin.

»Wie gesagt, früh. Bleibt. Lasst uns noch etwas spielen. Monopoly oder so was.«

James lacht. »Den Teufel werden wir tun. Monopoly dauert die ganze Nacht. Einige von uns müssen morgen früh mit den Kühen aufstehen. Deshalb haut ihr jetzt besser ab.«

»Keine Sorge«, will Annie mich in ihrem süßen, gedehnten Südstaatenakzent beruhigen. »Bevor du die Stadt verlässt, veranstalten wir noch mal so einen Abend.« Sie interpretiert meine Gründe, warum ich will, dass sie bleiben, vollkommen falsch.

Ich habe keine Chance. Wie Murmeln kullern jetzt alle durcheinander, nur Noah und ich bleiben sitzen. Ich schaue ihm in die Augen, was sich als Fehler erweist. Sein Grinsen wirkt verzerrt – offensichtlich ist ihm genauso unbehaglich zumute wie mir. Wir haben Angst davor, nach Hause zu gehen und dort miteinander allein zu sein. Denn beide sind wir nicht davon überzeugt, dass der jeweils andere über genügend Willenskraft verfügt, um sich fernzuhalten.

31

Amelia

Es ist lange nach Mitternacht, aber ich liege immer noch wach und starre an die Decke. Stumm sind Noah und ich nach Hause zurückgekehrt. Er hat die Tür aufgeschlossen, das Licht angeschaltet, und sofort bin ich auf mein Zimmer geeilt, schnell wie eine Maus, die mit einem Stück geklauten Käse entkommt. Noah hat gar nicht erst versucht, mich aufzuhalten, weshalb ich vermute, dass es die richtige Entscheidung war.

Um nicht ständig darüber nachzudenken, *was wäre, wenn,* rufe ich mir immer wieder das Bild von Gregory Peck ins Gedächtnis. Aber nach einer Weile entwickle ich einen gewissen Widerwillen gegen dieses Gesicht, also zücke ich einen imaginären Filzstift und male ihm einen kleinen Oberlippenbart. Gregorys Gesicht verwandelt sich prompt in das von Noah, und er lächelt, denn Noah würde diesen falschen Schnurrbart sicher lustig finden. Auf seine übliche, ruhige, unaufdringliche Art würde er darüber lächeln, die Augen verdrehen und mir Pancakes backen.

Mir wird das Herz schwer, denn eigentlich wünsche ich mir nichts sehnlicher, als meine Beziehung zu Noah zu vertiefen. Ich möchte meinem Instinkt folgen, der mir sagt: *Das könnte gut werden. Sehr gut.* Aber mein Verstand wiederholt ständig die berechtigten Gründe, warum wir nicht zusammen sein können. Warum Noah es nicht will.

Ich fühle mich wie ein Snickers-Riegel, der auf vierzig Grad heißem Asphalt von einem Truck überfahren wurde. In einer so deprimierten Stimmung würde ich normalerweise Zuflucht in einem Audrey-Film nehmen. Sie würde mich in ihre tröstliche Vertrautheit einhüllen, so dass ich am Ende wieder etwas Hoffnung schöpfen könnte. Aber heute Abend verzichte ich darauf, denn der einzige Film, den ich auf diese Reise mitgenommen habe, ist *Ein Herz und eine Krone*. Aus naheliegenden Gründen habe ich keine Lust auf diesen Streifen. Vielleicht sogar nie mehr. Ich bin wütend auf Audrey. Und wütend auf mich selbst, weil ich in ihre Fußstapfen getreten und überhaupt hergekommen bin. Weil ich Noah getroffen und in seine mürrischen Augen geschaut habe, weil ich seine übertrieben schöne Stadt und seine freundlichen, verschrobenen Schwestern kennengelernt habe.

In einem Miniwutanfall trete ich gegen die Decken. Und dann noch ein bisschen mehr. Und noch einmal. Schließlich habe ich mich komplett frei gestrampelt. Es tut gut, wütend zu sein. Ich balle die Hände zu Fäusten und dresche auf die Matratze ein, denn ich habe keine Lust mehr auf Selbstbeherrschung und will jetzt nicht aufhören. Ich füge noch ein kleines Schweinchenquieken hinzu und vergrabe die Fersen in die zerwühlten Laken und Überdecken, denn *ich bin stinkwütend.*

Wütend, wütend, wütend.

Ich bin wütend, dass mein Auto demnächst repariert sein wird und ich in einer Woche wieder abfahre. Ich bin wütend, dass ich meine Karriere als Sängerin nicht aufgeben will. Ich bin wütend, dass bei meiner Heimkehr nur Einsamkeit auf mich wartet. Ich bin wütend, dass meine Mom nicht mehr meine Freundin ist und dass mein Dad mich nie kennenlernen wollte. Ich bin wütend, dass ich mich in einen Roboter verwandelt habe, der anderen nur gefallen will und Angst hat, anzuecken.

Und ich bin wütend, dass ich hier in dieser Stadt, in diesem Haus, in diesem Bett zum ersten Mal seit Jahren meinen Gefühlen freien Lauf lassen und einfach nur ich selbst sein kann, ohne Angst vor den Konsequenzen zu haben.

Aber vor allem bin ich wütend, dass ich mich in Noah verliebt habe, aber nie ein gemeinsames Leben mit ihm haben werde.

Und als ob die Erde auch wütend auf mich wäre, erschüttert ein lautes Donnern das Haus. Am liebsten möchte ich jubeln und die Faust in die Luft stoßen, denn es fühlt sich so gut an, einfach nur eine Minute lang stocksauer zu sein. Ein sintflutartiger Wolkenbruch geht auf die Erde nieder, und der Wind frischt auf. Anscheinend bin ich der nächste Marvel-Bösewicht, denn offensichtlich ist es meine innere Haltung, die dieses Unwetter heraufbeschworen hat. Am liebsten möchte ich mich aufs Bett stellen und vom Unwetter davontragen lassen. Diabolisch kichern und die Finger spielen lassen.

Stattdessen breche ich in Tränen aus.

Es ist jene Art von Weinen, das man so lange wie möglich zurückhält, indem man vorgibt, die Notwendigkeit dafür gar nicht einzusehen, bis es einen überwältigt und einem keine Wahl mehr lässt. Dann bricht sich der Zorn in frustrierten Tränen Bahn, die nicht versiegen wollen, ehe das Kissen nicht triefnass ist. Und so bleibt mir nichts übrig, als mich diesem Gefühl ganz und gar hinzugeben, denn von nirgendwoher taucht wie durch Zauberhand eine Antwort auf, nirgends finde ich die entscheidende Lösung für mein Problem. Ich kann nur eins tun: Die Arme um den Oberkörper schlingen und abwarten, bis mein Körper sich von all seinem Schmerz befreit hat und es nicht mehr ganz so weh tut.

Da höre ich ein Klopfen an meiner Tür. Mit geschwollenen

Augen und tränenverschmierten Wangen setze ich mich auf. »Noah?«

Meine Tür öffnet sich, und dort steht er in der Dunkelheit. Wild hämmert mein Herz gegen meine Brust, doch als ein plötzlicher Blitz den Raum sekundenlang erhellt, sehe ich, wie schlecht es ihm geht. Er ist nicht gekommen, um mir nächtliche Avancen zu machen. Irgendetwas stimmt nicht. Ich wische mir mit dem Handrücken die Tränen ab.

Wortlos kommt er zu meinem Bett, und als er auf die zerwühlten Decken herabsieht, bin ich kurz verlegen. »Ich hatte einen Wutanfall«, erkläre ich ihm, denn etwas anderes als eine ehrliche Erklärung kommt nicht in Frage.

Er nickt und sieht immer noch hundeelend aus. Als er mich ansieht, strecke ich instinktiv die Hand nach ihm aus. Der Saum seines langärmeligen Pyjamas streift meine Haut. Er ist mitten in der Nacht in meinem Zimmer, und dazu noch in seinem Lieblingspyjama. Damit liefert er sich mir völlig aus, ist vollkommen verletzlich. Er bemerkt, dass ich geweint habe, fragt aber nicht, was los ist. Wahrscheinlich weiß er das sowieso. Stattdessen fährt er mit dem Daumen über meinen Wangenknochen und wischt eine weitere Träne ab.

»Darf ich heute Nacht bei dir schlafen? Nur … schlafen.« Und an seinem Ton merke ich, dass es ihm ernst damit ist.

Ich zögere keine Sekunde. »Ja.«

Noah entwirrt meine Decken, streicht sie wieder über dem Bett glatt, hebt sie an und schlüpft darunter. Die Matratze senkt sich leicht unter seinem Gewicht, und eigentlich sollte ich deshalb nicht schlucken müssen, muss es aber doch.

Nachdem er sich hingelegt und zugedeckt hat, starren wir an die Zimmerdecke. Wieder zuckt ein greller Blitz durch den Raum, und der Wind rüttelt am Fenster. Es klingt dramatisch.

Noah dreht sich mir seitlich zu, legt einen Arm über meinen Bauch und zieht mich an sich, so dass mein Rücken seine Brust berührt. Er hält mich ganz fest. Wie jemand, der verloren im Ozean schwimmt und auf wundersame Weise einen Gegenstand gefunden hat, mit dem er sich über Wasser halten kann.

Tief in meinen Eingeweiden macht sich ein warmes Ziehen breit. Sein Körper fühlt sich so stark und muskulös an meinem an. Er duftet frisch und kühl und sauber. Und ich spüre seinen Atem seitlich an meinem Hals. Er bewegt die winzigen Härchen dort und lässt mich schwindeln.

Ich spüre, wie er tief Luft holt. »Ich … ich mag keine Unwetter.« Er hält inne, und ich frage mich, ob er jetzt befürchtet, dass ich lache. Ich würde jedem den Hals umdrehen, der es wagt, über diesen Mann zu lachen. »Tatsächlich habe ich eine Heidenangst.« Er klingt erschüttert, also lege ich die Hand auf seinen Unterarm, mit dem er mich an sich presst.

»Wir haben alle … Nun ja, seit dem Tod meiner Eltern kann ich bei Unwetter nicht mehr schlafen. Ich bleibe einfach wach und tigere auf und ab, bis es vorbei ist. Manchmal checke ich geradezu zwanghaft immer wieder die Nachrichten. Und wenn es zu Ende ist, rufe ich all meine Schwestern an, um mich davon zu überzeugen, dass ihnen nichts zugestoßen ist. Wahrscheinlich ist das lächerlich, zumal ich nicht mal dabei war, als meine Eltern den Unfall hatten.«

Wieder eine Pause, und ich warte.

»Meine Schwestern scheinen nicht ganz so viel Angst vor Unwettern zu haben wie ich, haben aber jede für sich ihre eigenen Probleme. Bei Emilys Ausraster vorhin ging es zum Beispiel gar nicht um dich. Sie hat unglaublich viel Angst davor, verlassen zu werden. Das letzte Mal habe ich einfach gepackt und bin nach New York gezogen, ohne auch nur einem einzigen Menschen eine Nachricht zu hinterlassen, und bin ein ganzes Jahr nicht zurückgekehrt. Sie befürchtet, dass so etwas noch einmal passiert. Und ich befürchte bei jedem einzelnen Unwetter, dass es mir erneut jemanden nimmt, den ich liebe.«

Ich finde keine Worte. Mit diesem Geständnis hat er mir einen Blick in die Tiefe seiner Seele gewährt. Ich will eine Möglichkeit finden, ihm zu sagen, wie sehr ich mit ihm fühle. Aber ich kann nicht, also nehme ich nur seine Hand und hebe sie an die Lippen, um seine Handfläche zu küssen. Ich spüre, wie er leise summt, wie seine Brust sich bewegt, und als meine Lippen sich von seiner Hand lösen, zieht er mich dichter zu sich heran. Nie wieder möchte ich ihm weniger nahe sein als jetzt. Wir passen perfekt zusammen, und das nicht nur, weil unsere Pyjamas identisch geschnitten sind.

Erneut zuckt ein Blitz über den Himmel, und lauter Donner bringt das Haus zum Erzittern.

»Lenk mich ab«, bittet Noah, und ich spüre, wie sein Herz rast. »Sag etwas.«

Er müsste mich gar nicht so fest im Arm halten. Ich würde mich auch so dicht an ihn schmiegen. Es ist ihm vielleicht nicht klar, aber jetzt bekommt er mich so leicht nicht mehr los. Ich lasse die Finger sacht an seinem Arm auf und ab gleiten, spüre die feinen Härchen unter meinen Fingerspitzen. Ich kann mich nicht entsinnen, mich je so wohl in der Gesellschaft eines anderen Menschen gefühlt zu haben.

»Deine Schwestern wissen es bereits: Ich bin besessen von Audrey Hepburn«, platze ich mit der Wahrheit heraus und frage mich, warum es mich nervös macht, ihm das zu erzählen. Aber so ist es nun einmal. Im Vergleich zu seiner OP am offenen Herzen ist mein Bekenntnis nur ein Pieks in den Finger.

»Der Schauspielerin?«, fragt er, und erleichtert stelle ich fest, dass er sie im Gegensatz zu seinen Schwestern zumindest kennt.

»Ja. Der Schauspielerin.« Der Donner rumpelt erneut, und die Mauern erbeben. Noahs Griff lockert sich kein Jota. »Meine Mom und ich haben uns früher immer zusammen ihre Filme angeschaut. Das war unser Ding. Aber nachdem ich berühmt geworden bin, haben wir uns voneinander entfernt, und jetzt habe ich das Gefühl, mich so sehr von ihr entfremdet zu haben, dass ich nicht mal weiß, wo ich anfangen soll, um wieder eine Beziehung zu ihr aufzubauen.« Ich halte einen Moment inne, als mir klarwird, dass der Weg zurück zu meiner Mom auf jeden Fall etwas ist, das ich verfolgen will. Ich weiß nur nicht, wie ich das anstellen soll. »Trotzdem habe ich mich auch weiterhin an Audrey-Hepburn-Filme gewandt, wenn ich mich gerade einsam oder verlassen gefühlt habe. Tatsächlich bin ich sogar deshalb bei dir, in dieser Stadt.« Wenn man es ausspricht, klingt es sogar noch unbesonnener, als ich dachte. »Ich habe ene, mene, muh mit ihren Filmen gespielt und bin bei *Ein Herz und eine Krone* gelandet. Es war wie ein Zeichen für mich: Genau wie die Figur, die Audrey in diesem Film verkörpert, war ich verängstigt und verzweifelt. Ich habe beschlossen, wie sie nach Rom zu flüchten. Aber da der Weg nach Italien zu weit war … «

»Kamst du hierher.«

»Genau. Nur, dass ich nicht damit gerechnet habe, dich hier vorzufinden … und jetzt bist du Gregory Peck und merkst es nicht einmal.«

Noah gibt mir einen Kuss auf den Kopf, als hätte ich nicht gerade ein heilloses Kauderwelsch abgesondert. »Ich mag Gregory Peck. Der Mann hat Klasse.«

»Klar, dass dich ausgerechnet das interessiert.« Ich drehe

mich um und betrachte die Knöpfe seines Pyjamaoberteils. Ich bin gefährlich nah dran, wieder in Tränen auszubrechen, also versuche ich mich dadurch abzulenken, dass ich die Knöpfe zähle.

Er streicht mir über die Wange und vergräbt die Finger in meinem Haar. »Ich habe dich angelogen.«

Bei Knopf Nummer fünf halte ich inne. »Bist du doch Landei-Joe, der Serienmörder?«

»Du hast eine Menge Spitznamen für mich, stimmt's?«

»Du kennst noch lange nicht alle.«

Er lässt die Hand durch mein Haar gleiten und wiederholt. »Ich *will* eine romantische Beziehung mit dir. Das wünsche ich mir eigentlich schon seit dem allerersten Tag. Und du bist nicht die Einzige, die Gefühle entwickelt hat.« Mein Herz setzt einen Schlag aus. »Aber ich bin trotzdem noch nicht bereit für eine Beziehung. Ich kann mir einfach nicht vorstellen, wie es funktionieren könnte, und ich kann meine Familie nicht verlassen, solange meine Grandma … nun ja, jedenfalls kann ich hier nicht fort. Und du kannst nicht bleiben.«

»Wie wäre es, wenn … «

Er weiß, was ich sagen will. Sanft unterbricht er mich, umfängt mit der Hand mein Kinn, als wolle er den Schlag seiner eigenen Worte damit mildern. »Eine Fernbeziehung ist nichts für mich, Amelia.« Ich hasse die Endgültigkeit, mit der er das sagt. Als hätte er schon hundertmal darüber nachgedacht und könnte einfach keine passende Lösung finden. »Als ich wegen meiner Grandma wieder hierherziehen musste und Merritt nicht mitkommen wollte, habe ich ihr versprochen, wieder in die Stadt zurückzukehren, sobald ich daheim alles geregelt habe. Aber nachdem ich etwa einen Monat hier war, bekam ich eine Textnachricht von ihr, die sie eigentlich an den Kollegen hatte schicken wollen, mit dem sie mich augenscheinlich schon seit mehreren Monaten betrogen hat. Es war gelinde gesagt eine äußerst zweideutige Nachricht. Seither habe ich zu allem Überfluss auch noch große Schwierigkeiten, anderen Menschen zu vertrauen. Deshalb ist eine Fernbeziehung wohl kaum die beste Möglichkeit, um mich wieder auf das Thema Partnerschaft einzulassen.«

Ein Teil von mir will bitten und betteln. Wenn nötig, würde ich die ganze Nacht damit verbringen, ihn mit Hilfe einer PowerPoint-Präsentation davon zu überzeugen, dass ich ihn absolut niemals betrügen würde. Aber letztlich halte ich doch den Mund, denn ich will Noah weder zwingen noch überreden noch zu irgendetwas manipulieren, mit dem er sich nicht wohlfühlt. Er hat genug durchgemacht – und dass er sich weiteres Leid ersparen will, kann ich ihm nicht verdenken.

Außerdem wäre er mit einer normalen Frau, die hier Wurzeln schlagen könnte, vielleicht tatsächlich besser dran. Sie würde mit ihm zusammen im Laden arbeiten. Sie würden einen Gemüsegarten anlegen. Wahrscheinlich würde sie sogar gern mit ihm angeln gehen. Und vor allem würde sie die nächsten neun Monate nicht um die Welt reisen müssen. Noah hat eine stabile und glückliche Beziehung verdient, und ich kenne ihn noch nicht lang genug, um sicher zu sein, ihm das bieten zu können. Wenn es um das Herz geht, steht nun mal eine Menge auf dem Spiel.

»Wenn die Dinge anders lägen …«, fängt er erneut an. »Wenn du nicht berühmt wärest, und wenn ich nicht … «

»Schon gut, Noah. Ich verstehe. Wirklich.« Ich höre auf, seine Knöpfe zu zählen, denn nun kann ich die Tränen kaum mehr zurückhalten. »Du hast übrigens acht. Acht Knöpfe.«

Bedächtig wandern seine Finger über mein Gesicht, mein

Haar, meinen Hals, meinen Arm und wieder nach oben. Er berührt mich wie eine Kostbarkeit. Was den Schmerz nur noch steigert.

»Lenk mich ab.« Diesmal bin ich diejenige, die darum bittet.

Kurz halten seine Finger inne, bevor sie ihren Weg wieder aufnehmen. »Bei einem Biologietest in der Schule habe ich betrogen. James hat mich abschreiben lassen.« Da muss ich lachen. Und nach einem dramatischen Seufzer lacht er ebenfalls. »Tut gut, sich das endlich von der Seele zu reden.«

Ich rolle mich an seiner Brust zu einem kleinen Ball zusammen. »Ich habe versehentlich meinen Goldfisch umgebracht«, gestehe ich, und Noah stößt ein volles, rumpelndes Glucksen aus. Ich kneife ihn sacht in den Arm. »Lach nicht! Ich hab immer noch ein schlechtes Gewissen deswegen. Als ich zu meiner letzten Tournee aufgebrochen bin, habe ich vollkommen vergessen, jemanden zu beauftragen, ihn zu füttern. Als ich heimkam, trieb er mit dem Bauch nach oben auf der Wasseroberfläche. Das Bild verfolgt mich immer noch.«

»Erinnere mich dran, dir niemals einen Hund zu überlassen.« Noahs Hand gleitet in mein Kreuz. Er hält mich fest, und sein Gesicht ist so nah, dass ich sein Flüstern ganz dicht an meinem Ohr höre. »Ich liebe deine Stimme.«

Liebe. Uff. Dieses Wort führt sofort ein Eigenleben und pulsiert zwischen uns. Ich weiß, dass wir uns noch nicht allzu lange kennen, und es schmerzt, dass wir auch nie Gelegenheit dazu bekommen werden, denn ich glaube, dass ich mich in Noah verliebt habe.

»Aber offenbar nicht genug, um eines meiner Alben zu besitzen«, necke ich ihn, weil ich die Atmosphäre unbedingt ein bisschen auflockern muss.

»Ist auch besser so. Stell dir nur vor, wie unheimlich dir zumute gewesen wäre, wenn du die CD in meinem Wagen eingeschaltet hättest, und es wäre eine von deinen gewesen.«

»Ich hätte mich geschmeichelt gefühlt.«

»Lügnerin.«

Ich schmiege das Gesicht schamlos an seinen warmen Hals. Denn irgendwie weiß ich, dass hier in der Dunkelheit alles möglich ist. Ich kann so ausgelassen sein, wie ich möchte. Ich könnte an seiner Haut schnüffeln, wenn ich wollte, und er würde trotzdem noch lächeln. »Du wärest der einzige Mann auf der Welt, bei dem ich keine Einwände hätte, wenn er von mir besessen wäre.«

»Sorry«, sagt er und lässt das Wort einen Augenblick lang in der Luft schweben. »Ich behalte mir meine Besessenheit für Blumen vor, Pop-Tart.«

Pop-Tarts mag ich nämlich gern, hatte er an jenem Tag im *Pie Shop* gesagt.

Das gibt den Ausschlag. Mein Herz klammert sich an einen Strauß Luftballons und verlässt die Erde. Fliegt geradewegs in den Himmel. Es donnert erneut, aber diesmal scheint Noah nichts zu bemerken. Er ist fasziniert von meinem Haar und meiner Ohrmuschel.

»Amelia ...«, sagt er in jenem heiseren Ton, der mir zeigt, dass sein Kopf mit den gleichen Fragen beschäftigt ist wie meiner. Immer wieder kehrt er zur Frage *Was wäre, wenn ...* zurück und sucht verzweifelt nach Möglichkeiten, die nicht existieren. »Ich wünsche es mir so sehr – aber ich glaube, ich gehöre nicht zu den Männern, die sich je damit abfinden können, dass du neun Monate am Stück fort bist.«

Ich sage ihm beinahe, dass es eher drei Monate am Stück sein werden, weil ich mittendrin immer mal kleine Pausen haben werde. Die könnte ich nutzen, um herzukommen, und zwischendurch könnte ich ihm einen Flug organisieren, damit er mich auf meiner Tournee auch mal besuchen kann. Aber ich glaube nicht, dass ihn das umstimmen könnte. »Noah, du musst es mir nicht immer und immer wieder erklären. Ich verstehe dich wirklich und kann deine Entscheidung nachvollziehen. Mit einer prominenten Person zusammen zu sein, ist nicht einfach. Genau deswegen halten Beziehungen in meinen Kreisen ehrlich gesagt auch nicht besonders lange. Ich kapiere das. Und ich will dich nicht in diese Lage bringen.«

Sein Lachen klingt eher selbstironisch als belustigt. »Das alles wäre erheblich einfacher, wenn du ein bisschen egoistischer und nerviger wärest. Könntest du ab sofort bitte ein bisschen unsympathischer sein?«

»Ich gebe mein Bestes.« Eine Träne, die an meinen Wimpern haftet, rinnt meine Wange herab. Das hier ist schmerzhafter, als es sein sollte. Es ist wirklich ätzend, sich vernünftig und erwachsen verhalten zu müssen. Warum musste ich mich nur ausgerechnet in jemanden verlieben, der in einer vollkommen anderen Welt lebt als ich?

»Also, was machen wir jetzt?«, frage ich, als sein weiches Baumwollshirt meine Wange kitzelt und die Tränen aufsaugt, von denen ich wünschte, sie würden nicht fließen.

»Keine Ahnung«, sagt er aufrichtig, während er immer noch träge mit meinem Haar spielt. Es sich um die Finger zwirbelt. Es fallen lässt, wieder um die Finger dreht, als wolle er das schon seit Tagen tun. »Was passiert denn am Ende von *Ein Herz und eine Krone*?«

Gregory Pecks Gesicht kommt mir wieder in den Sinn. »Audrey – Prinzessin Ann – reist ab und kehrt in ihr Leben zurück. Und Gregory Peck – Joe Bradley – bleibt in seinem.«

Er presst die Finger in meinen Rücken. Nicht hoffnungsvoll, sondern verzweifelt. »Und vorher?«

Ich lache betrübt und denke daran, wie Audrey und Gregory zusammen Eis essen, Moped fahren und sich Rom ansehen. »Sie amüsieren sich zusammen.«

Noah presst die Lippen auf meine Stirn und lässt sie dort einen vollen Atemzug lang verharren. »Was, wenn wir es genauso machen? Ist das zu egoistisch? Was, wenn ich vorschlüge, all unsere Regeln wieder fallenzulassen und …«

»… die Zeit zu nutzen, die wir zusammen haben? Es könnte funktionieren, wenn wir unsere Erwartungen von Anfang an zügeln«, beende ich seinen Gedanken – und hoffe ein wenig zu sehr, dass es tatsächlich das ist, was er vorschlagen will. Denn eigentlich will ich mich an Noah festkrallen, als ginge es um Leben und Tod, und jede Erinnerung in mich aufsaugen wie ein Schwamm. Im Moment glaube ich, dass eine vorübergehende Affäre mit Noah immer noch besser wäre als ein ganzes Jahr mit einem anderen Mann.

Nach einer nachdenklichen Pause stößt er einen Seufzer aus. »Ja. Ist das eine schlechte Idee?« Aber seine Finger wandern bereits über mein Schlüsselbein. Seine Berührung ist pure Magie.

»Definitiv.« Ich kriege kaum Luft. »Und sehr dramatisch. Aber ich bin dabei, wenn du es auch bist.«

Er beugt sich vor und presst die Lippen auf jene empfindliche Stelle an meinem Hals, genau unter meinem Ohr. »Mmhmm. Ich liebe Dramen. Ab sofort darfst du mich Mr. Drama nennen.«

Ich lache und stoße ihn zurück, so dass seine Schultern flach auf der Matratze liegen. Und dann klettere ich über ihn, lasse die Knie zu beiden Seiten seiner Hüften ruhen und komme mir dabei sehr lüstern vor. Wie eine der Heldinnen in den Regency-Romances, die ich so liebe und von denen Noah keine einzige besitzt. »Misch dich bloß nicht in meine Spitznamenvergabe ein. Das ist ganz allein meine Sache. Und Mr. Klassiker passt einfach allzu gut zu dir. Schau doch nur, wie du daliegst in deinem bis obenhin zugeknöpften *Pa-ja-ma.*« Wie einen hüpfenden Kieselstein lasse ich den Finger über jeden einzelnen Knopf springen.

Ich kann ihn im Dunkeln kaum sehen, aber ich spüre sein Lächeln. Sacht umfasst er die Außenseite meiner Schenkel. »Beides gehört nun mal zusammen. Das Shirt gefällt dir nicht?«

»Das, was darunter ist, gefällt mir noch mehr. Darf ich?«, frage ich, und meine Hände verharren an seinem Kragen. Ihr Zittern verrät, dass ich trotz meines coolen, beherrschten Äußeren doch ziemlich nervös bin.

»Nur zu.«

Grünes Licht.

Mein Herz pocht schmerzhaft gegen meine Rippen, als ich den ersten Knopf aufspringen lasse. Ich streiche über den warmen Hautstreifen an seiner Brust und habe das Gefühl, mir beinahe den Finger daran zu verbrennen. Mit jedem weiteren Knopf, den ich öffne, spüre ich ein nervöses Ziehen in der Magengegend. Mein Herz gleicht einem Vorschlaghammer. Ungeschickt mache ich mir an dem vierten Knopf zu schaffen, der sich prompt in einem Faden verfängt und sich nicht öffnen lässt. Ich zerre ein wenig daran. Atme hektisch ein und aus. Ziehe noch einmal, doch nichts rührt sich. Meine Bewegungen sind ruckartig und schwerfällig.

Noah gluckst leise und legt die Hand über meine. »Du zitterst ja.«

»Ja, es ist allerdings nicht besonders galant von dir, darauf hinzuweisen.« Wie peinlich, dass meine Stimme so atemlos klingt.

»Ist es dir doch zu viel? Willst du aufhören?« Er umfängt meine Hände. Lässt sie nicht los – wobei ich auch gar nicht versuche, mich aus seinem Griff zu befreien.

»Nein, ich will nicht aufhören. Es ist nur, dass ... « Ich seufze leise und lasse mich ein wenig zusammensacken, wobei ich die Stirn an seine breite Brust lehne. »In der Vergangenheit gab es bestimmte Erwartungen an mich. Weil ich ... eben berühmt bin und all das, dachten die Männer, dass ich im Bett auch etwas ... Besonderes bin, und schienen enttäuscht zu sein, als ich es nicht war.« Ich zucke zusammen und werde immer verlegener. »Keine Ahnung. Manchmal grüble ich stundenlang darüber nach.«

Noah gibt ein verständnisvolles Summen von sich, so tief, dass ich seinen Widerhall sogar noch in meinem Kopf spüre. Er schiebt mich wieder in Sitzposition und reißt dann mit einem Ruck den Faden ab, der seinen Knopf festhält, bevor er auch noch den Rest für mich erledigt. Dann richtet auch er sich auf, so dass wir einander nun gegenübersitzen, meine Beine um seine Taille geschlungen, und lässt das Oberteil von den Schultern gleiten. *Ah – nackte Haut.* Noahs Haut. So perfekt unter meinen Fingerspitzen.

Er umfängt mein Kinn, und ich kann seinen intensiven Blick geradezu spüren. Ich habe das Gefühl, dass Noah bis tief in mein Innerstes sieht. »Für mich bist du Amelia. Die Schöpferin misslungener Pancakes mit einem Lächeln so strahlend wie die Sonne. Alles, was ich will, bist *du.*« Und plötzlich fühle ich mich sicher – einfach so.

Ich gebe ihm einen sanften Kuss auf den Mund, dann löse ich mich wieder von ihm. Anschließend lasse ich die Hände über seine breiten Schultern und seinen Bizeps gleiten, dann über die muskulöse Brust und seine Lippen. Ich ertaste die Konturen, spüre, wie er grinst. Ich will ihn mir einprägen, und wenn es das Letzte ist, was ich tue. Für den Rest meiner Tage will ich diese Empfindung bei mir tragen, will ich wissen, wie sich sein Lächeln anfühlt.

In einer einzigen, fließenden Bewegung dreht Noah uns um und nagelt mich auf der Matratze fest. Sein Gewicht auf mir raubt mir den Atem. Euphorie. Freude. Endlich habe ich meinen Anker gefunden, nachdem ich allzu lang ziellos in der Welt umhergetrieben bin, und tief im Innern wird mir klar, dass seine Hände die einzigen sind, die ich für den Rest meines Lebens je wieder auf meinem Körper spüren will.

Bedächtig liebkosen Noahs Lippen meinen Mund. Seine Küsse sind tief, innig, lustvoll. Seine breiten Hände massieren und streicheln jeden Zentimeter meines Körpers mit ruhiger Zuversicht, bis mein Herzschlag sich wieder beruhigt hat und ich dahinschmelze. Er flüstert zärtliche Worte an meiner Haut, und ich fühle mich umhegt und festgehalten, als sei ich ihm das Liebste auf der Welt. Das will ich für immer und ewig, denke ich.

Draußen wütet das Unwetter weiter, aber keiner von uns bemerkt es. Während der restlichen Nacht verlieren wir uns ineinander, und Noah beweist, dass ich alles bin, was er sich wünscht.

32

Noah

»Bist du bereit?«, frage ich Amelia, nachdem wir den Pick-up umrundet haben und nun nebeneinanderstehen und auf die Stadt blicken. Heute trägt sie eine enge, karierte Caprihose. Dazu ein weißes Tanktop. Ich hatte das große Glück, zu sehen, wie sie es sich heute Morgen in die Hose gestopft hat. Ihr langer, geflochtener Zopf hängt ihr über die Schulter, und der Stoff ihres Shirts umschmiegt ihre Figur wie eine zweite Haut. Ich muss die Hände in die Hosentaschen stecken, um Amelia nicht auch jetzt, am hellen Tag, dauernd anzufassen.

»Sollte ich mir Sorgen machen oder so was?« Ihre Stimme sagt mir ebenso wie der skeptische Ausdruck ihrer Augen, dass sie diese Stadt für unschuldig und harmlos hält. *So naiv.*

Ich schiebe ihr Kinn nach oben, damit sie mich anstelle der Stadt ansieht. Über die zarten, dunklen Ringe unter ihren Augen muss ich lächeln, denn immerhin habe ich zu deren Entstehung beigetragen. Aber jetzt darf ich nicht mehr an vergangene Nacht denken. Meine Lust ist noch lange nicht befriedigt. Zunächst muss ich sie aber zügeln. Heute Morgen nach unserer – kaum zu glauben – gemeinsamen Dusche haben wir unseren Kaffee auf der Veranda getrunken und währenddessen in unseren jeweiligen Büchern gelesen, bis es Zeit war, zur Arbeit zu fahren. Natürlich hat sie versucht, mich dazu zu bringen, ihr laut aus meinem vorzulesen, aber ich habe mich geweigert, denn ich liebe es, wenn Amelia schmollt. Außerdem habe ich bislang eigentlich keine einzige Entscheidung durchgehalten, die ich im Hinblick auf Amelia getroffen habe. Zumindest an einer einzigen will ich festhalten.

»Diese Stadt hat einen Riecher für Klatsch. Den darfst du nie unterschätzen.«

Ihre Pupillen weiten sich. »Was soll das heißen?«

»Sie werden uns erwarten. Sie ahnen, dass sich etwas zwischen uns verändert hat.«

Jetzt wirkt sie belustigt. Sie ist sicher, dass ich übertreibe. »Was du dir alles so einbildest.« Sie tippt an den Schirm meiner Baseballkappe. »Ich glaube, du musst öfter mal hier raus.«

Ich schnappe mir ihren Finger und lasse unsere Hände sinken, um sie dann ineinander zu verschränken. Erstaunlich, wie wunderbar sich diese schlichte Geste anfühlt. Das ist etwas ganz Neues für mich. Mit keiner anderen Frau wollte ich bislang einfach nur Händchen halten. Bis ich Amelia kennengelernt habe, war mir gar nicht klar, dass ich zu den anschmiegsamen Typen gehöre, aber ich möchte sie dauernd im Arm halten, mit ihr kuscheln, sie küssen und berühren. Ich erkenne mich selbst kaum wieder.

»Vielleicht hast du recht.« Diese lächerliche Stadt muss für so einige Ausreden herhalten. »Aber schalte jetzt trotzdem dein Sonnenscheinlächeln ab und gib dich ein bisschen unnahbarer«, rate ich ihr, während wir uns auf den Weg zum Baumarkt machen.

»So zum Beispiel?« Sie zieht eine regelrecht beängstigende Clownsfratze.

»Perfekt.«

Wie befürchtet warten vor dem Laden bereits Phil und Todd auf uns. Der eine fegt den Boden, der andere schreibt *50 % auf alle Hämmer* auf eine Kreidetafel!

»Sieht alles ziemlich harmlos aus«, flüstert mir Amelia frech ins Ohr. Ich grinse, und wir setzen unseren Weg fort.

Als Phil von seiner Arbeit aufsieht, fällt sein Blick sogleich auf unsere ineinander verschränkten Hände. Er kriegt sich vor lauter Aufregung kaum mehr ein. »Ja, hallo, guten Morgen, Ihr beiden. Einen wunderschönen Tag haben wir heute, nicht wahr?«

»Ja, richtig toll!«, antworte ich sarkastisch und erhöhe unser Tempo.

»Langsam«, warnt Amelia flüsternd. »Für einen Marathon habe ich nicht die richtigen Schuhe an.« Ich mustere sie von Kopf bis Fuß. Zur Not hebe ich sie eben hoch und werfe sie mir über die Schulter. Natürlich liest sie meine Gedanken sofort: »Denk nicht mal dran«, sagt sie.

Phil versucht uns den Weg zu versperren. »Ah ja, toll ist genau das richtige Wort. Die Sonne ... sie ist so ... « Je näher wir kommen, umso fieberhafter sucht er nach Gesprächsstoff. Und als wir an ihm vorbeiwollen, streckt er sogar den Besen aus und hält ihn wie eine Schranke vor uns hin. »Wow, immer langsam mit den jungen Pferden. Plaudern wir doch ein bisschen. Halten ein Schwätzchen! Was gibt es Neues?«

Amelia füllt ihre naiven Lungen mit klatschproduzierender Luft, die mir das Leben zur Hölle machen könnte, weshalb ich ihr zuvorkomme. »Ich denke darüber nach, eine neue Pie auf die Speisekarte zu setzen.«

Phils Miene lässt keinen Zweifel daran, dass dies zwar nicht die Information ist, auf die er aus ist, die ihn aber durchaus ebenfalls interessiert. Er hebt eine buschige Augenbraue. »Oh? Was denn für eine denn?«

»Sie hat einen Honigteig. Ich werde sie *Kümmere dich um deinen eigenen Süßkram* nennen.« Amelia muss sich das Lachen verkneifen, und Phil sieht mich missbilligend an. Ich hebe den

Besenstil an wie einen Schlagbaum und bedeute Amelia, vor mir hindurchzugehen.

»Aber … aber …«, stammelt Phil hinter uns, der uns immer noch aufhalten will. »Wartet! Habt Ihr unser tolles Angebot gesehen? Sag's ihm, Todd!«

Armer Todd. Seine Stimme zittert ein wenig. »Genau! Unser Rabatt. Ein ganz großer. Auf Hämmer!«

Amelia schaut zu mir auf, und ihre runden Welpenaugen lassen keinen Zweifel daran, dass sie Mitleid mit den beiden hat. »Ich muss unbedingt einen Hammer kaufen. *Ich muss einfach*, Noah. Komm, bleiben wir noch eine Minute.«

Ich umfasse ihre Hand fester. »Bleib stark. Das hier ist erst der Anfang.«

Sie reckt das Kinn und setzt ihren Weg tatsächlich fort, aber froh ist sie darüber nicht. Kurz vor dem nächsten Laden mache ich spontan halt und überquere die Straße.

»Was ist denn nun schon wieder los?«, fragt Amelia atemlos. Schon überlege ich, ob ich sie tragen soll.

»Wir gehen Harriet aus dem Weg.«

»Warum?«

»Weil sie einem Angst einjagen kann, darum. Und weil sie sich endlos über deinen Teich auslassen wird.«

»Meinen T … Egal. Ich will es gar nicht wissen.«

»Ist auch besser so«, sage ich, während wir eine weitere Markise passieren. Begleitet von fröhlichem Geklingel wird die Tür hinter uns aufgerissen. »Shit«, murmele ich. »Lauf schneller.«

»*Noah*!« Oh Mann. Das ist Gemma.

Amelia will sich umsehen, aber ich rücke näher an sie heran, so dass unsere Schultern einander beinahe berühren und es ihr unmöglich ist. »Schau dich nicht um. Sie wird dich mit den Augen einfangen wie mit einem Lasso.«

Gemma erhebt die Stimme. »*Noah Walker, ich weiß, dass du mich hörst!*«

»Wer ist das?«, flüstert Amelia.

»Gemma.«

Amelia stößt den Atem aus. »In dieser Stadt gibt es so viele Klatschbasen, dass man sie kaum alle auseinanderhalten kann.«

»Ihr gehört der Stoffladen. Sie steckt mit Harriet unter einer Decke, weshalb man auch ihr nicht trauen kann.«

»Noah, du kannst sie doch nicht einfach ignorieren. Das ist unhöflich.«

»Ich schicke ihr später eine kostenlose Pie. Sie wird schon drüber wegkommen.«

Amelia hakt mich unter, und erneut überqueren wir die Straße, um zu meinem *Pie Shop* zu gelangen. »Was bist du nur für ein missmutiger Griesgram«, sagt sie liebevoll und schmiegt ihr Gesicht an meinen Oberarm.

Ich hole den Schlüssel heraus und schließe den Laden auf, gehe meinen üblichen morgendlichen Aufgaben nach. Ich schalte das Licht ein. Hole die Barhocker von den Tischen. Begebe mich in den hinteren Teil, um die Öfen einzuschalten. Und als ich plötzlich bemerke, dass Amelia nicht mehr an meiner Seite ist, schaue ich in den Kundenbereich und entdecke sie mitten im Raum. Mit einem Mal wirkt sie völlig erschöpft. Ihr Blick ist glasig, die Gefühle haben sie übermannt.

»Amelia?«, frage ich vorsichtig.

»Ich will nicht zurück«, sagt sie und sieht mich an. »Ich bleibe hier. Kein Promileben mehr. Die Tournee wird abgesagt. Ich bin fertig mit der Musik.«

33

Amelia

Noah kommt näher, bis uns nur noch eine Armeslänge trennt. Er bleibt stehen, verschränkt die Arme vor der Brust, so dass der Stoff seines T-Shirts über seinen breiten Schultern spannt, und wirkt hart wie ein Felsen. *Grummel-Pose.*

In Wahrheit habe ich nicht die Absicht, alles hinzuschmeißen, und das weiß er. Ich könnte die Tournee gar nicht absagen, auch wenn ich es wollte. Schließlich bin ich vertraglich gebunden. Aber meine Gefühle haben mich überrollt. Ich fühle so viel und so stark, dass ich es kaum aushalte. Ich liebe es, hier mit Noah zusammen zu sein. Ich liebe es, durch diese Stadt zu laufen und den Herzschlag ihrer Persönlichkeit zu spüren. Ich kann nicht glauben, dass ich sie verlassen muss. Und weil ich jetzt keinesfalls in Tränen ausbrechen darf und weil ich nichts dagegen unternehmen kann, dass mein wahres Leben immer näher kommt, muss ich mich mit Noah streiten. Denn ich weiß, dass er sich darauf einlassen und es helfen wird.

Mit leicht verengten Augen scannt er meine Seele. »Sag das noch mal«, sagt er mit jener stählernen Stimme, die mir Schauer über den Rücken jagt. »Ich muss dein Gesicht sehen, wenn du es aussprichst.«

Ich nehme mir einen Augenblick, um auch wirklich überzeugend zu lügen und seinen Test zu bestehen. Ich will, dass er glaubt, ich meine es ernst. *Streite mit mir, Noah. Lenke mich von meinen Gefühlen ab.* Ich recke das Kinn. »Ich sagte, ich gebe sie auf, die Musik.« Unglücklicherweise verrät mich mein letztes Wort. Meine Stimme hat gezittert. Außerdem war es wahrscheinlich auch nicht sonderlich hilfreich, dass ich Noah heute Morgen im Bett die paar Verse vorgesungen habe, an denen ich in den letzten Tagen gearbeitet habe, natürlich nicht ohne ihm zu gestehen, wie aufgeregt ich deshalb bin.

Ein Funke glimmt in Noahs grünen Augen auf. Er weiß, dass ich eine kleine Lügnerin bin, denn mittlerweile weiß er die Anzeichen zu deuten.

»Du kannst sie nicht aufgeben. Das lasse ich nicht zu«, sagt er scharf – streitsüchtig. Er lässt sich nicht nur auf das Spiel ein, sondern setzt sogar noch eins oben drauf. Was ziemlich heiß ist, denn das fast unmerkliche Zucken seiner mürrischen Lippen lässt keinen Zweifel an seiner Botschaft: *Du willst spielen? Also gut, ich spiele mit.*

»Kann ich wohl, wenn ich will.« Trotzig trete ich einen Schritt auf ihn zu. Bei jedem anderen bewahre ich Anmut und Haltung – ich bin Audrey. *Höflich, höflich, höflich.* Aber bei Noah sage ich, was ich denke. Ich habe keine Angst davor, mich zu blamieren. Zu streiten, zu widersprechen, mich zu verhaspeln. Ich schaue mich aufmerksam im *Pie Shop* um. »Ich glaube, ich werde hier arbeiten … mit dir.«

»Ich stelle niemanden ein.« Er hält inne. »Außerdem kenne ich deine Backkünste.«

»Ich kann nur deshalb nicht backen, weil du mir nichts beibringst. Aber ich bin lernfähig!«

Noah tritt einen weiteren Schritt auf mich zu. Die Lücke zwischen uns weicht sengender Hitze. »Nein. Ich lasse dich hier nicht arbeiten.«

»Ha!« Ich recke das Kinn. »Ich bin Rae Rose. Ich habe ein Musikimperium geschaffen und eine eingeschworene Fangemeinde, die für mich ihr Leben aufs Spiel setzen würde, wenn ich sie darum bäte. Das möchte ich sehen, dass du mich an irgendetwas hindern könntest!« Ich wünschte, so selbstbewusst wäre ich tatsächlich.

»Wenn du mit der Musik aufhörst, rede ich nie wieder ein Wort mit dir.«

Da muss ich lächeln. »Echt nicht?«

»Ja.«

»Und das hältst du aus?«

Er grunzt zustimmend, aber seine Hände sprechen eine andere Sprache. Irgendwie landen sie auf meiner Taille und schieben mich langsam nach hinten, bis er mich auf die Arbeitsfläche setzen kann. Erinnerungen an die vergangene Nacht schießen mir durch den Kopf, und mein Herz hämmert wie wild gegen meine Rippen.

»Immer langsam.« Mit dieser Kappe, die einen dunklen Schatten über seine Augen wirft, wirkt er geradezu anmaßend. Und gleichzeitig grüblerisch und gebieterisch. Ich reiße sie ihm vom Kopf – tauche sein Gesicht in Licht, fahre mit den Händen durch sein zerzaustes Haar. Es ist verwuschelt und perfekt. Kurz davor, mal wieder einen Haarschnitt zu benötigen, aber eben noch nicht ganz.

»Also nehmen wir einmal an, ich gebe das Singen tatsächlich auf und lebe hier. Ich wohne im Haus deiner Schwestern und backe Pancakes, während du zu Besuch bist. Du siehst, wie ich statt nach dem Zucker nach dem Salz greife und es in die Rührschüssel geben will. Und sagst immer noch nichts zu mir?«

Er schenkt mir ein ironisches Lächeln. *Amateurin,* sagt sein Blick. »Ich esse deine Pancakes sowieso nicht. Es betrifft mich also nicht.« Erstens ist er unhöflich. Und zweitens will ich niemals aufhören, mit Noah zu spielen.

»Na gut, ich erhöhe den Einsatz.« Ich lasse die Hand an seiner Brust hinaufgleiten, schlinge die Arme um seinen Hals, ziehe ihn zwischen meine Beine und spiele ganz sacht mit den Härchen in seinem Nacken. Sanft presst er die Fingerspitzen in meine Hüften. »Ich überquere die Straße und übersehe dabei ein herbeirasendes Auto. Du sagst immer noch nichts?«

Sein Blick ruht auf meinen Lippen. »Nicht fair.«

»Ich versuche ja gar nicht, fair zu spielen.«

»Und ich versuche, nicht der Grund dafür zu sein, dass du deine Träume aufgibst.« *Rums*. Die Wahrheit fällt wie ein Klotz zwischen uns zu Boden und verdirbt das Spiel.

Es entsteht ein Augenblick des Schweigens, in dem nur unsere angespannten Körper sprechen, in dem unsere Fingerspitzen Worte sagen, die unsere Münder niemals aussprechen können. Mein Griff um seinen Hals wird fester. Er umarmt mich inniger und presst meine Hüften an seine.

Und dann, weil er weiß, dass ich ein wenig Leichtigkeit brauche, grinst er und fügt hinzu. »So leicht gibst du auf, Pop-Tart?«

Schnell presse ich meine Lippen auf seine. So kraftvoll, dass er ein wenig zurückschwankt und ich beinahe falle. Aber er stabilisiert uns schnell wieder und erwidert meinen Kuss genauso wild. Wir kämpfen immer noch, wenn auch auf neuem Terrain. Es ist holprig und uneben, und unsere Münder werden blaue Flecken davontragen. Ich beiße in seine Lippe, und seine Hände umfassen meinen Po. Nichts davon hilft – es wird nur noch schlimmer. Ich wimmere, als die Gefühle mich erneut übermannen, weshalb Noah sich sofort von mir löst.

Er umfasst mein Gesicht und sieht mir eindringlich in die Augen. »Habe ich dir weh getan?«

Ich schüttele den Kopf und versuche mich an einem Lächeln. Es fällt schwächlich und erbärmlich aus. »Noah. Ich werde dich nicht bitten, mit mir zu kommen, wenn ich gehe, aber ich will, dass du eines weißt: Falls du je deine Meinung änderst, bist du mir immer willkommen, egal wo ich bin. Immer.«

Er starrt mich an, eine steile Falte zwischen den Augenbrauen, und holt tief Luft. Dann beugt er sich vor und küsst mich erneut. Sanft diesmal. Ohne dass unsere Lippen sich öffnen. Ohne dass wir explodieren. Beruhigend, beschwichtigend.

Die Glocke über der Tür klingelt, und kurz darauf hallt die heisere Stimme einer Frau durch die Konditorei. »Hört mit dem Geknutsche auf, Kinder!« Es ist Mabel.

Und sie ist nicht allein.

»Oh Gott.«

»Also, Harriet, jetzt lass deine Empfindlichkeiten mal für einen Tag beiseite. Jetzt ist nicht der richtige Zeitpunkt.«

Noah und ich lösen uns voneinander, und ich schaue mich nach Mabel und Harriet um, die noch immer damit beschäftigt sind, nach Luft zu schnappen. Schnell streiche ich mein verdrehtes Shirt glatt, und wenn wir Zeit hätten, fände ich es sicher peinlich, von den beiden hier ertappt worden zu sein. Aber diese beiden Ladys haben rote Wangen und schnaufen, als hätten sie ein Wettrennen miteinander veranstaltet. Das Einzige, was noch fehlt, sind pinkfarbene Anoraks.

»Kommandier' mich bloß nicht rum, Mabel. Ich bin immerhin älter als du.«

»Und langweiliger ebenfalls. Hast du denn noch nie einem verliebten Pärchen beim Küssen zugesehen?«

Harriet reckt die Nase in die Luft. »Mit dieser Art der Zuneigungsbekundung sollten sie bis nach der Ehe warten.«

Mabel verdreht die Augen. »Oh, so wie du und Tom es getan haben?«, fragt sie aufreizend langsam, worauf Harriet keucht. »Ja, jetzt tut nicht so überrascht, Eure erhabene Heiligkeit.

Mir kannst du jedenfalls nicht weismachen, dass deine kleine Last-Minute-Hochzeit damals eine Liebesheirat war. Die fand statt, weil ihr miteinander geschlafen und ein Baby gezeugt hattet! Das war eine gute, altmodische Muss-Ehe.« Mabel stößt ein weiteres Grunzen aus. »*Flitterwochen-Baby. Von wegen!*«

»Ladys«, sagt Noah, der sich beim Anblick der beiden zänkischen Omas das Lachen nur mit Mühe verkneifen kann. Irgendwie hoffe ich, eines Tages genauso zu werden wie sie. »Gibt es etwas Dringendes, weshalb Ihr hier seid?«

»*Zum Teufel!* Ja!«, ruft Mabel.

Noch bevor Mabel den Satz zu Ende bringen kann, schiebt sich Harriet mit einem zierlichen, aber nachdrücklichen Schritt vor sie. »Sie müssen sich verstecken!«, ruft sie, und ihre Habichtaugen richten sich auf mich.

Mabel schubst Harriet aus dem Weg, um nun ihrerseits vorzutreten. Und jetzt ist klar, dass sie nicht in gemeinsamer Mission unterwegs waren. Beide sind durch die halbe Stadt gerast, um als Erste zu uns zu gelangen. »Dieser Typ mit der Kamera, der schon die ganze Woche hier herumschnüffelt, ist gerade wieder in der Stadt.«

»Der Paparazzo?«, fragt Noah.

»Nein, der Pizzabote hat ein neues Hobby, nämlich Fotografieren! Ja, Noah, der Paparazzo! Aber was noch schlimmer ist: Er ist nicht allein!« Armer Noah. Er kann es noch so gelassen nehmen, Mabel hat trotzdem noch ein Ass im Ärmel. Aber im Grunde scheint Noah sich darüber sogar zu amüsieren, denn wieder einmal zucken seine perfekten Mundwinkel unmerklich.

»Phil und Todd haben ihn kommen sehen und ihm mit Fakten über Hämmer aufgelauert. Aber ich habe keine Ahnung, wie lange es ihnen gelingt, ihn aufzuhalten, und die anderen sind in der ganzen Stadt ausgeschwärmt«, sagt Harriet, hebt die hochklappbare Theke an und versucht, sich hindurchzudrängen. Ich sage, sie versucht es, denn gleichzeitig versucht Mabel es ebenfalls, weshalb die beiden plötzlich in der Lücke feststecken.

»Mabel! Würdest du bitte … «

»Ich würde, Harriet, wenn du nur bitte … «

Noah hat sich von mir gelöst, um den Ladys hindurchzuhelfen. »Jetzt schaut euch nur an, was ihr wieder angerichtet habt«, sagt er freundlich. »Mabel, zieh den Bauch ein und dreh dich um.«

»Wie viele von denen sind da draußen, Mabel?«, frage ich, und mir wird ganz übel.

Noah zieht leicht an Mabels Arm, und schon ploppen die Frauen auf die andere Seite der Theke. »Oh, mindestens an die zwanzig, Schatz. Eine ganze Menge jedenfalls. Sie müssen schnell von hier verschwinden.«

Ich schaue zu Noah hinüber, und in unseren Augen steht das Gleiche: *Game Over*. Unsere gemeinsame Zeit ist vorbei.

34

Amelia

Wie beim letzten Mal hasten Noah und ich die Hintergasse entlang, nur dass ich mein Grauen diesmal nicht mehr abschütteln kann. Wenn es wirklich so viele sind, wie Mabel gesagt hat, dann bedeutet das, dass irgendjemand ihnen bestätigt hat, dass ich tatsächlich hier bin. Sie werden nicht von mir ablassen, bis sie die Fotos haben, hinter denen sie her sind. Apropos.

»Noah«, sage ich und zerre an seiner Hand, damit er stehen bleibt. »Du darfst nicht mit mir gesehen werden. Ich muss alleine zurückfahren. Du kannst dich von Annie mitnehmen lassen.«

Er runzelt die Brauen, und sein Kinn verkantet sich. »Warum?«

Ich blicke auf unsere ineinander verschränkten Hände hinab. »Deshalb. Wenn du nicht willst, dass dein Leben sich von Grund auf verändert, dürfen sie uns nicht zusammen sehen.« Meine Stimme zittert. »Denn sonst machen sie aus hundert verschiedenen Blickwinkeln Fotos von uns, und schon morgen früh bist du überall in den sozialen Medien und der Regenbogenpresse zu sehen.«

Ich erwarte, dass er meine Hand loslässt. Bereite mich auf ihren Verlust vor. Doch sein Griff wird nur noch fester. »Ich gehe mit dir«, versichert er.

»Noah!«

Nun lässt er doch los, drängt sich an mich, umfängt mein Kinn und sieht mir in die Augen. Sein Blick lodert. »Ich lasse dich nicht allein. Ich dachte, ich könnte damit leben, dass das zwischen uns nur etwas Vorübergehendes ist, aber … « Er bricht ab, schüttelt den Kopf, küsst mich hastig. Beinahe schmerzerfüllt. Es ist wie die herrlichste Folter. »Ich will nicht, dass es vorüber ist. Das ertrage ich nicht.«

Die Hoffnung raubt mir den Atem. »Was sagst du da?«

»Ich sage, scheiß auf die Angst. Ich will eine Beziehung mit dir.«

»Ich auch!«, sage ich so schnell, dass er seinen Satz kaum zu Ende sprechen kann.

»Aber du musst Geduld mit mir haben … «

»Werde ich!«

» … denn ich werde Zeit brauchen, mich an eine Fernbeziehung zu gewöhnen. Und ich muss hierbleiben, um mich um meine Grandma zu kümmern, weshalb ich dich nicht allzu häufig besuchen kann.«

Ich recke mich auf die Zehenspitzen und schlinge ihm die Arme um den Nacken. »Wir finden einen Weg. Und ich werde so viel Geduld mit dir haben, dass du von meinem Wohlwollen ganz überwältigt sein wirst. Aber Noah, bist du sicher? Erst letzte Nacht … «

Diesmal ist er es, der mich unterbricht: »Als ich dich letzte Nacht in meinen Armen hielt, wurde mir klar, was für einen Fehler ich mache, wenn ich dich je wieder gehen lasse. Und nicht nur das. Ich wäre auch kreuzunglücklich. Ich würde mir nie verzeihen, wenn ich dich ziehen lasse.«

Ich schüttle wild den Kopf, lächle und bemühe mich gleichzeitig, nicht in Tränen auszubrechen. »Mr. Romantic.«

»Mr. Lächerlich-Glücklich.«

»Psst. Ich hab dir doch verboten, dich in die Vergabe von Spitznamen einzumischen.«

Er grinst und fixiert meine Lippen. »Also ist das ein Ja? Du bist jetzt offiziell mit diesem nichtswürdigen Kuchenladenbesitzer zusammen?«

»Solange du dich nie wieder selbst so nennst, ja. Eine Million Mal Ja.«

Er küsst mich ein weiteres Mal und streichelt meinen Arm. Dann nimmt er meine Hand, um unsere Flucht durch die Gasse fortzusetzen. »Die Details überlegen wir uns, wenn wir zu Hause sind.« *Zu Hause.* Der plötzliche Freudentaumel, der mich bei diesen beiden Worten erfasst, lässt mich beinahe stolpern.

Aber als Noah und ich aus der Gasse auftauchen, wird uns unser Fehler sofort klar. Offenbar wussten sie, dass wir hier landen würden. Jede Menge Paparazzi und Medienvertreter haben sich auf dem Parkplatz versammelt – und warten nur auf uns. Mein Herz macht einen Satz; ich will mich umdrehen, bevor sie uns bemerken, bin aber nicht schnell genug.

»Da ist sie!«

»Rae Rose!

»Rae, hier drüben! Wer ist der Typ?!«

»Stimmt es, dass Sie eine Affäre mit einem Konditor haben?«

Sie schreien und eilen auf uns zu. Fest packt Noah meine Hand und sieht auf mich herab. »Was soll ich tun? Willst du, dass wir weglaufen?«

Ich schlucke und gestatte mir einen Moment des Zorns, bevor ich mir für die blitzenden Kameras wieder eine teilnahmslose Maske zulege. Ich bedecke meinen Mund mit der Hand und neige ihm das Gesicht entgegen, damit sie meine Lippen nicht lesen können. »Wir müssen zu deinem Wagen gelangen. Sag kein Wort zu ihnen, außer sie aus dem Weg zu bitten, und geh ansonsten unbeirrt weiter.« Ich wünschte, ich hätte mehr Zeit gehabt, um ihn auf den Kontakt mit den Medien vorzubereiten, aber Learning by Doing ist ohnehin immer noch das Beste, oder?

Hand in Hand und mit gesenkten Köpfen gehen wir auf seinen Pick-up zu. Aber die Paparazzi sind heute besonders hungrig, weshalb sie uns einkesseln und meine fehlende Security ausnutzen.

»Entschuldigen Sie. Machen Sie Platz. Lassen Sie uns durch.« Beherzt versucht Noah mich durch den Andrang der Medienvertreter zu bugsieren, aber sie rühren sich nicht. Ich ziehe immer wieder an seiner Hand, denn ich spüre, wie seine Wut steigt, und fürchte, dass er etwas Übereiltes tun wird, wie zum Beispiel dem Typ, der mir gerade die Kamera etwa zehn Zentimeter vors Gesicht hält und mir Fragen entgegenbrüllt, einen Stoß zu versetzen.

»Mit wem sind Sie gerade zusammen, Rae?« Er ist mir so nahe, dass ich riechen kann, was er zu Mittag gegessen hat.

»Verzieh dich«, blafft Noah ihn an, aber der Kerl weicht keinen Zentimeter.

»Ist er dein neuer Liebhaber? Hast du den reichen, erfolgreichen Typ jetzt aufgegeben?« Er versucht, uns zu einer Antwort zu provozieren, und ich spüre, dass Noah kurz davor ist, die Beherrschung zu verlieren.

Noah schiebt die Schulter vor mich, so dass er dem Paparazzo besser in die Augen sehen kann. »Ich sagte, verzieh dich und lass uns durch.«

Alle anderen scharen sich jetzt ebenfalls um uns, schreien uns Fragen entgegen, verlangen Kommentare, aber keiner von ihnen ist so nah wie dieser Mann. »Aber klar, mein Großer. Beantworte einfach meine Frage, und schon bin ich weg. Wieso glaubst du, dass ein mittelmäßiger Typ wie du gut genug sein könnte für einen Weltstar wie sie? Irgendeine Idee?«

Ich gerate in Panik. Man hat mich schon früher dergestalt in die Ecke gedrängt, und es ist jedes Mal wieder aufs Neue beängstigend. Aber noch nie habe ich einen Paparazzo etwas so Bissiges und vorsätzlich Beleidigendes sagen hören. Außerdem weckt diese Frage irgendeine Erinnerung in mir. Als hätte ich sie schon einmal gehört.

Wird es so immer wieder für Noah sein? Werden die Medien ihn stets auf seinen Platz verweisen? Diesmal ist es mit *meiner* Beherrschung vorbei. Ich balle die Faust – um was zu tun? – ihn zu boxen? Ich glaube schon, denn im nächsten Augenblick umfasst Noah meine Faust mit der Hand, und als ich zu ihm aufblicke, schüttelt er fast unmerklich den Kopf. *Tu das nicht.*

Zu allem Überfluss hört man nun weitere Stimmen.

»Hey! Lasst sie ihn Ruhe. Weg von unserem Mädchen!«

Ich schaue über die Schulter. Es sind Mabel und Harriet, die zusammen mit Phil und Todd die Paparazzi anschreien. *Nein, nein, nein.* Sie müssen wieder ins Haus gehen. Es gibt keinen Grund, warum die Privatsphäre weiterer Menschen verletzt werden sollte. Aber sie geben nicht auf, bis man ihre Stimmen hört und die Hälfte der blitzenden Kameras sich ihnen zuwenden. Diese Story wird mit jeder Minute pikanter.

Dann plötzlich rasen zwei vertraute SUVs mit abgedunkelten Scheiben auf den Parkplatz und hupen lautstark. Kaum haben sie angehalten, springen meine Bodyguards heraus und rennen auf die Paparazzi zu, gefolgt von Susan. Schon sind sie an meiner Seite.

»Geht es dir gut? Schaffen wir dich fort von hier!«, sagt sie.

Meine Wachleute geben mir und Noah Rückendeckung, führen uns durch die Menge, drängen die Menschen zurück.

Noch nie in meinem ganzen Leben habe ich mich so gefreut, Susan und ihren kohlrabenschwarzen Bob zu sehen. Ich könnte sogar ihren dazu passenden Hosenanzug küssen.

»Zurück«, befiehlt Will, mein Chef-Bodyguard energisch, und alle gehorchen, denn Will sieht aus wie ein Streetfighter, dem man nicht begegnen will. Außerdem bäckt er die besten Ingwerkekse, die ich je gegessen habe, und vollbringt wahre Wunder mit unserem Reisenähzeug, aber im Moment bin ich dankbar, dass dieser Paparazzi-Zoo davon keine Ahnung hat.

Ich springe als Erste in den SUV, gefolgt von Noah. Er setzt sich dicht neben mir auf die Bank und legt mir den Arm um die Schultern. Ich atme seinen tröstlichen Duft ein. »Geht es dir gut?«, flüstert er dicht an meinem Ohr.

»Ich würde lieber wissen, ob es *uns* gut geht?«, korrigiere ich ihn, denn ich befürchte, dass Noah es sich nach diesem Zusammentreffen noch einmal anders überlegt. Dass unsere Beziehung als kürzeste der Welt in die Geschichte eingeht. Ich weiß, dass er sich ohnehin schon schwertut, Vertrauen zu fassen. Die Befürchtung, dass die Worte des Mannes einen Sinneswandel bei Noah hervorgerufen haben, ist also keineswegs aus der Luft gegriffen.

Zu meinem Erstaunen schnaubt er nur belustigt, grinst und gibt mir einen Kuss auf die Stirn. »Ab sofort ist mehr nötig, um mich loszuwerden. Die einzige Meinung, die für mich zählt, ist deine. Wenn du immer noch Lust hast, mit einem ganz normalen Mann zusammen zu sein, bin ich dabei.«

Erleichtert lehne ich mich an ihn, während nun auch Susan in den SUV steigt und sich auf die gegenüberliegende Bank setzt. »Geht es euch beiden gut? Ihr hattet Glück, dass wir zum richtigen Zeitpunkt aufgetaucht sind.« Die Tür schließt sich, und sofort hört man die Rufe der Paparazzi Gott sei Dank nur noch gedämpft.

Doch ich schaue Susan in die Augen, und plötzlich trifft mich die Erkenntnis wie ein Schlag. Auf einmal erinnere ich mich daran, wo ich die Frage des Typen schon mal gehört habe.

»Susan, wo ist Claire? Sie ist doch normalerweise immer bei dir?«

»Oh.« Sie verzieht das Gesicht. »Bedauerlicherweise musste ich sie entlassen. Sie hat ihren Job einfach nicht mehr ordentlich gemacht.« Sie zuckt mit den Schultern, und plötzlich habe ich einen ganzen Felsbrocken in der Kehle. Hier stimmt etwas ganz und gar nicht.

Die Heimfahrt legen wir schweigsam zurück, denn wir alle müssen uns erst einmal beruhigen und das Geschehene verarbeiten. Der andere SUV bleibt zurück und blockiert die Ausfahrt des Parkplatzes, so dass wir es zu Noahs Haus schaffen, ohne dass man uns folgt. Will setzt uns in der Nähe der Haustür ab, dann fährt er rücklings wieder aus der Einfahrt und parkt das Fahrzeug so, dass keiner in den Weg einbiegen kann, falls man uns doch hier aufstöbert. Eigentlich sollte ich mich nun, da ich mein Team wieder um mich weiß, doch wieder sicherer fühlen, aber weit gefehlt. Zumindest gilt das nicht für *sämtliche* Teammitglieder.

Noah und ich sind beide sehr nachdenklich. Wir beobachten Susan genau, als sie ihr Handy zückt, bemerkt, dass sie hier keinen Empfang hat, und uns mitteilt, dass sie zu Fuß zur Einfahrt zurückkehren muss, um Will Anweisungen zu erteilen. »Geh schon mal rein und pack deine Sachen, Rae. Wir reisen so schnell wie möglich ab, damit wir dich wieder sicher nach Nashville geschafft haben, bevor sie dich hier finden können.«

Sie wartet keine Antwort ab, denn Susan ist daran gewöhnt, dass ich ihr stets, ohne zu zögern, gehorche. Als die Tür sich hinter ihr schließt, gehe ich in die Küche, wo ich das Telefon zur Hand nehme und sofort die Nummer meiner Mom wähle.

»Findest du es nicht auch verdächtig, dass Susan ausgerechnet *jetzt* hier auftaucht?«, fragt Noah.

»Allerdings. Und ihre Assistentin hat mir neulich anvertraut, dass hinter meinem Rücken einige Dinge laufen, von denen ich nichts weiß. Höchste Zeit, dass ich mir Antworten beschaffe.«

Das Telefon klingelt ein paarmal, und ich wippe unruhig auf den Fußballen auf und ab, will unbedingt mit meiner Mom reden, bevor Susan zurückkommt. Noah verkündet, nach draußen gehen zu wollen, um mir einerseits die Privatsphäre zu geben, die ich brauche, und Susan wenigstens noch einige Minuten fernzuhalten.

Endlich hebt meine Mom ab. »Hallo?«

»Mom, ich bin's.«

Ihre Stimme klingt megafröhlich. »Amelia! Hallo, meine Süße! Wie schön, von dir zu hören. Wie geht es dir? Ich bin gerade am Strand, da ist der Empfang wahrscheinlich nicht so super. Hör dir mal das Rauschen des Ozeans heute an. Wahnsinn, oder?«

»Nein, Mom, ich … «

Sie hält das Handy dem Meer entgegen. Es klingt, als sei ich beinahe in einer Welle. »Mom!«, schreie ich ein paarmal. »Ich muss dich dringend etwas fragen! Halt das Telefon wieder ans Ohr!«

»Klingt das nicht wundervoll? Ich wünschte, du wärest hier. Oh, und die Sonne ist einfach unglaublich heute. Und Ted ist auch hier! Willst du vielleicht hallo … «

Ich unterbreche sie, bevor sie das Mobiltelefon weiterreichen kann. »Mom, es ist sehr wichtig, und ich habe es eilig. Hast du jemandem von den Medien einen Tipp gegeben, wo ich mich momentan aufhalte?«

Niemals zuvor habe ich meine Mom mit einer solchen Frage konfrontiert. Wenn mir Susan früher mitgeteilt hat, sie habe herausgefunden, dass meine Mom wieder etwas hat durchsickern lassen, habe ich schweigend vor Wut vor mich hin gekocht und mich weiter von ihr zurückgezogen. Aber jetzt muss ich es wissen.

Am anderen Ende der Leitung wird es still. Zuerst denke ich, dass sie ein schlechtes Gewissen hat, aber als sie wieder etwas sagt, wird mir klar, dass sie verletzt klingt. »Nein. Natürlich nicht. Wie kannst du so etwas denken?« Ich bringe zunächst keine Antwort heraus – zu vieles schwirrt mir durch den Kopf. Aber mein Schweigen spricht offenbar Bände. »Amelia, ich weiß nicht, woher diese Frage plötzlich kommt, aber ich schwöre dir, ich würde niemals eine Story an eine Zeitschrift oder die Medien verkaufen. Nie in einer Million Jahren.«

Mir dreht sich der Magen um. Ich schließe die Augen, um mir über alles klarzuwerden – und immer wieder läuft es darauf hinaus, dass der aggressive Paparazzo beinahe Wort für Wort wiederholt hat, was Susan vor ein paar Tagen am Telefon zu mir sagte. Es ist möglich, dass jemand aus der Stadt bei einer Zeitung angerufen hat und meinen Aufenthaltsort verraten hat. Aber … nur selten versammeln sich in einem Fall wie heute sämtliche Medien an einem Ort. Als ob alles organisiert und von langer Hand geplant gewesen ist. Jemand hat eine Menge auf sich genommen, um den heutigen Hinterhalt zu planen –, und dazu wäre niemand in dieser Stadt fähig gewesen. Nur eine Person ärgert sich so sehr über meinen Aufenthalt hier in Rome, dass sie mich aus der Deckung locken will.

»Mom«, sage ich und muss schlucken, denn plötzlich ist meine Kehle ganz trocken. »Warum stehen wir einander nicht mehr nahe?«

Ich höre meine Mom seufzen, und es klingt beinahe erleichtert. »Ich wünschte, ich wüsste es. Ich will es schon seit einiger Zeit ansprechen, wusste aber nicht, wie. Liegt es an mir? Habe ich irgendetwas getan? Denn wenn ja, will ich es wissen und wieder in Ordnung bringen.«

Vor ein paar Tagen war ich noch der festen Überzeugung, dass es vornehmlich ihre Schuld war, aber heute bin ich mir da nicht mehr sicher. Ich hätte schon vor langer Zeit ein offenes Gespräch suchen sollen. Meine Mom auf die Artikel in der Regenbogenpresse ansprechen, statt blind zu akzeptieren, was Susan mir erzählt. Ich wünschte, ich hätte um die Beziehung zu meiner Mom gekämpft, statt mich stillschweigend daraus zurückzuziehen. Doch ich finde meine Stimme wieder. »Ich glaube, wir müssen über vieles reden und vieles klären, aber im Augenblick bleibt mir keine Zeit, es im Detail anzusprechen. Ich will dir nur eins sagen: Ich vermisse dich sehr. Und …« Meine Stimme bricht. »Ich liebe dich. Ich will unsere frühere Beziehung zurückhaben.«

Sie atmet tief ein und schnieft. »Das wünsche ich mir auch. Ja, ruf mich an, sobald du kannst. Von mir aus auch über FaceTime. Oder ich fliege zu dir, wo immer du bist. Du sagst, wann und wo! Ich bin einfach nur … « Ich höre, dass sie weint. »Ich bin nur froh, dass du es angesprochen hast. Zwischen uns war alles so merkwürdig, und manchmal wollte ich dich anrufen und fragen, wie es dir geht, aber dann … hatte ich doch Angst davor, weil ich dachte, dass du eigentlich gar nicht mehr mit mir reden willst.«

»Weil ich geglaubt habe, dass du Storys über mich an die Presse verkaufst.« Hinzu kamen die ständigen Bitten um Geld und das Schnorren, aber jetzt ist nicht der richtige Zeitpunkt, um das anzusprechen. Keine Ahnung, ob ich überhaupt schon bereit bin, ihr zu sagen, wie ich das empfinde.

»Nein, Liebes. Bitte glaub mir. Ich habe noch nie jemanden von den Medien kontaktiert und ihnen einen Tipp über dich gegeben. Dazu liebe ich dich viel zu sehr.«

»Ich glaube dir«, versichere ich ihr, denn das tue ich wirklich. Ich höre, wie absolut aufrichtig sie klingt. Außerdem fügen sich so viele andere Puzzleteile plötzlich zu einem Bild zusammen. »Aber Mom … gibt es jemanden – vielleicht einen Bekannten, dem du verraten haben könntest, dass ich gerade in Rome in Kentucky bin? Deinem Freund vielleicht?«

»Nein, auch er weiß nichts davon.« Sie hält einen Moment lang inne. »Aber … ich habe es tatsächlich jemandem erzählt.«

»Wem?«

»Susan«, sagt sie, und mein Herz macht einen Satz. »Als ich sie angerufen und gebeten habe, mir bei der Buchung des Fluges zu helfen, hat sie erwähnt, wie viele Sorgen sie sich um dich macht und dass sie befürchtet, dir sei etwas Schreckliches zugestoßen, weil du dich nicht gemeldet hast. Sie hat mich gefragt, ob ich irgendetwas gehört habe, also hab ich ihr mitgeteilt, in welcher Stadt du dich aufhältst. Sie war halb krank vor Angst. War das falsch? Normalerweise erzählst du Susan doch alles.« Sie klingt so besorgt. Natürlich könnte ich jetzt davon ausgehen, dass sie mir diese Sorge nur vorspielt, weil sie befürchtet, dass ich ihr sonst den Geldhahn abdrehe. Aber im Lichte all dessen, was ich heute erfahren habe, frage ich mich, ob das überhaupt stimmen kann. Ich frage mich, ob jene Frau, der ich viel zu viel Macht über mein Leben gewährt habe, einen Keil zwischen meine Mom und mich getrieben hat.

Doch um das zu klären, ist jetzt nicht genug Zeit. Zunächst habe ich noch ein paar viel dringlichere Fragen an sie. »Mom, vor ein paar Jahren, an deinem fünfundvierzigsten Geburtstag, hat Susan da ein Auto geschickt, das dich zu dem Überraschungsurlaub abholen sollte, den ich für dich geplant hatte?«

»Was?« Sie atmet aus. »Nein, davon hatte ich keine Ahnung. Tatsächlich dachte ich, dass du meinen Geburtstag in jenem Jahr vergessen hättest.«

Ich sehe rot. Überall sind Susans Fingerabdrücke. Sie hat die Beziehung zu meiner Mutter auf dem Gewissen. Natürlich ist es auch meine Schuld, weil ich dieser Frau so viel überlassen habe. Aber immerhin habe ich mich bei ihr in völliger Sicherheit geglaubt. Und jetzt stellt sich heraus, dass sie die Beziehung zu meiner Mutter boykottiert hat. Wie konnte Susan mir so etwas antun?

»Ich hatte einen längeren Ausflug für uns geplant und einen Wagen zu dir schicken lassen. Aber Susan hat mir ausgerichtet, du hättest abgelehnt, weil du den Tag lieber mit Freunden verbringen wolltest.«

»Oh, Amelia. Du warst sicher sehr verletzt.«

Ich lache humorlos. »Du aber auch.«

»Nun ja … « Sie lässt den Satz in der Schwebe.

Es gibt noch so vieles, worüber meine Mom und ich reden müssen. Sie muss unbedingt verstehen, wie sehr es mich verletzt, dass sie sich nur bei mir meldet, wenn sie etwas von mir will. Aber zuerst will ich ihre Version der Geschichte hören. Womöglich kenne ich ohnehin nicht das gesamte Bild. Vielleicht hat sie den Kontakt zu mir ja durchaus gesucht, aber Susan hat ihn vereitelt – hat mir bewusst nur dann etwas davon erzählt, wenn meine Mom einen Wunsch hatte, damit sie in meinen Augen schlechter dastand.

»Außerdem hat Susan mir berichtet, dass du meine Einladung zu meinen ersten Tournee-Stationen in den USA ausgeschlagen hast. Trifft das zu?«

»Aber überhaupt nicht. Ich wäre liebend gern zu deinen Konzerten gekommen – sie hat mich gar nicht gefragt.«

Ich hätte jetzt große Lust, gegen die Wand zu boxen. Eine Susan-förmige Wand.

»Es tut mir so leid, Mom. Ich glaube … ach, ich glaube, es war meine Schuld. Ich habe Susan viel zu viel Macht über mein Leben gegeben, und … ich bin ziemlich sicher, dass sie absichtlich für unsere Entfremdung gesorgt hat.«

Nun denke ich an all die Male zurück, da Susan mir geraten hat, nicht das Gespräch mit meiner Mutter zu suchen, sondern mich einfach von ihr zurückzuziehen. Am liebsten würde ich schreien. Wie konnte ich das nur übersehen? Wie konnte ich nur so viele Jahre ohne meine Mom verstreichen lassen? Ich habe mein eigenes Leben komplett verschlafen. Aber damit ist jetzt Schluss.

»Oh, Liebes – es ist nicht deine Schuld. Ich hätte ebenfalls Fragen stellen sollen. Hätte mich bei dir melden sollen, auch wenn es nicht leicht gewesen wäre. Es tut mir so leid, Amelia.«

»Schon gut, Mom. Wir kriegen das hin. Jetzt muss ich erst mal auflegen. Aber morgen rufe ich dich wieder an, und wir reden weiter darüber. Oh, und natürlich bist du zu all meinen Konzerten herzlich eingeladen, okay? Ich will, dass du dabei bist – ich liebe dich.«

»Ich liebe dich auch, Rae-Rae.« Mein Herz bricht weit auf –

aber dieses Mal vor Hoffnung. Vielleicht ist meine Beziehung zu meiner Mom ja doch noch nicht ganz verloren.

Genau in dem Augenblick, da ich auflege, stürmt Susan ins Haus, Noah ist ihr dicht auf den Fersen.

»Was ist hier los?«, ruft sie und wirft Noah einen Blick über die Schulter zu. Die scharfe Kante ihres Bobs peitscht um ihr Kinn. »Warum hat er versucht, mich vom Haus fernzuhalten?«

»Du bist diejenige, die den Paparazzi den Tipp gegeben hat, nicht wahr?«, frage ich Susan.

Mein Vorwurf trifft sie so unvermittelt, dass ihr die Tasche von der Schulter auf den Boden gleitet. Sie blinzelt ein paarmal, dann räuspert sie sich und beugt sich graziös vor, um die Tasche wieder aufzuheben. »Ich werde jetzt einfach so tun, als hättest du mich nicht einer solch grässlichen Tat bezichtigt, und dir wie besprochen beim Packen helfen.«

»Du hast das besprochen, ich nicht. Und ich reise nicht ab.« Das sage ich ganz ruhig, obwohl der Zorn durch meine Adern braust. Noah geht an Susan vorüber und durchquert das Zimmer, um sich an meine Seite zu stellen. Er legt mir die Hand ins Kreuz, um mir seine Unterstützung zu signalisieren, ohne auch nur den leisesten Versuch, mir die Sache aus der Hand zu nehmen. Prompt arbeiten meine Tränendrüsen auf Hochtouren. *Jetzt nicht. Bleibt, wo ihr seid.*

Susans Blick fällt auf die Stelle, an der Noah mich berührt, und sie seufzt ärgerlich. »Lass mich raten. *Er* hat dir diese Schnapsidee in den Kopf gesetzt?« Sie schnaubt. »Typisch, Rae. Mach doch mal die Augen auf. Dann siehst du, dass er nicht der Richtige für dich ist. Hast du dir mal überlegt, dass vielleicht sogar er derjenige sein könnte, der den Fotografen erzählt hat, wo du zu finden bist? Oder deine Schmarotzer-Mutter? Wir wissen doch beide, dass sie … «

»Genug.« Meine Stimme klingt scharf wie ein Peitschenhieb. »Ich habe eben mit meiner Mom telefoniert. Sie war es nicht. Tatsächlich war sie es noch nie, nicht wahr? Du warst diejenige, die immer wieder Geschichten über mich an die Presse hat durchsickern lassen, und hast meine Mutter zum Sündenbock gemacht. Da stellt sich doch glatt die Frage, wie viel von ihren Schmarotzer-Anfragen tatsächlich von ihr kamen.«

»Das ist lächerlich. Du willst deiner Mom – die dich seit Jahren nur benutzt hat – mehr vertrauen als mir?«

»Ja«, antworte ich, ohne zu zögern, und Susan sieht aus, als habe ich ihr einen Dolch ins Herz gerammt. Noah drückt mir erneut sanft die Hand ins Kreuz. Schweigsame Solidarität. »Ich weiß, dass du es warst, Susan, und ich weiß, dass du für noch viel mehr verantwortlich bist, als mir klar war, also hör auf mit diesem Blödsinn. Und weil ich endlich mit meiner Mom über all das geredet habe, weiß ich, dass du unsere Beziehung untergraben und absichtlich Nachrichten nicht weitergegeben, sondern stattdessen Lügen erzählt hast.« Ich schüttle den Kopf, so offensichtlich erscheint mir das jetzt alles.

Susan verschränkt die Arme vor der Brust, und ich verspüre den verstärkten Drang, sie ihr nach unten zu schlagen, denn sie hat kein Recht auf Noahs Grummel-Pose. »Du irrst dich. Deine Mom ist diejenige, die dich ständig belogen und im Stich gelassen hat. Ich hingegen war immer für dich da.«

»Nein, Susan. Du bist gefeuert.« Die Worte kommen mir mühelos über die Lippen, und plötzlich ist mir leichter ums Herz als seit langem. Ich fühle mich beinahe, als ob ich schwebe.

Susan bleibt der Mund offen stehen. »Du machst wohl Witze?« Ihr treten die Augen aus dem Kopf. »Ich habe mir die letzten zehn Jahre den Rücken für dich krumm geschuftet! Ich habe dir die besten Gigs verschafft. Bessere Deals für deine Verträge ausgehandelt. Die besten Zusatzbedingungen. Ich bin diejenige, der du deine Karriere zu verdanken hast. Wenn ich nicht wäre, wärst du nach wie vor ein Nichts!«

»Wenn ich dir wirklich wichtig gewesen wäre, hättest du dich auch für mein psychisches Wohlbefinden interessiert. Du hättest bemerkt, dass du mich zugrunde richtest. Dass ich mich ohne meine Mom einsam fühle. Aber du warst ja so besessen davon, Geld zu verdienen, dass du mich nur benutzt hast. Und du hast den wichtigsten Menschen auf der Welt von mir entfremdet.«

Zwei Herzschläge lang starrt sie mich wütend an – nein, sogar fuchsteufelswild. Ihre Lider zucken vor mühsam beherrschter Wut. »Es liegt an ihm, oder? Setzt er dich unter Druck, damit du das hier tust? Hat er dich einer Gehirnwäsche unterzogen, damit du mich für das Problem hältst?« Sie klammert sich an den letzten Strohhalm, aber es ist zu spät. Endlich habe ich die Wahrheit erkannt.

»Hör auf. Geh jetzt.«

Susans Lippen zittern, aber nicht vor Trauer. Sondern vor Zorn. »Du machst einen gewaltigen Fehler.«

Ich zucke mit den Schultern. Es ist kein Fehler, aber selbst wenn es einer wäre, dann wäre es *meiner*. Es fühlt sich unglaublich an, wieder meinem Instinkt zu folgen. »Laut Vertrag steht dir eine dreißigtägige Kündigungsfrist zu. Du erhältst also volles Gehalt, bist allerdings beurlaubt, denn ich will dich weder in den nächsten dreißig Tagen noch danach noch einmal sehen.«

Sie umklammert den Riemen ihrer Tasche so fest, dass ihre Knöchel weiß hervortreten. »Ich gehe, aber du sollst wissen, dass du hier draußen dein Leben einfach wegwirfst. Dieser Mann … « Sie spuckt die beiden letzten Worte förmlich hervor und deutet mit einem höchst widerwilligen Nicken auf Noah,

» … wird dich nur runterziehen, genau wie deine Mom es getan hat. Ob du es glaubst oder nicht, was ich heute getan habe, war zu deinem eigenen Besten.«

»Du gibst also zu, dass du hinter dem heutigen Paparazzi-Hinterhalt steckst?«

Susan hält eine Sekunde inne, um darüber nachzudenken. Dann kommt sie zu dem Schluss, dass sie nichts zu verlieren hat. »Ja«, bestätigt sie nickend. »Und ich würde es sofort wieder tun, denn ich wusste, dass du dir eingeredet hast, dass dieser Ort dein neues Zuhause werden könnte. Doch das wird es niemals sein, Rae, denn dein Leben passt einfach nicht hierher.« Ich beiße die Zähne zusammen. »Deshalb habe ich das, was euch beiden unweigerlich ohnehin geblüht hätte, nur ein wenig früher zu euch gebracht – war das wirklich so falsch? War es so schlimm, ein wenig Abstand zwischen dir und deiner Mom zu erzwingen und eure unausstehlich unzertrennliche Beziehung ein wenig zu lockern? Ich meine – du liebe Güte, Rae – du hast ja förmlich noch an ihrem Busen geklebt, als ich dich entdeckt habe. Du hast mehr auf ihren Rat gehört als auf meinen, und sie hat dich immer ausgebremst. Also ja, ich habe mich ein wenig eingemischt, aber das war auch notwendig, um dir dabei zu helfen, *deine* Träume zu verwirklichen.«

Ich mache einen Schritt auf sie zu. »Raus.« *Bevor ich dir irgendwas an den Kopf werfe.*

Ihre Nasenflügel beben, dann dreht sie sich auf dem Absatz um, reckt das Kinn und schickt sich an, die Küche zu verlassen.

»Nein, warte, Susan!« Widerstrebend dreht sie sich noch einmal um. »Schick mir Claires Nummer, sobald du wieder Empfang hast. Ich werde sie mit sofortiger Wirkung als persönliche Assistentin einstellen.« Ich habe jetzt keinerlei Zweifel mehr daran, dass Claire entlassen wurde, weil sie Susans falsches Spiel aufgedeckt hat. Und gerade jetzt könnte ich ihre Hilfe wirklich gebrauchen, denn ich muss noch vor Beginn der Tournee einen neuen Manager finden.

Susan verdreht die Augen und geht davon. »Fahr zur Hölle, Amelia«, murmelt sie noch, bevor sich die Tür hinter ihr schließt.

Na ja, zumindest erinnert sie sich noch an meinen richtigen Namen.

Und dann ist sie fort. Erst als sie am Fenster vorbeigegangen ist, drehe ich mich um und lasse mich an Noahs Brust sinken. Er legt seine muskulösen Arme um mich, hält mich fest und presst die Lippen auf meinen Scheitel. »Das hast du toll gemacht.«

Ich zittere, und meine Beine drohen jeden Augenblick unter mir nachzugeben. Die Wirkung des Adrenalins lässt langsam nach, und ich fühle mich ganz wund.

»Ich bin bei dir«, sagt Noah, hebt mich hoch und trägt mich zu seinem Bett, um mich behutsam daraufzulegen.

»Sie irrt sich, weißt du?«, sage ich und blicke aus großen Augen zu ihm auf. »Wir werden großartig zusammenpassen.«

Er deckt mich zu und gibt mir einen sanften, langen Kuss auf die Stirn. »Ich weiß.«

Dann klettert er neben mir ins Bett, lehnt sich aufrecht sitzend an das Kopfteil und nimmt sich ein Buch vom Nachttisch. Und dann macht er das Unglaublichste überhaupt: Er liest mir laut vor. Die ganze Woche über habe ich ihn immer wieder darum gebeten, und er hat immer wieder abgelehnt. Aber jetzt nicht mehr. Seine Stimme ist tief und volltönend und auf perfekte Weise tröstlich.

Mein Herz erzittert, und ich küsse seinen Oberarm. Sein Blick liebkost mein Gesicht, mein Haar und meinen Hals, dann konzentriert er sich wieder auf sein Buch und liest mir aus seiner langweiligen Biographie vor. Es ist wundervoll. Ich möchte es nicht anders haben.

Es gibt so vieles, worüber wir reden müssen, so viele Entscheidungen, die wir treffen müssen, aber in diesem Moment gönne ich mir Ruhe, lasse den Kopf ins Kissen sinken und streichle ihm lächelnd über den Arm.

Vielleicht wird er am Ende ja doch nicht so ein Gesicht ziehen wie Gregory Peck?

35

Amelia

Ich verlasse das Bad und betrete Noahs Zimmer, wo ich ihn seitlich auf dem Bett liegend vorfinde, vor sich ein Scrabble-Spielbrett. In der letzten Woche haben wir das häufig gespielt. Letzten Freitag haben wir im *Hank's* etwas getrunken, und zwar ohne, dass ich vorher versehentlich eine Schlaftablette genommen habe und ohnmächtig wurde. Am Samstag haben wir im *Pie Shop* ein Black-Lady-Tournier mit seinen Schwestern veranstaltet und jeden Abend gemeinsam im Bett in seinem schrecklich langweiligen Buch gelesen, bis wir dann zu etwas anderem übergegangen sind.

Nachdem ich Susan entlassen habe, hat Tommy angerufen und verkündet, dass mein Wagen repariert und wieder fahrbereit ist. Aber *ich* war alles andere als bereit, ebenso wenig wie Noah. Deshalb haben wir beschlossen, dass ich bleiben würde, bis ich ohnehin abreisen und mich auf die Tournee vorbereiten musste. Leider ist dieser Tag schon morgen. Trotzdem hatte ich dadurch noch eine weitere unglaubliche Woche mit Noah, seinen Schwestern und dieser spleenigen Stadt. Die Erinnerungen daran werden mich durch die nächsten neun Monate tragen.

Meine Mom und ich haben mehrmals miteinander telefoniert. Vor Beginn der Tournee wird sie zu mir kommen, um mir beim Packen zu helfen und sich endlich wieder mit mir auszutauschen.

Seit Will immer in der Nähe ist, wenn wir ausgehen, ist alles ein wenig anders, aber überraschenderweise keineswegs seltsam. In den ersten Tagen nach dem großen Vorfall blieben die Paparazzi noch in der Stadt und schossen Fotos von mir, wann immer ich irgendwo hinging; aber schon bald wurde ihnen klar, dass die Kleinstadt-Lebensweise den meisten Leuten viel zu betulich und langweilig vorkommt, also sind sie wieder verschwunden. Und schon hatte ich meine Privatsphäre zurück.

Was ich für ein Problem gehalten hatte, hat sich für die Stadt als Highlight des Jahres entpuppt. Kaum wurde irgendwo ein Paparazzo gesichtet, haben sich die Anwesenden in Pfauen verwandelt, ihre besonderen Talente zur Schau gestellt und ihr Bestes gegeben, um ebenfalls abgelichtet zu werden. Auf mysteriöse Weise ist Phils Baumarktschild, auf dem ständig neue Angebote angepriesen werden, jeden Tag ein Stückchen näher an den *Pie Shop* herangewandert, vor dem bekanntermaßen die Fotografen herumgelungert haben.

Niemand scheint etwas gegen Wills Anwesenheit einzuwenden zu haben. Tatsächlich scheint ihn sogar jeder zu mögen. Es mag ein wenig unkonventionell erscheinen, dass er unser Mitbewohner Nummer drei ist und jetzt in jenem Zimmer lebt, in dem ich vorher übernachtet habe, aber er verkriecht sich meist in seinem SUV, beobachtet bis spät in die Nacht die Auffahrt, schläft anschließend ein paar wenige Stunden im Haus, nur um kurz nach Sonnenaufgang schon wieder auf dem Posten zu sein. Mabel kauft ihm jede Menge Pies, denn sie ist der Ansicht, dass er mehr Kalorien zum Muskelaufbau braucht. Vermutlich ist sie verschossen in ihn. Wenn ich nach der Tournee wie besprochen zurückkomme, müssen wir uns eine dauerhafte Security-Lösung überlegen. Aber in diesem Moment ist Will nicht im Haus, und das ist alles, was zählt.

»Dieb«, sagt Noah, als er bemerkt, was ich trage. Mal wieder habe ich seinen Hoodie gestohlen, den ich ihm sicher nie zurückgeben werde. Darunter trage ich ein Paar winzige Schlafshorts. Noah registriert auch das – oder besser: Er registriert meine nackten Beine. Er lächelt in sich hinein und richtet den Blick wieder auf das Spielbrett, verteilt die Spielsteine, setzt sich auf und hockt sich auf die Bettkante.

»Noch eine Partie Scrabble?«, frage ich und trete zwischen seine Beine. Er legt die Hände auf die Rückseite meiner Schenkel und sieht mit so andächtigem Blick zu mir auf, dass ich mir sündhaft schön vorkomme – und das trotz meines feuchten Haars und des viel zu großen Hoodies.

»Ich dachte mir gerade, da es dein letzter Abend in der Stadt ist, willst du vielleicht noch eine Runde spielen«, sagt er. Sein trauriger Unterton gefällt mir gar nicht.

»Mein *vorläufig* letzter Abend«, korrigiere ich ihn.

Er lächelt verhalten, bemüht sich aber offensichtlich um Selbstschutz. Ich beobachte schon seit zwei Tagen, dass er immer stiller und nachdenklicher wird.

Vorhin hat mir die ganze Stadt eine kleine Abschiedsparty hier in Noahs Haus gegeben, doch er hat sich den ganzen Abend lang abseits gehalten. Wahrscheinlich befürchtet er, dass unsere Beziehung doch nicht hält. Dass sich seine Geschichte wiederholt. Dass ich ihm nicht treu bleibe. Der Arme hat einfach noch nicht kapiert, dass er mich nicht mehr loswird.

Er fixiert meine Lippen. »Ja, *vorläufig.*«

»Du glaubst nicht daran, dass ich zurückkomme?«

Er zögert. »Ich will durchaus daran glauben. Es ist nur … «

»Es fällt dir schwer, mir wirklich zu vertrauen. Ich weiß.« Ich verschränke die Finger im Haar an seinem Hinterkopf, und er schließt gequält die Augen. Ich beuge mich hinab und gebe ihm einen Kuss auf die Wange. »Ich verspreche dir zurückzukommen, Noah. Und weißt du, warum du mir glauben kannst?«

»Warum?«, fragt er, ohne die Augen zu öffnen.

Ich nutze diesen Augenblick, um ihn ausgiebig zu mustern. Um mir jeden Zentimeter seines Gesichts genau einzuprägen. Jedes Fältchen, jede Wimper, jeden Schwung seiner Lippen. »Weil ich in dieser Stadt ein Zuhause und eine Familie gefunden habe, die ich liebe.« Ich hole tief Luft und umfange sein Kinn, schiebe sein Gesicht zu mir empor. »Und weil ich dich liebe.«

Er öffnet die Augen, die Hände immer noch auf meinen Schenkeln. Sein Gesicht ist voller zärtlichem Staunen, denn diese Worte hat bislang noch keiner von uns ausgesprochen. Aber ich kann sie nicht länger für mich behalten.

Und dann lächelt er. Breit. Voll. Strahlend. »Ich liebe dich auch, Amelia.«

»Oh, Gott sei Dank«, sage ich seufzend, löse seine Hände von meinen Beinen, hebe sie in die Luft und ziehe sein Shirt nach oben. »Mir ist schon der Angstschweiß ausgebrochen.« Was nicht stimmt. Ich weiß schon viel länger als er selbst, dass er mich liebt.

Er lacht, als ich das Shirt endgültig über seinen Kopf zerre. Nun sitzt er mit nacktem Oberkörper vor mir, genau wie ich ihn liebe. Gierig wandert mein Blick über seine sonnengebräunte Haut. Über die muskulösen Schultern, den Bizeps. Die breite Brust und die maskulinen Venen, die seine Unterarme durchziehen. Ich mustere das wunderschöne, farbenfrohe Tattoo aus Blumen und Kuchen an seinem Brustkorb, das in direktem Kontrast zu seiner brummigen, unnahbaren Männlichkeit steht. Sein gewelltes blondes Haar ist leicht zerzaust, und um seinen mürrischen Mund zuckt es, als ich ihn anstarre.

Dann beobachtet er, wie ich mich aus meinem Sweatshirt schäle und das Seidenhemd mit den Spaghettiträgern darunter enthülle. Es ist zartrosa und passt nach der Dusche perfekt zu meiner Haut. Nachdem ich beschlossen hatte, noch eine Woche zu bleiben, habe ich Claire, die jetzt offiziell meine neue persönliche Assistentin ist, gebeten, mir ein paar Dinge aus meinem Haus mitzubringen. Im Nachhinein könnte ich mich selbst dafür küssen, so vorausschauend gewesen zu sein, ausgerechnet an dieses kleine Teil gedacht zu haben.

Noah verschlingt mich beinahe mit seinem lodernden Blick. Er sieht mir hinterher, als ich zur Schlafzimmertür schreite und sie abschließe. Vor Mitternacht kommt Will wahrscheinlich nicht ins Haus, aber ich will auf Nummer sicher gehen. Bei dem, was ich heute Nacht vorhabe, will ich definitiv nicht unterbrochen werden.

Als ich zu Noah zurückkehre, steht er mit vor der Brust verschränkten Armen da. Grummel-Pose. Ich tue es ihm gleich. Allerdings in der feminineren, grazileren Version. Grummelig in Seide. Erst muss er lachen, doch dann fällt sein Blick auf meine Schulter. Mit einem Finger streicht er über den zarten Träger meines Tops. Über meine Haut. »So weich«, sagt er fast zu sich selbst. Er schiebt den Finger darunter und lässt ihn an meiner Schulter hinabgleiten. Ich bekomme weiche Knie. Ein so starker und wilder Mann sollte nicht dermaßen zärtlich sein können. Die andere Hand legt er nun in mein Kreuz und presst meine Hüften ganz fest an die seinen. Sein Atem weht über meine nackte Schulter hinweg, als er sich darüberbeugt, um mir einen glühend heißen Kuss auf mein Schlüsselbein zu geben.

Mein eigenes Verlangen schnürt mir die Kehle zu. Aber ich bleibe reglos stehen und schmelze unter weiteren Küssen dahin. Schulter. Hals. Mund. Ich stehe unter Strom – bin wie elektrisiert vor Vorfreude, als ich spüre, wie seine Zunge, meine Haut berührt.

»Ich will dich nicht gehen lassen«, flüstert er mir ins Ohr, während er sich der anderen Seite meines Körpers zuwendet.

»Das hier ist kein Abschied, Noah.«

»Warum fühlt es sich dann so an?«, fragt er, während seine Lippen federleicht über meine Kehle wandern. »Warum fühle ich mich, als würde ich dich nie wiedersehen?«

Ich schließe die Augen und fahre mit den Händen an seiner muskulösen Brust hinauf, spüre seinen Herzschlag – schwelge in der Hitze seiner Lippen, in der Süße seiner Berührung. In diesem Augenblick, in diesem Zimmer, umgeben von seinem Körper, bin ich absolut davon überzeugt, dass wir es schaffen werden. Aber ich muss zugeben, dass der vorsichtige Gedanke an die Zukunft mich auch ein wenig nervös macht. Mein Leben wird bald wieder randvoll mit Arbeit sein, und Noah muss mir unbedingt vertrauen, wenn ich mich gerade mal nicht regelmäßig melden kann oder wenn er irgendetwas Fragwürdiges, in der Regel Unzutreffendes in der Regenbogenpresse im Supermarkt über mich liest. Ich habe Angst, dass das hier nicht von Dauer ist, und gleichzeitig weiß ich genau, dass Noah und ich wie füreinander geschaffen sind.

Ich schlinge die Arme um seine Mitte und umarme ihn innig. Er sieht mir in die Augen. »Die Zukunft ist voller Unwägbarkeiten. Wir können heute nicht alles klären. Lass uns einfach das Hier und Jetzt genießen.«

Er beugt sich herab, und sein Kuss ist so zärtlich, dass er mir wie ein Dolch ins Herz fährt. Auf keinen Fall darf das hier ein Abschied sein. *Gib uns nicht so schnell auf, Noah.*

Noahs Hand wandert an meinem Arm hinauf, um bedächtig auch den anderen Träger meines Spitzenhemds hinabzuschieben. Warmer Atem streift meine Haut. Reglos stehe ich da – genüsslich am ganzen Körper brennend, während seine Hände mich liebkosen. Mich streicheln, necken, berühren. Nie habe ich jemandem mehr vertraut, mich nie mehr nach jemandem gesehnt. *Ich liebe ihn.*

Gemächlich schält mich Noah auch aus dem restlichen Kleidungsstück, und schon bald ist es um seine Fassung geschehen. Sein Atem wird hektischer, als ich ganz nackt bin, und sein Blick lodert. Seine Finger krallen sich in meine Hüften, um mich noch dichter zu sich heranzuziehen. Ich fühle mich auf herrlichste Weise mächtig und revanchiere mich, indem ich ihn ebenfalls ganz und gar entkleide.

Heute Nacht sagt er mir mit seinem Mund, wie sehr er mich liebt. Er sagt mir mit seinen Händen, wie sehr er mich vermissen wird. Und mit seinem Körper sagt er mir, dass wir es hinbekommen werden. Und als nichts mehr übrig ist außer Haut und Verlangen, verweben sich unsere Herzen mit unseren Gliedern, bis ich nicht mehr zwischen ihnen unterscheiden kann. Untrennbar ineinander verschlungen versinken wir in jene Sphäre zwischen Wirklichkeit und Traum. Außerhalb dieser vier Wände existiert nichts mehr. Ich spüre nur noch Noahs starken, warmen Körper, der mich anbetet. Seine Finger hinterlassen Feuerspuren auf jedem Zentimeter meiner Haut, die mich ganz und gar verzehren.

Den ganzen Abend lieben wir einander – freudig, unbekümmert, tragisch, bis wir völlig erschöpft nur noch vor uns hindösen können und seine Finger träge über mein Rückgrat wandern. Ich versuche, so lang wie möglich wach zu bleiben, denn ich weiß, dass ich ihn nach dem Aufwachen verlassen muss.

Die Tournee beginnt in wenigen Tagen, und mir bleibt keine Wahl: Ich muss gehen.

36

Noah

Die Glocke über der Tür des *Pie Shops* klingelt, als ich hindurchgehe – wie jeden Tag, seit Amelia vor drei Tagen abgereist ist. Dann schließt sie sich wieder hinter mir, und in der Stille stehe ich da und spüre zum ersten Mal in meinem Leben schmerzhafte Einsamkeit. Früher habe ich diese Stille genossen. Mich danach gesehnt. Nun sehne ich mich nur noch nach ihr.

Ich vermisse ihr Lachen. Ihre Augen. Ihr Lächeln, ihre samtige Haut und sogar ihre miesen Pancakes. Was gäbe ich darum, heute einen Stapel davon vorgesetzt zu bekommen. Gestern hat sie eine Nachricht auf meinem Anrufbeantworter hinterlassen. Sie war kurz vor einem Meeting für die Tournee und hat mich gebeten, sie heute Morgen vor der Arbeit anzurufen, aber ich bringe es nicht über mich, denn ich hasse die Distanz, die ich gerade am Telefon immer ganz besonders spüre. Ich muss mich in die Arbeit stürzen, um die nächsten Monate zu überstehen.

Heute Morgen jedenfalls werde ich hier in der Konditorei schuften wie ein Pferd und danach mit meiner Grandma zu Mittag essen. Auch den Nachmittag verbringe ich im Laden, der heute ohnehin länger geöffnet bleibt als sonst. Danach hat Mabel vielleicht irgendwelche Aufgaben, die ich für sie erledigen kann. Der Zaun vor ihrem Bed and Breakfast müsste dringend neu gestrichen werden. Und Annies Pick-up braucht einen Ölwechsel. Vielleicht kandidiere ich sogar als Bürgermeister.

»Wow, siehst du beschissen aus«, sagt Emily, die den Shop

nach mir betritt. Ich grunze nur. Ich bin so deprimiert, dass ich nicht mal mehr griesgrämig sein kann.

»Ich meine es ernst, Noah. Du siehst schrecklich aus.«

»Hab dich schon beim ersten Mal verstanden«, antworte ich und wische aggressiv die Arbeitsflächen ab.

»Hast du heute schon mit Amelia gesprochen?«

Ich gehe zu dem Hochtisch hinüber und rubbele so heftig mit dem Lappen darüber, dass man es beinahe als Schmirgeln bezeichnen könnte. »Nope.«

»Willst du sie später noch anrufen?« Warum interessiert sie sich plötzlich so für meine Privattelefonate?

»Vielleicht.«

Emily beobachtet, wie ich den Putzlumpen auf den Boden werfe und einen hartnäckigen Fleck mit dem Schuh entferne. »Als Annie neulich bei dir war, hast du den Anrufbeantworter anspringen lassen, als Amelia angerufen hat.«

Ich zucke mit den Schultern, denn ich habe nun wirklich keine Lust, mit ihr darüber zu reden.

Emily legt mir die Hand auf den Arm und hält mich auf, als ich an ihr vorübergehe. »Hey, nun bleib mal einen Moment lang stehen. Wir müssen uns unterhalten.«

»Na gut. Aber nicht über Amelia.« Ich fixiere die gegenüberliegende Wand. Meine Schwester will ich ums Verrecken nicht ansehen. Ich bin mies drauf und kurz davor zu platzen, und das soll sie nicht abkriegen.

»Doch, genau über sie werden wir reden. Setz dich.« Sie deutet auf den Hochtisch. Trotzig bleibe ich stehen. »Jetzt«, blafft sie, und ich setze mich in Bewegung, denn *verdammt*, diese Frau kann einen ganz schön einschüchtern, wenn sie es ernst meint.

Emily wartet nicht, bis ich den Barhocker angewärmt habe,

sondern zückt sogleich ihr Fleischermesser und rammt es mir ins Herz. »Amelia wird neun Monate lang fort sein.«

Ich schlucke und funkele sie böse an. »Ja, vielen Dank, Captain Scharfs ... «

»Sie ist fort ... « Emily lässt nicht locker. »Was willst du also deswegen unternehmen?«

Ich klappe den Mund zu, denn diese Frage habe ich nicht erwartet. Was meint sie damit? Was kann ich denn deswegen unternehmen? Morgen fängt Amelias Tournee an, und sie wird mich anrufen, wenn sie in den Bus steigt. Von da an spielen wir wochenlang »Fang mich« per Telefon, versuchen uns gegenseitig zu erreichen, schaffen es aber nie, bis sie die ganze Mühe irgendwann leid ist, die ich ihr mache, und sich von mir trennt. Natürlich haben wir das so nicht geplant, aber ich bin trotzdem ziemlich sicher, dass es genauso kommen wird.

»Nichts. Ich bleibe hier in Rome und kümmere mich um alles und jeden, während sie durch die Weltgeschichte tourt. Man sollte doch meinen, dass ihr alle glücklich darüber seid.« Emily zieht eine Grimasse, als hätte ich ihr gerade einen Schlag in die Magengrube versetzt. Und vielleicht habe ich das ja gewissermaßen sogar. Genau aus diesem Grund wollte ich nicht mit ihr reden. Ich mache momentan automatisch alles *kaputt.* »Sorry ... « Ich seufze tief und fahre mir mit den Händen durchs Haar. »Das hätte ich nicht sagen sollen.«

»Nein, es muss dir nicht leidtun. Du hast recht. Und teilweise ist das auch der Grund für meinen Besuch.« Sie hält inne und atmet tief erst ein und dann aus. Schließlich sagt sie: »Ich war nicht fair zu dir – oder zu den Mädchen. Wir beide sind alt genug, um uns noch an Mom und Dad zu erinnern und daran, wie sie waren. Wir sind alt genug, um uns genau an den Tag zu erinnern, als jener Anruf kam. Deshalb wissen wir auch genau, woher unser Trauma kommt, während die Mädchen es zwar spüren, aber nicht immer wissen, warum es so ist.«

Mein Magen verkrampft sich schmerzhaft. Und als sich Emilys Augen dann auch noch mit Tränen füllen, habe ich meine liebe Not, nicht den Barhocker umzuschmeißen und die Flucht zu ergreifen. Ich will dem Schmerz ein für alle Mal entkommen, aber er holt mich immer wieder ein.

»Ich habe kürzlich erkannt, dass ich mein Trauma akzeptiert und beschlossen habe, in seinen Grenzen zu leben, um nicht mehr verletzt zu werden. Ich wusste, dass ich Angst davor hatte, die Menschen, die ich liebe, zu verlieren. Sie nicht aus den Augen zu lassen, war also die einfachste Lösung. Aber mittlerweile habe ich verstanden, dass ich damit auf Kosten der anderen lebe. Madison … « Erneut atmet sie gequält ein und presst die Lider aufeinander. »Madison hat sich damals so sehr gewünscht, eine Kochschule zu besuchen, aber ich habe es ihr ausgeredet. Heute arbeitet sie als Lehrerin, in einem Beruf, den sie hasst, und das alles wegen mir und meiner Ängste. Annie hängt so sehr an mir, dass sie nicht einmal darüber *nachgedacht* hat, diese Stadt jemals zu verlassen, und ich fürchte, sie wird niemals große Träume haben. Und du … « Eine Träne rinnt ihr über die Wange. Ich lege meine Hand auf die ihre.

»Du hast nicht nur deinen eigenen Schmerz, sondern auch den unsrigen geschultert, und zwar seit dem Tod unserer Eltern, durch den du im Alter von zehn Jahren erwachsen werden musstest. Und das ist nicht fair, Noah. Nur ein einziges Mal hast du dich wirklich deinen Gefühlen hingegeben, aber Merritt hat sie mit Füßen getreten. Und ich habe dich ebenso ausgenutzt wie sie. Als du zurückgekommen bist, um uns mit Grandma zu helfen, hätte ich für dich da sein und dich ermutigen müssen, wieder zurückzukehren. Deine Liebe nicht aufzugeben. Aber stattdessen habe ich deinen Schmerz ausgenutzt, um dich wieder an uns zu binden, nur damit ich selbst mich wieder sicherer fühlen konnte. Für uns beide wird es jetzt Zeit, uns nicht länger in Watte zu packen, um die Unebenheiten auf der Straße nicht spüren zu müssen. Wir werden im Leben sicher noch häufiger verletzt werden, doch vielleicht ist es das wert, denn manchmal erwarten uns auf unserem Weg auch phantastische Dinge. Möglicherweise endet nicht alles im Schmerz. Das werden wir jedoch nie erfahren, wenn wir es nicht ausprobieren.«

Mit ungläubigem Lachen drücke ich Emilys Hand und ermahne meine verdammten Tränen, jetzt nur ja zu bleiben, wo sie sind. »Zu dieser lebensverändernden Schlussfolgerung bist du ganz allein gekommen?«

Sie lächelt ein wenig schuldbewusst. »Habe ich schon erwähnt, dass ich nach meinem Ausbruch beim Abendessen neulich zu einer Therapeutin gegangen bin?«

»Nein. Aber ich bin stolz auf dich, Em.«

»Keine voreiligen Schlüsse. Vielleicht gehe ich nie wieder hin. Diese Frau operiert in ihrer Praxis am offenen Herzen. Das tut höllisch weh.«

Wir müssen beide lachen, doch dann wird Emilys Gesicht wieder weich. »Du liebst Amelia, aber ich merke, dass du bereits dabei bist, aufzugeben, weil du eine Heidenangst davor hast, dass sie sich als Erste von dir trennt. Stoße sie nicht von dir und sei unerreichbar für sie, nur weil du befürchtest, sie zu verlieren.«

Verdammt. Sie hat recht. Genau das tue ich.

»Du liebst sie, Noah. Tu alles für diese Beziehung. Knie dich so richtig rein, gib ihr den absoluten Vorrang in deinem Leben, statt dich von ihr zu lösen, um nicht verletzt zu werden.«

»Wie denn? Sie wird neun Monate lang auf der ganzen Welt unterwegs sein.«

Emily lacht. »Es gibt da diese Dinger, die man Flugzeuge nennt. Und wenn du dich entschließt, eines zu besteigen, werden wir dich hier vertreten. Wir wissen alle genauso gut wie du, wie man sich um Grandma kümmert. Und wir sorgen auch dafür, dass dein Laden weiter reibungslos läuft. Na los, begleite sie eine Zeitlang auf der Tournee. Sorg dafür, dass ihr beiden nicht ganz so lang voneinander getrennt seid.«

»Es wäre dir tatsächlich recht, wenn ich häufiger die Stadt verließe?«

»Ich gewöhne mich schon noch dran. Mach dir nicht so viel Sorgen um mich.« Emily steht auf und beugt sich vor, um mir einen Kuss auf die Stirn zu geben. »Und hör vor allem auf, so ein verdammter Miesepeter zu sein, und kauf dir ein Handy. Und wo du schon dabei bist, hol dir WLAN, damit du ihr Nachrichten und Fotos schicken kannst. Auch das wirkt Wunder.«

Ich grummele vor mich hin, obwohl ich dankbar für den Tipp bin.

»Ich liebe dich, Noah.«

»Liebe dich auch.« Und genau diese Worte muss ich jetzt unbedingt noch einmal zu Amelia sagen, und zwar persönlich.

37

Amelia

Dreimal klopft es kurz an die Tür meiner Garderobe, es wird also Zeit.

»Herein«, rufe ich, und die Tür öffnet sich.

Claire tritt ein. »Fertig?«, fragt sie mit breitem Lächeln, das ich erwidere, denn schon jetzt ist meine neue Assistentin eine Riesenbereicherung. Ich habe das Gefühl, endlich eine Fürsprecherin und Freundin in diesem Geschäft zu haben. Eine Freundin abseits meiner Mom, die irgendwo backstage wartet und mit sämtlichen Bühnenarbeitern flirtet. Unsere Beziehung ist noch lange nicht perfekt, aber wir arbeiten dran. Langsam entwirren wir das Lügengespinst, das Susan im Laufe der Jahre um uns gewoben hat. Ein paar Nachforschungen haben ergeben, dass meine Mom in den letzten paar Jahren noch nicht mal mehr Geld von mir bekommen hat. Sämtliche »Anfragen« waren gefakt, und die Gelder sind geradewegs in Susans Tasche geflossen. Ich muss wohl kaum betonen, dass Susan einen guten Anwalt brauchen wird.

Außerdem habe ich eine neue Managerin eingestellt. Keysha ist ein wahres Energiebündel, schon seit dreißig Jahren im Business und hat bereits einige der Topkünstler meiner Zeit gemanagt. Trotzdem gehe ich die Dinge insgesamt etwas anders an. Einen Großteil meiner Privatangelegenheiten delegiere ich an Claire, mit Ausnahme der Gespräche mit meiner Mom, die ich jetzt selbst führe, während ich geschäftliche Dinge Keysha überlasse. Ich vertraue Claire sehr. Außerdem ist sie ganz begeistert von meinem Pony. So viel also dazu, Susan!

Das Einzige, was mir also in meinem Leben noch fehlt, ist Noah. Ich vermisse ihn jetzt schon so sehr. Ich vermisse diese Stadt. Ich vermisse seine Schwestern. Ich vermisse seine Hände, seine Brust, seine Pyjamas und sein mürrisches Gesicht, sein Lächeln und einfach absolut *alles*. Wir telefonieren zwar miteinander, aber nicht halb so viel, wie ich möchte, und bei meinen letzten Versuchen bin ich nur auf seinem Anrufbeantworter gelandet. Möglicherweise ist er beschäftigt, aber viel wahrscheinlicher ist, dass er sich von mir zurückzieht.

Doch heute Abend muss ich mich voll und ganz auf die Eröffnung meiner Tournee konzentrieren. Die Tour beginnt in meiner eigenen Stadt, Nashville, Tennessee, und ich spiele vor ausverkauftem Haus in der Bridgestone Arena. Danach besteigen wir den Tourbus und fahren nach Atlanta. Von dort aus geht es nach Houston und dann mit dem Flugzeug nach London. Ein paar Monate lang bin ich international unterwegs, dann lege ich eine kurze Pause ein, bevor ich den Rest der Tour in den USA absolviere. Ich weiß, dass ich am Ende wieder total ausgebrannt und erschöpft sein werde, bereit, nach Rome in Kentucky zu flüchten, um meine Lieblingsmenschen zu besuchen, aber vorläufig bleibt mir nichts anderes übrig, als auf mich selbst zu achten und die Fahrt zu genießen.

»Bist du ready, Freddy?«, fragt Claire, die manchmal ein wenig albern ist, aber mich stets liebevoll unterstützt. Und das Beste an ihr ist, dass sie mich niemals Rae nennt. Susan zu entlassen war das Zweitklügste, was ich je getan habe. Das Klügste war die Panne in Noahs Vorgarten.

»Ich bin bereit.« Ich stehe auf und setze die Hörmuschel ein. Mein kurzes, funkelndes Silberkleid glitzert im Licht des Garderobenraums, und ich überzeuge mich ein letztes Mal, dass meine Heels fest am Knöchel sitzen.

Claire und ich verlassen die Garderobe. Will folgt uns wie ein Schatten, genau wie er es die restliche Tournee über tun wird. Der Singsang der Menge wird mit jedem Schritt, den ich durch den Gang der Arena auf den Bühnenbereich zu mache, lauter. Unmengen von Crewmitgliedern schwirren umher und wünschen mir Glück, als ich sie passiere. Meine Mom umarmt mich fest und prophezeit mir, dass ich großartig sein werde.

Egal, wie oft ich auf der Bühne stehen werde, nie lassen mich die Schmetterlinge im Stich, das Adrenalin, die regelrechte Furcht in diesem Augenblick. Aber in etwa dreißig Sekunden werde ich vor fünfzigtausend Menschen stehen, die sich meine Show ansehen, und die absolute Freude wird überwiegen.

Backstage hat sich meine Band versammelt und wartet auf mich. Ich trete in ihre Mitte, und wir halten uns an den Händen und sprechen ein schnelles Gebet. Wir bitten darum, dass niemand mit dem Gesicht auf die Bühne fällt und mit Nasenbluten weggeschafft werden muss – genau das ist mir einmal passiert, und ich werde es niemals vergessen.

Ein Mitglied meiner Crew nimmt meine Hand und hilft mir auf das Podium, das mich zur Mitte der Bühne hinauffahren wird. Das Getöse der Menge ist so laut, dass man glaubt, es könne das Dach der Arena wegpusten. Ich schließe die Augen, atme fünf Sekunden lang tief ein und aus, bevor das Podium sich in Bewegung setzt. Beim Einatmen stelle ich mir vor, geradewegs in Noahs waldgrüne Augen zu blicken, beim Ausatmen meine ich zu spüren, wie er mich in seine Arme zieht.

Und dann erhebt sich der Boden. Feuersalven schießen um jenen Teil der Bühne in die Höhe empor, aus dem ich auftauche, und ich weiß, solange es brennt, kann keiner mich sehen.

Ich brauche 1,2 Sekunden, um mit dem Mikro in der Hand in Position zu kommen, und dann erlöschen die Flammen wie geplant, und das Publikum entdeckt mich. Es bricht in ohrenbetäubenden Jubel aus, und ich recke das Kinn, lächle und schaue mich in der Arena um, sauge den Moment in mich auf. Die Band beginnt zu spielen, und ich halte das Mikro an die Lippen.

Das Einzige, was diesen Abend noch besser hätte machen können, wäre Noah hinter der Bühne gewesen, der mich nach der Show küsst.

»Danke, Nashville!«, rufe ich nach dem letzten Song meiner Zugabe ins Mikro. Ein paar Minuten winke ich noch und werfe meinen Fans Luftküsschen zu, nehme einen Blumenstrauß entgegen, den jemand auf die Bühne wirft, und erstarre, als ich bemerke, dass es Sonnenblumen in braunem Papier sind, fest mit einer Zwirnschnur zusammengebunden. Mein Herz rast, obwohl es das doch nun wirklich nicht sollte. Aber unwillkürlich muss ich an Annie und ihren Blumenladen denken, und vielleicht … nur vielleicht … mit verengten Augen spähe ich ins Publikum und versuche zu erkennen, woher die Blumen kommen, aber die Lichter sind zu grell. Als drei weitere Sträuße auf die Bühne geworfen werden – allesamt mit unterschiedlichen Blumensorten – bin ich überzeugt, dass die Sonnenblumen gar nicht von Noah sein können.

Nach einem letzten Luftkuss und einer letzten Verbeugung presse ich den Strauß an meine Brust und verlasse die Bühne. Sofort ist einer der Bühnenhelfer bei mir, reicht mir ein Handtuch, damit ich mir den Schweiß von der Stirn wischen kann, sowie eine Flasche Wasser. Auch Claire ist da, berichtet, wie toll die Show gelaufen ist, und lässt sich über das Publikum aus, aber ich bin erschöpft und ein bisschen verwirrt, nachdem mich der Blumenstrauß so geschockt hat.

»Claire«, frage ich und bleibe abrupt mitten im Gang stehen, wodurch ich sie zwinge, ebenfalls anzuhalten und mich anzusehen. »Hast du zufällig gesehen, wer diese Blumen geworfen hat?«

Sie schüttelt den Kopf. »Nein, sorry. Heute Abend haben unheimlich viele Leute Blumen geworfen. Soll ich sie alle in den Bus bringen lassen?«

Ich schüttele den Kopf und reiche ihr die Sonnenblumen. »Nur die hier. Danke.«

»Okay«, antwortet sie liebenswürdig. »Warum ruhst du dich nicht für ein paar Minuten in deiner Garderobe aus?«

Ich öffne die Schnallen meiner Heels, ziehe sie aus und nehme sie in die Hand, bevor ich mich auf den Weg zur Garderobe mache. Im Moment trage ich mein letztes Kostüm des Abends – ein bodenlanges, durchsichtiges Kleid in Dunkellila. Es besteht aus mehreren Schichten, die mich im Wind des Bühnenventilators umwehen. Dies ist mein Lieblingskostüm des gesamten Konzerts, aber im Augenblick schwitze ich dermaßen, dass ich es nur noch auf den Boden werfen will, sobald ich in meiner Garderobe angelangt bin.

Auf dem Weg über den Gang gratulieren mir alle zu der phantastischen Tournee-Eröffnung, und ich bin dankbar, wieder hier zu sein und ein weiteres Jahr performen zu dürfen. An der Tür zu meiner Garderobe angelangt, öffnet Claire sie für mich und lächelt breit. Zu breit. Verdächtig breit.

»Warum machst du so ein Gesicht? Hast du eine versteckte Sprengladung in meiner Garderobe angebracht oder so was?

Oder einen Eimer Wasser über meiner Tür befestigt, der mir auf den Kopf fällt, sobald ich eintrete?«

Ihr Lächeln wird nur noch breiter. »Das musst du schon selbst herausfinden.«

Schaudernd trete ich durch die Tür, stelle mich darauf ein, von irgendetwas getroffen zu werden. Wasser, Schleim, jeder Menge Federn – ich bin bereit. Aber Noahs Anblick trifft mich trotzdem wie ein Hammerschlag. Nun ja, Noahs und der meiner Mom, denn sie erlöst ihn gerade aus einer Riesenumarmung. Sie tätschelt seinen Arm, kommt zu mir und flüstert. »*Der* ist aber süß! Ich mag ihn«, bevor sie geht und die Tür hinter sich schließt.

Jetzt sind wir allein. Mir stockt der Atem, und unsere Blicke treffen sich. Grünstes Grün so überwältigend wie eine Lawine. Er ist hier. Hier bei mir, in diesem Zimmer. Ich kann immer nur eines denken: *Lieber Gott, bitte mach, dass ich nicht einfach nur total dehydriert bin und Halluzinationen habe. Und Noah Walker eine davon ist.*

»Du bist ... hier«, sage ich und kriege die Worte kaum heraus.

Ein bedächtiges Lächeln breitet sich auf seinen Lippen aus, und er kommt einen Schritt auf mich zu. Er mustert erst meinen Körper, dann wieder mein Gesicht. »Genau. Und du bist einfach atemberaubend. Dein Konzert war unglaub ... *Uff*!« Noch bevor er zu Ende sprechen kann, werfe ich mich ihm an den Hals und lasse die Lippen auf seine prallen. Fest schlinge ich die Arme um seinen Nacken, damit er kapiert, dass ich ihn nie wieder gehen lasse. Hoffentlich hat er kein Lampenfieber, denn ab sofort muss er immer mit auf die Bühne.

Lachend umfasst er meine Taille und presst mich an sich.

»Du warst also *doch* da draußen!«, sage ich, als ich endlich aufhöre, ihn zu küssen. »Hast du Blumen aus Annies Laden geworfen?«

Er nickt. »Tut mir leid, dass ich in dieser Woche so schlecht erreichbar war.«

»Schon gut.«

»Nein, ist es nicht«, sagt er und runzelt die Stirn. »Emily kam gestern in mein Geschäft und hat mir den Kopf gewaschen. Sie meinte, ich sei ziemlich ichbezogen und solle endlich den Arsch hochkriegen.« Ich lache, denn ich kann mir lebhaft vorstellen, wie Emily Noah zusammenstaucht. »Anscheinend habe ich mich von dir distanziert, weil ich Angst hatte, dass es zwischen uns sowieso nicht funktioniert.«

»Hab ich mir schon gedacht, als mein dritter Anruf auf dem Anrufbeantworter gelandet ist.«

Er zieht eine Grimasse. »Es tut mir so leid. Aber ich verspreche dir, dass ich von jetzt an mit ganzem Herzen dabei sein werde. Ab sofort gehe ich nicht mehr auf Nummer sicher. Ich will alles in diese Beziehung investieren. Und das hier ist der Beweis ... « Noah lässt die Hand in seine Tasche gleiten und holt ein iPhone heraus. Er nimmt meine Hand, dreht sie um und legt es mir hinein.

»Du hast dir ein Handy gekauft?«, frage ich atemlos vor Staunen. Tränen treten mir in die Augen. Den meisten Menschen würde das nicht allzu viel bedeuten, aber wenn Noah sich auf moderne Technologie einlässt, ist das beinahe genauso bedeutsam wie bei anderen ein Wechsel der Glaubensgemeinschaft.

»Und in diesen Momenten wird sogar WLAN in meinem Haus installiert. Wenn ich schon monatelang von dir getrennt sein muss, will ich dein hübsches Lächeln zumindest auf FaceTime sehen können.«

»Du lässt tatsächlich Internet in deinem Haus installieren?«

»Jep. Allerdings wirst du mir zeigen müssen, wie man dieses verdammte Ding benutzt. Warum sind da so viele kleine Bildchen auf dem Bildschirm?«

»Die nennt man Apps.«

Er grunzt. »Die mag ich nicht.«

»Na ja, du kannst alle löschen bis auf die, die du brauchst.«

»Gefällt mir immer noch nicht.«

Lächelnd werfe ich sein Handy auf die Garderobencouch, um ihn wieder in die Arme schließen zu können. »Ich bin auch von ganzem Herzen dabei, nur damit du's weißt.«

»Gut, denn es gibt noch etwas.« Er lässt die Finger über meine Ponyfransen gleiten und dann über mein ganzes Haar, als wolle er mich mit allen Sinnen in sich aufnehmen. »Wenn dein Angebot noch steht, würde ich dich auf deiner Tournee gern häufiger besuchen. Ich will nicht volle neun Monate auf dich verzichten müssen.«

Ich seufze glückselig und lächele von einem Ohr zum anderen. »Wirklich? Was ist mit deiner Grandma und dem *Pie Shop*?«

»Ich habe mit meinen Schwestern darüber gesprochen. Sie haben kein Problem damit, Grandma häufiger zu besuchen. Und ich habe ohnehin schon jemanden, der mich an den Wochenenden vertritt. Meine Vertretung freut sich, den Laden auch in längeren Abwesenheitsphasen für mich zu schmeißen.«

Wie um mir selbst zu beweisen, dass er gerade nicht grimmig dreinschaut, gebe ich ihm noch einen schnellen Kuss auf den Mund. »Was ist mit kommender Woche? Kannst du dir freinehmen und mich zu den nächsten beiden Shows begleiten?«

Er beugt sich herab und küsst meine Wange. Dann mein Kinn. Und dann meinen Hals. »Ich hatte gehofft, dass du das anbietest, denn Claire hat meine Reisetasche schon zum Tourbus gebracht.«

Ein glückliches Lachen sprudelt in mir empor. Ebenso wie eine peinliche Menge an Freudentränen. »Machst du Witze? Meine Güte, wie oft wir jetzt Scrabble spielen können!«

Seine Küsse werden leidenschaftlicher. Sie brennen einen heißen Pfad an meinen Hals entlang, während seine große Hand meinen Po umfasst und ihn spielerisch massiert. »Ich weiß nicht so recht … eigentlich hatte ich an etwas anderes gedacht, das vielleicht noch mehr Spaß machen könnte.«

Ich gebe ein fröhliches Summen von mir, das ihm signalisiert, wie viel ich von dieser Idee halte.

Er löst sich lang genug von mir, um mir ein schiefes Lächeln zu schenken. »Das Buch zu Ende zu lesen, das wir zusammen angefangen haben, natürlich … woran hast *du* denn gedacht?«

Ich küsse ihn. Bedächtig und zärtlich. »Oh, an das Gleiche. Ans Lesen, ganz klar.«

US-WEEKLY-Schlagzeile

Rae Rose bestätigt Verlobung in rätselhaftem Social-Media-Post

Seit Monaten spekulieren Fans über eine mögliche Beziehung zwischen Rae Rose und dem geheimnisvollen Mann, in dessen Gesellschaft sie kurz vor ihrer Tournee in einer Kleinstadt in Kentucky gesehen wurde. Während der Tournee schien ihre Romanze in eine heiße Phase einzutreten. Fotos zeigten sie Hand in Hand, beim Aussteigen aus Autos oder sogar bei einem leidenschaftlichen Kuss – ohne Zweifel so französisch wie nur möglich.

Nach dem Ende ihrer Tour zog sich die Prinzessin seelenvoller Popmusik aus der Öffentlichkeit zurück, nachdem sie am Tag nach dem letzten Konzert getwittert hatte, das sie ihre Fans heiß und innig liebe, sich aber nun eine längere Auszeit aus dem Rampenlicht gönnen wolle, um sich auszuruhen und zu erholen. Seit drei Monaten hörte und sah man nichts von der Sängerin, bis sie ihre Social- Media-Abstinenz gestern aufgab und ein Instagram-Foto postete. Darauf sieht man ihre Hand in der eines Mannes, geschmückt mit einem phantastischen Verlobungsring im Prinzess-Schliff. Die Bildunterschrift lautete: »Viele Wege führen nach Rom … «. Ihre Fans sind ganz aus dem Häuschen und fiebern neuen Nachrichten von ihr entgegen.

Ist Rae Rose damit offiziell in einer Beziehung? Und könnte es sein, dass sie sich schon die ganze Zeit in der italienischen Hauptstadt versteckt?

Danksagung

Ich hatte völlig übertriebene Erwartungen, wollte eine wunderschöne, elegante Danksagung schreiben, aber nachdem ich dieses Mammutprojekt von einem Buch hinter mir habe, bin ich dazu nicht mehr in der Lage und kann im Grunde nur noch vor mich hin brabbeln. Für mich war die Arbeit an dieser Geschichte eine emotionale Achterbahnfahrt, die mich vorangebracht und gezwungen hat, weiter über mich hinauszuwachsen, als ich es je für möglich gehalten hätte. Ohne die vielen Menschen, die mich ermutigt haben, die Arbeit daran zu beenden, und mir dabei geholfen haben, einen Haufen Unsinn in eine Geschichte zu verwandeln, auf die ich unglaublich stolz bin, würdet Ihr dieses Buch jetzt nicht in der Hand halten.

Als Erstes möchte ich meiner brillanten und freundlichen Lektorin Shauna Summers danken. Du bist ein wahres Energiebündel, und ich werde immer dankbar dafür sein, dass du mein Werk betreuen wolltest. Danke für deinen Zuspruch, deine Ermunterung und dafür, dass du dazu beigetragen hast, Amelias und Noahs Geschichte in etwas wirklich Schönes zu verwandeln! Ich bin fest davon überzeugt, dass du die beste Lektorin der ganzen Welt bist und dass ich dich nicht verdient habe!

Als Nächstes danke ich meiner unglaublichen Agentin Kim Lionetti. DANKE! Danke, dass du die ersten, chaotischen, frühen Kapitel dieses Buches gelesen und das Potenzial darin erkannt hast und dass du mir die richtige Richtung gewiesen hast, um das verdammte Ding zu beenden. Ich kann immer noch nicht so recht glauben, dass du meine erste E-Mail überhaupt beantwortet hast und auch danach bei der Stange geblieben bist, egal, wie viele lächerliche Mails meinerseits noch folgten.:) Du bist die Beste. Team Kim forever! Und ein Riesendankeschön auch an das gesamte Bookends-Team!

Außerdem danke ich meiner großartigen UK-Lektorin, Kate Byrne. Ich fühle mich geehrt, dass dir meine Bücher gefallen haben und du sie auch in England veröffentlichen wolltest! Manchmal glaube ich immer noch zu träumen und bin unendlich dankbar für deine Unterstützung.

Natürlich gilt mein Dank auch meinem ganzen Team bei Dell: Taylor Noel, Corina Diez, Jordan Pace, Mae Martinez, Laurie McGee und so vielen anderen, die ich an dieser Stelle sicher vergessen habe. Eine riesige Bärenumarmung an Euch alle! Ich bin so dankbar, mit Euch allen arbeiten zu dürfen.

Danke auch an Amber Reynolds, meine bevorzugte Beta-Leserin. Ich glaube, du hast mittlerweile all meine romantischen Komödien gelesen, bist so etwas wie mein Talisman und darfst daher auch nie damit aufhören. Tut mir leid, aber du musst dich auch weiterhin durch meine fürchterlichen Entwürfe quälen, weil ich dich liebe und brauche. Ein ernsthaftes und aufrichtiges Dankeschön!! Du bist die Beste. Es tut so gut, dass es dich gibt.

Und dann Ashley und Carina, meine besten Ma'ams, die ich liebe wie Schwestern. Ich danke Euch, weil Ihr immer Ihr selbst seid und meine aufdringliche Art klaglos ertragt. Chloe, Becs, Devin, Jody, Gigi, Martha, Summer, Aspen, Rachel, Sophie – Ihr alle tragt dazu bei, dass mein Beruf als Autorin noch hundertmal besser ist. Ich bin unglaublich dankbar für Eure Freundschaft!

Und natürlich danke ich meinen Leserinnen und Lesern sowie meiner Bookstagram-Community!!! Wie kann ich Euch nur angemessen für all die Liebe, Unterstützung, die Tweets, Posts, Kritiken, Mails, Visionboards und ermutigenden DMs danken?! Grace, Katie, Morgan, Molly, Addie, Marisol, Alison, Madison und so viele andere! Ein aus tiefsten Herzen kommendes Riesendankeschön an Euch alle!

Vor allem danke ich meiner Familie: Eure Unterstützung bedeutet mir die Welt. Danke, dass Ihr mich ständig ermutigt weiterzumachen, und ich hoffe, Ihr habt die etwas anrüchigen Szenen alle übersprungen.

Und last but not least, sondern sogar an erster Stelle danke ich meinem Ehemann Chris Adams. Meinem besten Freund, meinem Lieblingskollegen und Partner, dem gut aussehenden Typen an meiner Seite, meinem größten Cheerleader, meinem absoluten Lieblingsmenschen auf der ganzen Welt: Ich liebe dich. (Ist es Schummeln, wenn ich in einem Buch »Bis zur Unendlichkeit und noch viel weiter« zitiere? Wahrscheinlich, also schreibe ich das besser nicht.)

XO,
Sarah